Catherine Ryan Hyde
An deiner Hand

TINTE & FEDER

Das Buch

Der feinfühlige Anton ist achtzehn Jahre alt, als er Edith kennenlernt und sich in sie verliebt. Für ihn ist sie die schönste Frau, die er je gesehen hat, und nach dem Verlust seines Bruders findet er bei ihr Anteilnahme und Zuneigung. Doch Edith ist deutlich älter als er und bereits verheiratet – eine unmögliche Liebe.

Als Edith die Kraft findet, ihren gewalttätigen Ehemann zu verlassen, kommt sie für ein paar kurze unvergessliche Tage bei Anton unter. Aber sie weiß, dass sie bald verschwinden muss, ohne Spuren zu hinterlassen. Nicht einmal Anton darf wissen, wo sie sein wird. Findet er die Kraft, sie gehen zu lassen?

Die Autorin

Die mehrfach ausgezeichnete amerikanische Autorin Catherine Ryan Hyde hat bislang knapp dreißig Bücher veröffentlicht. Auf Deutsch von ihr erschienen sind neben weiteren Titeln »Tage der Hoffnung«, »Als ich dich fand« und »Ich bleibe hier«. Ihr bekanntester Roman »Das Wunder der Unschuld« wurde in mehr als 23 Sprachen übersetzt und unter dem Titel »Das Glücksprinzip« mit Kevin Spacey und Helen Hunt verfilmt.

Neben dem Schreiben ist Catherine Ryan Hyde auch als Referentin tätig und stand bereits dreimal zusammen mit Bill Clinton als Rednerin auf dem Podium.

Catherine Ryan Hyde unternimmt gerne Wanderungen und Reisen und ist eine große Hobbyfotografin.

Catherine Ryan Hyde

AN DEINER HAND

ROMAN

Aus dem Amerikanischen
von Marion Plath

TINTE & FEDER

Die amerikanische Ausgabe erschien 2020 unter dem Titel
»My Name is Anton« bei Lake Union Publishing, Seattle.

Deutsche Erstveröffentlichung bei
Tinte & Feder, Amazon Media EU S.à r.l.
38, avenue John F. Kennedy, L-1855 Luxembourg
November 2021

Die Übersetzung dieses Buches wurde durch Amazon Crossing ermöglicht.

Umschlaggestaltung: zero-media.net, München
Umschlagmotiv: © Alinute Silzeviciute © Anele Nova
© Claudio Divizia © ABCDstock © sirtravelalot / Shutterstock
Lektorat: Diana Schaumlöffel
Korrektorat: Manuela Tiller/DRSVS
Gedruckt durch:
Amazon Distribution GmbH, Amazonstraße 1, 04347 Leipzig /
Canon Deutschland Business Services GmbH, Ferdinand-Jühlke-Straße 7,
99095 Erfurt /
CPI books GmbH, Birkstraße 10, 25917 Leck

ISBN 978-2-49670-934-6

www.tinte-feder.de

Winter 1965

Antons Fedora

Kapitel 1

Falsche Weihnacht

Der 10. Dezember war ein unüblicher Tag, um das Weihnachtsfest zu begehen. Kurz vor sechs Uhr morgens befand sich Anton »Anthony« Addison-Rice noch im Tiefschlaf und träumte von seiner rechten Hand.

In seinem Traum schwamm er in dem olympisch großen Schwimmbecken seiner Schule, das sich plötzlich und aus unerfindlichen Gründen in den Atlantischen Ozean verwandelte. Mit seinem rechten Arm setzte er zu einem kräftigen Schwimmzug an und durchbrach die Wasseroberfläche. Dann hob er den Kopf – wofür sein Trainer ihn gerügt hätte – und war überrascht von seiner rechten Hand … denn sie war da! Trotz des schwachen Lichts der vom Dunst verhangenen Sonne im Hintergrund war seine Hand deutlich zu erkennen. Perfekt und vollkommen. Gerade so, als wäre ihr nie etwas zugestoßen.

In den Wellen seines Traums richtete er sich auf, paddelte mit den Füßen auf der Stelle und starrte seine Hand an. Ähnlich wie sein verstorbener Großvater Anton vor ein paar Monaten war sie plötzlich wie ein Überraschungsbesuch in seinem Traum aufgetaucht. So wie damals der Großvater wirkte seine Hand völlig real.

Also sprach er mit der Hand, so wie er in dem anderen Traum mit Opa Anton gesprochen hatte.

»Da bist du ja!«, sagte er. »Ich dachte, du wärest nicht mehr da. Warum bin ich mir so sicher gewesen, dass ich dich verloren habe?«

Dann ließ der Traum von ihm ab und er öffnete die Augen. Vielleicht hatte ein Geräusch den Traum verscheucht. Oder seine Mutter, als sie seine Zimmertür geöffnet hatte. Denn jetzt, mit offenen Augen, konnte er sie sehen.

Wie in seinem Traum hielt er den rechten Arm hoch, doch statt der Sonne war im Hintergrund seine Mutter, die im Türrahmen stand. Und die Hand war schließlich doch nicht da. Dieser wichtigste Teil war nur in seinem Traum Realität gewesen.

Er seufzte tief und bemerkte, dass seine Mutter ihn schweigend dabei beobachtete, wie er den Stumpf an seinem rechten Handgelenk anstarrte. Ihrem missbilligenden Gesichtsausdruck nach zu urteilen, wäre es ihr lieber gewesen, wenn er das Fehlen seiner rechten Hand einfach ignoriert hätte. Nun, das war ihr auch wirklich lieber, das wusste er aus Erfahrung. Das Ignorieren von Unangenehmem war ihr allergrößtes Talent.

»Du musst aufstehen!«, sagte sie.

»Es ist noch furchtbar früh.« Mit zusammengekniffenen Augen versuchte er, die Uhrzeit auf dem Wecker neben seinem Bett zu entziffern. »Kann ich mich von euch nicht von hier aus verabschieden?«

»Wir müssen Weihnachten feiern.«

»Wir können nicht Weihnachten feiern.«

»Wieso denn nicht?«

»Weil es erst …«

Doch er war noch zu schläfrig, um sich an das aktuelle Datum zu erinnern.

»Wir haben den 10. Dezember«, sagte sie.

»Eben. Wer feiert denn schon am 10. Dezember Weihnachten?«

»Wir. Dieses Jahr. Jetzt hör zu. Dein Vater hat sich sehr viel Mühe gegeben, um für dich ein gutes Geschenk zu finden. Und deshalb wirst du ins Wohnzimmer kommen, dein Geschenk auspacken und ein bisschen Dankbarkeit zeigen. Hast du mich verstanden, Anton?«

»Anthony«, korrigierte er.

Er hätte es besser wissen sollen. Er hätte es schon vor langer Zeit aufgeben sollen, zumindest zu Hause.

Sie kam ins Zimmer und umfasste sein Kinn mit ihrer rechten Hand, die sie glücklicherweise besaß - was sie wahrscheinlich nicht einmal zu schätzen wusste. Es tat weh, als ihre Fingernägel in seine Gesichtshaut stachen.

Er widerstand dem natürlichen Reflex, »Au!« zu rufen.

»Jetzt hör mir mal gut zu, junger Mann. Dein Vater hat vor nicht mal einem Jahr seinen eigenen Vater verloren und du wirst nicht das Andenken an deinen Großvater besudeln, indem du andeutest, sein Name sei nicht gut genug für dich. Das werde ich nicht zulassen. Jetzt zieh dich an und geh ins Wohnzimmer, zack, zack! Dein Vater und ich müssen unser Flugzeug erwischen.«

* * *

Sein Vater war am Telefon, dessen lange Schnur bis ins Wohnzimmer reichte, während seine Mutter in der Küche Kaffee machte. Als ihr Blick von Anthonys Gesicht zu seinem Bademantel und dem darunter hervorschauenden Schlafanzug wanderte, verfinsterte sich ihre Miene.

»Ich habe doch gesagt, dass du dich anziehen sollst!«

»Du hast auch gesagt, dass ihr ein Flugzeug erwischen müsst. Hast du eine Vorstellung davon, wie lange ich brauche, um mich anzuziehen?«

»Schon gut. Kaffee?«

»Ja bitte.«

»Abel!«, rief sie. »Genug telefoniert! Wir feiern Weihnachten.«

»Ich hänge in der Warteschleife der Fluggesellschaft!«, rief er zurück. »Ich kann nicht einfach auflegen!«

Sie gab einen lauten, theatralischen Seufzer von sich.

Anthony setzte sich an die Küchentheke und seine Mutter gab ihm eine Tasse Kaffee.

Sie hatte ihm zum ersten Mal vor neun Tagen einen Kaffee angeboten, genau an seinem achtzehnten Geburtstag. Vor diesem Zeitpunkt hatte er sich oft selbst eine Tasse Kaffee eingeschenkt, ohne dass sie ihn ausdrücklich daran gehindert hätte. Hatte sie vielleicht gedacht, sie würde sich strafbar machen, wenn sie ihm auch nur einen Tag vor diesem magischen Eintritt in das Erwachsenenalter das koffeinhaltige Getränk servierte?

Sie stellte ihm Milch und Zucker hin, was ihm seltsam vorkam, denn mittlerweile hätte sie sich endlich mal merken können, dass er weder das eine noch das andere nahm.

»Deine Großmutter wird ab und zu vorbeikommen, um nach dir zu sehen.« Diese Aussage schien keinen Raum für Diskussionen zu lassen.

»Ich brauche niemanden, der nach mir sieht«, protestierte er.

»Du magst doch deine Oma, oder?«

»Natürlich. Ich liebe Oma Marion.«

»Dann beschwer dich nicht. Denk einfach, dass sie dir einen Besuch abstattet. Und nichts von diesem Anthony-Unsinn, wenn sie hier ist. Du brichst dieser Frau nicht das Herz! Habe ich mich verständlich gemacht?«

Er nickte abwesend und nippte an seinem Kaffee. Er war zu schwach.

»Ich will es laut und deutlich aus deinem Mund hören. Habe ich mich verständlich gemacht?«

»Jaaa«, erwiderte er gedehnt, »du hast dich verständlich gemacht.«

Als er zur Seite blickte, stand sein Vater neben ihm. Er hatte seine kräftigen Arme vor der Brust verschränkt und tippte mit den Fingern einer Hand gegen seinen Oberarm. Was zu bedeuten hatte, dass sie sich besser sputen sollten.

»Sie schieben den Flug nicht noch mal auf«, drängte sein Vater, an Anthonys Mutter gerichtet. »Wenn ich dir einen Rat geben darf, sollten wir in spätestens fünf Minuten losfahren, wenn wir unser Flugzeug nicht verpassen wollen.«

* * *

Ein schwindelerregend hoher Berg aus Gepäcktaschen türmte sich vor der Wohnzimmertür auf. Seine Mutter beobachtete Anthony von ihrem Platz im Ohrensessel aus. Hin und wieder warf sie seinem Vater, der unruhig im Wohnzimmer auf und ab ging, einen vernichtenden Blick zu, doch jeder dieser Blicke prallte unbemerkt an ihm ab.

Auf dem Tisch vor Anthony lagen zwei ganz schön große Geschenke. Er wusste bereits, was es war. Das Teleskop war nicht in eine Schachtel verpackt, sodass seine Form durch das mit Zuckerstangen bedruckte Geschenkpapier eindeutig erkennbar war. Bei dem zweiten Paket – lang und rechteckig – musste es sich wohl um das Teleskopstativ handeln.

Anthony hatte unermüdlich auf dieses Geschenk angespielt, weshalb er sehr überrascht gewesen wäre, wenn er etwas anderes bekommen hätte.

Er machte sich daran, das Geschenkpapier mit seiner linken Hand abzureißen.

Doch anscheinend war er zu langsam für seinen Vater, der vorstürzte, um ihm zur Hand zu gehen.

»Lass mich dir schnell helfen«, murmelte er.

»Abel!«, rief Anthonys Mutter so laut, dass Anthonys Trommelfell schmerzte. »Setz dich hin!«

Sie schlug ihrem Ehemann gegenüber eher selten einen solchen Ton an, aber es war nicht das erste Mal. Und wenn es passierte, verteidigte er sich nie.

Anthonys Vater setzte sich.

»Es ist nur so, dass unten ein Taxi auf uns wartet«, gab er, fast kleinlaut, zu bedenken. »Und der Zähler läuft.«

»Dann lass ihn laufen. Wir feiern Weihnachten.«

Abel seufzte nur.

Anthony riss weiter einhändig das Geschenkpapier ab, bis das Teleskop zum Vorschein kam. Als er es vor sich sah, war es noch beeindruckender als im Katalog. Es wirkte größer und professioneller. Teurer. Und noch begehrenswerter, als er es sich vorgestellt hatte.

»Genau was ich gewollt habe.«

»Na, natürlich ist es das«, erwiderte sein Vater schroff. »Als hättest du uns nicht tausendmal klargemacht, was du willst.«

Anthonys Mutter warf ihrem Mann einen strengen Blick zu. Er verstummte.

»Wir dachten, so hast du etwas zum Spielen, während wir weg sind«, erklärte sie.

»Er wird nicht damit *spielen*«, schoss sein Vater zurück. »Hör auf, ihn wie ein Kind zu behandeln. Er wird lernen.

Erforschen. Sich mit Wissen bereichern. Er spielt nicht mehr. Er ist ein erwachsener Mann.«

»Er ist kein erwachsener Mann.«

»Er ist volljährig.«

»Volljährigkeit macht dich noch lange nicht zu einem erwachsenen Mann.«

»Nun, er ist mit Sicherheit nicht das Kind, für das du …«

»Könntet ihr zwei bitte aufhören, wegen mir zu streiten?«, unterbrach Anthony.

»Na gut«, gab sein Vater nach. »Dafür ist jetzt sowieso keine Zeit. Wir müssen los, unser Flugzeug erwischen. Unten wartet unser Taxi und der Zähler läuft. Oder habe ich das schon erwähnt? Im zweiten Paket ist das Stativ. Du bist clever, du findest schon heraus, wie es funktioniert. Jetzt komm schon, Vera. Wir wollen doch nicht den Flug verpassen.«

»Wie bekommen wir all diese Taschen nach unten?«, fragte Anthonys Mutter und es klang, als wollte sie noch einen weiteren Streit anzetteln.

»Ich kann helfen«, bot Anthony an.

Er bemerkte jedoch, dass keine der Taschen Schulterriemen hatte, also würde er nur je eine Tasche auf einmal nehmen können.

»Unsinn«, entgegnete sein Vater. »Ich habe den Hausmeister gefragt, ob er helfen kann.«

Als sei diese Szene aus einem Theaterstück und der Hausmeister hätte nur auf seinen Einsatz gewartet, klopfte es plötzlich an der Tür.

Anthonys Mutter rauschte auf ihren Sohn zu und küsste ihn auf den Kopf. Ihr großer, massiver Körper versperrte ihm vorübergehend die Sicht.

»Sei ein guter Junge!«, beschwor sie ihn. »Na ja … ein guter Mann, wenn es nach deinem Vater ginge. Aber vielleicht hat er diesmal sogar recht. Ausnahmsweise.«

Als sie zurücktrat, sah Anthony, dass die Taschen schon verschwunden waren, ebenso der Hausmeister und Anthonys Vater.

»Viel Spaß in Südamerika!«, sagte er zu ihr.

Ihre Antwort war nur ein Lächeln, das angespannt und traurig wirkte.

Dann ging sie und Anthony war völlig allein.

Wochenlang.

Zum ersten Mal in seinem Leben.

* * *

Das Klopfen riss ihn aus einem traumlosen Tiefschlaf. Schwankend stand er aus dem Bett auf und zog sich auf dem Weg zur Tür umständlich seinen Bademantel über.

»Oma!«, rief er und machte sich an die mühsame Aufgabe, mit nur einer Hand die Schlösser zu öffnen. »Du weißt, ich hab dich lieb, aber sie sind doch erst seit ein paar Stunden weg. Also jetzt aber wirklich!«

Eine tiefe, männliche Stimme ertönte durch die Tür. »Wenn ich Marion sehe, richte ich ihr deine Nachricht aus.«

Anthony öffnete schwungvoll die Tür. An der Schwelle stand sein Onkel. Jedenfalls hatte er ihn immer als Onkel bezeichnet, obwohl Gregor eigentlich sein Großonkel war – der Bruder seines verstorbenen Großvaters Anton.

»Oh, hallo Onkel Gregor!«

Sein Großonkel war ein gebückt gehender Mann mit Brille und gepflegtem Bart in seinen späten Siebzigern. Er trug einen teuren Kamelhaarmantel und musterte Anthony jetzt von oben bis unten, während er sich mit dem Handrücken über den Bart strich.

»Du hast geschlafen, Anton?«

»Ich … ja, das habe ich.«

»Es ist fast halb zwei am Nachmittag.«

»Wirklich?«

Einen Augenblick lang starrten beide verlegen auf den Fußabtreter, als stünden dort bedeutende oder amüsante Worte – statt des üblichen *Willkommen!* etwas Überraschendes, nur dieses eine Mal.

Schließlich sagte sein Großonkel, der lästigerweise Psychiater war: »Das gehört zu den Dingen, die wir mit Depressionen in Verbindung bringen – Änderungen im Schlafrhythmus. Ich nehme an, du weißt das, zumindest unterbewusst.«

»Nein. Das ist es nicht.«

»Du bist nicht deprimiert? Nach dem Jahr, das du erlebt hast, würde das an ein Wunder grenzen.«

»Ich behaupte nicht, ich sei nicht deprimiert. Ich weiß eigentlich gar nicht, was ich bin. Aber normalerweise schlafe ich nicht tagsüber, wirklich. Nur heute. Und das hat einen völlig anderen Grund. Meine Eltern haben mir das Teleskop geschenkt, das ich mir gewünscht hatte, und ich will es am Abend, wenn es dunkel ist, ausprobieren. Daher wollte ich vorschlafen, damit ich länger wach bleiben kann.«

»Es ist irgendwo in dir, Anton.«

»Wie bitte?«

»Trauma, Trauer. Es ist irgendwo in dir. Ich mache mir Sorgen um dich.«

Tief im Magen spürte Anthony ein scheußliches Flattern, wie so oft, wenn sein Großonkel ihn auf seine Gefühle ansprach. Doch Anthony redete um das Thema herum, bis sich dieses Flattern wieder legte – hinter der Mauer, die er aufgebaut hatte, um es im Zaum zu halten.

»Warum soll man nicht tagsüber schlafen, um lange wach bleiben zu können?«

»Wir sind mitten im Winter, Anton. Es wird schon um fünf Uhr nachmittags dunkel.«

Sie schwiegen.

Zu Anthonys Überraschung wandte sich sein Großonkel zum Gehen.

»Na ja, dann lasse ich dich mal schlafen«, sagte Gregor.

»Aber … möchtest du nicht reinkommen?«

»Nicht, wenn du schlafen willst.«

»Du hast doch extra den ganzen Weg hierher gemacht.«

»Zehn Minuten mit der U-Bahn.« Gregor hob beide Hände und spreizte die Finger, als müsste er die Zeit bildlich darstellen.

»Komm doch bitte rein. Du würdest mir damit einen Gefallen tun, ich könnte Hilfe mit diesem Teleskop brauchen. Es muss richtig auf dem Stativ befestigt werden und so weiter. Für diesen Job braucht man mehr als eine Hand.«

* * *

»Lass es uns auf dem Balkon aufstellen!«, schlug Anthony vor. »Es ist schwer. Wenn erst mal alles zusammengebaut ist, kann man es vielleicht nur schlecht bewegen.«

Anthony schob die schwere Balkontür zur Seite und sie traten in die kalte Winterluft.

Gregor runzelte beim Anblick von Anthonys nackten Füßen in den Hausschuhen die Stirn. »Geh noch mal rein und zieh dich für dieses Wetter richtig an, mein Junge.«

»Ich weiß nicht. Ich brauche dazu ewig.«

»Egal. Ich kann warten.«

* * *

Als Anthony wieder auf den Balkon kam, studierte sein Großonkel mit einer Zigarre in der Hand aufmerksam die Bedienungsanleitung.

Anthony setzte sich auf einen kalten Metallstuhl neben den älteren Mann und fragte sich, welchen Job er übernehmen sollte, beziehungsweise ob er überhaupt einen hatte.

»Haben dich meine Eltern gebeten, nach mir zu sehen?«

»Sagen wir mal, dass ich gekommen bin, um dir frohe Weihnachten zu wünschen, und belassen wir es dabei. Auch wenn wir noch nicht ganz Weihnachten haben.«

»Hier schon. Mom hat uns heute Morgen zum Feiern gezwungen.«

»Es war ihr nicht wohl dabei, dich zurückzulassen.«

»Ich wünschte, sie würde mich nicht immer noch für ein Kind halten.«

»Das tut sie nicht. Nein, das glaube ich wirklich nicht, Anton. Sie weiß, dass du vernünftig genug bist und nichts anstellen wirst. Worüber sie sich Sorgen macht, ist deine seelische Verfassung. Nach so einem verheerenden Jahr. Deine Eltern haben ein schlechtes Gewissen, weil sie dir zumuten, die Feiertage allein durchzustehen.«

Einen Augenblick lang blieben sie schweigend sitzen. Gregor rauchte und Anthony blickte zu den Fenstern des Wohnblocks auf der gegenüberliegenden Straßenseite. Ein leichter Schneefall hatte eingesetzt und er spürte, wie die Schneeflocken auf seine Haare sanken. Der Himmel war ein einziges stählernes Grau, mit einer dicken, gleichmäßigen Wolkendecke, äußerst ungeeignet für Himmelsbeobachtungen.

»Warum haben sie es dann durchgezogen?«, fragte er, selbst von seiner Frage überrascht.

»Oh, ich geb dir das nur ungern preis, mein Junge, weil ich es eigentlich nicht erzählen soll. Aber ich mache es trotzdem. Du hast es nicht von mir erfahren, okay? Falls jemand fragt, sagst du, dass du es von selbst bemerkt hast.«

»Okay. Worum geht's?«

»Die Ehe deiner Eltern hängt an einem seidenen Faden.«

»Oh«, murmelte Anthony. Während er noch überlegte, warum ihm das nicht aufgefallen war, spürte er, wie eisig kalt seine Nase war. »Wie lange ist das schon so?«

»Na ja, seit dem Tod deines Bruders. Ich will nicht den Eindruck erwecken, dass es ihnen egal wäre, was dir zugestoßen ist, aber …«

»Ich verstehe es«, sagte Anthony in die kurze Pause hinein. »Ich verstehe, warum Gregs Tod schlimmer als meine Verletzung war. Jeder mit auch nur einem Funken Verstand würde das.«

»Und du hast immer wieder betont, dass es dir nichts ausmachen würde, wenn sie wegfahren. Es hat mich erstaunt, dass das ihre Rechtfertigung war. Ich hätte eine andere Entscheidung getroffen, wenn du mein Sohn wärst. Ich will nicht schlecht über deine Eltern reden, also belasse ich es dabei. Aber ich bin hergekommen, um dich zu fragen, ob es dir wirklich nichts ausmacht. Es ist eine furchtbare Sache, seinen einzigen Bruder zu verlieren. Auch für mich war es furchtbar, als dein Opa Anton starb, allerdings war ich da schon sechsundsiebzig. Warum hast du sie also davon überzeugt, dass es okay sei, dich allein zu lassen? Brauchst du die Zeit allein?«

»Eigentlich nicht, nein. Ich hätte gern dieses Jahr Weihnachten mit der ganzen Familie gefeiert.«

»Aber das hast du ihnen nicht erzählt.«

»Nein.«

»Hm«, murmelte Gregor. Anthony hatte den Eindruck, dass sein Großonkel versuchte, aus ihm schlau zu werden. Doch eine oder zwei Sekunden später registrierte er, dass die Bedienungsanleitung des Teleskops die Aufmerksamkeit des älteren Mannes auf sich gezogen hatte. »Ich glaube, ich verstehe, wie das montiert wird. Aber wir brauchen dieses kleine Ding.« Gregor deutete auf das Bild eines radförmigen, handflächengroßen Metallstücks in der Anleitung. »Weißt du, wo das ist?«

»Ja. Ich habe es innen in die Transporttasche gesteckt, damit es nicht verloren geht.«

»Sehr gut. Du bist ein kluger, junger Mann. Trotzdem muss ich dir etwas sagen«, fügte er hinzu, als er das radförmige Metallstück von Anthony entgegennahm. »Bitte fühl dich nicht angegriffen, denn ich kenne Leute, die drei- oder viermal so alt sind wie du und keine Ahnung haben. Niemand erwartet von dir, dass du im Alter von achtzehn Jahren das Leben perfekt meisterst. Aber ich muss es loswerden. Auch wenn es im Moment für dich nur ein Ziel für die Zukunft ist: Dein Leben verläuft ganz anders, wenn du deine Bedürfnisse ausdrücken kannst. Das ist alles, was ich dir mit auf den Weg geben möchte.«

»Ich verstehe«, erwiderte Anthony.

»Also, was willst du durch diese Schneewolken sehen, noch dazu bei all den Stadtlichtern?«

»Ich weiß nicht genau, aber ich muss es trotzdem einfach versuchen. Ich will mir mindestens ein Flugzeug oder ein weit entferntes Gebäude anschauen, um festzustellen, wie leistungsfähig das Teleskop ist. Ich kann es gar nicht erwarten, das herauszufinden.«

»Wir könnten damit mal irgendwann aufs Land fahren.«

»Das wäre fantastisch. Wann?«

»Erst nach Weihnachten. Deine Tante würde mir den Hals umdrehen, wenn ich auch nur noch eine weitere Sache vorher plane.«

Enttäuschung überfiel Anthony, doch er ließ sich nichts anmerken. Er sagte nicht, was er wollte.

Seine Art zu kommunizieren zu ändern, war nicht so einfach – einen Ratschlag zu hören, bedeutete noch lange nicht, dass man sofort einen Neuanfang machen konnte.

* * *

Bevor er ging und ihn wieder allein ließ, überraschte sein Großonkel ihn mit einer enthusiastischen Umarmung. Er hielt ihn fest in den Armen und gab ihm einen kräftigen Kuss auf die Schläfe.

»Deine Familie liebt dich«, sagte er Anthony ins Ohr. »Und ich meine damit nicht nur deine Eltern, sondern uns alle. Die ganze erweiterte Familie. Wir sind sehr stolz darauf, was aus dir geworden ist. Wir alle verstehen, welche Schwierigkeiten du mit der Anpassung an die neue Situation und mit deinem Verlust haben musst. Du kannst auf unsere Unterstützung zählen, wenn du sie willst.« Er trat einen Schritt zurück und schien sich zusammenzureißen, nach innen zurückzuziehen. »Jetzt muss ich aber wieder nach Hause zu deiner Tante.«

»Danke«, stieß Anthony hervor.

Er war nicht daran gewöhnt, vor anderen Leuten zu weinen, und hätte er noch ein Wort mehr gesprochen, wären ihm die Tränen gekommen. Oder genauer gesagt, er war nicht daran gewöhnt zu weinen, Punkt. Bisher hatte er diesem befreienden Gefühl noch nicht nachgegeben – aus einer tiefen Furcht heraus, dass die Tränen nie mehr enden würden, wenn sie erst einmal flossen.

Kapitel 2

Drittes Fenster von links

Anthony wachte am Abend um kurz nach neun auf und natürlich war es draußen dunkel. Er sprang aus dem Bett, als sei ein dunkler Nachthimmel etwas so Kostbares und Flüchtiges, dass es ihm entgleiten könnte, falls er sich nicht beeilte.

Das Anziehen war nicht einfach.

Hosen lassen sich am besten anziehen, indem man den Hosenbund mit beiden Händen nimmt und so die Hose hochzieht. Wenn man sie nur an der linken Seite hochzieht und dann die linke Hand zur rechten Seite bewegt, rutscht die Hose wieder bis zu den Knien herunter. Anthony hatte gelernt, das hochgezogene Hosenbein mit dem rechten Handgelenk an seine Hüfte zu pressen, aber in seiner Eile machte er an diesem Abend mehrere Fehler.

Das T-Shirt ging ziemlich einfach, aber dann kam das Flanellhemd. Natürlich hatte es Knöpfe. Es war eine Kunst für sich, etwas einhändig zuzuknöpfen, vor allem mit der linken Hand. Anthony war auf halbem Wege, diese Kunst wirklich zu meistern.

Er versuchte, in seine Slipper zu schlüpfen – all seine Schuhe mit Schnürsenkeln waren abgeschafft und ersetzt worden –, doch das gelang ihm nicht im Stehen. Er musste sich aufs Bett setzen und mit der linken Hand das Schuhproblem lösen.

Schließlich zog er sich den Mantel über und trat auf den Balkon hinaus.

Genau wie er und sein Großonkel es verlassen hatten, stand dort das Teleskop in seiner Nylonhülle, geschützt vor der Witterung.

Er zog die Hülle ab.

Dann blickte er über die Stadt und suchte sich ein Ziel, das er anpeilen konnte. Sterne kamen bei diesem Wetter nicht infrage – genauso gut hätte es nirgendwo im Universum welche geben können. Doch in weiter Entfernung entdeckte er ein hohes Gebäude, auf dessen Dach sich ein Blitzableiter oder eine Art Kommunikationsantenne befand. Was auch immer es war, zurzeit war es mit einer Spirale aus roten und grünen Weihnachtslichtern umwickelt.

Er hatte vor, das Teleskop auf diese Lichter zu richten, um auszuprobieren, wie er das Bild scharf stellen konnte. Konnte ihm sein neues Geschenk eine gute Nachtsicht bieten?

Vorsichtig drehte er an dem Rad, mit dem das Teleskop horizontal auf dem Stativ bewegt wurde. Er richtete es auf das Gebäude aus und drehte das Rad wieder fest.

Danach drehte er an dem Rad, mit dem er den Blickwinkel verstellen konnte. Doch er drehte zu weit, zu schnell und ohne einen Gedanken an das Gewicht des Teleskops, das kein Gegengewicht hatte. Er spürte, wie es nach unten zu kippen drohte, als die Schwerkraft ihre Arbeit tat. Auch wenn es nicht vom Stativ fallen konnte – etwa auf den Boden oder gar vom Balkon –, neigte sich doch das vordere Ende bedrohlich nach unten. Er erschrak.

Er wollte es mit seinem rechten Handgelenk festhalten, während er mit seiner linken Hand noch verzweifelt versuchte, das Rad wieder festzudrehen. Das Teleskop war aber so schwer, dass es wieder abrutschte, dabei schürfte es an seinem rechten Handgelenk entlang und rief in ihm einen plötzlichen Schmerz hervor.

Einen Augenblick lang stand er still da und unterdrückte einen lauten Schmerzensschrei. Instinktiv hielt er sein Handgelenk fest zwischen seine Oberschenkel gepresst, ohne eigentlich zu wissen, warum dies helfen sollte.

Die Amputationswunde war keineswegs mehr frisch, sie war über sieben Monate alt. Doch die Narbe einer so schwerwiegenden Wunde war auch nach sieben Monaten noch empfindlicher, als es sich jemand, der nicht in seinem Körper steckte, vorstellen konnte. Das Problem lag hauptsächlich in den Nerven. Die Nervenbündel am Ende seines Handgelenks waren abgetrennt worden und der Druck auf diese Stelle löste einen qualvollen Schmerz aus. Anthony hatte das gruselige Gefühl, seine Hand sei verletzt, obwohl sie nicht mehr da war.

Er blieb in dieser Haltung auf dem dunklen Balkon stehen, bis der Schmerz allmählich auf ein erträgliches Maß abgeflaut war. Schließlich beugte er sich über das Teleskop und nahm sich vor, es dieses Mal besser einzurichten.

Doch bevor er dazu kam, das Teleskop wieder zu justieren, fiel ihm ein Bild ins Auge: eine weiße Wand mit einem abstrakten Gemälde über einem Kaminsims. Das Bild hatte sein Teleskop eingefangen, das jetzt nach unten auf das Gebäude auf der gegenüberliegenden Straßenseite gerichtet war. Anthonys Auge hatte sich zufällig gerade in der richtigen Entfernung über dem Okular befunden. Die Szene war perfekt und klar zu sehen.

Ihm wurde unbehaglich bei dem Gedanken, dass er bei jemandem in die Wohnung blickte, und wollte schnell den

Winkel des Teleskops korrigieren, aber in diesem Augenblick geschah etwas.

Eine Person kam ins Bild, deutlich von Anthonys neuem Teleskop erfasst.

Es schien sich um eine Frau zu handeln, aber alles ging sehr schnell. Sie rannte. Sie flüchtete vor etwas, das sich hinter ihr befand. Ihr Körper war leicht nach vorn gebeugt, als würde dies ihre Flucht beschleunigen. Sie hielt ihre Hände schützend über dem Kopf.

Dann, ebenso schnell, kam ein männlicher Arm ins Bild. Nackt bis auf den Träger eines weißen Unterhemds. Er war auffallend stark behaart. Zusammenhangslos und mehr oder weniger unbeabsichtigt schoss Anthony der Gedanke durch den Kopf, dass er ein sehr gutes Teleskop besitzen musste, wenn er die Armhaare eines Mannes in einer Wohnung auf der gegenüberliegenden Straßenseite erkennen konnte.

Der Mann packte die Frau am Schopf.

Anthony schnappte laut hörbar nach Luft, als er sah, wie der Kopf der Frau mit einem Ruck nach hinten gezogen wurde. Es war eine ausgesprochen gewalttätige Szene.

Dann verschwand die Frau aus seinem Blickfeld. Sie war regelrecht aus dem Bild gezogen worden, an ihren Haaren.

»Ich muss etwas unternehmen«, sagte er laut zu sich selbst.

So sehr hatte ihn die Panik gepackt, dass sein erster Impuls war, zum Sprung anzusetzen, um den Abstand zwischen den beiden Gebäuden zu überwinden.

Natürlich überlegte er sich das noch einmal, denn Fliegen konnte er nicht. Dennoch, er musste handeln.

Erstarrt blieb er stehen und wartete ab, ob noch etwas passieren würde. Seine Nase und der Stumpf seines Handgelenks kribbelten vor Kälte schmerzhaft, sein rasch gehender Atem füllte die Luft mit Dunstwolken.

Nichts bewegte sich mehr hinter dem Fenster gegenüber.

Was würden mir Onkel Gregor oder Oma Marion raten?
Er ging zurück in die Wohnung, um die Polizei anzurufen.

* * *

Anthony bekam an diesem Abend keinen Polizisten ans Telefon, sondern er sprach mit einer Frau in der Notrufzentrale.

»Um welchen Notfall handelt es sich?«, fragte sie ohne Begrüßung.

Ihr Tonfall war irgendwie streng und kurz angebunden, was Anthony seltsamerweise ein beruhigendes Gefühl gab. Sie schien eine Frau zu sein, die Verantwortung übernehmen konnte – die eine aus dem Ruder gelaufene Angelegenheit richtig anging und mit energischer Entschlossenheit wieder unter Kontrolle brachte. Genau das, was bei einem Unglück notwendig war.

»Ich glaube, ich habe gerade gesehen, wie eine Frau angegriffen wurde«, antwortete er und war überrascht, als er das Zittern in seiner Stimme bemerkte. Die Szene hatte ihn zwar getroffen, aber es schockierte ihn trotzdem, mit eigenen Ohren zu hören, wie sehr ihn das Ganze mitgenommen hatte.

»Sie *glauben*, dies gesehen zu haben?«

»Ähm, nein. Ich glaube es nicht. Ich weiß es. Ich habe es gesehen.«

»Wo hat dieser Angriff stattgefunden?«

»In einer Wohnung im Haus gegenüber.«

»Und Sie waren in der Wohnung, als es passiert ist?«

»Nein, Ma'am. Ich habe es vom Balkon aus gesehen.«

»Okay. Geben Sie mir die Adresse und ich sende zwei Polizisten, um nachzusehen, was dort los ist.«

Einen unangenehm langen Moment sagte Anthony nichts.

»Hallo? Sind Sie noch dran?«

»Ja, Ma'am. Tut mir leid, ich weiß die Adresse nicht. Ich hätte das vor dem Anruf rausfinden sollen. Ich habe nicht klar gedacht. Aber ich kann Ihnen meine Adresse geben. Das Gebäude, in dem es passiert ist, liegt direkt gegenüber. Oder ich kann die Adresse rausfinden und noch mal anrufen.«

Eigentlich seltsam, dass er die Adresse von dem Gebäude gegenüber nicht kannte. Er hatte sie zwar nie gebraucht, doch schließlich lief er jeden Tag daran vorbei, seit er vierzehn war. Es war irgendwie unaufmerksam, nie die Hausnummer zu bemerken.

Die Stimme der Frau in der Leitung brachte ihn in die Gegenwart zurück.

»Das könnte funktionieren. Geben Sie mir einfach Ihre Adresse und die Nummer der Wohnung, in der es passiert ist.«

Wieder erstarrte er und schwieg. Er glaubte, die Frau seufzen zu hören.

»Okay«, sagte sie, »die Wohnungsnummer haben Sie auch nicht.«

»Ich rufe gleich zurück«, stieß er hervor.

Dann legte er schnell auf.

Mithilfe seiner Zähne zog er sich einen Handschuh an, dann vergrub er sein rechtes Handgelenk tief in der Tasche seines Mantels, nahm die Schlüssel vom Haken an der Tür und machte sich auf, der abendlichen Kälte zu trotzen.

Er fuhr mit dem Aufzug, in dem es übermäßig warm war, die dreizehn Stockwerke bis zum Erdgeschoss hinunter, dann trat er in die Nacht hinaus.

Er spähte zu dem Gebäude auf der gegenüberliegenden Straßenseite, als sei es ein Feind, der ihm auflauerte. Die Hausnummer war klar beleuchtet – 3359. Er wiederholte sich im Geist mehrmals die Nummer und hoffte, dass er sie sich merken konnte.

Er hatte keine Ahnung, ob die Eingangstür des Gebäudes üblicherweise geschlossen war. Er wusste nur, dass in dem Gebäude, in dem er wohnte, die Haustür einfach aufgedrückt werden konnte, aber was war die übliche Variante?

Er überquerte die Straße und wich einem vorbeirasenden Taxi aus, das buchstäblich aus dem Nichts gekommen zu sein schien. Dann trat er an die Tür.

Sie ließ sich öffnen.

Er ignorierte den Aufzug und stieg die Treppe zum zweiten Stock hoch.

Schon bald wurde ihm klar, dass er besser den Aufzug genommen hätte, denn als er durch den Hausflur des zweiten Stockwerks schritt, hatte er Schwierigkeiten, sich zu orientieren. Der Flur hatte keine Fenster – nur Wohnungstüren und einen langen, abgenutzten Perserteppich. Er konnte nicht erkennen, ob und wie viele Fenster dieser Wohnungen zur Straße zeigten. Das dritte Fenster von links, von Anthonys Gebäude aus gesehen, könnte zur ersten Wohnung auf der linken Seite gehören – oder zur Wohnung daneben.

Er seufzte und nahm den Aufzug zurück ins Erdgeschoss.

Wieder draußen in der Kälte, ging er an das südliche Ende des Gebäudes – dorthin, wo er von seinem Balkon aus die Fenster gezählt hatte. Er blickte auf, um sich zu vergewissern, dass die Fenster des ersten Stocks genau in einer Linie mit den darüberliegenden Fenstern waren. Dann ging er die Entfernung von der Ecke des Gebäudes bis zum dritten Fenster und zählte dabei seine Schritte.

Er nahm den Aufzug zurück zum zweiten Stock und wusste jetzt, in welcher Richtung die Straße lag.

Er schritt vom südlichen Ende des Gebäudes den Hausflur ab und bemerkte, dass er keine Ahnung hatte, wie weit die Distanz vom Ende des Flurs im Haus bis zur äußeren Ecke des Gebäudes war.

Als er zu Ende gezählt hatte, stand er zwischen zwei Wohnungstüren, 2D und 2F. Wo sich wohl die Wand zwischen den beiden Wohnungen befand?

Aber mehr als das konnte er wirklich nicht tun.

Er eilte nach Hause, nahm den Aufzug, dreizehn Stockwerke bis zum sogenannten vierzehnten Stockwerk – absichtlich verkehrt nummeriert, um abergläubische Mieter zu beruhigen –, und schloss die Wohnungstür auf.

Er rief wieder den Notruf an.

Seine Hoffnung, wieder die Frau von vorhin an die Leitung zu bekommen, wurde enttäuscht. Die Frau, mit der er jetzt sprach, klang nicht so, als könnte sie problemlos alles wieder unter Kontrolle bringen. Er gab ihr die Adresse des Gebäudes, in dem der Übergriff stattgefunden hatte. Als sie ihn nach der Wohnungsnummer fragte, nannte er ihr mit ruhiger Stimme zwei. »Entweder 2D oder 2F.«

Sie seufzte so ähnlich wie ihre Kollegin vorher, versprach aber, jemanden vorbeizuschicken.

* * *

Anthony beschloss, sein neues Teleskop vom Balkon in sein Zimmer zu schleppen, denn es war einfach zu kalt, um die ganze Nacht draußen zu stehen.

Es war nicht leicht.

Mit allen Einzelteilen wog das Teleskop über fünfzig Kilo. Anthony wollte es nicht auseinandernehmen und riskieren, es später nicht wieder zusammenbauen zu können.

Er öffnete die Schiebetür, schlang die Arme um die Verbindungsstelle von Teleskop und Stativ und zog das Gerät über den Teppichboden. Er hatte zwar genug Kraft, um es zu heben, befürchtete aber, dass sein Griff nicht sicher genug sein könnte und er es fallen lassen würde.

Er machte die Schiebetür zu und zitterte noch von der Winterkälte, die er soeben hereingelassen hatte. Dann zog er das Teleskop bis ans Fenster in seinem Zimmer.

Er hob den mittleren Ständer des Stativs an, um das Teleskop nach unten zu neigen, und richtete die Linse auf den Eingang des Gebäudes gegenüber. Wenn sie den Mann mit den haarigen Armen festnahmen und in Handschellen auf die Straße führten, wollte Anthony Zeuge sein. Und es selbst sehen, aus nächster Nähe, was für ein Mann so etwas tun konnte.

Er zog einen Stuhl heran und wartete.

Und wartete.

Und wartete.

* * *

Mit einem Ruck wachte er auf. Er saß kerzengerade auf seinem Stuhl und wunderte sich darüber, dass er eingenickt war.

An der Straße gegenüber stand ein blinkender Einsatzwagen der Polizei im Halteverbot.

Also sind sie drinnen, dachte er. *Also werden sie ihn jetzt jeden Moment rausbringen.*

Mit seinem linken Auge blickte er durch das Okular des Teleskops und wartete.

Mehrere Minuten vergingen, in denen Anthony eine der wichtigsten Lektionen für die Benutzung seines neuen Teleskops lernte: Man überstrapaziert die Augen, wenn man über einen längeren Zeitraum hinweg angestrengt ein Ziel anvisiert.

Schließlich sah er zwei Polizisten aus dem Gebäude kommen.

Sie hatten niemanden bei sich.

Anthony hatte eine erstaunlich detaillierte Nahansicht auf die beiden Männer. Er beobachtete, wie einer seine blaue Polizeimütze abnahm, um sich den Kopf zu kratzen, und konnte die kahle Stelle mitten auf dem Kopf des Polizisten sehen. Der andere zündete sich eine Zigarette an, und Anthony sah, wie der Rauch in kleinen Wolken aus dem Mund und der Nase des Mannes strömte.

Sie setzten sich in ihren Einsatzwagen und schalteten die rotierenden Dachlichter aus.

Dann fuhren sie weg.

Anthony brachte das Teleskop in eine andere Stellung, zurück zum dritten Fenster von links im zweiten Stockwerk. Den Rest der Nacht blieb er wach und beobachtete die Wohnung, für den Fall, dass sich dort noch etwas Schreckliches ereignen sollte.

Die ganze Nacht über sah er nichts außer einer weißen Wand mit einem Kaminsims und einem abstrakten Gemälde.

* * *

Als Anthony sich am nächsten Morgen mühevoll anzog, arbeitete er Stück für Stück, Detail um Detail einen Plan aus. Er durchstöberte das Büro seines Vaters, obwohl er nicht damit rechnete, mehr als vielleicht einen Notizblock zu finden, doch er stieß auf etwas Besseres: ein Klemmbrett. Er nahm ein paar Blätter von einem Notizblock aus seinem Zimmer und klemmte sie daran fest. Dann steckte er einen Kugelschreiber ein, zog seinen Mantel an und verließ die Wohnung.

Mit dem Klemmbrett unter dem linken Arm, das rechte Handgelenk tief in seiner Manteltasche vergraben, ging er im Haus gegenüber in den zweiten Stock.

Er blieb zuerst vor der Nummer 2F stehen. Als er an die Tür klopfte, rutschte ihm das Klemmbrett aus dem Arm und fiel auf den Perserteppich. Er bückte sich danach und als er sich wieder aufrichtete, stand ein sehr alter Mann im Türrahmen, der ihn beobachtete.

»Kann ich Ihnen helfen?« Die Stimme des Mannes klang so rau und tief, als sei sie viele Jahre lang ausgiebig benutzt worden. In dieser Stimme lag ein nass klingendes Tremolo, als würde der Mann innerlich ertrinken.

»Ich führe eine Umfrage durch«, erklärte Anthony und war überrascht, wie ängstlich er sich fühlte. Seine Hand zitterte. »Dürfte ich Sie fragen, wie viele Personen in Ihrem Haushalt leben?«

Obwohl dies wahrscheinlich nicht die richtige Wohnung war, konnte Anthony nicht einfach gehen, ohne sich wirklich sicher zu sein. Dies könnte der Vater oder Großvater einer der Leute sein, die er am Abend zuvor gesehen hatte.

»Nur ich«, sagte der alte Mann.

»Okay. Vielen Dank. Das war alles, was ich wissen muss.«

»Das ist die ganze Umfrage? Nur eine Frage? Welche Art von Umfrage gibt sich mit der Auskunft zufrieden, wie viele Leute in einer Wohnung leben? Wozu soll diese Information gut sein, und wem soll sie nutzen?«

»Es gibt eine vollständige Umfrage, Sir«, sagte Anthony und hoffte, dass er nicht rot wurde. Sein Gesicht fühlte sich heiß an. »Aber sie richtet sich an die Dame des Hauses.«

»Oh, ich verstehe.«

»Aber trotzdem vielen Dank für Ihre Hilfe.«

Mit einer vagen Handbewegung verabschiedete sich der Mann von Anthony und schloss die Tür.

Anthony klopfte an die Tür mit der Aufschrift 2D. Sein Herz hämmerte.

Zuerst geschah nichts. Dann wurde die Tür so plötzlich aufgerissen, dass er erschrocken zwei Schritte zurücktrat.

Der Mann an der Tür war von kleiner Statur, aber drahtig und wahrscheinlich kräftig. In seinen dunklen, glatt zurückgekämmten Haaren waren die feuchten Spuren eines Kamms zu sehen. Er trug ein weißes Hemd mit hochgekrempelten Ärmeln und eine schwarze Anzughose mit Hosenträgern, die von der Hüfte herunterhingen, als hätte er vergessen, sie sich über die Schultern zu ziehen.

Seine Arme waren stark behaart.

Er bellte Anthony ein einziges Wort zu. »Was?«

»Entschuldigen Sie die Störung, Sir, aber ich führe eine Umfrage durch, und …«

»Ich habe keine Zeit für eine Umfrage.«

»Also eigentlich ist diese Umfrage für die Dame des Hauses gedacht.«

Der Mann blieb unbeweglich stehen, als spiele sich in seinem Inneren ein Kampf ab und er sei ein passiver Beobachter, der sehen will, welche Seite gewinnt.

Dann drehte er sich um und rief in das Innere der Wohnung einen Namen. »Edith!«

Der Mann ging davon und ließ die Tür weit offen stehen.

Anthony wartete – mindestens eine ganze Minute lang, vielleicht zwei Minuten. Er begann sich zu fragen, ob überhaupt noch etwas passieren würde. Aus irgendeinem Grund wurde seine Furcht mit jeder verstreichenden Sekunde intensiver.

Schließlich erschien eine Frau. Sie ging langsam auf die geöffnete Tür zu, ohne Anthony anzusehen. Ihr Blick war so fest auf den Teppich gerichtet, als sei er ein Minenfeld. Sie hatte leicht gelocktes, rotbraunes Haar. Anthony erkannte es wieder. Er hatte es am Abend zuvor durch das Teleskop gesehen. Das Haar fiel ihr ins Gesicht, vor allem auf der linken Seite – wahrscheinlich, weil sie den Kopf gesenkt hielt, dachte er. Doch als sie die Türschwelle erreicht hatte und zu ihm hochblickte, bekam er den Eindruck, dass sie ihr Haar absichtlich über das linke Auge gekämmt hatte.

Als sie vor ihm stand, wirkte sie so, wie Anthony sich innerlich fühlte – als wäre sie jetzt lieber in einer weit entfernten Galaxie, anstatt mit einem anderen Menschen interagieren zu müssen. Sie hatte ihren linken Ellenbogen in die rechte Hand gestützt und berührte ihre Stirn, sodass ihre Handfläche das linke Auge verdeckte. Falls sie den Anschein einer lockeren Haltung erwecken wollte, scheiterte sie kläglich.

Anthony blickte ihr ins Gesicht und plötzlich fiel ihm das Atmen schwer. Tief in seiner Brust kribbelte es. Er hatte keine Zeit, sich darüber zu wundern. Er musste etwas sagen.

Er hatte nach der Dame des Hauses verlangt, also musste er jetzt mit ihr reden.

»Vielen Dank, dass Sie sich die Zeit nehmen«, stieß er hervor.

»Oh, keine Ursache.« Ihre Stimme war leise, und … ihr Klang verursachte eine gewisse Leichtigkeit in seiner Brust. Jegliche Schwere fiel von ihm ab. Ihre Stimme erhellte sein Inneres. »Mein Mann hat gesagt, dass Sie eine Umfrage durchführen. Während meines Studiums habe ich mir mit Tür-zu-Tür-Befragungen etwas dazuverdient. So viele Türen wurden mir vor der Nase zugeschlagen. Ich weiß, wie sich das anfühlt.«

»Vielen Dank«, wiederholte er. Doch dieses Mal war es nicht nur eine höfliche Floskel, sondern sein Dank kam aus tiefstem Herzen, denn er war ihr wirklich dankbar dafür, dass sie etwas Nettes gesagt hatte, um ihm die Befangenheit zu nehmen.

»Worum geht es in der Umfrage?«

Eine kurze Stille setzte ein, während der Anthony sich der Schwachstellen in seinem Plan bewusst wurde. Das Ziel war nur gewesen, die Frau an die Tür zu bekommen. Nur um mit eigenen Augen zu sehen, dass es ihr gut ging. Doch natürlich würde sie Fragen stellen, die er beantworten musste. Es würde sich ein Gespräch ergeben. Er konnte nicht einfach wegrennen. Warum hatte er sich auf diesen unausweichlichen Augenblick nicht besser vorbereitet? Seitdem er diese Gewalttat gesehen hatte, war er nicht mehr in der Lage gewesen, die Gedanken in seinem Kopf zu entwirren.

»Kunst«, antwortete er. Als er kurz geblinzelt hatte, war vor seinem inneren Auge eine Erinnerung an das abstrakte Gemälde über dem Kaminsims aufgetaucht. »Es geht um die Kunstwerke, die sich Leute zu Hause an die Wand hängen.«

»Warum richtet sich die Umfrage dann nur an Frauen? Männer kaufen auch Bilder.«

»Sicher. Sicher tun sie das. Aber die Organisation, die diese Umfrage in Auftrag gegeben hat, meint, dass letztendlich die Ausstattung der Wohnung von Frauen übernommen wird.«

»Und welche Organisation ist das?«, fragte sie mit dieser Stimme. Dieser wunderbaren Stimme, die die Welt heller werden ließ. Es klang nicht so, als wollte sie ihn ins Kreuzverhör nehmen. Sie schien einfach neugierig zu sein, als hätte sie Interesse an dem, was er tat.

»Der Nationale Kunstrat«, sagte er.

Sie nickte so ernsthaft, als verdiente dieser wahrscheinlich gar nicht existierende Kunstrat ihren Respekt.

»Wie viele Kunstwerke haben Sie in Ihrer Wohnung?«, fragte er sie.

Um den Anschein zu wahren, musste er ihre Antwort aufschreiben, also zog er sein rechtes Handgelenk aus der Manteltasche und stützte das Klemmbrett zwischen Hüfte und rechtem Unterarm ab. Er nahm den Stift, um mit seiner linken Hand zu schreiben, was er monatelang geübt hatte.

Der Blick ihrer bernsteinfarbenen Augen wanderte zu seiner fehlenden rechten Hand. Natürlich tat ihr Blick das, wie der Blick aller Menschen. Bei jeder ersten Begegnung, selbst wenn es nur im Vorübergehen auf der Straße war, erlebte Anthony diesen Moment, weshalb er mittlerweile meistens sein rechtes Handgelenk tief in seiner Tasche vergrub.

Er konnte es ihr nicht verübeln. Er verübelte es niemandem, denn es war eine ganz normale, menschliche Reaktion.

Doch mit dieser Frau, Edith hatte der Mann sie genannt, war dieser Moment komplexer. Denn als sie sein Handgelenk betrachtete, vergaß sie, ihr linkes Auge zu bedecken.

Obwohl ihr ein paar rotbraune, wellige Strähnen ins Gesicht hingen, konnte er einen Blick auf die ringförmige Verfärbung genau unter dem Auge erhaschen. Er fragte sich plötzlich, warum es *blaues Auge* genannt wurde, wenn es doch eigentlich lila, gelb und grün war.

»Sechs, glaube ich«, antwortete sie und brachte ihn damit in die Gegenwart zurück.

Er hätte sie gern gefragt, ob sie sich sicher fühlte, befürchtete aber, ihr Ehemann könnte mithören.

Schweigend schrieb er die Zahl 6 auf das leere Blatt.

»Und nun zur wichtigsten Frage«, fuhr er fort und schüttelte sich schnell ein paar Begriffe aus dem Ärmel, die er in der achten Klasse im Kunstunterricht gelernt hatte. »Sind die Bilder gegenständlich? Oder abstrakt?«

»Überwiegend gegenständlich. Nur ein abstraktes, aber das ist mein Lieblingsbild. Es ist auch das kostbarste. Ich habe es von meinem Urgroßvater geerbt. Es ist ein Valenowski. Der Maler lebt natürlich nicht mehr, und obwohl es noch nicht geschätzt wurde, könnte es etwas wert sein, glaube ich.«

Anthony nickte, während er mitschrieb.

Aus der Wohnung drang gedämpftes Rauschen – im Badezimmer schien die Dusche angestellt worden zu sein.

Zum ersten Mal hatte er jetzt eine Vorstellung davon, wo in der Wohnung sich ihr Mann gerade aufhielt.

Er senkte die Stimme. Und wagte es, selbst von seiner Unerschrockenheit überrascht, so direkt auf ihr linkes Auge zu schauen, dass sie es bemerken musste.

»Brauchen Sie Hilfe?«, fragte er sie.

Sie senkte ihren Blick sofort wieder auf den Teppich. Dann stammelte sie etwas Unverständliches, bevor richtige Wörter hervorkamen. »Ich …«, sagte sie und schien dann doch nicht in diese Richtung fortfahren zu wollen. »Sie müssen jetzt gehen. Ich meine, *ich* muss jetzt gehen.«

Und sie schloss die Tür.

Doch an was sich Anthony immer erinnern würde, war die Art, wie sie die Tür geschlossen hatte. Sie schlug die Tür nicht hinter sich zu. Im Gegenteil. Sie ließ die Tür vorsichtig und so sanft einrasten, als wolle sie ihn nicht verletzen.

Und das machte für Anthony einen großen Unterschied, denn sie hatte die Macht, ihn zu verletzen. Nur verstand er noch nicht, warum.

Kapitel 3

Wer bist du?

Am darauffolgenden Tag saß Anthony in seinem Zimmer am Fenster. Allmählich wurde sein Rücken steif und begann zu schmerzen, aber er wagte es nicht, sich zu bewegen. Nur in dieser Position hatte er mit dem Teleskop einen guten Blick ins Wohnzimmer der Wohnung 2D im Haus gegenüber und konnte außerdem ohne diese Sehhilfe den Eingang des Gebäudes überwachen.

Es war später Vormittag. Er war zu unruhig gewesen, um richtig zu frühstücken, doch hin und wieder trank er einen kleinen Schluck aus seiner zweiten Tasse Kaffee, die auf dem Schreibtisch stand. Auf seinem Schoß lag ein geöffnetes Buch über Planetenkonstellationen, aber es fiel ihm zu schwer, sich zu konzentrieren.

Eine Bewegung erweckte seine Aufmerksamkeit und mit bloßem Auge sah er, wie unten auf der Straße ein Paar das Gebäude betrat. Allerdings war es nicht *das* Paar.

Dann, mehrere Minuten später, sah er wieder eine Bewegung, diesmal durch das Okular. Er hielt den Atem an und beugte sich über das Teleskop.

Konzentriert spähte er durch die Linse. Edith bewegte sich in einem abgehackten Muster durch das Zimmer. In dem kleinen Ausschnitt, den er sehen konnte, ging sie erst nach vorn, dann zurück. Ihm wurde mulmig zumute. Dann kam sie wieder nach vorn. Dann wich sie zurück.

Erst nach einer Minute hatte er kapiert, dass sie den Boden saugte.

Erleichtert setzte er sich auf, schloss seine strapazierten Augen und ließ seinen schnellen Herzschlag zur Ruhe kommen. Als er die Augen wieder öffnete, entdeckte er einen Mann, der das Haus gegenüber verließ. Anthony war sich zu neunzig Prozent sicher, dass es sich um Ediths Ehemann handeln musste. Zugegebenermaßen war der Mann weit entfernt und er konnte ihn nur von oben sehen. Außerdem trug er einen Hut. Aber trotzdem, etwas an seiner Körpersprache kam ihm bekannt vor.

Während er sich sagte, dass er sich wahrscheinlich getäuscht hatte, bewegte Anthony das Teleskop, um es auf den Eingang zu richten. Bis er es endlich eingestellt hatte, war der Mann schon in einem Taxi verschwunden.

Den Eingang im Blick, blieb Anthony sitzen und wartete. Über eine Stunde lang wandte er die Augen nicht ab. Schließlich sah er auf seine Armbanduhr. Es war zehn vor zwölf.

Als er wieder zum Eingang blickte, trat gerade Edith auf die Straße.

Er erkannte sie sofort, denn sie war im Okular des Teleskops deutlich auszumachen. Ihr welliges, rotbraunes Haar war bereits zu einem vertrauten Bild in seinem Leben geworden. Es floss unter ihrem großen Hut hervor und breitete sich über ihre Schultern aus. Mit ihrem roten Mantel hob sie sich wie ein Signalfeuer von dem winterlichen Grau ihrer Umgebung ab.

Sie wandte sich nach rechts und ging die Straße entlang.

Anthony rannte aus der Wohnung. Keine Zeit, auf den Aufzug zu warten. Er lief die dreizehn Stockwerke nach unten, zwei Treppenstufen auf einmal nehmend. Dann trat er auf den Bürgersteig und schlug die Richtung ein, in die sie gegangen war. Doch er konnte sie nirgends entdecken. Er schien sie verloren zu haben.

Er eilte weiter, blieb an der Straßenecke stehen und blickte schnell in beide Richtungen. Da sah er ihren roten Mantel aufblitzen.

Sie betrat gerade das kleine Café um die Ecke. Wäre er nur ein klein wenig langsamer gelaufen, hätte er nur eine Sekunde länger gebraucht, dann hätte er sie verpasst.

Er lehnte sich an die Auslage eines Zeitungsstands, spürte die Kälte auf seinem mantellosen Oberkörper und versuchte, wieder zu Atem zu kommen. Er wollte nicht schnaufend das Café betreten, denn dann wäre es offensichtlich, dass er ihr hinterhergerannt war. Es war bereits unangenehm genug, dass es so erscheinen musste, als würde er ihr nachstellen. Doch sein Bauchgefühl sagte ihm, dass er ihr nicht nachstellte. Er hatte ein ganz bestimmtes Ziel: Er wollte ihr mitteilen, dass er im Haus gegenüber in der Wohnung 14A wohnte und sie zu ihm kommen konnte, falls sie Hilfe oder Schutz brauchte. Und dass er in diesem Fall alles, was in seiner Macht stand, tun würde, um ihr zu helfen.

Vielleicht würde sie es nicht hören wollen und sich verschließen. Es würde ihr wahrscheinlich unangenehm sein zu erfahren, dass jemand Zeuge des Übergriffs geworden war. Natürlich. Jedem wäre das unangenehm. Aber falls sie sein Angebot annahm, dann wäre es im Nachhinein die ganze Sache wert gewesen.

Oder vielleicht würde es ihr zu peinlich sein, das Angebot anzunehmen, und am Ende würde ihr etwas Schreckliches zustoßen. In diesem Fall musste Anthony wissen, dass er alles getan hatte, was er konnte. Denn sonst würde er sich nicht mehr im Spiegel anschauen können.

Eine Stimme unterbrach seine Gedanken.

»Hey! Junge!«, blaffte ihn eine ungeduldige Männerstimme an. Anthony wandte sich zu dem Inhaber des Zeitungskiosks um, der ihn mit zusammengekniffenen Augen anstarrte. »Kaufst du noch was? Oder lehnst du dich nur an?«

»Ich kaufe was.«

Er zog Geld aus seiner Jeanstasche und zählte es ab. Natürlich konnte er sich eine Zeitung leisten – so viel Geld hatte er –, aber er wollte nachsehen, ob es auch noch für ein Mittagessen reichte. Er hatte einige Geldscheine dabei, mehr, als er gedacht hatte.

Er kaufte sich eine Zeitung, weil ihm die Zeitung noch als Accessoire dienen konnte.

Er hatte den Plan, sich ins Café zu setzen, Zeitung zu lesen und einfach abzuwarten, ob sie ihn wiedererkennen würde. Um zu sehen, ob *sie ihn* ansprechen würde. Und falls nicht, dann … nun, er war sich nicht sicher. Er wusste nicht, wie viel Mut er aufbringen könnte.

Die Zeitung unter den Arm geklemmt, ging er auf das Café zu. Gerade als er die Tür öffnete, kam ihm ein beunruhigender Gedanke. Was, wenn sie nicht allein war? Was, wenn sie hierherkam, um sich mit jemandem zu treffen? Vielleicht mit einem Mann? Bei dem Ehemann, den sie hatte, konnte man es ihr nicht verdenken.

Aber nun war Anthony schon so weit gekommen, also trat er ein. Es war warm. Schon fast bedrückend warm, aber nach der beißenden Kälte draußen fühlte es sich gut an. Sie saß in einer der rot gepolsterten Sitzecke am anderen Ende und hatte ihm den Rücken zugedreht. Sie las die Speisekarte, allein.

Anthony wählte eine Sitzecke in der Mitte des Cafés, etwa auf gleicher Höhe von ihrer. In dem Café war außer ihnen nur noch ein Paar, das weit entfernt saß – für Anthony außerhalb ihres Schauplatzes. Die Welt schien nur aus Edith und ihm zu bestehen – gemeinsam allein auf einem potenziell feindlichen Planeten.

Es war ein seltsames Gefühl, sie in Gedanken Edith zu nennen, ihren Vornamen zu kennen, da sie ansonsten nur so wenig voneinander wussten. Doch das, was er über sie wusste, fühlte sich bedeutend an. Vielleicht war das alles, was er wissen musste.

Er setzte sich und breitete die Zeitung auf dem Tisch aus, um sich das Blättern zu erleichtern.

Ein Kellner, nicht viel älter als Anthony, brachte ihm die Speisekarte.

Erst jetzt bemerkte er, wie hungrig er war. Außerdem hatte er bereits genug von den Sandwiches und Dosensuppen, die er sich in den letzten beiden Tagen zubereitet hatte. Ein hausgemachtes warmes Essen, wie seine Mutter es kochen würde, wäre ein Genuss. Dies allein war schon Grund genug, in diesem Café zu sein, selbst wenn Edith nicht hier wäre.

Ihre Stimme ließ ihn aufschrecken.

»Hey!« Er hätte ihre Stimme überall wiedererkannt, selbst in einer lauten Menschenmenge. »Die Kunstumfrage. Das warst du, stimmt's?«

Er wandte sich zu ihr und machte sich darauf gefasst, ihrem Blick direkt zu begegnen, doch ihre Augen waren hinter einer übergroßen Sonnenbrille verborgen, über die zudem noch die Krempe ihres Huts ragte. Wahrscheinlich trug sie beides nicht ohne Grund.

»Schuldig«, sagte er.

»Du wohnst also hier in der Gegend.«

»Direkt gegenüber von deinem Haus. Wohnung 14A.«

Es war besser, dies gleich loszuwerden – für den Fall, dass sie die Unterhaltung plötzlich abbrach.

»Ich möchte mich für gestern entschuldigen«, sagte sie.

»Wieso? Dafür gibt es keinen Grund.«

»Ich habe dir die Tür vor der Nase zugeknallt. Das war unhöflich.«

»Das war kein Zuknallen. Du hast die Tür sehr sanft zugezogen.«

»Mitten in unserer Unterhaltung.«

»Ich verstehe es … warum du das gemacht hast. Ich habe dich in Verlegenheit gebracht und das tut mir leid.« *Und es tut mir leid, dass ich dich gleich wieder in Verlegenheit bringen werde*, fügte er in Gedanken hinzu.

Sie öffnete den Mund, doch bevor sie antworten konnte, kam ein Paar mittleren Alters herein und trat direkt zwischen Anthony und Edith. Anthony wartete ungeduldig, aber die beiden blieben stehen und nahmen dann in der Sitzecke direkt neben ihm Platz, was ihm vollständig die Sicht auf Edith versperrte. Ihre Verbindung war unterbrochen.

Er war so gereizt, dass er beinahe etwas zu dem Paar gesagt hätte. Es erinnerte ihn daran, wie er allein ins Kino gegangen war und ein unangenehmer alter Mann sich direkt neben ihn gesetzt hatte, obwohl noch fast alle Plätze frei gewesen waren. Er glaubte zwar nicht, dass das Paar dies absichtlich getan hatte – doch absichtlich oder nicht, sie verletzten die stillschweigende gesellschaftliche Übereinkunft, dass man einem Fremden so viel persönliche Distanz gewährt wie möglich.

Andererseits … ich *muss gerade reden*, dachte er.

Er sagte nichts. Sie hatten das Recht zu sitzen, wo sie wollten, selbst wenn es unhöflich war.

Er nahm Speisekarte und Zeitung und setzte sich in den vorderen Bereich des Cafés, mit Blick zur Straße. Während er zu den vorbeirauschenden Autos und Taxis sah und zu den Leuten, die auf dem Bürgersteig vorbeieilten, konnte er immer noch nicht den Frust über die Unterbrechung seiner Unterhaltung mit Edith abschütteln.

Einen Augenblick später setzte sie sich ihm gegenüber an den Tisch und stellte ein Glas Eistee vor sich ab. Er hatte das Gefühl, dass sie ihn gleich zur Rede stellen würde.

»Ich habe eine Frage, also halt deinen Hut fest, denn sie ist ziemlich wichtig.«

»Du bist die Einzige hier, die einen Hut aufhat«, erwiderte er. Er spürte, wie er rot wurde. Es war ein schwacher und alberner Versuch gewesen, die Situation mit Humor zu entschärfen. »Okay. Tut mir leid. Schieß los!«

»Gibt es diese Kunstumfrage wirklich? Denn ich habe in der Bücherei nach diesem Kunstrat gesucht, und er scheint nicht zu existieren.«

»Nein. Die Kunstumfrage war nicht echt. Ich wollte dich nur an die Tür bekommen, um zu sehen, wie es dir geht.«

»Wer bist du *dann*?«

»Niemand. Nur jemand, der gegenüber wohnt und nicht will, dass du verletzt wirst.«

»Aber wir sind Fremde! Wieso sollte dich das kümmern?«

»Das stimmt nicht ganz. Wir kennen uns so gut, dass wir gemeinsam hier sitzen und gleich etwas zu essen bestellen.«

Eigentlich hatte er keine Ahnung, ob sie hier sitzen bleiben und mit ihm essen würde. Doch sie hatte ihre Speisekarte und ihr Getränk mitgebracht. Das war ein gutes Zeichen. Jedenfalls war es einen Versuch wert.

»Und wie gut hast du mich gekannt, als du gestern Morgen an meine Tür gekommen bist?«

»Gar nicht«, antwortete er und senkte verlegen den Blick auf den glänzenden Metalltisch vor ihm.

»Also zurück zur ersten Frage.«

»Nein«, sagte er. Er hatte seine Stimme und seinen Mut wiedergefunden, denn er wollte das Richtige tun, egal, was sie dachte. »Nein, ich habe eine Frage an *dich*. Und halt *deinen* Hut fest, denn sie ist wichtig. Wie gut muss ich jemanden kennen, bevor mir erlaubt ist, zu verhindern, dass dieser Person etwas Schlimmes zustößt?«

Einen Augenblick lang hing die Frage unbeantwortet zwischen ihnen. Dann kam der Kellner, um ihre Bestellung aufzunehmen.

»Das Übliche?«, fragte er Edith.

Sie nickte, immer noch schweigend.

Der Kellner sah Anthony an, der Chili con Carne mit Zwiebeln und extra Käse bestellte.

Als der Kellner gegangen war, hob Edith den Kopf und nahm ihre Sonnenbrille ab. Die Verfärbung unter ihrem Auge war heller als am Morgen zuvor, aber immer noch deutlich wahrnehmbar. Weniger ein dunkles Lila, mehr ein helles Gelb und Grün. Er wandte den Blick ab und bemerkte stattdessen die Form ihrer Nase, die schmal, gerade und ziemlich lang war. Dadurch hatte Edith nicht das Aussehen eines Models, aber er fand, dass ihre Nase ihr eine würdevolle, kultivierte Erscheinung verlieh. Es war etwas, das sie auszeichnete und unverwechselbar machte.

»Okay«, sagte sie. »Verstehe. Das muss ich dir lassen, du bist ein guter Kerl. Du willst nur ein guter Mensch sein, das rechne ich dir hoch an. Aber einiges ergibt keinen Sinn.«

»Was genau?«

»Du warst an meiner Tür und hast mein blaues Auge gesehen. Also wolltest du wissen, wie es mir geht. Das verstehe ich. Aber ich weiß nicht, warum du überhaupt an meine Tür gekommen bist. Warum hast du dir Sorgen gemacht, bevor du überhaupt angeklopft hast?«

»Wegen dem, was passiert ist … also … vorgestern Abend. Direkt vor dem Fenster.«

Sie schwieg einen Moment, dann ließ sie ihr Gesicht in die Hände sinken. Einige Zeit verging und Anthony begann sich zu fragen, ob sie jemals wieder etwas sagen würde.

Die Ankunft ihrer Bestellung unterbrach das Schweigen. Sein Chili und ihr Truthahn-Sandwich. Sie hob den Kopf.

»Hier gibt's die allerbesten Truthahn-Sandwiches«, erklärte sie und schien sich wieder gefasst zu haben. »Mit Frischkäse und Cranberrysoße.« Sie hob die obere Scheibe, um ihm die Cranberrysoße zu zeigen. Ein flüssiger, dunkelroter Streifen, den er irgendwie verstörend fand. Wie eine klaffende Wunde, wie Blut. »Selbst gemacht ist es einfach nicht das Gleiche. Also esse ich jeden Tag hier ein Sandwich. Also … jeden Wochentag.«

Er erwiderte nichts. Er überlegte, ob sie ihm absichtlich mitgeteilt hatte, wo sie sich jeden Tag zur Mittagszeit aufhielt. War es eine versteckte Botschaft? Und falls ja, warum? Er hatte es sich bereits aus dem Hinweis des Kellners auf ihre *übliche* Bestellung zusammengereimt, aber natürlich hatte er nicht wissen können, dass sie an jedem Wochentag hierherkam.

»Man denkt nie, dass jemand von außen so eine Sache mitbekommt«, fuhr sie nun mit gedämpfter Stimme fort. »Das hat mich ziemlich hart getroffen. Kein Wortspiel beabsichtigt. Das ist wirklich beschämend.«

»Ich wüsste nicht, warum«, entgegnete er und rührte den leicht geschmolzenen Käse in sein Chili. »Das sagt überhaupt nichts über dich aus.«

Doch es hätte etwas über sie aussagen können – abhängig davon, wie oft ihr Ehemann sie schon geschlagen hatte und wie oft sie ihm verziehen hatte und geblieben war. Er wollte sie fragen, wie lange sie schon mit diesem Mann verheiratet war, aber natürlich tat er das nicht. Es ging ihn nichts an.

»Ich bin überrascht, dass du vom vierzehnten Stock aus jedes Detail sehen konntest«, sagte sie.

Anthony horchte auf. Offensichtlich hatte sie ihm genau zugehört, als er ihr vorhin seine Adresse gegeben hatte.

»Na ja, eigentlich ist es der dreizehnte Stock. Er wird nur wegen dem Aberglauben mancher Leute der vierzehnte genannt.« Als sie nicht sofort reagierte, fügte er hinzu: »Bist du abergläubisch?«

Er aß einen Löffel Chili con Carne. Es war unglaublich gut und weckte seine Lebensgeister. Es hatte Würze. Schärfe. Interessant. Plötzlich schien alles in seinem Leben interessant zu sein, auch wenn das Chili nur einen kleinen Teil zu diesem großen Gefühl beitrug.

»Nicht in solchen Dingen. Aber du bist mir ausgewichen und ich glaube, das weißt du.«

Er seufzte. »Es ist so«, begann er. »Es gibt einen Grund dafür, warum ich es so deutlich gesehen habe. Und der hat damit zu tun, dass ich mich zurzeit noch daran gewöhne, Dinge mit einer Hand zu verrichten.« Er hielt inne und bemerkte, wie ihr Blick wieder zu seinem Stumpf huschte. »Ich weiß, da scheint kein Zusammenhang zu bestehen, aber du musst mir das glauben. Ich schwöre beim Grab meines Großvaters, dass ich nicht absichtlich durch das Fenster gesehen habe. Es war ein seltsamer Zufall. Du kennst mich zwar nicht gut, aber ich bin kein Lügner. Ich bin nicht perfekt, aber du kannst dir sicher sein, dass ich die Wahrheit sage.«

Er rührte in seinem Chili und wartete auf ihre Antwort. Würde sie ihm vertrauen und ihm verzeihen, dass er ihre Privatsphäre verletzt hatte, wenn auch unbeabsichtigt?

»Oh!« Sie schlug sich mit der Hand an den Kopf. »*Du* bist derjenige, der die Polizei gerufen hat. Und wir haben gedacht, es sei unser Nachbar gewesen.«

»Ich musste irgendwas tun«, erklärte er.

Die Zeit zog sich hin, ohne dass sie etwas erwiderte. Sie widmete sich ihrem Sandwich, als verlange es ihre volle

Aufmerksamkeit. Das Aufblitzen des tiefen Blutrots verstörte Anthony nach wie vor, auch wenn sein Verstand ihm sagte, dass es nur Cranberrysoße war.

»Du hast deine Hand also erst vor *Kurzem* verloren«, sagte sie nach mehreren Minuten. »Wenn man so etwas sieht, denkt man irgendwie immer, es sei schon vor Jahren passiert und die Betroffenen wären daran gewöhnt.«

»Ich bin mir nicht sicher, ob man sich jemals daran gewöhnt. Vielleicht, ich weiß es nicht. Es ist noch nicht lange genug her, um das sagen zu können. Sieben Monate und elf Tage. Das klingt zwar nach ausreichend Zeit, um sich an etwas zu gewöhnen, aber man muss sich wohl selbst in der Situation befinden, um das beurteilen zu können.«

»Nein, das verstehe ich«, sagte sie zwischen zwei Bissen. »Ich meine, man ist an Dinge gewöhnt ... ich weiß nicht, wie viele Jahre ...«

In der kurzen Pause dämmerte es ihm, dass sie ihn vielleicht nach seinem Alter fragte.

»Ich bin vor Kurzem achtzehn geworden.«

»... und dann ändert sich plötzlich alles. Nein, das verstehe ich. Wann ist dein Großvater gestorben?«

Anthony hörte plötzlich auf zu kauen, seine Kiefermuskeln starr vor Schock. »Woher weißt du, dass mein Großvater gestorben ist?«, fragte er mit vollem Mund.

»Du hast es mir gerade gesagt.«

»Wann?«

»Als du beim Grab deines Großvaters geschworen hast.«

»Oh. Habe ich das? Oh. Okay. Also ... vor weniger als einem Jahr. Zehn Monate, glaube ich.«

»Hast du ihm nahegestanden?«

»Sehr nahe. Wie wir alle. Jeder hat Opa Anton geliebt.«

Er sah auf und schaute ihr einen Augenblick lang direkt in die Augen. Anthony fiel es schwer, ihrem Blick standzuhalten.

Es war beängstigend: Ihr Blick schien tief in ihn zu dringen, um sein Innerstes zu erforschen. Doch er zwang sich, ihm nicht auszuweichen, denn es schien wichtig zu sein. Etwas, das zu gut war, um es wegzuwerfen.

»Du hast also ein sehr schlechtes Jahr hinter dir«, stellte sie fest.

Er unterbrach den Blickkontakt und richtete seine Augen auf den Tisch. »Du machst dir keine Vorstellung.«

Er befürchtete weitere Fragen, die er lieber vermeiden wollte. Daher versuchte er, sich mit einer Art psychischer Mauer abzuschotten.

Sie stellte keine Fragen mehr.

Überraschend lang setzten sie ihr Essen schweigend fort. Zu seiner Verblüffung fand Anthony das Schweigen nicht unangenehm. Es war so ungezwungen, als verstünden sie sich schon jetzt ganz ohne Worte.

* * *

»In welcher Hinsicht bist du also abergläubisch?«, fragte er.

Ihm war klar, dass ihre gemeinsame Zeit fast vorüber war. Und wenn er jetzt die Unterhaltung nicht wieder in Gang setzte, würde überhaupt nichts mehr gesagt werden.

»Oh, ich weiß nicht. Vielleicht klingt das albern, aber manchmal sieht oder spürt man etwas und es kommt einem wie ein Omen vor. So als hätte es eine Bedeutung.«

»Ich halte das gar nicht für abergläubisch. Ich glaube, das ist nur eine Ahnung von dem, was wichtig ist.«

»Ich sollte jetzt gehen.«

Er hatte schon die ganze Zeit damit gerechnet.

»Noch eine Sache, bevor du gehst«, warf er ein und fühlte sich ungewöhnlich kühn. »Na ja, eigentlich zwei Sachen. Ich bin in den Ferien allein zu Hause und muss für mich selbst kochen. Ich bin kein völlig hoffnungsloser Fall, was das betrifft, aber meine Kochkünste sind lausig und dieses Chili con Carne war so gut. Also komme ich vielleicht morgen wieder zum Essen hierher. Und am Tag danach. Ich möchte aber nicht, dass du denkst, ich würde dir nachstellen. Du musst nicht unbedingt der Grund dafür sein, dass ich hier bin, ich habe vielleicht einfach nur Hunger.«

Sie setzte ihre Sonnenbrille auf, stand auf und zog aus ihrer Geldbörse ein paar Dollarscheine, die sie auf dem Tisch ließ. »Ich glaube, dass es ein bisschen von beidem ist«, sagte sie mit ausdrucksloser Stimme. Sie gab nichts preis außer einer Spur von Abwehr. »Was ist die andere Sache?«

Er war erleichtert über diese Frage.

»Ich habe dir erzählt, wo ich wohne. Erinnerst du dich?«

»Wohnung 14A im Haus gegenüber.«

»Richtig. Gut. Ich bin froh, dass du es noch weißt. Denn wenn du je das Gefühl hast, nicht sicher zu sein und Hilfe zu brauchen, könntest du an meiner Tür aufkreuzen. Jederzeit. Tag und Nacht. Und ich würde dir helfen.«

»Und dann würde dich mein Mann in Stücke reißen.«

»Ich könnte es mit ihm mit einer Hand aufnehmen.«

Sie lachte nicht, lächelte nicht einmal. Anthony verstand, warum. Es war nicht lustig. Nichts an der ganzen Sache war lustig. Und er würde es wahrscheinlich nicht mit ihrem Mann aufnehmen können. Vor siebeneinhalb Monaten hätte er noch eine gute Chance gehabt, doch jetzt würde der Mann ihn wohl wirklich in Stücke reißen.

»Ich sollte wirklich gehen«, sagte sie und entfernte sich.

Während er ihr hinterherblickte, bedauerte er, dass ihr Treffen so endete. Doch plötzlich blieb sie stehen, mit einer Hand am Türgriff, und drehte sich zu ihm um.

»Aber trotzdem danke«, sagte sie.

Dann ging sie durch die Tür und war verschwunden.

Kapitel 4

Fremder

Am folgenden Morgen machte Anthony sich eine kleine Kanne Kaffee und setzte sich wieder in seinem Zimmer ans Fenster. Er hatte nicht vor, das Teleskop zu benutzen, sondern beobachtete nur den Eingang des Gebäudes gegenüber, um zu sehen, wann Ediths Mann das Haus verließ. Kaum war er gegangen, befand sich Anthony in einem Konflikt, mit dem er nicht gerechnet hatte.

Er hätte gern das Teleskop so positioniert, dass er durch ihr Fenster blicken konnte. Nur um sie in ihrem Alltag zu sehen, wie sie die einfachsten Arbeiten erledigte. Um sich ihre lange, gerade Nase und ihr welliges, rotbraunes Haar ins Gedächtnis einzuprägen, damit er mit geschlossenen Augen ihr Bild wieder deutlich vor sich sehen konnte.

Er wollte dies mit einer überraschenden Fieberhaftigkeit. Es fühlte sich wie ein zwanghafter Drang an, wie das Bedürfnis, sich an einer juckenden Stelle am Rücken zu kratzen, die er nicht erreichen konnte. Er konnte nur schwer widerstehen.

Doch natürlich durfte er so etwas nicht tun. Ihr Ehemann war außer Haus, also befand sie sich nicht in Gefahr. Auf ihre

Sicherheit zu achten, war die eine Sache, aber es war etwas ganz anderes, sich wie ein Spanner zu verhalten.

Er trat vom Fenster weg und ging ins Wohnzimmer, um ein Astronomiebuch zu lesen und seine Gedanken in eine andere Richtung zu lenken. Er gewann seinen Kampf gegen diesen Drang haarscharf. Doch er hätte ihn besser als eine einzelne Schlacht betrachtet, denn dies war erst der Anfang eines viel längeren und schwierigeren Krieges.

* * *

Um genau 12:05 Uhr betrat sie das Café. Er hatte bereits seit 11:30 Uhr auf sie gewartet. Weil er die Bestellung des Essens aufschieben wollte, hatte er in der Zwischenzeit so viel Kaffee getrunken, dass er ganz zitterig war.

Sie trug ihren roten Mantel, aber weder Sonnenbrille noch Hut. Ihr Auge sah heute besser aus, aber immer noch nicht gut.

Sie setzte sich in seine Nähe, in eine Sitzecke ihm gegenüber, nicht zu ihm.

Er spürte wortwörtlich, wie ihm schwer ums Herz wurde. Er hatte das immer für eine seltsame Redewendung gehalten, aber jetzt verstand er sie.

So gut es ging, schüttelte er dieses schwere Gefühl ab und beschloss, sich zusammenzureißen und mit ihr zu reden.

»Edith«, sprach er sie an und sie wandte den Kopf. »Wirklich? Du willst dort drüben essen?«

Beinahe hätte er noch mehr gesagt. So etwas wie: »Nach allem, was wir zusammen durchgemacht haben.« Doch es hätte lächerlich geklungen, nachdem sie erst zweimal miteinander geredet hatten. Aber trotzdem wurde Anthony das Gefühl nicht los, dass sie etwas Bedeutendes miteinander geteilt hatten.

»Na ja«, sagte sie und schien unschlüssig, was sie antworten sollte. »Ich war mir nicht sicher, ob ich willkommen bin.

Du hast mich gestern nicht eingeladen – ich bin einfach so an deinem Tisch aufgetaucht. Vielleicht bist du ja nur wegen des Chilis hier und es hat nichts mit mir zu tun.«

Er hörte einen spitzen Unterton aus diesem letzten Satz heraus, als würde sie ihn mit einer Nadel pieken. Hatte er sie mit seiner Bemerkung gestern verletzt?

»Edith, würdest du dich bitte zu mir setzen, damit wir zusammen essen können?«, bat er sie sanft.

»Gern«, willigte sie ein. »Wenn du mich schon so nett fragst.«

Sie setzte sich ihm gegenüber. Ihre Blicke begegneten sich kurz, bevor sie wieder voneinander wegzuckten wie zwei gleiche Magnetpole.

Sie starrte auf den Tisch, während sie sprach.

»Es ist etwas gruselig, dass du meinen Namen kennst. Woher weißt du, wie ich heiße?«

»Dein Mann hat dich mit deinem Namen gerufen.«

Ihn so zu bezeichnen, fiel Anthony überraschend schwer, aber der Mann, der sie an den Haaren durchs Zimmer gezogen hatte, war nun mal ihr Ehemann. Anthony wünschte, er wäre das nicht, und es störte ihn, diese Tatsache akzeptieren zu müssen.

»Wann? Das verstehe ich nicht. Wann hast du überhaupt mit ihm geredet?«

»Als er dich an die Tür gerufen hat.«

»Oh.« Sie klang verwirrt, als sei sie gerade in einem unbekannten Gebiet gelandet, in dem sie sich noch nicht zurechtfand. »Ich erinnere mich gar nicht mehr. Aber ich will dir glauben.«

Schweigend studierten sie aufmerksam die Speisekarten, die der Kellner ihnen gebracht hatte. Es kam Anthony merkwürdig vor, denn sie war wegen des Truthahn-Sandwichs hier und er wegen des Chili con Carne, und das war ihnen beiden klar.

»Mir ist gestern das Gleiche passiert«, sagte er hinter seiner Speisekarte.

»Was meinst du?«

»Ich habe etwas gesagt, das dir verraten hat, dass mein Großvater nicht mehr lebt. Und dann war ich völlig geschockt, als du gewusst hast, dass er gestorben ist. Ich kann mich immer noch nicht erinnern, dass ich es erwähnt habe. Aber wie du schon gesagt hast … ich will dir glauben.«

»Ich nehme das Truthahn-Sandwich«, entgegnete sie, obwohl dies keine passende Erwiderung war.

»Und ich das Chili con Carne.«

Sie legten ihre Speisekarten beiseite. Eine unbehagliche Stille setzte ein, während sie auf den Kellner warteten.

Mit einem Seitenblick versuchte er, ihr Alter einzuschätzen, doch er war in dieser Hinsicht unbegabt. Sie mochte vielleicht Ende zwanzig sein. Vielleicht auch Anfang dreißig. Oder sogar Ende dreißig. Er konnte es wirklich nicht einschätzen. Sie war jünger als seine Eltern, also keine ganze Generation älter als er. Doch sie war auch nicht in seinem Alter.

»Ich bin im Nachteil«, stellte sie fest.

»Was meinst du damit?«

»Bisher hat noch niemand deinen Namen gerufen.«

Es dauerte einen Moment, bis er verstand, dass sie ihn nach seinem Namen fragte.

»Oh. Ich heiße …« Doch dann verstummte er.

»Ich hätte nicht gedacht, dass es eine so schwierige Frage ist«, sagte sie.

»Ich nenne mich Anthony. Aber mein richtiger Name laut Geburtsurkunde ist Anton.«

»Nach deinem Großvater.«

»Aber woher weißt du …«

»Schon wieder. Das hast du mir gestern erzählt. Ich habe gefragt, ob du ihm nahegestanden hast und du hast gesagt ›Jeder hat Opa Anton geliebt‹.«

»Dann will ich dir das glauben.«

Sie verfielen wieder in Schweigen. Draußen auf dem Bürgersteig lief ein junger Mann mit einem Transistorradio vorbei, das so laut war, dass sie den Donovan-Song durch die Glasscheiben hören konnten.

»Anton ist so ein schöner Name«, sagte sie, als die Musik verklungen war.

»Findest du?«

»Ja, wirklich. Der Name hat etwas Würdevolles. Er ist ungewöhnlich, unverkennbar. Er erinnert mich an einen heldenhaften Soldaten im Ersten Weltkrieg, aber ich habe keine Ahnung, warum. Mir gefällt einfach der Klang. Warum benutzt du den Namen nicht? Magst du ihn nicht?«

»Das ist es eigentlich nicht, nein. Es ist wohl ein ganz guter Name. Keine Ahnung, es lässt sich nur schwer erklären. Aber … wenn ich jemandem sage, dass ich Anton heiße, werde ich immer gefragt, woher ich komme. Ich wurde in Flushing geboren, in New York, und Leute fragen mich, woher ich komme.«

»Warum macht es dir etwas aus, wenn Leute denken, dass du nicht von hier bist?«

»Es macht mir eigentlich nichts aus. Ich weiß nicht, wie ich es ausdrücken soll.«

»Okay.«

Sie schwiegen wieder. Anthony dachte, sie würde zu dem Thema nichts mehr sagen, weil es nichts mehr zu sagen gab, doch sie überraschte ihn.

»Lass mich sehen, ob ich es für dich in Worte fassen kann«, schlug sie vor. »Ich muss ein wenig spekulieren, aber ich versuch's. Durch deinen Namen fühlst du dich anders, du fühlst dich wie ein Fremder. Liege ich richtig? Als würdest du eigentlich nicht hierhergehören und all diese Leute um dich herum seien hier geboren und du nicht. Als hätte man dich von einem anderen Planeten hierhergebeamt, aber du kannst nicht einfach nach Hause zurückkehren, weil du nicht weißt, wo dein Zuhause ist.«

Als sie geendet hatte, bemerkte er, dass sein Mund peinlich weit offen stand.

»Also … jetzt kannst du aber nicht sagen, dass ich dir das alles schon erzählt und hinterher vergessen habe.«

»Natürlich nicht«, erwiderte sie.

Er fragte sie nicht, warum sie es dann wusste. Es war offensichtlich, dass er eine Erklärung wollte, das musste er nicht ausdrücklich sagen.

»Ich fühle mich genauso«, sagte sie nach einer Weile. »Manchmal. Na ja, häufig. Also habe ich mir das einfach gedacht, ich bin ein Mensch und du auch. Ich experimentiere mit der Idee, dass ich mich in mancher Hinsicht vielleicht gar nicht so sehr von anderen Menschen unterscheide, wie ich denke.«

»Und wie läuft das Experiment?«

»So weit, so gut. Du scheinst in der gleichen Lage zu sein wie ich.«

»Hast du noch andere Leute gefragt, ob sie sich auch so fühlen?«

Sie schüttelte den Kopf. Ihr Blick wanderte an ihm vorbei und richtete sich auf etwas hinter seiner Schulter, doch er drehte sich nicht um.

»Leute reden nicht gern über solche Dinge«, sagte sie leise.

Als sie den Satz beendet hatte, war der Kellner gerade hinter Anthony aufgetaucht. Mit Kugelschreiber und Notizblock in der Hand war er bereit für ihre Bestellung.

»Das Übliche«, sagte Edith.

»Das Übliche«, wiederholte Anthony.

»Augenblick«, sagte der Kellner. »Mal sehen, ob ich mich erinnern kann. Chili con Carne mit Zwiebeln und extra Käse?«

»Genau das. Sehr gut!«

Der junge Mann kritzelte die Bestellung auf seinen Notizblock und entfernte sich.

»Ich habe eine Frage an dich«, sagte Anthony. »Und halt deinen Hut fest, denn sie ist wichtig. Wenn dies erst unsere dritte Unterhaltung ist, warum sprechen wir dann schon über Dinge, über die die meisten Leute nicht gern reden?«

Ihr Blick wanderte zu seinen Augen und verharrte dort. Er spürte einen Adrenalinstoß, als wäre er gerade aus einem Flugzeug gesprungen. Was er empfand, machte ihm Angst. Doch er konnte sich an diesem Gefühl festhalten. Und dann, wenn er sich festhielt, würde er vielleicht nie wieder loslassen wollen.

»Ich habe keine Ahnung …«, erwiderte sie und verstummte. Dann fügte sie hinzu: »Anton.«

Sie wandte den Blick wieder ab.

Während sie gemeinsam aßen, sprachen sie nicht mehr über diese Dinge, über die die meisten Leute nicht gern redeten. Nur noch Small Talk.

Es war angenehm, aber gleichzeitig enttäuschend.

* * *

Als Anthony in seine Wohnung zurückkehrte, warteten zwei Besucher auf ihn. Sie saßen auf dem Fußabtreter und knufften sich erstaunlich fest gegenseitig in die Schulter.

»Duncan!«, sagte Anthony. »Luke! Was macht ihr zwei hier?«

Er spürte ein sinkendes Gefühl in sich, als würde ihm sein Herz in den Magen rutschen. Die beiden gehörten zu seinen engsten Freunden, deshalb sollte er sich eigentlich freuen, sie zu sehen. Doch er hatte vorgehabt, sich zu Hause einfach aufs Bett zu legen, an die Decke zu starren und den Gedanken an sein Treffen mit Edith nachzuhängen. Er hatte jedes Detail im Kopf hin- und herwälzen und in der süßen Erinnerung schwelgen wollen, bis er Edith wiedersah.

»Tony!«, rief Duncan und sprang auf. »Mein Kumpel!«

Er packte Anthony, zog ihn grob in eine schulterklopfende Männerumarmung und brüllte ihm die Worte »Mein Kumpel!« direkt ins Ohr. Anthony zuckte zusammen. Waren seine Freunde schon immer so laut gewesen und er hatte es nur nicht bemerkt?

Er wurde das Gefühl nicht los, dass er sich seit ihrer letzten Begegnung verändert hatte. Er war ein anderer geworden, jemand, der kein Verständnis mehr für ihre laute Energie hatte. Vielleicht war er sogar zu jemandem namens Anton geworden.

»Was habt ihr so getrieben?«, fragte er, nachdem sein Freund ihn losgelassen hatte.

»Was sollen zwei Studenten in den Ferien wohl machen?«, fragte Luke, ebenfalls viel zu laut, zurück. »Trinken!«

Das erklärt einiges, dachte Anthony.

Als er seinen Schlüsselbund aus der Manteltasche zog, fiel dieser auf den Fußabtreter.

»Ich hab ihn schon!«, brüllte Duncan unnötig laut. »Ich helfe dir.«

Er bückte sich nach dem Schlüsselbund und sah einen Schlüssel nach dem anderen durch, als könnte er durch bloßes Erraten herausfinden, welcher Schlüssel passte.

»Ich mach das schon«, brummte Anthony. »Du hättest mich einfach machen lassen sollen. Ich kann meine Schlüssel selbst aufheben, wenn ich sie fallen gelassen habe.« Duncan schien ihn zu ignorieren, also wurde Anthony laut. Doch es brach heftiger aus ihm heraus, als er beabsichtigt hatte. »Gib mir einfach die verdammten Schlüssel und lass mich es tun!«

Abrupt hielten seine Freunde in ihren Bewegungen inne und starrten ihn an. Luke schien etwas wacklig auf den Beinen zu sein.

»Okay, schon gut«, lenkte Duncan ein und ließ den Schlüsselbund in Anthonys Hand fallen. »Du musst mir nicht gleich den Kopf abreißen.«

Statt Gewissensbisse zu haben, spürte Anthony noch mehr Groll in sich aufsteigen.

»Und nenn mich nicht Tony! Ich habe schon mindestens hundertmal gesagt, dass ich das nicht mag.«

»Na gut. Anthony.«

»Oder Anton. Ich weiß nicht genau. Vielleicht wechsle ich wieder zurück zu Anton.«

Eine weitere Stille, während Anthony die Wohnungstür aufschloss.

»Oh Mann!«, stöhnte Duncan. »Wenn du nicht mal selbst weißt, wie du genannt werden willst, wie soll *ich* das dann wissen?«

Anthony öffnete die Tür.

»Dann kommt mal rein!«, forderte er sie auf.

* * *

Während er voranging und Duncan zu seinem Zimmer führte, war Luke irgendwo in der Wohnung verschwunden. Vielleicht im Badezimmer, vermutete Anthony.

Als sie an Gregs altem Zimmer vorbeikamen, konnte Anthony spüren, dass Duncan hinter ihm stehen geblieben war. Er drehte sich um, trat neben seinen Freund und zusammen sahen sie auf die geschlossene Tür mit dem eigens angefertigten Schild. Auf blau-weißem Metall stand dort: GREGOR DER SCHRECKLICHE BEFIEHLT: »DRAUSSEN BLEIBEN!«

»Ich kann immer noch nicht glauben, dass er nicht mehr da ist«, sagte Duncan, der durch die Ernsthaftigkeit dieses Moments nüchtern geworden zu sein schien. »Kannst du's?«

»Leider ja.«

»Was ist da drinnen? Ist es leer?«

»Nein. Es ist genauso, wie es vorher gewesen ist.«

»Wie kann das sein? Haben die Putzleute nicht alles rausnehmen müssen, um zu reinigen? Und die Wände zu streichen, einen neuen Teppich reinzulegen und das alles?«

»Ja, aber sie haben Fotos davon gemacht, wie es vorher ausgesehen hat, und dann haben sie alles genauso wieder eingerichtet. Jedenfalls das, was noch zu retten war.«

»Kann ich mal reingucken?«

»Kannst du es mir nicht einfach glauben?«

»Ich will nur mal reingucken.«

»Gut. Dann tu das. Aber ich will's nicht sehen.«

Er ging drei Schritte weiter und wartete, während Duncan einen Blick in das Zimmer seines verstorbenen Bruders warf. Dann zog Duncan so sanft die Tür zu, dass Anthony diese Geste nur als pietätsvoll beschreiben konnte.

»Das ist so komisch«, meinte Duncan.

»Warum komisch? Es ist nur so, wie es immer war. Nur so, als wäre nie was passiert.«

»Genau. Das ist das Komische daran.«

Als sie sein Zimmer betraten, ließ Anthony sich rücklings auf sein Bett fallen.

»Ooh!«, staunte Duncan. »Cooles Teleskop! Haben sie es dir also geschenkt! Das hätte ich nicht gedacht. Das ist ziemlich teuer, selbst für deine Eltern.«

»Sie haben ein schlechtes Gewissen gehabt.«

»Warum?«

»Weil sie über Weihnachten nach Südamerika gereist sind.«

»Oh, das. Machst du Witze? Du hast drei Wochen lang die ganze Wohnung für dich selbst. Das ist ein Geschenk des Himmels. Wir sollten eine Party feiern.«

»Ich feiere keine Party.«

Als Duncan nichts erwiderte, hob Anthony den Kopf. Sein Freund begutachtete das Teleskop aus nächster Nähe und berührte es vorsichtig mit den Fingerspitzen.

Anthony lehnte sich wieder zurück und seufzte.

»Was hast du mit diesem Ding bisher gesehen?«, wollte Duncan wissen.

»Nicht viel. Es war wolkig. Und durch die Stadtlichter kann man kaum was erkennen. Mein Onkel fährt mit mir nach Weihnachten aufs Land. Bis dahin habe ich nicht viel davon.«

»Ha, ich glaube, ich habe das Problem gefunden!«, rief Duncan. »Du musst es auf den Himmel richten, du Idiot. Hast du mit diesem Ding etwa Leuten ins Fenster geguckt?«

Anthony hob den Kopf und sah, dass Duncan durch die Linse des Fernrohrs blickte –und in die Wohnung im Haus gegenüber. Oder in irgendeine andere Wohnung. Er hatte an diesem Morgen das Teleskop nicht benutzt und konnte sich nicht erinnern, ob es noch auf ihr Fenster gerichtet war. Aber allein die Möglichkeit, dass sein Freund Edith beobachten könnte, war ihm unerträglich. Mit einer plötzlichen Bewegung sprang er vom Bett auf Duncan zu und stieß ihn vom Teleskop weg.

»Hey!«, rief Duncan. »Was soll das? Warum hast du dahin geguckt? Ist da eine Frau?«

»Das geht dich nichts an, Duncan.«

»Das ist echt schräg, Tony. Ich hätte nicht gedacht, dass dich so was anmacht.«

»Ich will nicht darüber reden. Und nenn mich nicht Tony!«

»Läuft sie nackt durch die Wohnung oder so?«

Während er diese schrecklichen Worte aussprach, bewegte sich Duncan wieder auf das Okular des Teleskops zu.

Anthony stürzte sich mit einer erstaunlichen Wut auf ihn. Er schlang beide Arme um Duncan und benutzte sein ganzes Gewicht, um seinen Freund aufs Bett zu werfen. Er landete auf ihm, den Arm zum Schlag bereit. Doch aus alter Gewohnheit hatte er den rechten Arm erhoben. Als er instinktiv die Hand zur Faust ballen wollte, wurde ihm mit eiskalter Gewissheit seine neue Wirklichkeit bewusst. Sowohl Anthony als auch Duncan starrten sprachlos auf den erhobenen Handstumpf. Keiner von ihnen machte auch nur die kleinste Bewegung.

Schließlich meinte Duncan: »Wird das dir denn nicht mehr wehtun als mir?«

Anthony senkte den Arm. Er richtete sich auf und ließ sich neben seinen Freund fallen. Einen Augenblick lang lagen sie nur schweigend nebeneinander und starrten an die Decke.

»Also, was war das eben?«, fragte Duncan schließlich.

»Ich weiß nicht. Nichts. Ich stehe nur unter einer Menge Druck.«

»Ach nee! Das wissen wir doch. Was glaubst du, warum wir dich besucht haben?«

»Danke«, sagte Anthony und meinte es tatsächlich halbwegs aufrichtig.

»Aber es war trotzdem komisch.«

»Ja, okay. Es war komisch. Tut mir leid.«

»Du hättest mit uns zur Uni gehen sollen. Es ist so schade, dass du jetzt ein Jahr hinter uns sein wirst.«

»Vielleicht gehe ich gar nicht hier an die Uni, sondern in einem anderen Bundesstaat.«

»Das ist mir neu. Wann hast du das denn entschieden?«

»Es war nur so ein Gedanke.«

»Ja, du kommst so ziemlich überall rein, wo du willst, aber … ich weiß nicht. Geh irgendwohin, aber geh einfach. Verstehst du?«

»Ich habe das Jahr Pause gebraucht.«

»Ich weiß, dass du so denkst, aber ich glaube, es gibt dir einfach zu viel Zeit, über all das nachzudenken, was passiert ist. Mal im Ernst, Tony. Ich meine … Anton. Du willst ernsthaft wieder Anton genannt werden? Warum?«

Bevor er ihm antworten konnte, erschien Luke in der Tür. Der dumpfe Schlag, als Luke gegen den Türrahmen lief, ließ sie aufschrecken.

»Wo warst du, Luke?«, fragte Anthony, wieder gereizt.

»Ich habe versucht, mit einer Haarnadel an die Hausbar deiner Eltern ranzukommen. Aber wow! Dieses Schloss funktioniert wirklich.«

»Du wolltest den Alkohol meiner Eltern stehlen?«

»Ich hätte die Flaschen mit Wasser aufgefüllt. Ich bin ja nicht blöd.«

»Meine Eltern sind es auch nicht, Luke. Ich kann nicht fassen, dass du das vorhattest.«

»Sorry«, sagte Luke, aber es klang nicht so, als täte es ihm wirklich leid. Er erschien eher gehetzt und ungeduldig. »Nun frag ihn schon«, wandte er sich an Duncan.

»Was soll er mich fragen?«

»Wir haben gedacht, du könntest uns vielleicht was vom Schnapsladen mitbringen«, sagte Duncan.

Anthony verspürte einen Stich in seiner Brust. »Gerade vor einer Minute hast du noch gesagt, ihr würdet mich besuchen, weil ihr wüsstet, dass ich unter einer Menge Druck stehe.«

»Na ja … schon«, stammelte Duncan. »Beides.«

Anthony schloss die Augen und eine längere Stille trat ein.

Er kannte Duncan und Luke noch aus seiner Kindheit. In der Schule waren sie ab der fünften im *Special Progress* gewesen, einer Klasse für hochbegabte Schüler. Da sie alle ein Schuljahr übersprungen hatten, waren Duncan und Luke selbst nach einem Semester noch keine achtzehn und damit nicht alt genug, um im Staat New York Alkohol trinken zu dürfen. Duncan fehlten noch fast sieben Monate, Luke nur ein paar Wochen.

Anthony war der Einzige, der schon Alkohol kaufen durfte. Darum waren sie hier.

»Ihr geht jetzt besser«, sagte er nur.

Wieder eine kurze Stille.

»Heißt das, du gehst nicht in den Laden?«, hakte Luke nach. Er klang wie ein enttäuschtes Kind.

»Raus!«, befahl Anthony.

»Mensch!«, erwiderte Duncan.

Doch er stand auf und ging zur Tür. Anthony begleitete sie, damit sie nicht vielleicht doch noch einen Abstecher zur Hausbar machten. Und außerdem wollte er nicht so unhöflich oder kalt mit ihnen umspringen, dass in Zukunft keine Chance mehr bestehen würde, weiterhin Freunde zu bleiben.

»Ehrlich«, begann Duncan. »Wir haben nur …«

Doch Anthony schnitt ihm das Wort ab. »Ich muss einfach allein sein.«

»Ich glaube, allein sein ist genau das, was du *nicht* brauchst«, widersprach Duncan.

»Na ja, tut mir leid, aber ich weiß wohl selbst am besten, was ich brauche.«

»Nur eine Flasche Wodka«, bettelte Luke. »Dann bist du uns los.«

Anthony erwiderte auf diesen Kommentar besser nichts. Sie hätten nicht gemocht, was er zu sagen hatte. Er riss die Wohnungstür weit auf, um ihnen klarzumachen, dass ihr Abgang definitiv als Nächstes auf der Tagesordnung stand.

Vor ihm auf dem Fußabtreter stand seine Großmutter, die rechte Hand zum Klopfen erhoben. Anthony würde also an diesem Tag keine Aussicht mehr darauf haben, allein zu sein, und in diesem Augenblick beschloss er, das mit einem Seufzer zu akzeptieren.

* * *

Anthony saß an der Küchentheke, während seine Großmutter Tee zubereitete. Er hatte zwar mehr Lust auf Kaffee, aber es war eine alte Tradition, diese Teestunde mit Oma Marion. Seit er ein kleines Kind gewesen war, gehörte das zu seinem Leben. Der starke Kamillentee, den sie mit losen Kamillenblüten in Teekugeln aufbrühte, wirkte beruhigend. Und vielleicht hatte er heute ohnehin schon genug Koffein zu sich genommen.

»Wie kommst du klar, Anton?«, fragte sie, ohne ihn anzublicken.

»Es ist alles okay.«

»Innerlich habe ich gemeint.«

»Ziemlich okay, glaube ich. Wie kommst du innerlich klar?«

Sie sah ihn an, und ihre Hände verharrten mitten in der Bewegung. Seit Opa Anton gestorben war, schien sie um zehn Jahre gealtert zu sein. Ihr weißes Haar wirkte dünner und kraftloser, als hätte es den Willen verloren, elastisch zu bleiben, ebenso wie ihre Haut, die schon faltig gewesen war, seit er sich erinnern konnte, nun aber noch mehr Falten aufwies.

»Das ist eine gute Frage«, sagte sie. »Es ist sehr schwer, seit dein Großvater gestorben ist, da will ich dir nichts vormachen. Doch je älter du wirst, desto mehr gewöhnst du dich an den Gedanken, dass das Leben trotzdem weitergeht. Nun, das ist kein Gedanke, es ist Realität. Es ist einfach, wie es ist. Man lernt, mit Verlusten umzugehen. In diesem Jahr hast du deine ersten schweren Verluste erlebt, daher mache ich mir mehr Sorgen um dich als um mich selbst. Aber es ist gut, dass deine Freunde hier waren, um dich zu besuchen.«

»Das sollte man denken«, entgegnete er.

Er starrte auf die Arbeitsplatte und ließ eine Fingerspitze über die Fugen zwischen den Kacheln gleiten. Vor seinem Gesicht tauchte die Hand seiner Großmutter mit einer Tasse Tee auf. Der Geruch stieg ihm angenehm in die Nase.

»Was meinst du damit?«, fragte sie und setzte sich auf den hohen Stuhl neben ihn.

»Ich weiß nicht. Es ist nur ... kennst du das Gefühl, dass ... wenn du alte Freunde hast, die du schon lange kennst und die dir immer vertraut waren – dass du plötzlich spürst, dass du mit ihnen überhaupt nichts mehr gemeinsam hast?«

»Das kenne ich. Absolut. Ich glaube, wir alle kennen das. Das kommt vor, wenn Leute sich in verschiedene Richtungen entwickeln oder wenn einer sich viel schneller entwickelt als der andere. Man wächst durch schwere Verluste, Anton. Sie wecken uns auf und machen uns zu einem anderen Menschen. Du bist jetzt reifer als vorher. Ich weiß, es fühlt sich nicht gut an, aber es zahlt sich aus, wenn das Leben dich erwachsen macht. Ich sage nicht, dass es gut ist, wenn etwas Tragisches passiert – natürlich ist es das nicht. Ich meine nur, dass es für uns besser wäre, wenn wir uns den Auswirkungen, die es auf uns hat, nicht widersetzten. Aber jetzt zeig mir mal dein neues Teleskop. Ich habe von deinem Großonkel viel darüber gehört.«

»Okay. Ich bringe es auf den Balkon, damit du sehen kannst, wie es funktioniert.«

Doch eigentlich brachte er es nur auf den Balkon, damit sie nicht entdeckte, was er von seinem Zimmer aus beobachtet hatte.

Kapitel 5

Der Geist und der Fedorahut

Es war einige Tage und einige gemeinsame Mittagessen später.

Edith hatte ihr halb gegessenes Truthahn-Sandwich wieder auf dem Teller abgelegt; das angebissene Ende zeigte auf Anthony, der einen Augenblick lang darauf starrte. Er konnte sich einfach nicht an diese schockierende blutrote Farbe gewöhnen, die ihn jedes Mal von Neuem erschütterte. Dieses Blutrot riss ihn aus ihrer ungezwungenen, netten Unterhaltung und weckte düstere Erinnerungen.

Während des Essens waren sie an der Oberfläche von etwas Wichtigerem herumgeplanscht. Und jetzt hielt Anthony sich die Nase zu – bildlich gesprochen – und tauchte unter.

»Kann ich dir eine Frage stellen?«

Ihr Kopf ruckte hoch, als sie seinen ernsten Ton wahrnahm. Sie trug ein cremefarbenes Seidentuch, das locker um ihr Haar gebunden war. Er vermisste es, ihre Haare zu sehen, fand aber, dass sie auch so wunderschön aussah. Der dunkle Fleck unter ihrem linken Auge war zu einem Schatten verblasst.

»Sollte ich besser meinen Hut festhalten?«, fragte sie ihn.

Er spürte, dass sie ihn aufheitern wollte, um ihn zurück an die Oberfläche zu ziehen.

»Auf jeden Fall«, antwortete er abwehrend.

»Okay, fang an!«, sagte sie. Dabei schloss sie die Augen, als würde sie vor einem Erschießungskommando stehen.

»Warum bist du immer noch mit ihm zusammen?«

Sie atmete tief und hörbar durch und hielt die Augen geschlossen. »Das verstehst du nicht«, erwiderte sie leise mit belegter Stimme.

»Natürlich verstehe ich es nicht. Darum frage ich ja. Also hilf mir, es zu verstehen.«

Sie öffnete die Augen und wandte ihr Gesicht ab, schweigend blickte sie aus dem Fenster. Die ganze Welt schien an ihnen vorbeizuziehen, aber die Welt dort draußen hatte für Anthony keine Bedeutung. Dies hier war jetzt seine Welt.

»Das Erste, was du nicht verstehst …«, begann sie leise, »… er ist immer noch derselbe Mann, den ich geheiratet habe. Er ist kein unmenschliches Monster. Manche Leute hatten eine schlechte Kindheit und können mit Dingen nicht so gut umgehen wie andere, die unter besseren Umständen aufgewachsen sind. Er ist nicht der Bösewicht mit Schnauzbart wie in den alten, melodramatischen Filmen, sondern eine echte Person, ein Mann, in den ich mich mal verliebt habe. Und häufig ist dieser Mann, dem damals meine Liebe galt, noch da.«

Anthony beherrschte sich, um nicht zusammenzuzucken oder auf andere Weise seine Gefühle zu verraten, als sich diese Wahrheit in sein Inneres brannte. Er versuchte, das Gespräch auf die schlechte Seite dieses Mannes zurückzulenken.

»Hat er dich geschlagen, bevor ihr verheiratet wart?«

»O nein. Das machen sie nie. Während der Turtelphase zeigt sich jeder von seiner besten Seite. So funktioniert die Welt, so funktionieren Menschen. Und dann, wenn sie merken, dass sie dich für immer haben, findest du heraus, worauf du dich da wirklich eingelassen hast. Aber es gibt noch mehr, was du nicht verstehst. Wenn du mit jemandem wie ihm zusammenlebst – einem Mann, der alles so genau kontrollieren will –, dann schränkt er deine Möglichkeiten ein. Er engt deinen sozialen Kreis ein und schneidet dich von deinen Freunden und Bekannten ab, bis außer ihm niemand mehr übrig ist.«

»Er konnte dich aber nicht von deinen Eltern abschneiden, oder?«

»Meine Eltern leben nicht mehr«, erwiderte sie und nahm den Blick nicht vom Fenster.

»Oh, das tut mir leid.«

»Aber was du wirklich nicht verstehst, ist vielleicht die wichtigste Sache. Er kontrolliert mich, indem er unser ganzes Geld verwaltet. Wenn er mir nichts gibt, habe ich nichts. Selbst mein Mittagessen hier zahlt er. Was sind also meine Möglichkeiten? Wie komme ich da raus? Ich kann nicht einfach meine Sachen packen und von hier wegziehen. Ich habe nicht mal das Geld, um mir ein Taxi zu rufen. Ach was, ich habe nicht mal genug für den Bus. Wo sollte ich hin?«

»Wenn es nur um Geld geht, könnte ich dir helfen.«

Irgendwie schien dies sie aufzuwecken und sie von der Welt dort draußen vor dem Fenster wegzuziehen. Sie schüttelte den Kopf, viel zu heftig, vehement. Sie hob den Blick, als wollte sie ihm ins Gesicht sehen, doch sie verfehlte seine Augen um mehrere Zentimeter.

»Nein«, sagte sie entschieden. »Absolut nicht. Ich kann kein Geld von dir annehmen.«

»Warum nicht?«

»Wie könnte ich das tun? Ich würde dich ausnutzen.«

»Egal«, meinte er. »Ob du mein Geld nehmen würdest oder nicht, diese Ausrede kannst du jetzt eigentlich nicht mehr benutzen. Du kannst nicht mehr sagen, dass du nicht wegkannst, weil du kein Geld hast, denn ich wohne direkt gegenüber und du brauchst keinen einzigen Pfennig, um über die Straße zu laufen.«

Vielleicht entgegnete sie etwas darauf. In seinem Unterbewusstsein meinte er, ihre Stimme zu hören, doch seine Aufmerksamkeit wurde plötzlich völlig abgelenkt. Vor dem Fenster stand Ediths Mann, der zu ihnen hineinstarrte.

Edith saß Anthony zugewandt und bekam es nicht mit. Der Mann draußen vor dem Fenster fixierte seine Frau und nahm keinen Augenkontakt mit Anthony auf.

»Was ist?«, fragte Edith. »Du siehst aus, als hättest du gerade einen Geist gesehen.«

Sie reckte den Hals, um seinem Blick zu folgen, aber der Geist war bereits verschwunden. Er hatte sich plötzlich abgewandt, seinen Kragen in der Dezemberkälte hochgeschlagen und war bereits außer Sichtweite.

Sie blickte wieder zu Anthony. »Was ist? Was war da?«

»Dein Mann.«

Ihre Gesichtsfarbe wurde erschreckend schnell fahl. Anthony hatte noch nie gesehen, dass jemand so schnell erbleichte. Sie sprang auf und rannte nach draußen, ohne ihren Mantel mitzunehmen. Anthony sah, wie sie sich in dieselbe Richtung wandte, in die ihr Mann gegangen war, und fragte sich, woher sie das wusste. Vielleicht hatte Anthonys Augenbewegung es ihr mitgeteilt, als er den Rückzug ihres Mannes beobachtet hatte.

Er eilte zur Tür und öffnete sie gerade weit genug, um auf die Straße zu spähen. Am Ende der Straße standen die beiden dicht zusammen. Ihr Gespräch schien zurückhaltend und zivilisiert zu sein. Anthony konnte an dem Mann kein Anzeichen von Wut erkennen und an Edith kein Anzeichen von Furcht.

»Hey!«, schreckte eine Stimme Anthony auf. »Kannst du die Tür schließen? Du lässt die ganze Kälte rein.«

Anthony blickte sich um, aber da war niemand. Es musste einer der Köche in der Küche gewesen sein, denn der Kellner war nirgendwo zu sehen. Und außer ihnen waren keine anderen Gäste da, weil er und Edith sich mittlerweile früher trafen, um elf Uhr, wenn weniger Betrieb war, weil das Café gerade erst geöffnet hatte.

Anthony hatte keine Ahnung, was er tun sollte. Falls er zurücktrat und die Tür zuzog, würde er ihr nicht helfen können, wenn ihr Mann gewalttätig wurde, weil er es nicht mitbekam. Und falls er rausging, würde ihr Mann ihn sehen, was ihn vielleicht wütend machen würde und die Wahrscheinlichkeit vergrößerte, dass er ausrastete.

»Ich meine es ernst, Junge«, sagte die dröhnende Stimme. »Die Heizkosten zahlen sich nicht von selbst.«

Anthony ging in das Café zurück und ließ die Tür zuschwingen. Er blieb ein paar Sekunden lang in der Nähe des Ausgangs stehen, die sich wie Stunden anfühlten. In seinem Magen rumorte und zog es unter dem Stress, den er spürte. Spontan drückte er für den Bruchteil einer Sekunde die Tür erneut auf und sah auf die Straße. Das Gespräch der beiden erschien immer noch ruhig.

Er zwang sich, zu ihrem Tisch zurückzukehren und sich hinzusetzen.

Einen Augenblick später trat Edith wieder ein, allein. Sie rieb sich fest die Arme, um sich aufzuwärmen, und setzte sich wieder ihm gegenüber auf ihren Platz.

»Was ist passiert?«, fragte er sofort.

»Oh, nichts.«

»Moment, wie bitte? Wie kann das sein? Du hast gerade gesagt, dass er dich von allen Kontakten abschneiden will. Wie kommt es, dass er nicht aufgebracht ist?«

»Na ja, das war er schon. Am Anfang, als er hierhergekommen ist. Jemand von seiner Arbeit hat uns hier gesehen und es ihm erzählt, und er ist sofort hergefahren, weil er dachte, ich würde mich mit einem anderen Mann treffen. Aber er hat dich wiedererkannt, von dem Tag, als du an unsere Tür gekommen bist. Du weißt schon, mit der Kunstumfrage. Also habe ich ihm erzählt, dass wir zusammen essen und über Kunst reden.«

»Und das hat er dir einfach geglaubt und dich gehen lassen? Das klingt nicht nach ihm.«

»Nein, das war es nicht. Ganz und gar nicht. Es war nichts, was ich gesagt habe. Er hatte bereits entschieden, dass er sich keine Gedanken machen müsste.«

»Wie? Warum?«

»Oh, Anton. Bitte nicht. Zwing mich nicht, das auszusprechen.«

Anthony stützte seinen Kopf auf seine Hand und sein Handgelenk ab, um sich zu sammeln. »Ich verstehe gar nichts«, sagte er schließlich. Er hatte das Gefühl, gleich das Ende eines mentalen Geduldfadens erreicht zu haben.

Sie seufzte und legte eine Pause ein, bevor sie endlich weitersprach.

»Er war nicht vernünftig, überhaupt nicht. Irgendwie … schien er … sich über die ganze Sache lustig zu machen. Als sei es ein Witz, dass er jemals gedacht hatte, du könntest eine Bedrohung für ihn sein. Aber du würdest wirklich nicht hören wollen, was er gesagt hat, denn es war sehr garstig und ich will es nicht wiederholen.«

»Garstig in Bezug auf dich? Oder mich?«

»Beides«, flüsterte sie kaum hörbar.

»Nun erzähl es mir schon.«

»Das ist nicht …«

»Erzähl es mir.«

Einen kurzen Augenblick lang konnte er ihren Atem hören.

»Er fand es nur ausgesprochen witzig, diese Vorstellung, dass du für ihn eine Bedrohung sein könntest. Für unsere Ehe. Weil du so jung bist. Er denkt, dass du … na ja, dass du nur ein Kind bist. Für ihn geht es immer nur um diese Männlichkeit. Als gäbe es nur eine bestimmte Art, männlich zu sein. Und er glaubt, Frauen würden im Grunde nur einen Mann wollen, der sie beschützen kann. Du weißt schon, körperlich. So denkt er.«

»Er fühlt sich also besser, wenn er mich als Kind betrachtet?«

»Wahrscheinlich schon.«

»Ich hätte gedacht, er würde trotzdem wütend sein, weil du … du weißt schon. Weil du mit jemandem geredet hast.«

»Was glaubst du, warum er sein Selbstwertgefühl aufpolieren wollte? Ja, es hat ihm etwas ausgemacht, aber so geht er damit um. Indem er darüber lacht, dass du wirklich keine Bedrohung für ihn darstellen könntest.«

»Weil ich jung bin? Weiß er denn nicht, dass jüngere Leute kräftiger sind? Bis zu diesem Jahr bin ich ein ziemlich guter Sportler gewesen.«

Ihr Blick huschte zu seiner rechten Hand – oder genauer gesagt, der fehlenden rechten Hand. Im Eifer des Gefechtes hatte er vergessen, den Stumpf diskret unter dem Tisch zu verstecken. Edith schien diesen Blick nicht beabsichtigt zu haben. Es war fast so, als sei er ohne ihr Einverständnis dorthin gewandert. Vielleicht hatte sie so angestrengt versucht, nicht hinzusehen, bis sie das Offensichtliche nicht mehr leugnen konnte.

»Oh«, sagte er. »Ich verstehe.«

»Er hat diese altmodischen Ansichten über Männer und Frauen. Er scheint nicht zu wissen, dass wir das Jahr 1965 haben und nichts mehr so starr festgelegt sein muss. In seiner Vorstellung geht es immer noch darum, wer bei einer Prügelei der Stärkere ist. Und weil er denkt, dass du jung bist und ihn bei einer Prügelei nicht besiegen könntest, hat er dich mit einem Lachen abgetan. Als sei es überhaupt nicht möglich, dass ich ein Interesse an dir haben könnte. Aber so ist er nun mal. Nimm es nicht persönlich. So funktioniert nur *sein* Verstand. *Ich* denke überhaupt nicht so.«

»Willst du damit sagen, du *könntest* an einem Achtzehnjährigen mit nur einer Hand Interesse haben?«

Anthony merkte sofort, dass er einen Schritt zu weit gegangen war. Sobald es ihm herausgerutscht war, hätte er alles getan, alles gegeben, um es zurückzunehmen. Er sah, wie ihre Miene verschlossen wurde, als ihre Verbindung mit einem Schlag abbrach.

»Ich sollte gehen«, sagte sie, stand auf und zog ihren Mantel an.

»Du hast dein Sandwich gar nicht aufgegessen.«

»Ich habe keinen Appetit mehr.«

Sie machte einen Schritt zur Tür.

»Einen Augenblick!«, hielt er sie auf. »Ich muss dir noch eine Frage stellen.«

Sie blieb stehen, sagte aber nichts. Keiner von ihnen schien in der Stimmung zu sein, ihren Insiderwitz über Hüte zu machen.

»Gibt es jemals eine Grenze ... ich meine ... dich zu verletzen, die er übertreten könnte? Unter welchen Umständen wäre es für dich endgültig aus?«

Sie zögerte einen Augenblick, zog ihren Mantel fester um sich, rührte sich aber nicht vom Fleck. Schließlich sagte sie: »Ich denke, wenn er es wieder tut, muss ich ihn verlassen.« Endlich.

»Warum jetzt? Was ist anders?«

Er befürchtete, dass es nur leere Worte von ihr sein könnten. Vielleicht dachte und behauptete sie immer wieder, sie würde ihn *nächstes Mal* verlassen, aber würde es nie tun.

Zum ersten Mal, seit sie ihren Mann vor dem Café gesehen hatten, blickte sie Anthony direkt an. Er wusste nicht, warum, doch sie schien von ihm zu erwarten, dass er es verstand.

Sie machte eine Kinnbewegung in seine Richtung, sagte aber immer noch nichts.

»Was? Ich verstehe nicht, was du meinst.«

»Weil es bisher nur ihn und mich gegeben hat. Niemanden sonst. Nun gibt es jemanden, der mitbekommt, was passiert. Und das ist einfach … unerträglich.«

Bevor er etwas erwidern konnte, war sie aus der Tür geeilt.

* * *

Stundenlang wanderte Anthony durch die verschneiten Straßen, machte einen Schaufensterbummel und wartete darauf, dass sich die Nervosität in seinem Bauch legte. Er sah sich ein Modelleisenbahngeschäft an, einen Plattenladen und Bekleidungsgeschäfte mit Schaufensterpuppen, die die neuesten Miniröcke und Schlaghosen vorführten. Er blickte den Elfen in den weihnachtlich dekorierten Schaufenstern in die Augen.

Doch die Nervosität in seinem Bauch legte sich nicht.

Nach etwa einer Stunde fand er sich vor dem Schaufenster eines Hutgeschäfts wieder. Plötzlich – als sei es der Schlüssel zu seiner Erlösung – kam ihm der Gedanke, dass er einen Hut haben musste. Er würde sich einen Hut kaufen. Er würde fantastisch zu dem Insiderwitz zwischen Edith und ihm passen. Er würde den Hut immer tragen, wenn er sie traf. Sie würde ihn fragen, warum er den Hut beim Essen anbehielt, und er würde ihr eine geistreiche, ironische Antwort geben, wie zum Beispiel: »Nun, ich kann ja nicht wissen, was du mich vielleicht fragen wirst.« Und sie würde lächeln, oder sogar lachen, und er hätte erfolgreich die Situation aufgeheitert, was seinen fürchterlichen Fehler wiedergutmachen würde. In diesem Augenblick glaubte er, dass ein Hut ihn rehabilitieren würde. Er würde alles wieder in Ordnung bringen.

Er betrat das Geschäft.

Eine etwa dreißigjährige Frau stand an der Theke und las die Zeitung. Sie warf ihm einen kurzen Blick zu und lächelte.

Er lächelte zurück und hatte das Gefühl, das Schlimmste dieses verheerenden Tages könnte hinter ihm liegen.

Er schaute sich um und probierte ein paar Hüte an, doch er warf einen diskreten Blick auf das Preisetikett, bevor er sie sich auf den Kopf setzte und im Spiegel eine Pose einnahm. Diese Hüte waren teuer.

»Suchen Sie etwas Bestimmtes?«, sprach ihn die Verkäuferin an.

Als er zur Antwort ansetzte, überraschte es ihn selbst, dass er sich nach etwas Bestimmtem umsah. Das war ihm gar nicht bewusst gewesen, bis sie gefragt hatte.

»Mein Großvater hatte einen wundervollen Hut. Ich glaube, ich suche einen Hut in dieser Art. Als ich aufgewachsen bin, hat er ihn immer getragen, und das hat wohl meine Vorstellung, wie ein Männerhut aussehen soll, beeinflusst.«

Er fühlte sich sofort besser, als er über Männerhüte sprach, denn es unterstrich, dass er jetzt in der Tat ein Mann war. Und daher war es vielleicht an der Zeit, einen Schritt nach vorn zu wagen und diese Rolle aktiver anzunehmen.

Sie legte ihre Zeitung ab und trat zu ihm an den Spiegel.

»Können Sie den Hut beschreiben?«

»So ein Hut wie der, den Humphrey Bogart in *Casablanca* getragen hat. Und in diesen alten *Sam Spade*-Filmen.«

»Oh, Sie sind ein Fan von alten Filmen«, sagte sie beeindruckt.

»Ein bisschen, ja.«

»Das ist ein Fedorahut. Ein richtiger Klassiker unter den Männerhüten.«

»Haben Sie so einen?«

»Wir haben diese.«

Sie führte ihn zu einem drehbaren Hutständer und zeigte ihm ein paar Fedorahüte. Sie kosteten über vierzig Dollar und ähnelten dem Hut seines Großvaters, aber irgendwie reichten sie nicht ganz an das Original heran.

»Sie sind schön«, meinte er. »Aber ich glaube, der Hut von meinem Großvater hat mir trotzdem besser gefallen.«

»Hat er den Hut nicht mehr?«

»Wie bitte?«, fragte er verständnislos.

»Sie haben gesagt, dass er den Hut *hatte*. In der Vergangenheitsform.«

»Oh. So war das nicht gemeint. Die Vergangenheitsform bezieht sich auf meinen Großvater. Er ist dieses Jahr gestorben.«

»Das tut mir sehr leid«, sagte sie.

»Danke. Mir auch.«

Er setzte sich einen dunkelgrauen Hut auf, doch er war zu groß und rutschte ihm bis über die Augenbrauen. Das gab Anthony das Gefühl, ein kleiner Junge zu sein, also nahm er den Hut schnell ab und hängte ihn wieder an den Ständer.

»Haben Sie in Ihrer Familie mal nachgefragt, ob der Hut vielleicht noch da ist? Oder wurden seine Sachen alle weggegeben? Denn wenn der Hut gut in Schuss ist, kann so ein Vintage-Stück aus der Blütezeit der Männerhüte eine echte Rarität sein.«

»Er ist noch da. Ich sehe den Hut immer, wenn ich meine Großmutter besuche. Er hängt an der Garderobe neben der Tür, als würde mein Großvater jeden Moment kommen, sich den Hut aufsetzen und kurz rausgehen, um eine Zeitung oder Milch zu kaufen.«

»Ich weiß, ich bin eine furchtbar schlechte Verkäuferin, wenn ich das sage … und außerdem arbeite ich auf Provisionsbasis, aber … vielleicht würde Ihre Großmutter Ihnen den Hut geben.«

»Oh.« Die Idee breitete sich in seinem Kopf aus, bis kein Platz für einen anderen Gedanken mehr da war. »Ja. Vielleicht. Vielleicht macht sie das wirklich.«

* * *

Seine Großmutter öffnete die Tür und wirkte noch überraschter, als Anthony es erwartet hatte.

»Tut mir leid, dass ich nicht vorher angerufen habe«, entschuldigte er sich.

Oma Marion lebte in einem Reihenhaus in Astoria. Anthony bemerkte, dass er die Kälte und umherwirbelnden Schneeflocken in den Hausflur ließ, während er vor seiner Großmutter stand.

»Ich freue mich doch immer über deinen Besuch, Anton. Ich wundere mich nur, weil wir uns erst gestern gesehen haben.«

Sie hatte ihm erst am Abend zuvor ihre hausgemachte Suppe gebracht.

»Stimmt, ich weiß. Ich bin gekommen, um dich um einen Gefallen zu bitten. Einen ziemlich großen Gefallen.«

»Konntest du dich gestern nicht überwinden, mich zu fragen?«

»Gestern habe ich noch nicht daran gedacht.«

»Komm schon rein«, sagte sie und zog ihn am Ärmel. »Die ganze Wärme zieht sonst nach draußen.«

Als er in den Hausflur trat, hatte er den Hut direkt vor Augen. Er sah jetzt noch eleganter, kostbarer und perfekter aus als in seiner Erinnerung. Falls es verkehrt war, zu denken, der Hut könne die Lösung all seiner Probleme sein, dann konnte er den Fehler in diesem Augenblick nicht entdecken. Der Hut war in einem einwandfreien Zustand. Vom jahrelangen Tragen ein wenig abgenutzt, aber nicht schäbig.

»Du vermisst deinen Opa, was?«

»Natürlich.«

»Wie ich sehe, interessiert dich sein alter Fedora. Er hat diesen Hut geliebt.«

»Er sieht fast neu aus.«

»Ja, und das, obwohl er schon ziemlich alt ist. Ich weiß es nicht mehr genau, aber ich glaube, er wurde irgendwann in den Vierzigern gekauft. Auf jeden Fall vor 1950. Dein Großvater hat den Hut gehegt und gepflegt. Und genau einmal im Jahr hat er ihn zur Reinigung gebracht. Dieser Hut war für ihn eine Art Markenzeichen.«

Während sie sprach, knöpfte Anthony seinen Mantel auf.

»Könnte ich ihn mal anprobieren?«

»Natürlich.«

Fast ehrfürchtig nahm er den Hut von der Garderobe und setzte ihn auf. Er passte nicht perfekt. Er war ein paar Millimeter zu groß, rutschte ihm aber wenigstens nicht bis auf die Augenbrauen. Der Hut saß nur ein bisschen locker, sodass Anthony nicht gewagt hätte, ihn bei stürmischem Wetter zu tragen.

Er trat vor den Garderobenspiegel und hielt die Luft an, als er sich selbst sah. Er erschien wie ein anderer Mensch. Wie ein richtig erwachsener Mann. Ein erwachsener Mann namens Anton. Er spürte, dass er jetzt nicht mehr auf den Hut verzichten konnte – nicht jetzt, nachdem er gesehen hatte, wer er mit dem Hut war.

Auch seine Großmutter hielt die Luft an.

»Was ist?«, fragte er sie, als er endlich den Blick von seinem Spiegelbild lösen konnte. »Stimmt etwas nicht?«

»Du siehst damit fast so aus wie dein Großvater damals, als ich ihm zum ersten Mal begegnet bin. Es hat mir fast den Atem verschlagen.«

»Der Hut steht mir so gut.«

»Er passt nicht perfekt. Ein bisschen wacklig. Aber du kannst ein Stück Stoff für den Innenrand kaufen, damit der Hut besser sitzt. So eine Ähnlichkeit!« Bevor er sie fragen konnte, ob das bedeutete, dass sie ihm den Hut geben würde, sagte sie:

»Lass uns in die Küche gehen. Ich mache uns einen Tee und dann kannst du mich um diesen großen Gefallen bitten.«

* * *

»Ich wollte dich um Rat fragen«, sagte er, als sie den Teekessel füllte – so nannte sie den Wasserkessel. »Nein, eigentlich nicht um einen Rat, sondern um deine Meinung zu einer Situation. Einer Lebenssituation. Ich frage meine Eltern nie nach solchen Dingen, weil … na ja, ich hoffe, du nimmst mir das nicht krumm, weil mein Vater dein Sohn ist, aber ich habe das Gefühl, dass meine Eltern auch keine Antwort haben. Sie scheinen das Leben nicht viel besser zu verstehen wie ich.«

»Niemand versteht wirklich das Leben«, entgegnete seine Großmutter und schaltete die Herdplatte an.

Über ihrem geblümten Hauskleid trug sie eine dicke, blaue Wolljacke, die sie wahrscheinlich selbst gestrickt hatte, denn sie strickte viel und gern.

»Ich habe den Eindruck, dass ihr das Leben versteht, du und Onkel Gregor. Vielleicht, weil ihr schon alte Hasen seid. Sorry, das war nicht unhöflich gemeint.«

»Du kannst mich nicht damit überraschen, wie lange ich schon auf der Welt bin«, schmunzelte sie und setzte sich ihm gegenüber an den großen, antiken Küchentisch aus massivem Holz. »Ich habe jede Sekunde selbst erlebt, also weiß ich es. Wie kann ich dir helfen?«

»Warum bleiben Leute in schlechten Beziehungen? Mit Partnern, die ihnen nicht guttun? Das verstehe ich einfach nicht.«

»Aus vielen Gründen«, antwortete sie nach einem tiefen Seufzen. »So viele Gründe, wie es Leute gibt, die mit so jemandem zusammenbleiben. Aber ich denke, alle haben eins gemeinsam: Viele Menschen glauben nicht, dass sie etwas Besseres verdient haben.«

Sie schwiegen einen Moment, bis der Wasserkessel zu pfeifen anfing.

»Hat dir meine Antwort geholfen?«, fragte sie und stand auf, um den Herd abzustellen.

»Ich glaube ja. Ich muss noch etwas darüber nachdenken.«

»Das kann aber nicht der große Gefallen sein, um den du mich bitten wolltest. Ich habe dir nur meine Meinung über eine menschliche Schwäche mitgeteilt.«

»Nein, das war es nicht.«

»Worum geht es dann?«

»Um Opas Hut. Ich wollte dich fragen, ob ich ihn haben könnte, aber dachte, du würdest dich vielleicht nicht von dem Hut trennen wollen.«

»Einerseits nicht. Und bei jedem anderen hätte ich Nein gesagt. Aber du wächst mit seinem Namen auf, Anton. Also scheinst du nun der rechtmäßige Besitzer des Huts zu sein.«

In diesem Moment wurde ihm klar, dass es falsch gewesen war, seinen Geburtsnamen abzulehnen. Und er nahm sich vor, sich nie wieder Anthony zu nennen.

* * *

Auf dem Heimweg schaute er in dem Hutgeschäft vorbei und zeigte der Verkäuferin seinen neuen Fedora. Sie war mächtig beeindruckt und er fühlte sich noch besser als vorher, fast in Hochstimmung, weil er nicht der Einzige war, der den Hut bewunderte. Es war ein fantastischer Hut. Es war *der* Hut schlechthin.

Sie verkaufte ihm ein günstiges Stoffband und als der Hut ebenso gut saß, wie er aussah, hatte Anton das Gefühl, dass in seiner Welt alles wieder in Ordnung sei. Wie albern, dass er gedacht hatte, alles sei verloren.

* * *

Am nächsten Tag trug er den Hut an ihrem üblichen Treffpunkt. Er kam um elf Uhr ins Café, setzte sich ans Fenster und wartete. Statt seinen Hut abzulegen, wie Männer es in Innenräumen und beim Essen üblicherweise taten, behielt Anton seinen Hut auf.

Kaffee trinkend blieb er auf derselben Stelle sitzen, bis er sich immer zappliger fühlte und es fast zwei Uhr nachmittags war.

Edith war nicht aufgetaucht.

Als er ging, tat er das nicht, weil er nicht mehr mit ihr rechnete oder dachte, er müsse sie aufgeben. Er ging, weil ihm in den Sinn gekommen war, dass sie vielleicht verletzt sein könnte oder aus einem anderen Grund das Haus nicht verlassen konnte.

Er rannte den ganzen Weg nach Hause. Was, wenn es ein Problem gab? Und was, wenn mit ihr alles in Ordnung war? Sosehr ihm ihr Wohlergehen natürlich am Herzen lag, es wäre ein Unglück für sich, wenn er erfahren müsste, dass sie lieber nicht gekommen war, obwohl sie es hätte tun können.

Keuchend und ungeduldig nahm er den Aufzug nach oben.

In der Wohnung rannte er sofort in sein Zimmer und richtete das Teleskop auf ihr Fenster, ihre kleine Welt im Haus gegenüber. An seinem Daumennagel und selbst der Nagelhaut kauend, blieb er lange Zeit dort sitzen, vielleicht eine ganze Stunde.

Dann sah er sie. Sie ging durchs Wohnzimmer.

Mit ihr schien alles in Ordnung zu sein.

Den Rest des Tages versuchte er zu akzeptieren, dass er sie verloren hatte. Nur für alle Fälle würde er am nächsten Tag wieder im Café sitzen – auch wenn es an der Zeit war, sich einzugestehen, dass er wahrscheinlich wieder vergeblich warten würde.

Alles war seine eigene Schuld.

Bis zwei Uhr morgens lag er wach und rang mit diesen Gedanken.

* * *

Anton Addison-Rice schlief tief und träumte, dass er sich in einem Zug von jemandem verabschiedete – ohne zu wissen, wer es war oder wohin der Zug fuhr –, als ein Geräusch ihn aus dem Schlaf riss.

Er setzte sich auf. Hatte es wirklich laut geklopft oder war das nur ein Traum gewesen?

Dann hörte er es wieder. Jemand klopfte an die Wohnungstür.

Sein Blick huschte zum Wecker. Es war kurz nach drei Uhr morgens.

Er sprang aus dem Bett und zog sich seinen Morgenmantel über. Sein Herz hämmerte, als er mit großen Schritten an die Tür eilte. Mit zusammengekniffenen Augen lugte er durch den Türspion. Er sah eine Frau. Sie hatte das Gesicht abgewandt, als würde sie gleich zum Aufzug zurückgehen. Vielleicht war es Edith.

»Moment, ich bin hier!«, rief er durch die Tür.

Er machte sich an den Sicherheitsschlössern zu schaffen, doch vor lauter Eile wurde er ungeschickt.

Als er endlich die Tür öffnete, war er heilfroh, dass sie überhaupt noch da war. Im weichen Flurlicht fiel sein Blick auf ihr Gesicht. Ihre Unterlippe war auf mehr als das Zweifache angeschwollen und von einem Riss durchzogen, der in diesem Licht schwarz erschien. Die Wunde hatte offenbar geblutet. Auf ihrem Kragen war ein deutlicher, landkartenähnlicher Blutfleck, was in ihm verstörende Erinnerungen weckte.

Sie blickte ihm direkt in die Augen.

Sie weinte nicht und sah auch nicht so aus, als hätte sie vor Kurzem geweint. Doch in ihren Augen lag eine so tiefe Traurigkeit, dass ihm ganz schwer ums Herz wurde.

»Halt deinen Hut fest, Anton«, sagte sie, ihre Worte klangen durch die Schwellung undeutlich. »Ich habe wahrscheinlich gerade meinen Mann verlassen.«

Kapitel 6

Eine höllische Geschichte

So schnell er konnte, zog er sich an, dann bereitete er in der Küche einen Tee mit den Kamillenblüten von seiner Großmutter zu. Kaffee schien um drei Uhr morgens einfach nicht das Richtige zu sein. Es würde Edith guttun, früher oder später etwas zu schlafen, falls ihr das überhaupt möglich war.

»Definiere *wahrscheinlich!*«, rief er ihr von der Küche aus zu.

»Ich verstehe die Frage nicht.« Ihre Worte klangen immer noch undeutlich.

Sie saß im Wohnzimmer im Ledersessel seines Vaters, wahrscheinlich absichtlich ein ganzes Stück entfernt von ihm. Er hatte ihr in ein Küchentuch eingewickelte Eiswürfel gegeben, mit denen sie nun ihre Lippe kühlte. Es war zu dunkel, um außer ihrem Umriss etwas zu erkennen.

»Du hast gesagt, dass du ihn *wahrscheinlich* verlassen hast.«

»Oh«, murmelte sie und bewegte das Eis an eine andere Stelle. »Eigentlich nicht *wahrscheinlich*, nein. Es war nur so plötzlich und neu, ich war ein bisschen durcheinander und wusste nicht, was ich sagen sollte. Und ich wollte wohl irgendwie witzig sein und die Sache auf die leichte Schulter nehmen. Das kann aber nicht deine eigene Wohnung sein, oder? Wohnst du hier mit deinen Eltern?«

»Fürs Erste«, antwortete er knapp, weil ihm diese Fragen unangenehm waren.

»Wo sind sie jetzt?«

»In Südamerika.«

»Wie lange bleiben sie dort?«

»Noch zwei Wochen oder so.«

»Was soll ich nur tun?«, fragte sie auf einmal völlig verzweifelt und den Tränen nah.

Er ließ den Wasserkessel auf dem Herd und kam zu ihr ins Wohnzimmer. Er setzte sich auf das Sofa, um einen respektvollen Abstand zu halten, und während er verlegen am Kniestück seiner Jeans zupfte, teilte er ihr seine Idee mit.

»Du versteckst dich hier für ein paar Tage, weil er dich zuerst in der Nähe suchen wird, oder am Flughafen oder an Bahnhöfen. Wir lassen ihm genug Zeit, bis er das aufgibt, weil er denkt, er hätte dich verpasst. Und dann gebe ich dir etwas Geld und wir schmuggeln dich heimlich aus der Stadt. Hast du Freunde, zu denen du gehen kannst?«

»Ich muss nachdenken. Sicher, ich kann immer irgendwo unterkommen, aber ich brauche Geld für die Fahrkarte und etwas Startkapital. Aber ich bestehe darauf, dir alles zurückzuzahlen.« Ihre Stimme klang jetzt ein wenig fester. Die Furcht, die sie vorhin gepackt hatte, schien sie während ihres Gesprächs allmählich loszulassen. »Danke. Wirklich, vielen Dank, denn ganz ohne Hilfe geht es nicht. In so einer Lage braucht man einen Freund, an den man sich wenden kann, und einen Unterschlupf. Man kann nicht einfach allein in die Welt hinausgehen. Man braucht einen sicheren Ort, wo man schlafen kann.«

Ihre Erwähnung der Fahrkarte erinnerte ihn an seinen Traum, in dem er sich von einer gesichtslosen Person, die in einen Zug stieg, verabschiedet hatte.

»Du kannst in meinem Zimmer schlafen«, bot er an, doch noch während er sprach, klang es in seinen Ohren wie ein weiterer Fehler. »Oh, Mist. Ich meine nicht … was ich sagen will: Du schläfst in meinem Zimmer und ich natürlich nicht. Ich kann im Bett meiner Eltern schlafen. Ich wollte nicht …«

»Anton«, unterbrach sie ihn sanft. Er war überrascht, als sie sich im Halbdunkel vorlehnte und kurz seine Wange berührte. »Ich weiß, dass du ein Gentleman bist. Davon musst du mich nicht überzeugen. Ich wäre nicht hergekommen, wenn ich etwas anderes denken würde.«

Sie lehnte sich wieder zurück und ihre Hand verschwand. Er saß allein auf der Couch und hatte immer noch das Gefühl, ihre Berührung auf seiner Haut zu spüren.

»Oh!«, sagte er plötzlich. »Ich kann ja gar nicht im Bett meiner Eltern schlafen. Was habe ich nur gedacht? Ich nehme das Sofa. Sie würden es bemerken, dass ich in ihrem Schlafzimmer war. Sie bekommen immer alles mit, sie haben ihre Augen einfach überall. Sie würden nicht gerade begeistert sein und alle Einzelheiten erfahren wollen.«

»Ich könnte auf dem Sofa schlafen.«

»Nichts da«, erwiderte er. »Das lasse ich nicht zu. Du brauchst dein eigenes Badezimmer und eine Tür mit Schloss, damit du deine Privatsphäre hast und dich sicher fühlen kannst. Ich lege dir einen Pyjama hin und ein Handtuch.« *Und ich richte das Teleskop wieder auf den Himmel*, fügte er in Gedanken hinzu. »Ich könnte vielleicht im alten Zimmer meines Bruders schlafen, allerdings … nein. Besser nicht. Dazu könnte ich mich nicht durchringen.«

»Ist dein Bruder auf der Universität?«

»Nein. Er ist gestorben.«

Der Wasserkocher pfiff und er sprang auf, um den Tee aufzubrühen. In der Küche war es so hell, dass er mehrmals blinzeln musste. Er schüttete das kochende Wasser in die Kanne und wartete absichtlich lange, während er den Tee ziehen ließ. Er wünschte, er hätte seinen Bruder nicht erwähnt. Wenn er wieder ins Wohnzimmer kam, würde sie ihn fragen, woran Greg gestorben war.

Da er den Tee nicht ruinieren wollte, kehrte er schließlich mit der Kanne und zwei Tassen zu ihr zurück. Er stellte alles auf Untersetzern ab, damit er sich nicht die endlosen Vorwürfe anhören musste, wenn seine Eltern auf dem Wohnzimmertisch Abdrücke fanden.

Eine Weile saßen sie im Halbdunkel zusammen und nippten nur an ihrem Tee.

Als sie schließlich sprach, erkundigte sie sich nicht nach der Ursache von Gregs Tod, sondern fragte nur: »Vor Kurzem?«

»In diesem Jahr, ja.«

»Wow! Du hast wirklich nicht übertrieben, als du gesagt hast, du hättest ein schlechtes Jahr hinter dir. Du hast im selben Jahr deinen Großvater, deinen Bruder und deine Hand verloren?«

Er nahm schweigend einen Schluck Tee. Der Geruch erinnerte ihn an seine Großmutter. Es war ein tröstliches Gefühl, was es ihm ein bisschen leichter machte, ihr eine offene, ehrliche Antwort zu geben.

»Es stimmt nicht ganz, wenn ich sage, ich hätte Greg und meine Hand im selben Jahr verloren. Ich meine, streng genommen ist es richtig, aber es vermittelt einen falschen Eindruck. Ich habe beide im selben Bruchteil einer Sekunde verloren.«

Einen Augenblick lang reagierte sie nicht. Das warme Licht aus der Küche schien sie von hinten an, was es unmöglich machte, ihr Gesicht zu sehen. Vielleicht war es ihr so lieber. Vielleicht war sie klug genug, um zu verstehen, dass sie nicht der einzige Mensch war, den es beunruhigte, wenn jemand einen tiefen Einblick in sein Leben nahm.

Denn als sie schließlich etwas erwiderte, war alles, was sie sagte: »Das muss eine höllische Geschichte sein.«

Oder eine Geschichte der Hölle, dachte er.

* * *

Er lag wach auf dem Sofa und starrte an die Decke, als er ihre gedämpften Bewegungen in der Küche hörte.

»Ich bin wach«, sagte er. Leise, um sie nicht zu erschrecken.

Einen Augenblick später kam sie aus der Küche und setzte sich in den Ohrensessel ihm gegenüber. Die Vorhänge waren nicht zugezogen und die einzige Beleuchtung kam von den entfernten Lichtern der Straße. Er konnte nur ihren dunklen Schatten wahrnehmen.

»Ich habe mir ein Glas Wasser geholt«, sagte sie. »Ich hoffe, das ist okay.«

»Aber natürlich.«

»Hast du versucht zu schlafen?«

»Eigentlich nicht.«

»Gut. Ich brauche jemanden, mit dem ich reden kann. Ich wollte etwas durch dein Teleskop sehen, aber da waren keine Sterne. Gibt es in der Stadt überhaupt jemals Sterne?«

»Ich glaube, in einer klaren Nacht kann man die hellsten Sterne erkennen. Aber ich habe das Teleskop noch nicht lange, also bin ich mir nicht sicher.«

»Mir ist klar, dass du uns durch das Teleskop gesehen hast. Aber wenn du sagst, dass es nicht absichtlich passiert ist, will ich dir glauben.«

»Ich habe die Kontrolle über das Teleskop verloren. Ich wollte es mit einer Hand einstellen … na ja, wie auch sonst, was? Es war brandneu und ich hatte keine Ahnung, dass es so schnell nach unten kippen würde, wenn ich an dem Rad schraube. Und als ich es dann wieder in Position gebracht habe, hat es genau auf dein Fenster gezeigt.«

»Wie groß ist wohl die Wahrscheinlichkeit, dass so was passiert?«

»Astronomisch gering«, erwiderte er. »Kein Wortspiel beabsichtigt.«

Sie schwiegen eine Weile. Er hörte, wie sie das Wasser trank. Es war immer noch zu dunkel, um sie deutlich zu sehen. Als er den Mund öffnete, um mit seiner Geschichte zu beginnen, machte er sich eine geistige Notiz: Sollte Onkel Gregor sich durchsetzen und seine Eltern überreden, ihn eine Therapie machen zu lassen, dann würde Anton seinen Therapeuten bitten, während der Sitzungen das Licht auszuschalten.

»Mein Bruder hat eine Geisteskrankheit gehabt«, sagte er. »Aber sie ist nie diagnostiziert worden.«

Dann legte er eine Pause ein.

Es war eine Art Test. Wollte sie es wirklich erfahren oder würde sie das Thema wechseln und ihr Gespräch auf eine unverfänglichere Bahn lenken? Sie tat nichts dergleichen. Soweit er es beurteilen konnte, hörte sie ihm zu.

»Mein Großonkel ist Psychiater. Er wollte Greg professionelle Hilfe vermitteln, aber meine Eltern wollten davon nichts wissen. Sie haben ihm einfach nicht geglaubt und waren der festen Überzeugung, es sei nur eine Phase, aus der Greg früher oder später herauswachsen würde. Jeder Dummkopf hätte sehen können, dass es mehr als das war, wenn du mich fragst. Meine Eltern jedenfalls haben mich nicht gefragt. Das tun sie nie. Und sie gehen Probleme nicht offen an. Also eigentlich gehen sie Probleme gar nicht an. Aber egal, das ist eine lange Geschichte für ein anderes Mal.«

Er hielt erneut inne und wartete, ob sie ihn unterbrechen würde, bevor er weitersprechen konnte. Er hoffte es sogar. Als es nicht geschah, fuhr er fort.

»Unsere Eltern waren an dem Abend ins Theater gegangen. Greg war in seinem Zimmer und ich konnte ihn reden hören, obwohl er kein Telefon in seinem Zimmer hatte und niemand außer ihm da war. Ich wusste, dass es ein schlechtes Zeichen war. Er hörte wieder Stimmen. Ich klopfte an seine Tür, doch er ließ mich nicht rein, was mir Angst machte, also brach ich die Tür auf. Ich hatte schon gespürt, dass es schlimmer als sonst war. Etwas stimmte ganz und gar nicht.«

Er legte wieder eine Pause ein. Durch das Fenster konnte er vereinzelte Lichter in den umliegenden Gebäuden sehen. Ein paar Leute, die auch nicht schlafen konnten oder vielleicht in aller Frühe zur Arbeit mussten. Er beneidete sie. Ihr Leben war verglichen mit seinem bestimmt sehr angenehm und unspektakulär.

Er hatte diese Geschichte erst einmal zuvor jemandem erzählt – zwei Polizisten, die ihn nach der Amputation im Krankenhaus aufgesucht hatten. Sie hatten es dann seinen Eltern weitererzählt. Gott sei Dank!

»Greg saß auf dem Boden, mit dem Rücken ans Bett gelehnt, und er hatte eine der Schrotflinten von meinem Vater bei sich. Mein Vater geht manchmal auf dem Land jagen. Oder zumindest ging er früher. Die Waffen hätten eigentlich weggeschlossen sein sollen, aber Greg hatte trotzdem eine. Er hatte das untere Ende auf dem Boden abgestützt und es sehr fest zwischen seine nackten Füße und seine Knie geklemmt. Den Gewehrlauf hatte er mit beiden Händen umfasst. Und er hielt das Kinn hoch, den Kopf zur Decke gestreckt und die Augen geschlossen. Und dabei war das Gewehr auf die Unterseite seines Kinns gerichtet. Auf diese weiche, empfindliche Stelle hinten unter der Zunge. Doch die Mündung war nicht direkt an seiner Kehle, sondern ein paar Zentimeter entfernt. Wäre sie an seine Kehle gedrückt gewesen, dann hätte ich es vielleicht besser gewusst und wäre nicht auf die Idee gekommen, das Gewehr wegzustoßen. Doch so dachte ich mir, es sei einfach. Und es war mir nicht klar, wie er überhaupt den Abzug erreichen würde, also dachte ich, dass ich es verhindern könnte. Ich rechnete mir wohl ziemlich gute Chancen aus.«

Er ließ eine Stille eintreten und machte eine bemerkenswerte Beobachtung: Er fühlte sich ziemlich entspannt, weil es Edith war, der er die Geschichte erzählte. Er könnte zu Ende erzählen – oder auch nicht. Wie auch immer er sich entschied, er hatte das Gefühl, dass es in jedem Fall okay war. Zum ersten Mal nach mehr als sieben Monaten konnte etwas okay sein.

»Es ist ganz dir überlassen, wie viel du mir erzählen willst«, sprach sie in die Stille hinein.

Es war eine nette, angenehme Bemerkung – zum einen, weil sie ihn unterstützte, und zum anderen, weil es schön war, wieder den Klang ihrer Stimme zu hören.

»Als ich in sein Zimmer eingebrochen war, sah er zu mir. Völlig ruhig und gelassen. Es war unheimlich. Und dann hob er wieder das Gesicht zur Zimmerdecke und schloss die Augen. Und er legte seine Zehen auf den Abzug. Ich dachte, ich hätte diese Bewegung gesehen. Wie ein … Drücken. Oder … oder ich hatte das Gefühl, er würde es gleich tun. Dieser Teil ist sehr unklar, weil alles so schnell passiert ist. Aber ich sah, wie sich seine Zehen bewegten. Also flog ich. Ich schwöre, dass es eine Art Fliegen war. Ich rannte nicht, ich sprang nicht. In diesem Bruchteil einer Sekunde konnte ich förmlich fliegen, also flog ich zu ihm hin und versuchte, ihm das Gewehr aus den Händen zu reißen. Aber ich hatte es nicht gut durchdacht. Oder … ich weiß nicht. War da Zeit zum Nachdenken? Jedenfalls ging es schlecht aus, weil er das Ding so fest umklammert hielt. Mit Händen und Knien und Füßen, er hielt es einfach zu fest. Ich stieß also die Flinte weg, aber er fiel dabei mit um. Mitsamt der Flinte. Also habe ich überhaupt nichts an dem Ziel oder Ergebnis ändern können. Das Einzige, was ich geschafft habe, war, meine rechte Hand vor die Mündung zu bekommen.«

Er hörte, wie sie etwas murmelte, konnte das Wort aber nicht verstehen und fragte nicht nach. Es war ein gehauchter Ausruf, wahrscheinlich religiöser Natur.

»Falls das mehr war, als du wissen wolltest, tut es mir leid«, setzte er noch hinzu.

»Wir sind vielleicht ein Paar«, durchbrach sie nach einer Weile das lastende Schweigen. »Zwei einzige Traumazonen. Allerdings … plötzlich scheinen meine Probleme gar nicht mehr so schlimm zu sein. Ich verstehe nicht, wie du überhaupt noch funktionieren kannst.«

»Welche andere Möglichkeit habe ich?«

»Das ist sehr tapfer.«

»Ich versuche gar nicht, tapfer zu sein.«

»Was willst du denn sein?«

»Ich weiß nicht. Ich versuche nur, das irgendwie durchzustehen. Ich verstehe nicht ganz, was andere von mir erwarten. Ich meine nicht dich. Leute tun immer so, als sollte ich … ich weiß nicht. Mehr fühlen oder mich anders verhalten. Ich weiß nicht, was ich tun soll, damit sie mit mir zufrieden sind.«

»Verhalte dich einfach so, wie es sich für dich richtig anfühlt.«

»Danke.«

»Aber warum bist du dann hier in den Ferien allein? Warum sind deine Eltern ohne dich weggefahren?«

»Ich weiß nicht. Ich meine … irgendwie schon. Sie haben ihre eigenen Probleme.«

»Aber das … wie können sie so was tun?«

In seinem Kopf bekämpften sich mehrere Gedanken, mehrere mentale Beobachtungen, die beinahe Gefühle gewesen wären, hätte er dies zugelassen. Ein Gedanke war die Feststellung, dass ihre Entrüstung angemessen war. Andererseits wunderte er sich über ihre Missbilligung, stimmte ihr aber zu und merkte, dass er schon die ganze Zeit so wie sie empfunden hatte. Und letztendlich realisierte er, dass das Verhalten seiner Eltern gar nicht überraschend war. Es war nur ein weiteres Glied in einer langen Reihe von Fehlern, die die meisten Eltern nicht machten.

»Du kennst sie nicht. Sie können kaum für sich selbst sorgen«, erklärte er. »Aber ich will nicht schlecht über sie reden«, fügte er hinzu und merkte, dass er denselben Satz wie sein Großonkel benutzte. Es war nicht das erste Mal gewesen, dass Onkel Gregor diese Worte gesagt hatte. Und trotzdem ging es ihm erst in diesem Augenblick auf, dass Gregor viele negative Beobachtungen über seine Eltern hatte, die er unter Verschluss hielt.

»Puh!«, entfuhr es ihr. »Nach dieser Geschichte kann ich bestimmt nicht schlafen.«

»Dann bleib noch eine Weile wach und rede mit mir.«

Was sie dann auch tat.

Sie stellte ihm alle möglichen Fragen, die ihr über Astronomie einfielen, und er erzählte ihr alles, was er wusste.

* * *

Als der Tag allmählich anbrach und sie immer häufiger gähnen mussten, fragte sie ihn: »Gehört dieser Hut in deinem Zimmer dir?«

»Ja«, antwortete er, übermäßig erfreut, dass sie den Fedora bemerkt hatte. »Er ist von meinem Großvater.«

»Das ist wirklich ein schöner Hut. Warum trägst du ihn nie?«

»Ich habe ihn erst seit gestern.«

»Oh, ich verstehe. Na ja, jetzt hast du etwas, das du festhalten kannst, wenn wir reden.«

»Das war meine Idee«, erwiderte er. »Ja.«

»Vielleicht schaffe ich es jetzt, ein bisschen zu schlafen.«

»Ist diese …«, sagte er schnell, um sie vom Gehen abzuhalten, aber dann zögerte er, die Frage zu formulieren. »… diese Sache mit deiner blutigen Lippe. War das schon passiert, bevor wir uns gestern Mittag treffen wollten?«

Er hatte Angst vor ihrer Antwort, aber trotzdem konnte er seine Frage nicht länger zurückhalten. Der Zeitpunkt, schüchtern zu sein oder Geheimnisse voreinander zu haben, war vorüber. Das Schicksal hatte sie zusammengebracht. Sein Leben war jetzt mit ihrem eng verschlungen. Sie war hier bei ihm und das war alles, was zählte.

Er konnte sich ihre Antwort schon ausmalen, weil er sie am Nachmittag durch das Teleskop gesehen hatte. Aber welche Seite ihres Gesichts hatte er gesehen? Er war sich nicht mehr sicher. Er musste es wissen, egal, wie die Antwort ausfallen würde.

»Nein«, sagte sie und in ihrer Stimme lag ein Anflug von Verlegenheit. »Es ist gestern Abend um neun passiert. Ich wollte mir sicher sein, dass er wirklich schläft, bevor ich hierhergekommen bin. Es tut mir leid, dass ich dich versetzt habe. Ich musste über einiges nachdenken.«

»Ich verstehe.«

Es stimmte nur teilweise. Einerseits konnte er es verstehen, andererseits nicht. So oder so war ihre Antwort für ihn verletzend gewesen.

* * *

Er wachte auf dem Sofa auf und noch bevor er die Augen öffnete, spürte er, wie Licht auf ihn eindrang. Die Sonne schien hell durch die Fenster. Es musste wohl um die Mittagszeit sein.

Blinzelnd setzte er sich auf und blickte sich um. Edith war am anderen Ende des Wohnzimmers, vor den Fenstern, und tanzte, frei und unbändig. Sie tanzte!

Die Sonnenstrahlen beleuchteten sie von hinten und verwischten alle Einzelheiten, sodass sie wie eine huschende Silhouette erschien. Dann und wann ging sie zu ein paar Bewegungen aus bekannten, populären Tänzen über – wie den Watusi oder Swim –, aber zum größten Teil tanzte sie völlig frei. Sie streckte die Hände zur Decke und wiegte sich, dann senkte sie die Arme und schwang sie hin und her. Sie kreiste ihre Hüften und bewegte ihre Schritte zu einem Rhythmus, den nur sie selbst hören konnte.

Es lief keine Musik. In der Wohnung war es vollkommen still.

Als er die Augen zusammenkniff, konnte er an dem Kabel erkennen, dass sie den Kopfhörer trug, der an die Stereoanlage seines Vaters angeschlossen war.

Er schlang die Arme um seine angezogenen Knie und sah ihr eine Weile lang zu. Sie wirkte so … es war so unerwartet, dass er zunächst keine Worte dafür finden konnte. Schließlich entschied er sich für *voller Freude*. Kein Wunder, dass es ihm Schwierigkeiten gemacht hatte, es zu definieren. Freude hatte in seiner Welt schon so lange gefehlt. Und auch in ihrer.

Dann bemerkte sie, dass er sie beobachtete, denn sie blieb plötzlich stehen. Ein wenig verlegen nahm sie den Kopfhörer ab.

»Anton. Habe ich dich geweckt?«

»Nein, ich bin von selbst aufgewacht.«

»Ich habe mir ein paar Platten angehört. Ich hoffe, das ist okay.«

»Du brauchst mich wirklich nicht fragen, ob es okay ist, bestimmte Sachen zu tun«, sagte er und versuchte nicht einmal, die Bewunderung – sogar Verehrung – aus seiner Stimme zu halten. »Alles, was du tust, ist okay.«

»Bist du derjenige in der Familie, der Big-Band-Swing mag? Oder jemand anderes?«

»Ich habe nichts gegen Swing, aber das sind die Platten von meinem Vater.«

Sie trat an die Stereoanlage und zog den Kopfhörer aus der Buchse. Das Wohnzimmer wurde mit Swing erfüllt. Sie winkte ihn zu sich.

Er hob die Stimme, um die Musik zu übertönen. »Was, ich?«

»Sonst ist niemand hier!«, rief sie zurück.

»Eigentlich tanze ich nicht.«

»Ich auch nicht.«

»Ich habe dich gerade tanzen gesehen.«

»Ja, eigentlich kann ich nicht tanzen, aber ich tue es trotzdem. Du könntest genauso tanzen, wenn du herkommen und es einfach versuchen würdest.«

Er stand auf und ging zu ihr. Sie trugen beide noch seine rot-blauen Flanell-Pyjamas.

Als er einen Versuch machte, sich zur Musik zu bewegen, fühlte er sich verlegen, weil sie ihn beobachtete.

»Ich mache die Augen zu«, versprach sie und hielt sich demonstrativ die Hand vor die Augen. »Ich sehe gar nicht hin. Tanz einfach, wie du willst.«

Und tatsächlich, eine oder zwei Minuten lang – ein Wunder, wenn man bedachte, wie befangen er normalerweise war – tanzte Anton. Wahrscheinlich schlecht, aber er tat es trotzdem. Statt mit seinen Füßen bewegte er sich von der Hüfte aufwärts mit seinem Oberkörper und seinen Armen in einem Muster, das für ihn einigermaßen annehmbar war. Anders als sonst konnte er jetzt sein rechtes Handgelenk nicht versteckt halten. Doch sie hatte die Augen geschlossen – und außerdem war es nicht so, als hätte sie den Stumpf noch nicht gesehen und würde nicht wissen, dass ihm die rechte Hand fehlte.

Schließlich war das Lied zu Ende. Sie warteten auf das nächste, aber hörten stattdessen nur das Kratzen der Nadel am Ende der Platte.

Sie nahm die Hand von ihrem Gesicht.

»Du scheinst …«, begann er.

»… glücklich zu sein?«

»Ja.«

»Ich bin frei, Anton. Als ich aufgewacht bin, hat mich dieser Gedanke wie der Blitz getroffen. Ich bin frei. Nicht nur, dass ich in Sicherheit bin. Ich kann tun und lassen, was ich will. Ich kann die Musik hören, die ich will, und reden, mit wem ich will, und jede Meinung sagen, die mir gerade in den Kopf kommt, ohne dass mich jemand einschränkt. Kannst du dir vorstellen, wie lange es her ist, als ich zuletzt tun konnte, was ich wollte? Es ist lächerlich, gerade jetzt, wo ich nicht mal auf die Straße gehen kann, darüber so begeistert zu sein, aber ich habe mich so frei gefühlt, als ich eben aufgewacht bin. Als hätte ich mein Leben zurückgewonnen. Ich war so in den Gedanken verstrickt, wie traurig ein Ende meiner Ehe wäre, und ja, das ist zum Teil auch noch da, aber ich hatte keine Ahnung, wie eingeengt ich mich gefühlt hatte. Er hat nach und nach immer mehr Druck auf mich ausgeübt und ich hatte gar nicht gemerkt, wie sehr er mir die Hölle heißgemacht hat, bis ich jetzt schließlich das ganze Inferno hinter mir gelassen habe. Und das verdanke ich alles dir.«

Mit ein paar Schritten war sie bei ihm, nahm sein Gesicht zwischen die Hände und drückte ihm einen festen, kurzen Kuss auf die Stirn.

»Ich kann uns was kochen … falls du etwas Essbares im Haus hast. Hast du Eier?«

»Ja.«

»Käse? Gemüse?«

»Ja, das haben meine Eltern alles extra für mich dagelassen. Ich habe noch nichts davon angerührt, weil ich keine Lust auf die ganze Kocherei hatte.«

»Dann mache ich Omeletts.«

»Ich gehe in mein Zimmer und ziehe mich an«, sagte er, während er noch immer das Gefühl des warmen Drucks von ihren Lippen auf seiner Stirn spürte.

* * *

Als er zurück in die Küche kam, stand eine Schüssel mit aufgeschlagenen Eiern und die Käsereibe auf der Arbeitsfläche. Auf dem Schneidebrett lagen Frühlingszwiebeln und frische Spinatblätter. Und Edith saß auf einem Stuhl davor und ignorierte alles.

Sie weinte.

Als sie aufblickte und ihn sah, versuchte sie sofort, ihren Gefühlsausbruch zu verbergen. Sie wischte sich schnell die Tränen mit dem Ärmel ihres – beziehungsweise seines – Pyjamas ab.

»Du hältst mich jetzt bestimmt für einen emotionalen Psycho«, sagte sie und schniefte. »Auf und ab wie bei einem Gefühls-Jo-Jo.«

Mit der Schulter an den Türrahmen gelehnt, blieb er stehen. Er war sich nicht sicher, ob es in Ordnung war, näher an sie heranzutreten. »Nein, das denke ich nicht.«

»Es hat mir gerade wieder Angst eingejagt, dass ich absolut nichts habe. Ich habe fast überhaupt keine persönlichen Sachen dabei, nur das, was ich in meine Handtasche stopfen konnte – Make-up, ein paar Pflegeprodukte und Fotos von meinen Eltern, die ich nicht zurücklassen wollte. Ich konnte keine Koffer packen, denn wenn ich ihn aus Versehen geweckt und er gemerkt hätte, dass ich ihn verlassen will, dann hätte er mich umgebracht. Oder zumindest krankenhausreif geschlagen. Ich bin wegen ihm schon einmal im Krankenhaus gelandet, mit inneren Verletzungen, und das war wegen einer vergleichsweise kleinen Sache. Das ist also mein einziger Besitz und ich habe keine Ahnung, was ich als Nächstes machen soll. Die Angst hatte sich wohl angestaut und mich nach all diesen glücklichen Freiheitsgedanken eben geradezu überwältigt. Freiheit ist ein zweischneidiges Schwert, nicht wahr?«

Sie holte kurz Atem, aber ihm blieb nicht genug Zeit für eine Antwort.

»Kann ich über Weihnachten hierbleiben?« Ihre Augen glänzten feucht, als ihr Blick seinem begegnete. »Ich mag Weihnachten sehr und will die Feiertage nicht im Zug verbringen oder mit einer alten Freundin, die ich seit Ewigkeiten nicht gesehen habe und die mir vielleicht nicht verziehen hat, dass ich unseren Kontakt abgebrochen habe. Ich will über Weihnachten irgendwo sein, wo ich mich wohlfühlen kann.«

»Natürlich. Bleib, solange du willst.« Doch dann fiel es ihm ein – die Schwachstelle in seinem Plan. »Ich meine, bis zum ersten oder zweiten Januar, weil danach meine Eltern zurückkommen.«

»Du musst mich für einen emotionalen Psycho halten«, wiederholte sie.

»Wirklich nicht. Glaub mir, ich kenne dieses Wechselbad der Gefühle.«

Sie sprang auf und ging auf ihn zu, und für den Bruchteil einer Sekunde dachte er, sie wolle ihn umarmen. Aber falls sie das vorgehabt hatte, überlegte sie es sich im letzten Augenblick anders. Ein bis zwei Schritte entfernt blieb sie stehen und blickte ihn mit ernster Miene an.

»Wir können einander helfen, bis es für mich Zeit ist zu gehen«, schlug sie vor. »Jetzt muss ich mich aber schnell anziehen und dann mache ich mich an die Omeletts.«

Kapitel 7

Wohin?

Anton starrte auf die Schachfiguren, die in Augenhöhe auf dem Schachbrett vor ihm standen. Er hatte das Kinn auf den Rücken seiner linken Hand gestützt, die flach auf dem Tisch lag. Seinen neuen Fedorahut trug er auf ihre Anregung hin auch im Haus. Deshalb war sein Blickfeld eingeschränkt auf das Schachbrett, das er zwischen Tischkante und Hutrand sehen konnte. Er mochte das, weil so das Spiel zu seiner ganzen Welt zu werden schien.

Er beobachtete, wie ihre Hand die Dame am Kopf fasste und diagonal über das Brett bewegte. Die Schachfigur haltend, schwebte diese Hand über einem der Felder, während ihre Besitzerin vermutlich überlegte, ob die Dame wirklich an dieser Stelle bleiben sollte. Dann verschwand die Hand.

Anton setzte sich auf und blickte prüfend auf das Schachbrett.

Sie hatte große Pläne mit dieser Dame, das merkte er. In ihrem Zug lag eine ganz bestimmte Energie, eine gewisse Ernsthaftigkeit. Das Schweben der Hand über dem Schachbrett. Es würde eine Weile dauern, die nächsten drei, vier oder fünf

Züge zu planen. Und selbst dann war er vielleicht nicht gut genug, um ihren Angriff vorauszusehen. Mehrere Minuten lang starrte er auf das Spielbrett, bis er sich Sorgen machte, dass er sie zu lange warten ließ.

»Brauche ich zu lange?«

»Nein, kein Problem. Nimm dir so viel Zeit, wie du brauchst. Es ist herrlich, ohne Stoppuhr zu spielen.«

Sie hatte Anton erzählt, dass ihr Mann ihr das Schachspielen beigebracht hatte. Aber beim Schach mit ihrem Mann hatte eine Sanduhr die maximale Zeit pro Zug festgelegt.

»Aber so wäre das Spiel viel schneller zu Ende.«

»Oh, allerdings. Es wäre schon längst zu Ende gewesen. Er hätte vor Wut das Spielbrett umgeworfen, weil ich nicht schnell genug verliere.«

Ihre Bemerkung zog eine unangenehme Stille nach sich. Anton fiel es schwer, sich auf seinen nächsten Zug zu konzentrieren.

»Glaubst du …«, begann er und stockte.

»Was?«, fragte sie nach einem Moment. »Ob ich was glaube?«

»War er immer noch aufgebracht, weil er uns zusammen gesehen hat? Ist das der Grund für …?« Er zeigte an seiner eigenen Lippe auf die Stelle, wo Ediths Mann sie verletzt hatte.

»Vielleicht. Ich weiß nicht. Ich meine, ja. Es hat ihm etwas ausgemacht. Mehr, als er je zugegeben hätte. Aber komm nicht auf die Idee, dich schuldig zu fühlen, als sei es etwa dein Fehler gewesen. Denn es ist völlig unberechenbar. *Er* ist völlig unberechenbar. Alles Mögliche kann ihn zur Weißglut bringen, jederzeit, und er hält Gefühle so lange zurück, bis die Wut dann umso heftiger aus ihm herausbricht. Warum also so tun, als wüssten wir, warum er so ist? Lass es los. Dich trifft daran keine Schuld. Du hast nicht von mir verlangt, ihn zu heiraten.«

Anton setzte sich auf und schob die Krempe seines Huts hoch, um ihr Gesicht besser sehen zu können. Plötzlich in Gedanken versunken, wandte sie den Blick zum Fenster hin, wo schon jetzt, am späten Nachmittag, die Dämmerung einsetzte.

»Weißt du schon, wohin du willst?«, fragte er.

Er hatte sie das schon den ganzen Tag lang fragen wollen. Seit sie vorher mit dem Telefon seiner Eltern ein paar R-Gespräche geführt hatte. Er hatte das Zimmer verlassen, damit sie ungestört telefonieren konnte. Doch es nagte an ihm, dieses Nicht-Wissen.

Trotzdem, ging es ihn überhaupt etwas an?

»Ich glaube ja«, antwortete sie.

»Wohin?«

Eine lange Pause, die ein Problem ankündigte. Eine unangenehme Wahrheit, etwas, das er nicht gern hören würde. Er spürte, dass es näher kam.

»Versteh mich bitte nicht falsch«, sagte sie. »Na ja, ich weiß, du wirst es trotzdem, dennoch bitte ich dich um Verständnis. Bitte nimm das nicht persönlich, okay? Denn ich kann es dir nicht sagen. Weil du direkt im Haus gegenüber bist. Natürlich weiß er nicht, wo du wohnst, sonst wäre er schon längst hier aufgekreuzt, um Randale zu machen. Aber er würde dich erkennen, wenn er dich sieht. Und er weiß, dass wir Kontakt haben. Früher oder später wirst du ihm auf der Straße begegnen, und wenn er glaubt, dass du weißt, wo ich bin, wird er Gewalt anwenden, um es herauszubekommen. Und damit kann ich nicht leben. Ich kann nicht zulassen, dass er dich verletzt. Also werde ich gleich nach Weihnachten gehen und du wirst nicht wissen, wo ich bin.«

Er blieb still sitzen und spürte diesen Worten in sich nach. Sie hinterließen eine Reihe von winzigen, scharfen Wunden. »Niemals?«

»Es ist besser so.«

»Das gibt keinen Sinn. Ich könnte einfach lügen und sagen, dass ich nicht wüsste, wo du dich aufhältst.«

»Könntest du das wirklich?«

»Was heißt das? Natürlich. Jeder kann lügen.«

»Wie häufig lügst du?«

»Fast nie. Also, als Kind habe ich vielleicht manchmal gelogen, um keinen Ärger zu bekommen. Oder ich erzähle mal eine Notlüge, um keine Gefühle zu verletzen. Aber ich lüge eigentlich nicht wirklich.«

»Warum glaubst du also, dass du überzeugend lügen könntest? Wie oft kommt es vor, dass jemand ohne Übung gut in etwas ist? Wenn du vielleicht nur ein paarmal in deinem Leben ein Klavier angefasst hättest, würdest du dann hier sitzen und mir erzählen, dass du ein Konzert für ihn spielen kannst? Bestimmte Dinge erfordern Übung, Anton. Versteh mich nicht falsch. Ich bewundere, dass du so … unkompliziert bist. Was die Wahrheit betrifft, meine ich. Du bist niemand, der nur Schicht für Schicht Dinge über sich enthüllt. Das mag ich an dir, denn ich kann mich mit dir sicher fühlen. Und das ist wirklich ein wunderbarer Charakterzug. Aber es bringt mich auch zu dem Schluss, dass du als Lügner furchtbar versagen würdest. Also lassen wir dich weiterhin lieber die Wahrheit sagen, was meinst du? Das scheint am besten zu dir zu passen.«

Sie verstummte und sie blieben eine Weile schweigend sitzen. Die Lampen waren noch nicht angeschaltet und seit dem Einbruch der Dämmerung war das Licht im Raum schummrig, sodass nichts mit völliger Klarheit gesehen werden konnte. Er versuchte, die Tatsache zu verdauen, dass diese Situation, diese intensive Sammlung von Augenblicken – das wunderbare Geschenk, sie kennenzulernen – ein Ende haben würde. Ein wirkliches Ende, das sich bereits abzeichnete. Eine Endgültigkeit. Es würde nicht mit Postkarten und gelegentlichen Besuchen enden. Es würde einfach enden.

»Vielleicht können wir das Spiel später fortsetzen«, sagte er.

»Es tut mir leid, wenn ich dich verletzt habe, Anton. Aber du kennst ihn nicht so gut wie ich, und ich glaube wirklich, dass es besser so ist. Es ist die einzige sichere Lösung.«

»Ich lege mich ein bisschen hin«, erklärte er.

»Okay. Tut mir leid. Bitte sei mir nicht böse.«

»Ich gehe in mein Zimmer, aber ich komme noch mal raus, bevor du schlafen gehst.«

»Natürlich. Es ist schließlich dein Zimmer. Lass uns aber gemeinsam zu Abend essen. Ich kann uns Pasta kochen.«

»Okay. Gib mir einfach Bescheid, wann ich aufstehen soll.«

* * *

Vom Bett aus sah er aus dem Fenster, während die Dämmerung in völlige Dunkelheit überging. Es wehte kein Schnee mehr durch die Stadt und der Himmel war klar. Vielleicht hatten die Schneestürme die Luft gereinigt, denn er war sich ziemlich sicher, dass er drei funkelnde Sterne sehen konnte.

Doch trotzdem konnte er sich nicht dazu aufraffen, aufzustehen und sich die Sterne durch das Teleskop anzusehen.

* * *

Schließlich war es das Klingeln des Telefons, das ihn aus dem Bett holte.

Er schlurfte in die Küche, wo das einzige Telefon, das sie hatten, an der Wand hing.

Edith stand am Herd und rührte mit einem Holzlöffel in einem Topf kochender Nudeln. Die Feuchtigkeit des Wasserdampfs hatte die Küchenfenster beschlagen und sich auf ihre Haare gelegt. Edith lächelte ihn an, doch das Lächeln sah so verzagt und traurig aus, dass er schnell in eine andere Richtung blickte.

Er nahm den Hörer ab.

»Hallo?«

»Hast du geschlafen, Anton?«, fragte die vertraute Stimme seiner Großmutter. »Oder warst du mit dem Teleskop auf dem Balkon?«

»Oh, hallo Oma. Nein, ich war nur in meinem Zimmer.«

»Ich dachte, wir sollten vielleicht darüber reden, wo du Weihnachten verbringen willst. Ich habe die ganze Zeit darauf gewartet, dass du es von selbst ansprichst.«

»Wo ich Weihnachten verbringe?«, echote er, als redete sie in einer anderen Sprache.

»Du hast die Wahl zwischen Weihnachten bei mir oder bei Onkel Gregor und Tante Mina, aber jetzt haben sie mich zu sich eingeladen, falls wir nicht nur zu zweit feiern wollen, du und ich. Ich denke, es wäre schön, zu ihnen zu gehen, weil wir dann alle zusammen sein können.«

»Moment«, stoppte Anton sie.

»Okay«, sagte sie, doch sie wartete nicht lang. »Warum klingst du so durcheinander? Habe ich dich wirklich nicht geweckt?«

»Niemand hat mir gesagt, dass ich wählen soll, wo ich Weihnachten verbringe.«

Aus dem Augenwinkel sah er Edith, die gerade in seine Richtung blickte. Er hatte ihre Aufmerksamkeit geweckt mit etwas, das er sie nicht hören lassen wollte.

»Deine Eltern haben dir nicht gesagt, dass du entscheiden sollst, bei welchem deiner Verwandten du Weihnachten verbringst?«

»Ich glaube nicht.«

Eine lange Stille entstand am anderen Ende der Leitung. Anton wusste nicht, was er davon halten sollte. Als er schließlich wieder die Stimme seiner Großmutter hörte, merkte er, dass sie die Zeit gebraucht hatte, um sich wieder zu fassen.

»Also wirklich!«, empörte sie sich mit atemloser Stimme, »manchmal könnte ich diesen gedankenlosen Leuten den Hals umdrehen.«

Niemals zuvor hatte sie sich so heftig über seine Eltern geäußert, und es verblüffte ihn. Nicht, weil sie so fühlte – ihre Missbilligung war unterschwellig schon immer spürbar gewesen. Doch es sah ihr ganz und gar nicht ähnlich, solche Gedanken laut auszusprechen.

Er erwiderte nichts, sondern überlegte fieberhaft.

»Wo willst du also Weihnachten feiern, Anton?«, kam prompt die zu erwartende Frage von seiner Großmutter.

»Hier«, antwortete er bestimmt.

»Allein?«

»Ich werde nicht allein sein. Ich verbringe Weihnachten mit einer Freundin.«

»Welche Freunde von dir sind an Weihnachten nicht bei ihren Familien?«

»Eine neue Freundin. Sie hat gerade ihren Mann verlassen, ihre Eltern leben nicht mehr und darum wird sie Weihnachten hier mit mir verbringen. Das verstehst du sicher, oder?«

In der folgenden Stille fragte er sich, ob er einen Fehler gemacht hatte. Wäre es besser gewesen, Edith geheim zu halten? Er hatte das nicht durchdacht.

»Na ja, ich weiß nicht«, meinte seine Großmutter. »Gregor und ich sind davon ausgegangen, dass wir dich an Weihnachten sehen, aber vielleicht war das eine zu voreilige Annahme. Bist du dir völlig sicher, dass du nicht lieber mit deiner Familie feiern willst?«

»Die Sache ist so«, setzte Anton zu einer Erklärung an. Er kehrte Edith den Rücken zu, als würde dies einen Unterschied machen, wahrscheinlich konnte sie ihn trotzdem noch hören.

»Gleich nach Weihnachten zieht diese Freundin aus der Stadt weg. Also ist dies die letzte Gelegenheit für mich, Zeit mit ihr zu verbringen.«

»Warum haben wir noch nichts von dieser Freundin gehört?«

»Sie ist eine neue Freundin. Das habe ich doch bereits gesagt.«

»Oh. Ja, das hast du.« Er hörte, wie sie tief Luft holte. »Gut, denk noch mal drüber nach, Anton. Wenn das wirklich ist, was du willst … na ja, du bist kein Kind mehr und ich will mich nicht in deine Entscheidung einmischen.«

»Danke.«

Sie verabschiedeten sich, er legte auf und drehte sich zu Edith um, die seinem Blick direkt begegnete. Sie strich sich eine feuchte Haarsträhne aus den Augen.

»Du solltest Weihnachten mit deiner Familie verbringen«, meinte sie.

Es klang, wie wenn eine Erwachsene mit einem Kind spricht, um ihm einen Rat zu geben. Anton fühlte sich verletzt.

»Nein. Wir verbringen Weihnachten hier, wie abgemacht. Weil du danach gehen musst und ich dich nie mehr wiedersehen werde.«

Seine Worte hingen schwer in der Luft. An den Worten selbst gab es nichts auszusetzen, aber vielleicht lag es daran, wie er sie gesagt hatte. Irgendwie konnte er das Gefühl nicht abschütteln, dass er wieder eine Grenze überschritten hatte und sich jetzt auf ungemütlichem Terrain befand.

»Anton …«, begann sie und alles in ihm sträubte sich. Gegen die Art, wie sie seinen Namen sagte. Und gegen die Worte, die unvermeidlich folgen würden, selbst wenn er sie noch nicht gehört hatte.

»Sag jetzt nichts«, murmelte er und wollte die Küche verlassen.

»Halt!«

Er tat, wie sie verlangte. Er konnte nicht anders. Es war Edith.

»Ich muss es einfach loswerden.«

»Bitte nicht.«

»Ich muss es. Also hör mir zu. Bitte.«

Er hatte das Gefühl, irgendwie in der Luft zu hängen – wie eine Marionette an Fäden, nicht in der Lage, die eigenen Bewegungen zu kontrollieren. Jeder Nerv in seinem Körper prickelte. Sogar seine nicht existierende rechte Hand schien zu prickeln.

»Du brauchst eine Freundin in deinem eigenen Alter«, sagte sie.

Damit, oder mit etwas Ähnlichem, hatte er bereits gerechnet, doch trotzdem traf es ihn wie ein unerwarteter Fausthieb.

»Wir sind nur Freunde«, behauptete er.

»Sind wir das? Das freut mich. Das ist gut, wenn du wirklich so empfindest. Denn ansonsten ist das nicht richtig. Ich will dir nichts vormachen. Es wäre dir gegenüber nicht fair und du hast etwas Besseres verdient. Würde ich denken, dass du dir mehr erhoffst, dann würde ich früher gehen. Ich würde jetzt sofort gehen, um dir nicht noch mehr zu schaden.«

Er blieb noch etwas länger in der Luft hängen und hatte das Gefühl, hin und her zu schwingen. Sein Kopf fühlte sich schwammig und etwas vernebelt an, als stünde er kurz davor, das Bewusstsein zu verlieren. Ihre Worte waren wie lauter kleine Schläge auf ihn eingeprasselt und brachten ihn zum Taumeln.

»Nein. Bleib bis Weihnachten, wie du gesagt hast. Wir sind nur Freunde.«

»Ich will definitiv deine Freundin sein. Aber …«

»Dann bleib hier«, warf er schnell ein, bevor sie ausreden konnte.

»Okay. Wenn du dir sicher bist, dass wir nur Freunde sind.«

»Natürlich sind wir nur Freunde. Wie kannst du das überhaupt infrage stellen?«

Dann machte er sich von den unsichtbaren Fäden los und sein Körper konnte sich wieder frei bewegen. Er wollte aus dem Zimmer eilen, doch wieder hielt sie ihn auf.

»Geh nicht!«

»Warum?«

»Die Nudeln sind fertig. Es ist Zeit fürs Abendessen.«

* * *

»Ich mache Popcorn!«, rief sie ihm von der Küche aus zu. »Ich dachte, wir könnten uns vielleicht einen Film ansehen.«

»Okay. Welchen Film willst du sehen?«

»Ich habe keine Ahnung, was läuft. Schau mal nach, okay?«

Er nahm die Programmzeitschrift vom Wohnzimmertisch. Er hatte auf dem Sofa auf seinen Unterschenkeln gesessen und sein linkes Bein war eingeschlafen, aber ihm hatte die Motivation gefehlt, seine Position zu ändern.

Er lehnte sich wieder zurück und machte es sich mit der Zeitschrift in der Hand im Schneidersitz bequem, sah sich aber das Programm nicht an. Abgesehen von dem Licht aus der Küche war es im Wohnzimmer ziemlich düster. Er lauschte den Geräuschen. Zunächst konnte er nur hören, wie sie die Pfanne auf der Herdplatte bewegte. Ein konstantes Hin- und Herschwenken, damit das Popcorn gleichmäßig geröstet wurde und nicht anbrannte. Kurz darauf platzten die ersten Körner. Er lauschte den ploppenden Geräuschen, bis sie verstummten.

»Ich streue gern Parmesankäse auf mein Popcorn. Und schwenke es vorher in Butter.«

Er blickte auf, als er den Klang ihrer Stimme hörte. Sie stand im Türrahmen. Das Licht hinter ihr verlieh ihr eine besondere Aura. Ihre Gesichtszüge waren unkenntlich, aber die feierliche Beleuchtung schien ihre eh schon starke Ausstrahlung ins Überlebensgroße zu steigern.

»Das klingt gut«, meinte er.

»Willst du zuerst probieren? Bevor ich den Käse über das Popcorn streue?«

»Nein, schon okay. Ich esse es so, wie du es magst.«

»Was gibt's?« Er bemerkte an ihrer leuchtenden Silhouette, dass sie den Kopf leicht neigte. »Bist du immer noch aufgebracht wegen unserer Unterhaltung vorhin?«

»Ich muss dir erzählen, wie es sich mit mir und Filmen verhält«, erwiderte er. »Aber ich fürchte, dass es albern und lächerlich klingt.«

Sie kam auf ihn zu und setzte sich mit einem gebührenden Abstand neben ihn auf das Sofa. Genau der richtige Abstand, um noch einmal zu betonen, dass sie den Unterschied zwischen richtig und falsch kannte. Es schmerzte. Schon wieder.

»Erzähl es mir trotzdem«, forderte sie ihn auf.

»Filme dürfen keine gewalttätigen Szenen enthalten. Nicht einmal dann, wenn die Szenen unrealistisch wirken und nur anonyme Nebenfiguren erschossen werden, die sowieso nur die Bösewichte sind, weshalb es einem nichts ausmachen sollte. Aber sobald Blut fließt, ist es bei mir aus. Ich kann nicht hinsehen. Selbst bei Schwarz-Weiß-Filmen. Und in Farbe, na ja … mein Vater hat dieses Jahr einen Farbfernseher gekauft, das hat wie eine Bombe eingeschlagen.«

»Das klingt überhaupt nicht albern. Ganz und gar nicht. Ich bin auch nicht gerade ein Fan von Gewaltdarstellung. Wir können uns etwas Harmloses ansehen.«

Sie fasste an den Lichtschalter und die plötzliche Helligkeit ließ Anton blinzeln.

»Kein Wunder, dass du keinen Film finden konntest, Anton. Du musst das Licht anmachen, um etwas zu sehen, mein Herzchen.«

»Vielleicht eine Komödie oder was Romantisches«, schlug er vor. »Oder eine romantische Komödie.«

»Ich glaube, wir überspringen besser auch das Romantische. Vielleicht nur eine Komödie. Oh!«, rief sie plötzlich, als hätte sie gerade einen Diamantring auf dem Boden gefunden. »Die Marx Brothers! Hast du sie schon mal gesehen?«

»Noch nie.«

»Magst du sie nicht?«

»Nein, ich kenne sie eigentlich gar nicht.«

»Na, dann wirst du sie kennenlernen. Der Film fängt in zehn Minuten an. Ich mache noch Butter und Parmesan auf das Popcorn und dann können wir loslegen.«

Sie sprang auf und wollte in die Küche gehen, doch er hielt sie mit einer Frage auf. Es war nur ein Gedanke und er hatte eigentlich nicht vorgehabt, ihn auszusprechen.

»Warum muss alles im Leben so ein Minenfeld sein?«

Sie stand wieder im Türrahmen, doch jetzt konnte er sie klar und deutlich sehen. Sie hatte die Hose und die Bluse an, die sie getragen hatte, als sie zu ihm gekommen war. Seit ihrem Ausflug zum Wäscheraum im Keller war ihre Kleidung wieder sauber und fleckenfrei. An den Füßen warme, graue Socken, die er ihr geliehen hatte, und keine Schuhe. Sie trug kein Make-up, was sie auch nicht nötig hatte. Sie sah ihn an und schien sich seine Frage durch den Kopf gehen zu lassen.

»So ist das wahrscheinlich, wenn du verletzt worden bist. Das haben wir gemeinsam. Aber trotzdem, hin und wieder einen Schlag ins Gesicht zu bekommen, ist nichts verglichen mit dem, was du durchgemacht hast.«

»Es ist nicht *nichts*.«

»Ich meine im Vergleich.«

»Trotzdem. Mein Bruder hat mich zumindest nicht absichtlich verletzt. Er wollte nur sich selbst schaden.«

Eine Weile erwiderte sie nichts. Wieder hatte er dieses unangenehme Gefühl, eine unsichtbare Grenze überschritten zu haben. Als sie schließlich sprach, schien sie seinem Gedankengang nicht folgen zu wollen.

»Ich kann immer noch nicht verstehen, wie du so gut damit umgehen kannst.«

»Das habe ich dir doch erzählt.«

»Du hast gesagt, dass du keine andere Wahl hattest, und ich wollte dich nicht weiter ausfragen. Aber das war eigentlich nur eine leicht dahingesagte Antwort. Ich meine, solche Dinge müssen doch bewältigt werden.«

»Aber wenn du nicht weißt, wie?«

»Dann ist es wohl das Beste, erst mal Abstand davon zu nehmen. Lass es einfach warten, bis später, wenn du mehr Werkzeuge hast. Das wird häufig so gemacht, besonders bei Problemen während der Kindheit, denn Kinder haben noch nicht das ausreichende Werkzeug, um mit Schwierigkeiten umzugehen.«

Einen Augenblick lang verharrten sie so, er auf dem Sofa, sie im Türrahmen.

»Ich verstehe, warum wir gewalttätige Filme vermeiden müssen«, sagte er schließlich. »Aber was gibt es an einer romantischen Komödie auszusetzen?«

»Oh, mein Herzchen. Nichts tut so weh wie eine Romanze.«

»Ich glaube, ich habe nicht viele Vergleichsmöglichkeiten.«

»Wenn du erst mal mein Alter erreicht hast, wirst du dich damit viel besser auskennen. Und dann wird es dich wahrscheinlich trotzdem noch genauso verwirren wie heute. So, jetzt muss ich aber das Popcorn fertig machen, damit wir nicht den Anfang vom Film verpassen.«

* * *

Anton nahm eine übergroße Handvoll Popcorn aus der Schüssel, die sie ihm hinhielt, und sah zu, wie Chico Marx ein langes Klavierstück spielte. Mit wachsender Ungeduld hörte Groucho augenrollend zu.

Genau zu diesem Zeitpunkt hatte Anton gedacht, dass die Musik bereits zu lange angedauert hatte.

Bis dahin hatte ihn der Film lediglich amüsiert, aber nun musste er zum ersten Mal laut lachen. Es war ein hohes Bellen, wie das Geräusch eines Seehundes, und überraschte ihn selbst, weil es sich in seinen Ohren so fremd anhörte. Wann hatte er zuletzt so gelacht? Er konnte sich nicht einmal mehr daran erinnern.

»Welche Stelle fandest du so lustig?«, fragte Edith erfreut. »War es das Klavierstück, das einfach nicht aufhört?«

»Ja, das. Das war lustig. Wie kann man nur das Ende des Stücks verpassen und einfach immer weiterspielen?«

»Es ist schön, dich lachen zu hören«, sagte sie.

Anton dachte dasselbe.

Die Szene wurde abrupt von einem lauten Werbespot unterbrochen. Edith sprang auf und rannte zum Fernseher, um ihn leiser zu stellen.

»Ich kann Werbespots nicht ausstehen«, erklärte sie, setzte sich wieder zu ihm und nahm sich eine Handvoll Popcorn. »Du magst sie also?«

»Was, Werbespots?«

»Nein, Dummerchen. Die Marx Brothers.«

»Oh. Ja, ich mag sie. Sie sind lustig.«

»Es ist schön, dich lachen zu hören«, wiederholte sie. »Ich glaube nicht, dass ich dich schon mal lachen gehört habe.«

Diese Bemerkung zog eine unangenehme Stille nach sich.

Er blickte auf ihre Füße, die sie gegen die Beine des Wohnzimmertischs gestützt hatte. Wie sahen ihre Füße wohl nackt aus, ohne diese Socken? Sie waren nicht besonders elegant oder klein, diese Füße, aber auch nicht riesig. Nur lang und kräftig aussehend. Eigentlich war es seltsam, dass jemand seine Welt so vollständig ausfüllen konnte, wenn er nicht einmal wusste, wie die Füße von dieser Person aussahen.

»Erzähl mir von deinem Bruder«, sagte sie plötzlich.

Es schockierte ihn, dass sie es so unvermittelt ansprach, aber er wollte sich nichts anmerken lassen.

»Was zum Beispiel?«

»Ich weiß nicht. Irgendwas. Etwas, an das du dich erinnerst, wenn du an ihn denkst.«

Einen Augenblick lang hörte er nur seinen eigenen Atem, bevor er antwortete.

»Er war ganz verrückt nach Comics. Er hat sie gesammelt und manche Hefte waren ziemlich wertvoll. Er hat auch seine eigenen Hefte gemacht, sie gezeichnet und die Geschichten geschrieben. Ich war der Einzige, der davon gewusst hat. Er hat niemandem sonst die Hefte gezeigt.«

»Hast du seine Comicsammlung noch?«

»Nein. Die meisten Hefte mussten wir wegwerfen. Wegen dem … du weißt schon.« Als sie nicht zu verstehen schien, was er meinte, fügte er hinzu: »Blut. Und anderem Zeug.« Er redete schnell weiter, um dieses Bild aus seinen Gedanken zu verdrängen. »Und er hat eine Schildkröte gehabt. Eine dieser kleinen Schildkröten, so groß wie eine Handfläche, die man für wenig Geld im Zoogeschäft bekommt. Ihr Name war Thor. Niemand konnte verstehen, warum er diese Schildkröte so geliebt hat. Mehr als uns, so ist es uns jedenfalls vorgekommen. Aber dann ist mein Vater eines Tages auf sie getreten und das war es dann für Thor gewesen.«

»Absichtlich?«, fragte sie mit aufgerissenen Augen, den Mund voller Popcorn.

»Nein. Nicht absichtlich. Nur auf seine übliche Art. Er sieht nur sich selbst. Aber weißt du was? Können wir über etwas anderes reden?«

»Natürlich. Tut mir leid. Tut mir leid, wenn das die falsche … oh, es geht weiter! Lass uns einfach fernsehen und nicht mehr über traurige Dinge reden.«

Sie sprang auf und stellte den Fernseher wieder lauter. Dann sahen sie sich den Film zu Ende an und aßen das Popcorn auf.

Anton lachte nicht mehr laut auf.

Kapitel 8

Selbst wenn es mich nicht einschliesst

Sie hatten gerade an der Küchentheke gesessen, Waffeln gegessen und die lustigsten Stellen aus dem Film von gestern zitiert, als es an der Tür klopfte.

Statt mit Sirup hatte Edith die Waffeln mit Himbeermarmelade serviert und Anton hatte sich gefragt, weshalb seine Mutter das eigentlich nie tat, als ihn das Klopfen aus seinen Gedanken riss. Sofort schlug sein Herz bis zum Hals – als hätte er gerade die erbeuteten Geldscheine von einem Bankraub gezählt und die Polizei stünde jetzt vor der Tür.

Er atmete tief durch und rief sich in Erinnerung, dass er nichts Unrechtes getan hatte. Und was bedeutete es schon, wenn eine Frau vom Haus gegenüber hier bei ihm war, ohne dass ihr Ehemann davon wusste? Er half ihr schließlich. Wie ein Gentleman. Und außerdem waren sie sowieso nur Freunde.

Doch was, wenn ihr Ehemann vor der Tür stand?

Bei dem Gedanken schlug sein Herz wieder bis zum Hals. Aber nein, das konnte nicht sein. Der Mann kannte weder Antons Namen noch seine Adresse. Und seit Edith hier war, waren sie keinen Schritt vor die Tür gegangen. Sie hatten sogar den Balkon gemieden, weil sie dort gesehen werden konnten.

Er blickte sie aus dem Augenwinkel an. Sie schien die Spannung ebenfalls zu spüren.

»Wer ist da?«, rief er, ohne aufzustehen.

»Deine Oma«, drang die Antwort schwach durch die Tür.

Er sah zu Edith, die seinen Blick erwiderte.

»Soll ich mich verdrücken?«, fragte sie.

»Nein. Wir tun nichts Unrechtes. Wir sind Freunde.«

»Genau. Freunde. Ich war mir nur nicht sicher, was deine Eltern von Gästen halten, während sie nicht da sind.«

»Sie haben mir nicht verboten, Gäste zu haben.«

Er war sich weniger sicher, als seine Worte vermuten ließen. Er hatte keine Ahnung, was seine Großmutter davon hielt, dass Edith hier war, doch er würde es gleich herausfinden. Sollte Edith sich verstecken und seine Großmutter dennoch von ihr erfahren, dann käme dies einem Eingeständnis von Schuld gleich. Er ermahnte sich wieder, dass es absolut keinen Grund gab, ein schlechtes Gewissen zu haben.

Es dauerte etwa eine Minute, wahrscheinlich länger, als es sollte.

Schließlich öffnete er die Tür.

Seine Großmutter trug einen warmen, dicken Wollschal, den sie nun abwickelte, während sie auf dem Fußabtreter stand und mit ihm sprach. Er war überrascht, dass sie den warmen Schal in dem überheizten Aufzug getragen hatte.

»Ich möchte dir einen Vorschlag machen«, sagte sie.

»Okay.«

»Darf ich reinkommen?«

»Oh. Tut mir leid. Natürlich, komm rein.«

Im Wohnzimmer schälte sie sich aus ihrem Mantel, den er ihr pflichtbewusst abnahm und an die Garderobe hängte. Ihr

Wollschal hing wie eine Boa vor ihrem Kleid an ihr herunter. An ihr sah es wie ein modisches Statement aus, wie fast alles.

Als sie sich umsah, fiel ihr Blick auf Edith. Es schien sie nicht zu überraschen, dass er Besuch hatte.

Sie ging durch das Zimmer auf Edith zu und streckte ihr zur Begrüßung die rechte Hand entgegen. Diese vertraute Geste wurde in der Gesellschaft so automatisch durchgeführt, dass es ihm jedes Mal einen Stich gab, wenn er sie sah. Denn diese einfachste aller Gesten war ihm nicht mehr möglich. Er konnte Leuten seine linke Hand entgegenstrecken, was er auch ein paarmal getan hatte, aber dies zwang die andere Person immer zu einem Handwechsel. Es war umständlich und lenkte die Aufmerksamkeit nur umso mehr auf eine Situation, die er lieber im Hintergrund gehalten hätte, wenn er jemanden gerade neu kennenlernte.

Genau das war es, was die Leute nicht verstanden – ausgerechnet die kleinsten, unbedeutendsten Verluste schmerzten am meisten, auch wenn er sich selbst fragte, warum das so war.

»Ich bin Antons Großmutter. Sie können mich Marion nennen.«

»Edith«, stellte Edith sich vor. »Möchten Sie eine Waffel?«

»Nein danke, ich habe gerade gefrühstückt. Schade, die Waffeln sehen wirklich lecker aus. Vielen Dank für das Angebot.«

Seine Großmutter hievte sich auf einen der hohen Stühle an der Küchentheke und seufzte. Ihr Blick überflog die Küche, dann das Wohnzimmer und Anton fragte sich, nach was sie suchte. Schließlich blieben ihre Augen am Sofa hängen. Anton hatte die Decken nicht weggeräumt, die nun ordentlich zusammengefaltet am Ende des Sofas lagen, darauf die Kopfkissen. War es gut oder schlecht, dass er die Sachen dort gelassen hatte? Einerseits machte es offensichtlich, dass Edith ihm nicht nur einen Tagesbesuch abstattete. Andererseits zeigte es, dass ihr Schlafarrangement züchtig war.

»Du lässt deinen Gast auf dem Sofa schlafen, Anton?«

»Nein, nein. Ich habe ihr für die paar Tage, die sie hier ist, mein Zimmer überlassen. Ich schlafe auf dem Sofa.«

»Gut. Das freut mich zu hören. Du bist ein Gentleman. Also, ich will gleich zur Sache kommen. Ich habe einen Vorschlag. Eine Einladung. Ich hoffe, dein Gast hat Verständnis dafür. Unsere Familie hatte ein sehr schlechtes Jahr, Edith. In vieler Hinsicht war es sehr schwierig. Wir hatten vor, Weihnachten als Familie zu feiern, mit allen, die noch übrig sind. Aber mit ihrer verrückten Südamerikareise haben mein Sohn und seine Frau diese Pläne in tausend Stücke gesprengt, weshalb es uns jetzt umso wichtiger ist, dass wir die verbliebenen Familienmitglieder zusammenbringen. Daher würden wir gern mit unserem lieben Anton feiern, aber da er bereits ein Versprechen gegeben hat, möchten wir Sie auch einladen, Edith. Eine Freundin von Anton, mehr müssen wir nicht wissen, um jemanden bei uns zu Hause willkommen zu heißen. Ihr beide könnt den Weihnachtsmorgen wie geplant zusammen verbringen und dann am Nachmittag zum Essen vorbeikommen.«

Marion verstummte. So abrupt, dass Anton zunächst dachte, sie würde noch mehr sagen wollen. Er blickte zu Edith, konnte aber an ihrem Gesichtsausdruck nichts ablesen.

»Es gibt leider ein Problem«, wandte er ein. »Wir wollen eigentlich nicht aus dem Haus gehen, denn Edith kommt aus dem Gebäude direkt gegenüber, ihr Mann wohnt noch dort. Bis sie die Stadt verlässt, sollte er ihr nicht begegnen und nicht erfahren, wo sie ist. Es könnte gefährlich werden, wenn er weiß, wo sie sich aufhält.«

Ohne das geringste Zögern sagte seine Großmutter sofort: »Okay. Kein Problem.« Es überraschte Anton, wie schnell sie von der Idee abgelassen hatte. »Wir können Weihnachten hier feiern«, fügte sie hinzu. »Wir bringen das Essen mit und machen es auf dem Herd warm.«

Anton sah wieder zu Edith, die seinen Blick erwiderte. Ihre Miene sah entspannt aus.

»Bist du einverstanden, Edith?«, fragte er.

»Natürlich. Ich würde sehr gern deine Familie kennenlernen.«

»Dann ist das abgemacht«, sagte seine Großmutter. »Und … ich hätte nun doch gern noch eine Waffel, wenn es nicht zu viele Umstände macht. Warum soll ich nicht zweimal frühstücken, wenn mir danach ist? Ich habe nur Toastbrot und Joghurt gegessen und jetzt frage ich mich, für wen ich überhaupt dünn bleibe. Wen will ich damit beeindrucken? Ich habe noch nie Waffeln mit Marmelade probiert, aber es sieht köstlich aus. Wir können uns noch ein bisschen unterhalten und besser kennenlernen.«

* * *

Anton half seiner Großmutter in den Mantel und wollte sie bis zur Wohnungstür bringen, doch sie hatte andere Pläne.

»Begleite mich bis zur Straße, Anton. Du kannst mir ein Taxi rufen, während ich unten warte. Ich komme mit der Kälte nicht mehr so gut zurecht wie früher. Oh! Du hast gesagt, dass du draußen nicht gesehen werden willst. Na ja, komm trotzdem ein Stück mit.«

Als er Edith mitteilte, dass er gleich zurück sein würde, war sich Anton bewusst, dass seine Großmutter unter vier Augen mit ihm sprechen wollte. Edith schien es ebenfalls zu merken, aber man konnte nicht ahnen, was andere dachten. Vielleicht las er auch nur seine eigenen Befürchtungen in sie hinein.

Er trat mit seiner Großmutter in den Hausflur und drückte den Knopf für den Aufzug.

»Ich bin überrascht, dass du nicht einfach angerufen hast«, sagte er, als eine Etagennummer nach der anderen aufleuchtete. »So ein langer Weg.«

»Ich wollte erst sehen, wer diese Person ist, bevor ich sie einlade. Aber sie scheint eine sehr nette Frau zu sein.«

Anton hatte keine Ahnung, wie er darauf reagieren sollte.

»Ich habe nur einen einzigen Einwand … und ich entschuldige mich schon im Voraus, weil du das wahrscheinlich nicht gerne hörst … nämlich, dass sie eine Frau ist. Und du bist noch ein Junge, Anton. Es tut mir leid. Ich weiß, du sträubst dich gegen diese Einschätzung, aber verglichen mit ihr bist du ein Kind. Sie ist eine erwachsene Frau. Vermutlich in ihren Dreißigern. Du verstehst doch sicher, was ich damit ausdrücken will.«

»Und? Welchen Unterschied macht ihr Alter? Wir sind nur Freunde. Ich kann mit Leuten befreundet sein, die älter sind als ich. Das ist nicht verboten.«

Die Aufzugstür öffnete sich mit einem *Bing*. Sie betraten den Aufzug, die Türen schlossen sich und wieder beobachteten sie die aufleuchtenden Etagennummern, als nun der Aufzug nach unten fuhr.

»Die Sache mit der Liebe verhält sich folgendermaßen«, begann sie.

Bei diesem Wort zuckte er innerlich zusammen. Er fühlte sich ertappt und konnte nichts erwidern, weil seine Stimme nicht funktionierte. Es blieb ihm nichts anderes übrig, als still stehen zu bleiben, während sie noch mehr zu sagen hatte. So viel mehr.

»Es gibt eine Sache im Leben, die du nicht verheimlichen kannst, und das ist die Liebe. Wenn du verliebt bist, lässt sich das nicht verbergen. Niemand, den ich kenne, hat es je geschafft, das geheim zu halten. Du kennst vielleicht das alte Sprichwort, das sagt, man solle sein Licht nicht unter den Scheffel stellen.

Nur bekommst du in der Liebe statt dem Scheffelkorb einen durchsichtigen Korb, durch den andere Leute das Leuchten aus kilometerweiter Entfernung sehen können.«

Anton sah auf die Etagennummern und fühlte sich innerlich leer. Sieben. Sechs. Fünf. Der Aufzug hielt im fünften Stock an und die Türen öffneten sich, aber kein Mensch stand dort. Nach mehreren Sekunden schlossen sich die Türen und der Aufzug setzte sich wieder in Bewegung.

»Das hast du also alles erkannt, als du mit uns Waffeln gegessen hast?«

»Ich habe das schon gestern am Telefon erkannt.«

Der Aufzug hielt im Erdgeschoss an und sie traten in den Eingangsbereich, wo der Portier direkt neben der Drehtür stand, wahrscheinlich wegen der Kälte.

»Du weißt schon, dass der Portier dir ein Taxi gerufen hätte«, sagte Anton.

»Natürlich weiß ich das. Mein Gehirn funktioniert noch gut.«

Sie war mitten in der großzügigen Eingangshalle stehen geblieben. Anton wusste, dass sie erst dann weitergehen würde, wenn sie ihre Meinung losgeworden war.

»Ich kann mich nicht für meine Empfindungen entschuldigen«, verteidigte er sich. »Wir sind nur Freunde. Ich habe nichts Unrechtes getan.«

»Das habe ich auch nicht behauptet. Ich habe mit meinen eigenen Augen gesehen, dass du auf dem Sofa geschlafen hast, und ich glaube gern, dass sie nicht die Art von Frau ist, die einen jungen Mann ausnutzen würde. Ich habe keinen Grund, ihr zu misstrauen.«

»Warum hältst du mir dann einen Vortrag?«

»Ich erzähle dir, warum. Du hast ein furchtbares Jahr hinter dir. Und du scheinst das Erlebnis nicht zu verarbeiten, was mich beunruhigt. Und die erste Liebe … oh, du armer Junge, die erste Liebe ist so schwer, fast immer. So herzzerreißend. Und dann hast du dir eine Liebe ausgesucht, die nicht sein kann, für die es keinen Platz auf dieser Welt gibt. Ich mache mir Sorgen, was passiert, wenn sie geht. Wie wirst du dich dann fühlen? Ich gebe zu, ich weiß, dass es bereits zu spät ist, aber ich muss dich trotzdem fragen.«

Anton schwieg. Er versuchte, sich zurückzuziehen, wie eine Schildkröte, die sich in ihrem Panzer versteckt. Es funktionierte nicht so gut wie sonst. Seine Großmutter schien ihn mit ihrem scharfen Blick eingefangen zu haben und nicht loszulassen. Er blickte auf und sah, dass der Portier auf sie zugekommen war.

»Ein Taxi für deine Großmutter, Anthony?«

»Ja, bitte«, antwortete sie an Antons Stelle. »Was war das? Anthony?«

»Mein Name ist Anton«, sagte er zu dem Portier.

»Ich dachte, er sei Anthony.«

»Nein. Anton.«

Der Portier zuckte mit den Schultern, schlug seinen Kragen hoch und trat in die Kälte hinaus. Durch die Glastür beobachteten sie seine Versuche, ein Taxi heranzuwinken. Anton hoffte, dass bald ein Taxi anhielt, damit diese Unterhaltung ein Ende hätte.

»Ich will nicht, dass sie geht«, gab er zu und war selbst von sich überrascht.

»Natürlich willst du das nicht. Aber es ist notwendig. Für ihre Sicherheit.«

»Vielleicht gibt es eine Möglichkeit, dass sie bleiben kann.«

»Ah. Ich verstehe. Also ist es keine richtige Liebe.«

»Was? Warum sagst du das? Das ist furchtbar.«

»Ich erkläre dir, was Liebe ist, Anton, weil du – es tut mir leid, aber du bist unerfahren und jung. Es ist Liebe, wenn du Folgendes sagen kannst und es auch meinst: ›Ich will das, was am besten für sie ist, selbst wenn es mich nicht einschließt.‹

Ansonsten liebst du nur, wie du dich fühlst, wenn sie bei dir ist, und aus selbstsüchtigen Gründen klammerst du dich an der Beziehung fest, um jeden Preis, selbst wenn es ihr schadet. Du hast selbst gesagt, dass ihr Mann im Haus gegenüber wohnt und er gefährlich ist. Liebst du sie also genug, um ihr Wohlergehen an die erste Stelle zu setzen? Falls nicht, fühlst du nur das, was neunundneunzig Prozent der Bevölkerung als Liebe bezeichnen, aber mir reicht das nicht aus. Ich mag vielleicht eine rechthaberische, alte Frau sein, aber so empfinde ich nun mal.«

»Das, was am besten für sie ist, selbst wenn es mich nicht einschließt«, wiederholte er und hörte selbst den erstaunten Klang in seiner Stimme. »Wow! Das scheint unmöglich zu sein. Wie kann das jemand schaffen?«

»Es ist die schwierigste Sache auf der Welt. Ich bezweifle, dass du in deinem zarten Alter das schaffen kannst, aber ich habe trotzdem absichtlich den Gedanken in deinen Kopf gepflanzt. Die meisten Erwachsenen kommen auch nicht nur annähernd an diese selbstlose Liebe heran. Ich will dir ein Geheimnis verraten, Anton. Ich habe es bisher niemandem gesagt und du darfst es keiner Menschenseele erzählen. Dein Großvater hätte noch länger leben können, aber er hat solche Schmerzen gehabt. Er ist schließlich nicht am Krebs gestorben, auch wenn das ein paar Wochen später die Todesursache gewesen wäre. Er hat aufgehört zu essen. Er hat nicht einmal mehr Wasser getrunken. Ich hätte den Arzt informieren können, dann wäre dein Großvater ins Krankenhaus eingewiesen und künstlich ernährt worden. Kannst du dir eine Vorstellung davon machen, wie sehr ich wollte, dass er bei mir blieb? Selbst wenn es nur noch ein paar Wochen länger gewesen wären. Doch er hatte Schmerzen. Und es war *sein* Leben, nicht meins. *Seine* Entscheidung. Ich habe ihn so sehr geliebt, dass ich ihm nicht im Weg stehen wollte. Ich habe ihn die Entscheidung selbst treffen lassen, für eine Zukunft, die mich nicht mehr einschließt. Denn so sehr habe ich ihn geliebt.«

Der Portier kam wieder herein und gab ihnen ein Handzeichen. Anton war von den Worten seiner Großmutter so gefesselt gewesen, dass ihm ganz entgangen war, dass der Portier ein Taxi herangewinkt hatte. Er wollte etwas erwidern, aber aus seinem Mund kam keine Silbe. Sein Gehirn hatte sich abgeschaltet.

»Sei vorsichtig«, sagte sie und berührte seinen Arm. »Du bist drauf und dran, auf deinen Kummer und Verlust noch mehr Kummer und Verlust zu häufen, und dann wirst du dieses Zusammenreißen vielleicht nicht länger aufrechterhalten können. Ich mache mir wirklich Sorgen um dich. Pass gut auf dich auf! Wir sehen uns an Weihnachten.«

Dann war sie verschwunden. Der Portier hatte ihr galant seinen Arm angeboten und sie zum Taxi geführt. Und Anton hatte kein Wort herausgebracht. Noch nicht einmal einen Abschiedsgruß.

* * *

Edith spülte gerade das Frühstücksgeschirr, als er wieder in die Wohnung kam. Sie schien irgendwie verstimmt zu sein. Oder bildete er sich das nur ein?

»Was war das denn gerade?«, fragte sie mit angespannter Stimme. Seine Beobachtung war also richtig gewesen. Er nahm sich vor, in Zukunft seinem Instinkt zu vertrauen. »Hat sie etwas über mich gesagt?«

»Nichts Schlechtes. Sie hat gesagt, dass du eine sehr nette Frau bist.«

Reglos verharrte sie, während von ihren erhobenen Händen Seifenlauge ins Spülbecken tropfte. »Warum siehst du dann so aus, als hättest du gerade einen Geist gesehen?«

»Oh. Sie hat mir nur etwas erzählt. Über meinen Großvater und wie er gestorben ist. Aber ich kann dir nicht mehr sagen, weil es niemand sonst weiß und ich ihr versprechen musste, es keiner Menschenseele zu erzählen.«

Er bemerkte, wie sie sich entspannte. Sie fuhr damit fort, die Kaffeetassen zu spülen.

Es war wahr und auch wieder nicht. Natürlich hatte sie gut von Edith gesprochen. Und sie hatte ihn in das Geheimnis von Opa Antons Tod eingeweiht, doch es hatte ihn nicht übermäßig aus dem Gleichgewicht gebracht. Es war seltsam, dieses Geheimnis zu kennen, aber es fühlte sich richtig an, irgendwie tröstlich. Es war in der Tat um das Leben seines Großvaters gegangen und daher dessen eigene Entscheidung gewesen. Warum von ihm verlangen, unerträgliche Schmerzen zu erleiden? Nein, den Teil des Gesprächs, der ihn erscheinen ließ, als hätte er einen Geist gesehen, konnte er Edith nicht preisgeben.

»Ist es wirklich okay für dich, wenn meine Familie an Weihnachten hierherkommt?«

»Natürlich. Das ist wunderbar. Schlimm genug, dass ich mich vor meiner eigenen Familie verstecken muss. Na ja, du weißt schon, was ich meine. Mein Mann ist die einzige Familie, die ich habe. Ich hätte mich nicht wohl dabei gefühlt, mich auch vor deiner zu verstecken.«

Er lehnte sich mit der Schulter an den Türrahmen und sah ihr zu. Seine Gedanken waren weit entfernt, aber er wusste nicht, wo.

»Ich habe mir überlegt, gleich nach Weihnachten zu gehen«, fuhr sie fort. »Am besten sehr früh morgens, wenn wir uns ziemlich sicher sein können, dass er noch nicht wach ist.«

Irgendwo in Antons Innerem schlug eine Tür zu. Er spürte das vertraute Gefühl im Magen und in seiner Brust. Das einzig Überraschende war, dass er jemals zugelassen hatte, dass die Tür sich einen Spalt weit öffnete. Ohne es überhaupt zu bemerken. Als er aufblickte, sah sie ihm direkt ins Gesicht.

»Wirst du zurechtkommen, wenn ich gehe?«

»Können wir darüber jetzt bitte nicht reden?«

Es überraschte ihn selbst, dass er seine Stimme gegen sie erhob.

»Ich wollte es eigentlich nicht ansprechen. Aber ich will nur sicher sein, dass du hier Hilfe hast, bis deine Eltern zurückkommen. Du weißt schon. Nur für den Fall …«

»Edith!«, rief er. »Bitte! Ich flehe dich an.« Er hatte jetzt vollständig die Kontrolle über sich verloren und brüllte sie tatsächlich an. Er wollte nicht harsch zu ihr sein, aber konnte sich nicht zurückhalten. »Können wir den Tag nach Weihnachten nicht einfach den Tag nach Weihnachten sein lassen? Bis dahin sind es noch ein paar Tage, deshalb will ich mich *jetzt* nicht damit beschäftigen. Können wir nicht einfach das Jetzt jetzt sein lassen?«

Dann ging ihm die Luft aus. Er blickte sie an. Sie schien es gelassener zu nehmen, als er gedacht hatte.

»Natürlich«, erwiderte sie. »Tut mir leid.«

»Nein, dir muss es nicht leidtun, aber mir. Es tut mir so leid, dass ich dich angebrüllt habe, Edith. Das hatte ich nicht gewollt und das wird nie wieder vorkommen.«

»Anton«, sagte sie und griff nach einem Geschirrtuch, um sich die Hände abzutrocknen. »Meiner Meinung nach solltest du sogar *öfter* brüllen, wenn du aufgebracht bist. Ganz bestimmt nicht seltener.«

* * *

In seinem Traum stand Anton vor der Tür seines Bruders und horchte. Ihre Eltern waren nicht da. Und etwas stimmte dort drinnen nicht. Greg brüllte die Stimmen an. Durch die dicken

Wände war nicht viel zu hören, Anton musste sein Ohr an die Tür pressen.

Es war nicht völlig ungewöhnlich, dass Greg mit den Stimmen sprach, doch dieses Ausmaß an Wut war neu und beunruhigend. Und da waren weitere seltsame Vorkommnisse, die ihm verdeutlichten, dass ihre ganze Welt aus dem Lot geraten war. Er warf einen Blick auf die Küchenuhr, deren Zeiger sich in einem rasenden Tempo bewegten. Mit jedem Atemzug schienen Stunden zu verstreichen. Und mit den quadratischen Lampenschirmen aus Glas stimmte etwas nicht, denn irgendwie waren sie zu einer unmöglichen Perspektive verdreht, die in der normalen, dreidimensionalen Welt nicht vorkam. Auf irgendeine Weise schien die Energie, die von dem Schmerz und der Furcht seines Bruders ausging, die ganze Wohnung zu verbiegen und zu verzerren.

Er hämmerte an die Tür, doch nichts passierte. Nichts änderte sich. Das Gebrüll wurde ohne Unterbrechung fortgesetzt. Anton fühlte sich, als würde er in Gregs Welt nicht existieren. Vielleicht existierte er ja wirklich nicht. Vielleicht war er nur ein Bild seiner eigenen Vorstellungskraft. Dennoch glaubte er, er könne unwahrscheinlicherweise Gregs Schicksal ändern.

Trotzdem, er musste es versuchen. Er musste einfach etwas unternehmen.

Er ging bis ans Ende des Flurs zurück, nahm Anlauf und stürzte sich mit der rechten Schulter gegen die Tür. Das Holz rund um das Türschloss zersplitterte, die Tür brach auf und Anton wurde ins Zimmer geschleudert. Seine Schulter schmerzte und er schrie auf, genau wie in jener Nacht. Und er war ebenso mitgenommen und schockiert.

Ihm bot sich ein Anblick, den er in der wirklichen Welt noch nie gesehen hatte. Nichts als Raum. Das große Vakuum des Weltraums. Und es saugte ihn aus seiner vertrauten Welt heraus.

Kurz bevor sie beide in die eiskalte Dunkelheit des Universums gerissen wurden, sah Greg ihn mit diesem unheimlichen Blick an, der sich bis in die Seele brannte. In den Augen seines Bruders lag keine Wut, doch stattdessen eine schaurige Ruhe. Das Gebrüll war vorbei. Die Wut war vorbei. Denn sein Bruder hatte einen Ausweg gefunden.

Als sie ins Weltall hinausflogen, bewegte sich Gregs Fußzehe auf den Abzug zu.

»Nein!«, schrie Anton. »Nein, nein, nein!«

Helles Licht schien ihm ins Gesicht und er spürte den Druck einer menschlichen Hand mitten auf seiner Brust. Anton riss die Augen auf.

Edith saß neben ihm auf der Kante des Sofas. Sie hatte das Licht angemacht und hielt eine Hand auf ihn gepresst, als würde er sonst wegfliegen. Als er sich aufsetzen wollte, hinderte sie ihn auf halbem Weg daran.

»Was ist los? Hast du schlecht geträumt?«

»Oh. Ja.«

Er legte seine Hand auf ihre, doch sie zog ihre Hand sofort weg. Sie stand auf und zog einen Schemel an das Sofa heran – aber nicht zu nahe. Eine Armeslänge von ihm entfernt setzte sie sich und beugte sich vor, die Arme um die Knie geschlungen.

»Ist jetzt alles in Ordnung?«

»Nein«, gab er ehrlich zu. »Aber du hast mir einen großen Gefallen getan, mich vor dem Ende des Traums aufzuwecken. Bevor das Gewehr losgehen konnte. Es ist schrecklich, wenn ich nicht vorher aufwache. Dann sehe ich alles wieder von Neuem. Es ist, als müsste ich es immer wieder durchleben, und dann verfolgen mich die Bilder tagelang. Daher vielen Dank. Ohne dich wäre es um einiges schlimmer gewesen.«

Er setzte sich auf, schwang seine Beine über den Rand des Sofas und stellte seine nackten Füße auf den Boden. Unbewusst imitierte er ihre Körpersprache, als er sich vorlehnte und seine Arme um die Knie schlang.

»Träumst du oft davon?«

»Am Anfang, in den ersten Monaten. In den ersten drei oder vier, glaube ich. Aber ich hatte schon gedacht, es sei vorbei, weil ich den Traum lange nicht mehr gehabt habe.«

»Nichts ist vorbei, bis es vorbei ist«, sagte sie.

Er ließ diesen Satz einen Augenblick auf sich wirken, dann erwiderte er: »Ich glaube, ich habe keine Ahnung, was das bedeutet.«

»Es bedeutet das, was es wörtlich bedeutet. Meinst du, du kannst wieder einschlafen?«

»Nein, auf keinen Fall. Ich traue mich nicht mal, es zu versuchen.«

»Okay. Dann bleib ich mit dir auf. Wir können fernsehen. Oder nein, besser nicht. Zu unberechenbar, was gerade gezeigt wird. Wir können Karten spielen oder ein Brettspiel. Hast du außer Schach noch Brettspiele da?«

»Wir haben Monopoly. Und Cluedo.«

»Oh, ich habe schon seit Ewigkeiten nicht mehr Monopoly gespielt.« Sie sprang auf und schaltete alle Wohnzimmerlampen an. »Wir machen es hell und gemütlich hier. Und ich lege Musik auf.«

»Aber du solltest nicht extra wegen mir wach bleiben. Bist du denn gar nicht müde?«

»Mach dir um mich keine Sorgen. Ich bin ohnehin eine Nachteule. Ich kann morgen ein Nickerchen halten. Und außerdem hast du dich um mich gekümmert, als ich Hilfe gebraucht habe. Jetzt ist meine Gelegenheit da, mich bei dir zu revanchieren.«

* * *

»Parkstraße!«, rief sie vergnügt. »Und mit einem Hotel. Junge, Junge. Tja, das wird teuer, mein Guter.«

Es machte Anton nicht im Geringsten etwas aus, er fühlte sich ungewöhnlich gut.

Als die Würfel gefallen waren und er die Felder im Stillen abgezählt hatte, war ihm fast euphorisch zumute gewesen, als er sah, dass er auf ihrer kostbarsten Straße landen würde. Er wollte sie glücklich sehen, selbst wenn der Anlass nur der Gewinn in einem Brettspiel war.

Er zählte vorsichtig das Spielgeld ab. Er konnte es sich kaum leisten. Beim nächsten Mal würde er eine seiner armseligen Immobilien verpfänden müssen.

Als er aufsah, bemerkte er ihren intensiven Blick. Er konnte die Emotionen, die in ihren Augen lagen, nicht genau identifizieren, aber es war nicht die Freude einer Hotelbesitzerin in der Parkstraße, die er sich erhofft hatte.

»Was ist? Warum siehst du mich so an?«

»Ich kann immer noch nicht glauben, dass sie weggefahren sind und dich allein hiergelassen haben.«

»Na ja, nur weil Leute Kinder haben, müssen sie noch lange keine guten Eltern sein.«

»Vielleicht sollte ich bis kurz vor ihrer Rückkehr bleiben.«

Er spürte, wie sein Herz vor Freude einen Luftsprung tat, aber dann dachte er an die Worte seiner Großmutter und dämpfte seine Euphorie.

»Ich weiß nicht«, wandte er ein. »Du weißt, wie gern ich dich hier habe. Aber uns wird bald das Essen ausgehen. Und sobald einer von uns einen Schritt auf die Straße macht, riskieren wir deine Sicherheit. Was, wenn er mir auf dem Weg vom Geschäft hierher folgt? Ich will kein Risiko eingehen. Du könntest verletzt werden.«

»Wow!«, erwiderte sie.

»Warum *wow*?«

»Das ist ziemlich selbstlos.«

Er blickte auf das Spielbrett, das mit winzigen, grünen Häusern übersät war. Auf Ediths Straßenfeldern stand sogar das ein oder andere rote Hotel. Als Spielfigur hatte sie den kleinen Terrier aus Metall gewählt und für Anton den Zylinder, denn ein Hut war jetzt sein Markenzeichen.

»Nun«, begann er. »Es ist so: Ich will das, was am besten für dich ist.« Er legte eine Pause ein, um sich für den schwierigen Teil zu wappnen. »Selbst wenn es mich nicht einschließt.«

Er fühlte sich, als würde er seine Worte förmlich herauszwingen, mit vorgehaltener Pistole eines nach dem anderen über die Lippen bringen. Genauer betrachtet war seine Aussage nicht ganz ehrlich, denn er wollte wirklich nicht, dass sie ging. Doch vielleicht würden diese schwierigen Worte am Morgen nach Weihnachten wahr sein, dachte er. Und selbst wenn nicht, er tat das Richtige, ob er es nun wollte oder nicht. Und darauf kam es an. Oder nicht? Er blickte sie an. Der Ausdruck in ihren Augen hatte sich wieder verändert.

»Das ist die schönste, selbstloseste Sache, die ich je gehört habe. Du bist wirklich ein ganz besonderer junger Mann, weißt du das?«

Er spürte die Hitze im Gesicht, als er rot wurde. »Nein, eigentlich nicht. Ich glaube, ich bin nur wie alle anderen.«

»Nun, das bist du nicht. Auch nicht nur annähernd.«

Sie hielten inne und blickten sich auf eine Weise an, die kurz vor einem intensiven Augenkontakt haltmachte. Dann würfelte sie und sie fuhren mit dem Spiel fort. Als sie schließlich das Spiel haushoch gewann, freute Anton sich aufrichtig.

Kapitel 9

Richtige Weihnacht

Anton wachte auf und blinzelte. Sie war in der Küche. Er konnte hören, wie sie die Türen des Kühlschranks und der Wandschränke öffnete und schloss.

Er stand auf, zog sich seinen Bademantel über und ging zu ihr.

»Frohe Weihnachten!«, begrüßte sie ihn. Sie strahlte übers ganze Gesicht.

»Frohe Weihnachten.«

Im Gegensatz zu ihr fühlte er sich bedrückt. Heute war ihr letzter gemeinsamer Tag.

Sie schien seine Stimmung wahrzunehmen.

»Also, es ist ziemlich verrückt«, sagte sie, »aber unser festliches Frühstück heute besteht aus – Cornflakes. Außer Cornflakes haben wir fast nichts mehr da.«

»Es ist mir egal, was wir essen«, erwiderte er und setzte sich an die Küchentheke. »Mir ist nur wichtig, dass wir *zusammen* essen.«

Wieder einmal war er einen Schritt zu weit gegangen. Es war schon fast ein unbeabsichtigtes Ritual geworden, dass er diese unsichtbare Linie übertrat und sie ihn in seine Schranken wies. Dieses Mal jedoch hatte er es vorsätzlich getan. Es war kein Versehen. Ihnen blieb nicht mehr viel Zeit und es war ihm egal, ob er zu viel sagte. Sie ließ es ihm durchgehen, schwieg und deckte in völliger Stille den Tisch mit Kaffee, Milch und Cornflakes.

Vielleicht dachten sie beide das Gleiche: Wieso sollten sie ihre Zeit und Energie damit verschwenden, jemandem Grenzen aufzuzeigen, der sowieso bald für immer aus ihrem Leben verschwinden würde?

Als sie sich neben ihn setzte, bemerkte er, dass sie etwas in ihrer Hand hielt, denn niemand ballte grundlos die Faust in dieser Weise. »Ich möchte dir ein Geschenk geben«, sagte sie ernst mit leiser Stimme.

»Du brauchst mir nichts zu schenken.«

»Aber ich will es. Ich wollte dir etwas geben, weil du so gut zu mir gewesen bist. Ich kann im Moment nicht einkaufen gehen und besitze nicht gerade viel, aber ich habe trotzdem etwas für dich. Ich habe es in meiner Handtasche aus der Wohnung gebracht.«

»Aber ich habe kein Geschenk für dich.«

»Machst du Witze? Wie nennst du das, was du für mich getan hast, seit ich an deiner Tür aufgekreuzt bin? Und das Geld für das Zugticket, damit ich aus der Stadt komme?«

Er schwieg, weil er nicht wusste, wie er reagieren sollte. Natürlich wollte er ein Geschenk von ihr. Egal, was es war. Etwas Greifbares, ein Beweis, dass sie wirklich mit ihm hier gewesen war und nicht nur in seiner Einbildung existiert hatte. Etwas, an dem er sich festhalten konnte, wenn sie weg war.

»Ich konnte es nicht schön einpacken«, fügte sie hinzu.

»Das macht nichts.«

Sie streckte ihre rechte Hand aus und ließ einen kleinen, leichten Gegenstand in seine geöffnete Handfläche fallen. Er sah genau hin. Ein Diamantring.

»Der Verlobungsring meiner Mutter. Direkt vor dem Krieg hat sie ihn aus Polen mitgebracht. Nach dem Unfall hat mir die Polizei alle Besitztümer meiner Eltern übergeben. Ich war damals noch ziemlich jung, neunzehn. Den Ring wollte ich nicht für meine eigene Verlobung, weil er mir dafür irgendwie zu kostbar vorkam. Wahrscheinlich hätte für mich das schon ein Hinweis auf meine bevorstehende Ehe sein sollen.«

»Aber wie kann ich das annehmen? Der Ring hat deiner Mutter gehört. Das ist ein Familienerbstück.«

»Bitte, Anton. Ich möchte, dass du ihn hast. Und wenn du auf die Richtige triffst, dann steck ihr den Ring an den Finger. Es wird fast so sein, als würde ich euch meinen Segen geben – dir und der Person, mit der du zusammen sein solltest. Ein nettes Mädchen in deinem Alter.«

Etwas zerbrach in ihm. »Nein«, entschied er, seine Stimme voller Wut und Verletztheit. »Ich gebe den Ring niemandem. Das kann ich nicht. Ich würde ihn nur dir geben.«

»Bitte, Anton. Lass uns nicht streiten. Nicht an Weihnachten. Und heute ist unser letzter Tag.«

»Ich könnte mit dir kommen.«

»Sei nicht albern.«

»Warum ist das albern?«

»Du hast dein Studium vor dir. Du solltest jemanden in deinem Alter kennenlernen,, sie heiraten und eine Familie mit ihr gründen. Wie du es verdienst.«

»Nein«, entgegnete er, den Tränen jetzt gefährlich nah. Frustrierte, wütende Tränen, doch hinter der Wut steckte wahrscheinlich etwas, das noch schwerer zu verkraften war. »Niemals. Ich will niemanden anderen kennenlernen und auch keine Familie gründen.«

»Anton«, sagte sie und lehnte sich etwas vor. Er mochte den sanften Klang ihrer Stimme, doch gleichzeitig hörte es sich so an – schon wieder –, als würde sie ein Kind belehren, was er auf den Tod nicht ausstehen konnte. »Ich weiß, dass es sich so anfühlt. Die Liebe fühlt sich immer so an – als würde es sich nie ändern. Liebe soll immer für die Ewigkeit sein. Aber wir haben alle eine erste Liebe erlebt. Fast immer verliebt man sich beim ersten Mal in die falsche Person und kaum jemand bleibt mit der ersten Liebe zusammen. Ich weiß, dass du das im Moment nicht nachfühlen kannst, aber du musst mir einfach glauben.«

»Ich will mit dir kommen.« Es beschämte ihn, wie viel Kummer und Verzweiflung in seiner Stimme lag.

»Das kannst du nicht.«

»Fühlst du nicht dasselbe?«

Es war eine brutale Frage, aber ihm ging die Zeit aus. Hätte er die Frage nicht gestellt, würde er später seine Feigheit bereuen.

Er war verblüfft, als sie selbst plötzlich mit einem Wutausbruch reagierte. »Ich *darf* nicht dasselbe fühlen! Verstehst du das denn nicht, Anton? Ich *darf* es nicht! Ich kann nicht dasselbe fühlen und trotzdem noch eine anständige Person sein, die hocherhobenen Hauptes dasteht. Es wäre nicht richtig!«

Scheinbar zusammenhangslos bemerkte er plötzlich, dass sie sich stritten. Einerseits erschütterte es ihn, andererseits brachte es aber auch eine gewisse Genugtuung mit sich. Ihnen beiden war die Sache wichtig genug, um laut zu werden. Sie hatten emotional so viel investiert, um dermaßen intensiv und aufgebracht zu reagieren.

Unterdessen hatte sie weitergeredet.

»Weißt du, wie alt ich bin, Anton? Gut, ich sag es dir. Ich bin dreiunddreißig Jahre alt. Dreiunddreißig! Dein Alter plus fünfzehn Jahre! Frauen können schon mit fünfzehn Kinder bekommen. Ich könnte deine Mutter sein – so viel älter bin ich. Weißt du, was die Leute sagen würden? Sie würden mich beschimpfen und fragen, ob ich deine Mutter bin.«

»Was schert es dich, was andere Leute sagen?«

»Weil sie recht hätten!«, blaffte sie ihn mit einer erstaunlichen Lautstärke an. Die Worte schienen sich zwischen sie zu senken, dort auszubreiten und Antons Welt zum Einsturz zu bringen. »Wenn Leute nur gehässig und voreingenommen sind, dann können sie von mir aus sagen, was sie wollen, Anton. Wenn ich weiß, dass sie unrecht haben. Aber hier haben sie nicht unrecht. Es ist nicht richtig. Du brauchst ein Mädchen in deinem Alter, ob du das jetzt so siehst oder nicht. Es tut mir leid. Ich weiß, dass es verletzend für dich sein muss, aber ich will das, was auf lange Sicht das Beste für dich ist. Wie hast du selbst gesagt? ›Selbst wenn es mich nicht einschließt.‹«

Eine bedrückende Stille breitete sich zwischen ihnen aus.

»Jetzt lass uns frühstücken«, sagte sie schließlich

Er aß nichts. Er zog sich in sein Zimmer zurück, wo er eine Stunde oder länger auf seinem Bett lag und an nichts dachte. Oder zumindest versuchte er es.

Den Verlobungsring hielt er fest in seiner Hand.

* * *

Sie trafen alle auf einmal bei ihm ein, mit dem Hausmeister im Schlepptau, der mit einer Art von Gepäckwagen, wie Anton sie von Hotels kannte, eine schwindelerregende Menge von Lebensmittelbehältern hinter sich herzog.

Mina, seine Großtante, küsste ihn mit winterlich kalten Lippen auf die Wange. »Pack du auch mit an, mein Schatz«, sagte sie, »wir bringen alles in die Küche.«

»Verlang das nicht von ihm«, mischte sich Gregor ein. Als er sich im Hausflur aus seinem Schal wickelte, fiel Schnee auf den Parkettboden. »Es fällt ihm schwer, das zu greifen.«

»Er gewöhnt sich daran«, erwiderte Mina. »Er lernt, Sachen zu tragen.«

»Die Behälter haben keine Griffe«, warf seine Großmutter ein, während sie ihren Mantel an die Garderobe hängte. »Man braucht zwei Hände. Nichts für ungut, mein Liebling.« Sie eilte zu ihm und gab ihm einen festen Kuss auf die Stirn, wozu sie sich auf die Zehenspitzen stellen musste. »Ich will nur nicht, dass etwas hinfällt. Wir haben schließlich nicht unsere eigene Küche und die ganzen Zutaten hier, um irgendetwas auf die Schnelle noch mal nachkochen zu können.«

»Ich kann auch etwas tragen«, bot Edith an.

Anton blickte zu ihr, als sie im Durchgang zwischen dem Flur und dem Wohnzimmer stand, und alle anderen schauten sie ebenfalls an – Gregor, Marion, Mina. Im ersten Moment sagte niemand etwas.

»Hallo alle miteinander«, begann Anton und fragte sich, ob er zu formlos war, »dies ist Edith, eine Freundin von mir. Edith, dies sind Gregor, mein Großonkel, und Mina, meine Großtante. Und meine Großmutter kennst du ja schon.«

Mina trat zuerst vor und schüttelte Ediths Hand übertrieben heftig. Dann nahmen Mina und Edith jeweils einen Stapel Essensbehälter und verschwanden damit in der Wohnung.

Anton drehte sich zur Wohnungstür um, wo immer noch der Hausmeister stand, der ungeduldig mit dem Fuß wippte. Gregor und Marion nahmen die übrigen Behälter von dem Wagen und stellten sie auf dem Flurtisch ab. Antons Großonkel sagte leise »Frohe Weihnachten«, als er dem Hausmeister einen Geldschein in die Hand drückte.

»Wie habt ihr das alles hergebracht?«, fragte Anton. »Mit der U-Bahn? Nein, ihr seid sicher mit einem Taxi gekommen. Aber trotzdem. Hat das in den Kofferraum gepasst? Oder habt ihr die Behälter auf dem Schoß ...«

»Ach was«, unterbrach ihn seine Großmutter. »Das wäre viel zu umständlich gewesen. Gregor hat das Auto aus der Garage geholt.«

»Er hat das Auto genommen?«

Während er ungläubig nachfragte, war Edith zurückgekommen, um noch einen Stapel Behälter zu nehmen. Sie lächelte ihn an und er erwiderte ihr Lächeln. Sie wirkte erstaunlich entspannt – als würde dieses plötzliche Familienchaos perfekt in ihre Welt passen.

»Er holt so gut wie nie das Auto aus der Garage«, erklärte er Edith. »Nur wenn sie aufs Land fahren, was nur ein- oder zweimal im Jahr vorkommt.«

»Heute ist ein besonderer Anlass«, sagte Gregor. Er trat vor, um Edith die Hand zu geben. »Ich nehme den Truthahn«, bestimmte er. »Versucht nicht, den Truthahn zu tragen. Er ist schwer.« Als er und Edith Richtung Küche gingen, hörte Anton seinen Großonkel sagen: »Es freut uns sehr, Sie kennenzulernen, Edith. Wir sind ganz vernarrt in unseren Anton, und seine Freunde sind auch unsere Freunde.«

Anton blickte ihnen hinterher. Als er sich umwandte, bemerkte er seine Großmutter, die ihn beobachtete. Bei all dem Trubel hatte er gar nicht mehr daran gedacht, dass sie dort stand – und vergessen, seine Gefühle hinter einer unbewegten Miene zu verstecken.

»Ist alles in Ordnung mit dir?«, fragte sie ihn.

»Ja. Warum sollte es das nicht sein?«

»Ich wollte dich nicht vor ihr in Verlegenheit bringen, als ich gesagt habe, du solltest nichts tragen. Falls es so ist, tut es mir leid.«

»Sie weiß, dass ich nur eine Hand habe. Und außerdem wäre es viel peinlicher gewesen, wenn ich wirklich etwas fallen gelassen hätte.«

* * *

»Das ist komisch«, sagte er zu seinem Großonkel.

Sie saßen zusammen auf dem Sofa. Die Weihnachtsparade lief im Fernsehen, aber sie sahen nicht richtig hin – oder zumindest Anton sah nicht hin.

»Was ist komisch?«

»Die Frauen sind in der Küche und bereiten das Essen zu. Und wir sitzen hier und machen nichts.«

»Kommt dir das zu sehr wie ein geschlechtstypisches Klischee vor?«

»Irgendwie schon. Ich meine, wir leben schließlich nicht im Jahr 1940 oder so.«

»Sie haben gedacht, es wäre dir vielleicht unangenehm, wenn du versuchst zu helfen. Und sie wollten, dass ich dir hier Gesellschaft leiste. Ist es zu viel?«

»Was soll zu viel sein?«

»Behüten wir dich zu sehr? Wäre es besser, wenn wir mehr von dir verlangen? Damit du deine eigenen Fehler machen kannst? Wir wollen dir nur Zeit geben, damit du dich auf die neue Situation einstellen kannst. So lange, wie du dazu brauchst. Aber übertreiben wir es damit? Wir wollen dich nicht so behandeln, als hättest du eine Behinderung – nicht mehr als notwendig. Du kannst es uns einfach sagen, wenn es dir zu viel ist. Wir meinen es gut, aber das bedeutet nicht, dass wir wissen, ob wir uns dir gegenüber richtig verhalten.«

Anton öffnete den Mund, aber was sollte er antworten? Ja, in bestimmter Hinsicht wollte er jetzt normaler behandelt werden. Aber andererseits wollte er nicht am Ende noch den Weihnachtsbraten fallen lassen. Insbesondere nicht vor Edith.

Bevor er etwas erwidern konnte, kam seine Großmutter aus der Küche gestürzt, als hätte sie gerade eine bahnbrechende Entdeckung gemacht und könnte es nicht abwarten, sie mit ihnen zu teilen. »Fast hätte ich's vergessen! Kommt alle rein! Anton will euch etwas zeigen.«

Anton blieb verdutzt sitzen. Er hatte nicht den blassesten Schimmer, was er ihnen zeigen sollte. Er sah sie an und versuchte, es an ihren Augen abzulesen. Aber er kam nicht darauf. Was meinte sie?

»Etwas, das deinem Großvater gehört hat«, half sie ihm auf die Sprünge.

»Oh!«, rief er laut.

Er sprang auf und rannte in sein Zimmer, um den Hut zu holen.

Vor dem Spiegel strich er sich die Haare glatt, bevor er den Hut aufsetzte. Er zog die Hutkrempe ein wenig nach unten zu seiner rechten Augenbraue, denn sein Großvater hatte den Hut so getragen.

Dann trat er wieder ins Wohnzimmer.

Alle waren dort versammelt. Sie blickten ihn an, als hätten sie ihn nie zuvor gesehen. Sogar Edith, für die er mit dem Hut bereits ein vertrauter Anblick war.

Mina sog hörbar Luft ein.

»Unglaublich«, meinte Gregor schließlich.

»Ich hab es dir doch auf dem Weg hierher erzählt«, sagte Marion.

»Aber er sieht ihm so sehr ähnlich. Ja, du hast es erzählt. Aber trotzdem, darauf war ich nicht vorbereitet.«

Anton wusste, warum der Hut ihn wie den Doppelgänger seines verstorbenen Großvaters aussehen ließ. Seine Haare unterschieden sich sehr von denen seines Großvaters, der kräftiges, welliges, schwarzes Haar gehabt hatte, und der Hut verdeckte diesen Unterschied. Dennoch war es ein seltsames Gefühl, diese Transformation in den Augen seiner Familie widergespiegelt zu sehen. Er musste an die Superman-Serie im Fernsehen denken, in welcher nur eine Brille ausreichte, um

Clark Kent unkenntlich zu machen. Anton hatte das schon immer als unrealistisch empfunden – sicher war mehr als das notwendig, um sich zu verkleiden.

Er blickte zu seiner Großmutter, deren Augen feucht wurden. Sie schien zu bemerken, dass er es sah, und wischte sich die Augen.

»Jetzt aber genug davon«, sagte sie. »Lasst uns das Essen auf den Tisch bringen.«

Die drei Frauen verschwanden wieder in der Küche und Anton hockte sich auf das Sofa. Er behielt den Hut an, denn er fühlte sich damit gut.

»Du hast recht«, meinte Gregor nach einem Augenblick. »Es ist ein bisschen komisch, nur hier zu sitzen und nichts zu tun. Ich gehe rüber und helfe ihnen. Bleib du nur hier und schau dir die Parade an.«

* * *

Als Anton aus dem Badezimmer kam, stieß er fast mit seiner Großmutter zusammen.

»Oh, Anton. Tut mir leid, ich habe nicht gewusst, dass du dort drin warst.« Marion blieb an der Tür stehen. »Wie lange ist deine Freundin denn schon hier?«

Er trat näher an sie heran, damit er leise antworten konnte. »Ein paar Tage.«

»Wenn die Situation gefährlich ist, wie du gesagt hast, und dieser Mann direkt gegenüber wohnt, wäre es dann nicht besser gewesen, sie sofort aus der Stadt zu bringen?«

»Wir haben gedacht, es sei am besten zu warten, bis er die Suche nach ihr aufgegeben hat, weil er annimmt, sie hätte die Stadt verlassen und er hätte sie verpasst.«

Seine Großmutter zog die linke Augenbraue hoch, nur ein wenig. »*Wer* hat das gedacht?«

»Wie meinst du das?«

»Du? Oder sie?«

»Ich nehme an … wenn ich jetzt so darüber nachdenke, war es wohl meine Idee gewesen. Sie war ganz durcheinander und wusste nicht, was sie tun sollte, da habe ich es vorgeschlagen.« Verlegen wartete er auf die Reaktion seiner Großmutter. Je länger es dauerte, desto mehr spürte er ein Gefühl der Beschämung in sich aufsteigen. »Ich war nicht selbstsüchtig«, fügte er hinzu.

»Ich habe nichts gesagt.«

»Jedenfalls war das nicht meine Absicht gewesen.«

»Und jetzt? Wann kannst du sie sicher aus der Stadt bringen?«

»Wir hatten morgen früh geplant. Sehr früh, fast mitten in der Nacht. Aber dann ist mir vorhin eingefallen, dass ich noch zur Bank muss, um ihr das Geld für das Zugticket geben zu können und noch etwas extra, damit sie über die Runden kommt, bis sie einen Job gefunden hat. Also müssen wir warten, bis die Bank morgen aufmacht.«

»Morgen ist Sonntag.«

»Wirklich?«

Er war sprachlos. Wann hatte er sich zuletzt Gedanken darüber gemacht, welcher Wochentag es war? Seine Zeit mit Edith war völlig frei von solchen Einschränkungen erschienen. Ohne Vorgaben, wie ein leeres Blatt Papier, auf dem man zeichnen oder schreiben konnte, wo man wollte. Eine große Erleichterung erfüllte ihn. Morgen war Sonntag, daher konnte er nicht zur Bank. Also konnte Edith noch nicht gehen.

»Und dieses Bankkonto, das du anzapfen wolltest? Wo hast du solche Geldsummen?«

»Ich weiß, das wird dir nicht gefallen, aber …«

»Du wolltest es von den Ersparnissen für dein Studium nehmen.«

Er fragte sich, ob er sich wegen ihrer Verwendung der Vergangenheitsform Sorgen machen sollte.

»Nicht viel, nur einen ganz kleinen Teil. Im Wert von den Lehrbüchern für ein Semester oder so. Ich weiß, dass mein Studium wichtig ist, aber …«

»Und ich weiß, dass sie dir wichtig ist. Ich kann verstehen, dass du ihr helfen willst, besonders an diesem Feiertag. Aber lassen wir das Geld für dein Studium dort, wo es ist, okay? Ich habe ein wenig Geld bei mir. Ich kann Gregor und Mina fragen, wie viel sie dabeihaben, ganz diskret. Gregor hat sowieso meistens mehrere Scheine in seiner Brieftasche – mehr als ich mit mir herumtragen würde, das kann ich dir sagen. Wir werden sehen, was wir zusammenbekommen, damit sie früh am Morgen abfahren kann. Ich glaube, je länger du den Abschied von ihr hinausschiebst, umso schwerer wird es für dich werden.«

Noch bevor er ihr danken konnte, war sie schon im Badezimmer verschwunden und hatte die Tür hinter sich geschlossen.

* * *

Er saß gerade allein auf dem Sofa, als seine Großmutter eilig ins Wohnzimmer gehuscht kam. Sofort tat er so, als hätte er sich interessiert die Parade im Fernsehen angesehen. Sie legte einen Finger an die Lippen, um ihm zu signalisieren, dass dies eine stumme Transaktion sein würde. Anton sah die grünen Scheine aufblitzen, als sie ihm ihre Hand entgegenstreckte. Sie hatte nicht daran gedacht, die linke zu nehmen – jeder vergaß das –, also gestaltete sich die Geldübergabe etwas umständlich.

Er formte mit den Lippen stumm ein »Danke«, bevor sie zurück in die Küche eilte.

Er ging mit dem Geld in sein Zimmer, schloss die Tür und zählte es auf dem Bett. Dreihundertzehn Dollar. Eine großzügige

Summe. Er machte sich eine geistige Notiz, seinen Onkel zu fragen, warum er eigentlich so viel Geld mit sich herumtrug.

* * *

»Noch ein Stück Braten, Anton?«, fragte sein Onkel.

Gregor saß am Kopfende des Tisches und hielt das gute Tranchiermesser wie ein Schwert in die Höhe gestreckt. Als sei es Excalibur.

»Ich schaffe wirklich nichts mehr«, antwortete Anton.

»Edith?«

»Ich platze gleich.«

»Niemand schafft auch nur noch einen Bissen, Gregor«, stellte Mina fest. »Und je mehr du drängst, desto weniger wird von meinem Dessert gegessen. Keiner wird mehr Platz für die leckere Crème brûlée haben.«

Anton überlegte einen Moment, dann sagte er: »Ich glaube nicht, dass du hier Crème brûlée machen kannst.«

»Warum nicht?«, fragte Mina.

»Wir haben diese kleinen Schüsselchen nicht.«

»Auflaufförmchen«, sagte sie. »Wir haben welche mitgebracht.«

»Und diesen Brenner, den man dafür braucht?«

»Den haben wir auch dabei«, erwiderte Mina.

»Wow!«

»Warum *wow*?«

»Nur weil ihr extra so viele Sachen quer durch die ganze Stadt gefahren habt.«

»Es ist Weihnachten«, erwiderte sie. »Und du bist uns das wert. Außerdem war es gut, dass Gregor endlich mal wieder das Auto aus der Garage holen musste. Gregor sollte mehr fahren. So ein sturer Mann. Autos müssen gefahren werden, damit sie in Schuss bleiben.«

»Ich weiß, was Autos brauchen«, entgegnete Gregor. »Das muss mir niemand erklären. Also keiner will mehr etwas?« Er wartete, bis alle gestikulierend ihr Völlegefühl angezeigt hatten, indem sie abwinkten oder sich mit den Händen den Bauch hielten. »So, dann legen wir erst eine Pause zum Verdauen ein, und dann können wir an das Dessert denken. Wenn keiner etwas dagegen hat, gehe ich raus auf den Balkon und rauche eine Zigarre.«

»Ich vermisse es, rauszugehen«, sagte Edith plötzlich.

Das brachte die Unterhaltung zu einem jähen Ende. Einen Augenblick lang schwiegen alle. Als Anton Ediths Blick begegnete, lächelte sie. *Ein wenig traurig,* dachte er.

»Du hast eine so wunderbare Familie«, sagte sie an Anton gerichtet. Sie schien die Stimmung wieder heben zu wollen. »Ich bin wirklich froh, dass ich euch zusammen erleben konnte. Jetzt, wo ich deine Familie kennengelernt habe, fällt mir das Weggehen leichter. Es muss schön sein, eine Familie zu haben, die einen unterstützt.«

Gregor schnaubte verächtlich. »Sie haben seine Eltern noch nicht kennengelernt.« Dann blickte er in die Gesichter um sich herum und wurde rot. »Tut mir leid. Das hätte ich nicht sagen sollen, vor allem nicht an Weihnachten. Natürlich haben mein Neffe und seine Frau auch gute Seiten. Ich bin wohl einfach wütend, weil sie weggefahren sind und Anton allein gelassen haben.«

»Ich auch«, sagte Anton.

Es schien alle zu überraschen. Anton hatte bisher felsenfest das Gegenteil behauptet. Doch niemand war überraschter als er selbst.

»Die Idee war wohl, dass wir an Weihnachten seine Eltern ersetzen sollten«, fuhr Gregor fort. »Aber dann … und das ist ziemlich unglaublich …« Er wandte sich an Anton. »Haben sie dir wirklich nicht erzählt, dass geplant war, dass du Weihnachten mit uns verbringst? Entweder mit Tante Mina und mir oder mit deiner Oma? Das ist unbegreiflich. So etwas hätte ich selbst deinen Eltern nicht zugetraut. Kann es sein, dass du es vielleicht vergessen hast?«

Anton lehnte sich zurück und wischte sich mit der Stoffserviette über den Mund, dann legte er sie neben seinen Teller.

»Ich habe nichts vergessen«, erwiderte er. »Nicht, dass ich wüsste. Dass soll nicht heißen, dass meine Gedanken nie abdriften, wenn Mom redet, aber …«

Gregor schüttelte empört den Kopf. Er zog eine Zigarre aus seiner Brusttasche und stürmte Richtung Flur, um seinen Mantel zu holen.

»Ich helfe mit dem Abräumen«, bot Anton an.

»Lass das mal sein«, sagte seine Großmutter. »Geh und leiste deinem Onkel Gesellschaft. Er ist sehr wütend auf deine Eltern. Du kannst ihn davon überzeugen, dass du allein gut zurechtkommst. Und Edith, Sie haben schon so viel bei der Vorbereitung geholfen. Es reicht, wenn Mina und ich abräumen. Geht nur raus an die frische Luft, wir kümmern uns um alles. Wir lassen dir die Reste hier, Anton. Dir gehen ja sicher allmählich die Vorräte aus.«

Anton sah sie an und hoffte, nichts vor Mina sagen zu müssen. Möglichst wenige sollten von ihrer Situation – der Tatsache, dass sie es nicht wagten, nach draußen zu gehen – erfahren. Seine Großmutter reagierte auf seinen besorgten Blick mit einem fast unmerklichen Kopfnicken.

»Es ist sehr kalt da draußen«, sagte sie, »also sollten wir Edith warm einpacken. Sie kann zwei Wollschals haben, die sie sich ums Gesicht wickeln kann, und wir besorgen ihr eine Mütze. Es wird kaum etwas von ihr zu erkennen sein, aber wir wollen ja nicht, dass sie sich eine Lungenentzündung holt. Und

Anton, das gilt auch für dich, mein Liebling. Trag die Balaklava von deinem Vater.«

»Seine was?«

»Du weißt schon. Seine Balaklava. Um dein Gesicht zu bedecken, bis auf die Augen.«

»Oh, seine Skimaske.«

»Nicht direkt eine Skimaske, aber egal, zieh sie an. Sie schützt dich vor der Kälte.«

* * *

Als er auf den Balkon trat, empfing ihn eine Wolke aus Zigarrenrauch. Instinktiv wedelte er ihn mit der Hand weg.

»Oh, entschuldige«, sagte Gregor und half ihm, den Rauch zu vertreiben. Dann blickte er in Antons Gesicht, beziehungsweise in seine Augen, da der Rest von der Balaklava bedeckt war. »Ist das nicht ein bisschen übertrieben? Wir sind ja nicht am Südpol.«

»Ich mag's warm«, erwiderte Anton und zog sich einen Stuhl heran.

Schweigend sah er seinem Onkel beim Rauchen zu, während er an die Worte seiner Großmutter dachte. Er sollte Gregor beruhigen, indem er ihn davon überzeugte, dass er ohne seine Eltern gut zurechtkam. Doch es gab ein Problem: Er kam nicht gut zurecht. Tatsächlich hatte er das Gefühl, am Rand eines steilen Abgrundes zu stehen und nicht zu wissen, was seine nächste Bewegung bringen würde. Also schwieg er eine ganze Weile.

Schließlich fragte er: »Warum läufst du eigentlich mit so viel Bargeld durch die Gegend? Die meisten Leute haben so große Angst, überfallen zu werden.«

Gregor seufzte und stieß eine weitere riesige Rauchwolke aus.

»Wenn du die Weltwirtschaftskrise durchlebt hast, verändert dich das«, antwortete er.

Anton erwartete, dass sein Großonkel noch mehr dazu sagen würde, doch das war alles.

In diesem Augenblick wurde die Schiebetür geöffnet und Edith betrat den Balkon. Zumindest nahm Anton an, dass sie es war, denn es ließ sich nicht auf den ersten Blick erkennen. Zwischen den zwei dicken Schals und der riesigen Strickmütze waren nur ihre Augen sichtbar. Sie war mit allen Winteraccessoires ausgestattet worden, die die zwei Frauen seiner Familie mitgebracht hatten.

»Hey«, begrüßte er sie.

Sofort fragte er sich, ob dies vielleicht zu intim und vertraulich geklungen hatte.

»Hey«, erwiderte sie in demselben Tonfall.

»Du bist also nach draußen gekommen.«

»Ja.«

»Weil du es vermisst hast, draußen zu sein.«

»Deine Großmutter ist sehr aufmerksam. Ich glaube, sie hat mitbekommen, was ich gesagt habe.«

»Wohin wollen Sie denn ziehen?«, wandte sich sein Großonkel an Edith.

Eine unangenehme Stille breitete sich zwischen ihnen aus.

»Nichts für ungut«, ruderte Gregor zurück. »Nur Small Talk. Es geht mich ja wirklich nichts an.« Er legte seine Zigarre in den Aschenbecher, den er auf die Armlehne seines Stuhls gestellt hatte. »Ich muss mal kurz rein, für kleine Jungen, dann komme ich zurück und rauche meine Zigarre zu Ende.«

Er ging zurück in die Wohnung. Anton und Edith blickten sich an, auch wenn sie im Augenblick nicht viel voneinander zu sehen bekamen, weil sie so dick eingemummelt waren.

»Alles in Ordnung?«, fragte sie ihn.

»Ich glaube schon.«

Doch eigentlich stimmte das nicht.

»Ich mag deine Familie wirklich.«

»Du findest sie nicht zu chaotisch?«

»O nein. Das ist gerade die richtige Dosis Chaos. Genauso sollte eine Familie sein. Ein herrliches Durcheinander. Ich wollte immer Kinder, um so einen Rummel um mich zu haben.«

Sie verstummte und aus Takt fragte er sie nicht, warum sie nie Kinder bekommen hatte. Nach allem, was er von ihrer Ehe wusste, erübrigte sich diese Frage auch.

»Ich habe Geld für dich«, sagte er. »Aber wenn ich es dir jetzt gebe, musst du mir versprechen, dass du nicht mitten in der Nacht verschwindest, ohne dich zu verabschieden. Ich will dich am Morgen zum Zug bringen.«

»Das würde ich nie tun.«

Er zog das Geldbündel aus seiner Tasche und hielt es ihr hin. Sie griff danach – mit ihrer linken Hand. Sie verstand es wie niemand sonst außer ihr.

»Versprochen?«, fragte er und hielt das Geld noch fest.

»Ich schwöre.«

Er öffnete seine Hand, doch sie nahm das Geld nicht.

»Was ist?«, fragte er.

»Es ist mir unangenehm, Geld von dir zu nehmen. Es fühlt sich nicht richtig an.«

»Das ist kein Problem, wirklich. Bitte.«

»Es ist besser kein Problem, weil ich keine andere Möglichkeit habe.«

Als der Klang ihrer Stimme weicher wurde, schien sich auch die Atmosphäre zwischen ihnen zu entspannen. Sie waren beide in den angenehmen Zustand des gegenseitigen Verständnisses zurückgekehrt. Sie nahm das Geld und ihn überlief ein leichter Schauer, als ihre Hand die seine streifte. Keiner von ihnen trug Handschuhe.

»Vielen Dank für dieses Weihnachtsgeschenk«, sagte sie. »Ich habe trotzdem noch ein schlechtes Gewissen, aber es ist das beste Geschenk, das du mir machen konntest, denn es bedeutet meine Freiheit.«

»Ich möchte mich für heute Morgen entschuldigen.«

»Was war denn heute Morgen?«

»Du weißt schon. Der Streit zwischen uns.«

»Das kann man doch kaum einen Streit nennen.«

»Ich habe dich in Verlegenheit gebracht.«

»Es braucht dir nicht leid zu tun. Du solltest dich nicht dafür entschuldigen müssen, wenn du sagst, was du willst. Allerdings bekommen wir in dieser Welt halt nicht immer, was wir wollen. So ist das Leben nun mal.«

Er setzte gerade zu einer Erwiderung an, als die Balkontür geöffnet wurde. Gregor trat zu ihnen, setzte sich und nahm wieder seine Zigarre in die Hand. Eigentlich war es egal, dachte Anton. Denn er hatte sowieso keine Antwort auf die Frage, wie das Leben war.

* * *

Er begleitete seine Großmutter zum Aufzug, nachdem sie gewartet hatten, bis Mina und Gregor mit dem Auto draußen vorgefahren waren.

»Danke«, sagte er, als sie allein im Hausflur standen.

»Für was, mein Liebling?«

»Ich habe nur gedacht … ich weiß nicht. Ich hatte nicht damit gerechnet, dass der Tag so nett verlaufen würde. Ich hatte wohl angenommen, ihr würdet alle Edith mit Fragen bombardieren und sie … irgendwie ins Kreuzverhör nehmen. Aber wir haben uns nur unterhalten und das war richtig angenehm und schön.«

»Mein Liebling«, sagte sie und legte ihre warme Hand an seine Wange. »Wir sind deine Familie. Wir sind nicht hier, um dir das Leben schwer zu machen.«

Eine kurze Stille, dann lachten sie beide schallend auf. Denn ehrlich gesagt, sind die Familienangehörigen nicht genau die Leute, die einem das Leben schwer machen?

Aber sie mussten nicht aussprechen, weshalb sie so lachten. Sie verstanden sich auch ohne Worte, denn sie waren eine Familie.

Kapitel 10

Der Mann im Mond

Während Edith einen seiner Pyjamas anzog, schleppte Anton das Teleskop zum Wohnzimmerfenster. Am Horizont ging der Mond über der Stadt auf – fast ein Vollmond, überraschend klar.

Er richtete das Teleskop aus, dann stellte er die Linse und das Okular ein. Atemlos sah er, wie stark vergrößert und glasklar das Bild war.

»Wow!«, entfuhr es ihm laut.

»Was? Was siehst du?«

Er zuckte zusammen, als er ihre Stimme hörte, denn er hatte gedacht, er sei allein im Zimmer.

»Ich sehe mir gerade den Mond an.«

»Darf ich auch mal?«

»Natürlich.«

Er trat zurück und ließ sie an das Teleskop. Sie beugte sich vor und spähte durch das Okular.

Nur einen oder zwei Schritte von ihr entfernt bemerkte er, wie ihr Haar nach vorn fiel und ihr Gesicht umrahmte. Er zwang sich, nicht auf ihre Figur zu achten, die sich durch den weichen, fallenden Pyjamastoff abzeichnete, auch wenn es ihm schwerfiel. Er sah nicht länger als für den Bruchteil einer Sekunde hin, obwohl es seine letzte Gelegenheit war, für immer. Aber er besaß schließlich Anstand.

»Das ist also der Mann im Mond«, sagte sie. »Versteh mich nicht falsch, ich weiß, dass es nicht wirklich ein Mann ist. Aber jetzt kann ich sehen, warum es so erscheint. Das sind Geländeformationen auf dem Mond, stimmt's? Ich habe das noch nie so aus der Nähe gesehen, auch nicht auf einem Bild. Ich glaube, daran könnte ich mich wirklich erinnern.«

»Die dunklen Stellen, die wie Augen aussehen, sind Meere. Nicht Meere, wie wir sie hier auf der Erde haben. Sie bestehen nicht aus Wasser, aber trotzdem werden sie als Meere bezeichnet – oder Mare. Sie haben verschiedene Namen, wie Mare Serenitatis, das Meer der Heiterkeit, oder Mare Frigoris, das Meer der Kälte. Ich könnte dir aus dem Stegreif nicht sagen, welches dieser Meere wie ein Auge aussieht, das müsste ich erst nachlesen.«

»Und dieses Ding, das wie ein Krater aussieht? Mit den Linien?«

»Das ist Tycho. Er ist genau das, wonach er aussieht, ein Krater.«

Sie richtete sich plötzlich auf, als hätte sie etwas entdeckt, das sie beunruhigte. Doch gleich darauf verstand er, dass ihre Sorge von innen kam.

»Ich kann nie schlafen, wenn ich Angst habe«, gestand sie.

Er trat näher an sie heran, bis sie fast Schulter an Schulter standen. Mit bloßem Auge betrachteten sie beide den Mond.

»Warum hast du Angst?«

»Weil morgen alles anders wird. Ich muss in eine Stadt, die ich nicht kenne, werde bei einer Freundin, die ich jahrelang nicht gesehen habe, auf dem Sofa schlafen, und muss mir einen Job suchen und wahrscheinlich etwas ganz Neues lernen. Diese

Wohnung und du, das ist das Einzige in meinem Leben, was mir vertraut ist. Und das muss ich morgen verlassen.«

Sie blickten weiterhin den Mond an. Anton schwieg.

Er hätte nicht erklären können, wie sehr ihn ihre Beichte, dass er ihre ganze vertraute Welt sei, berührt hatte. Wenn er gewagt hätte, es auszusprechen, dann hätte er ihr mitgeteilt, dass er ebenfalls Angst hatte. Unter dem Schmerz, sie zu verlieren, lag auf tieferer Ebene ein Teich aus Angst und Schrecken. Vielleicht, weil es das erste Mal nach Gregs Tod war, dass er seinen Emotionen die Tür geöffnet hatte – das erste Mal, dass er etwas anderes gespürt hatte als das Gefühl, sein Körper sei aus schwerem Beton. Er hatte Gefühle zugelassen, weil er nicht in der Lage gewesen war, es zu verhindern. Aber in all der Zeit hatte er nur gefühlt, was er für sie gefühlt hatte, denn es war überwältigend und ließ keinen Platz für anderes. Und nun ging sie. Was würde er jetzt fühlen? Das konnte er nicht im Voraus wissen, denn für den Weg, den er eingeschlagen hatte, gab es keine Straßenkarte.

Er erzählte ihr nicht von seiner Angst. Nicht, weil er ihr nicht vertraut hätte, sondern weil er befürchtete, dass laut ausgesprochene Worte die Angst verfestigen, realer machen würden. Und dann würde er niemals seine Gedanken über die Furcht zurückziehen können und auch nicht behaupten können, sie hätten keine Relevanz mehr.

Er sagte nur: »Dann bleib doch noch wach und rede mit mir.«

»Ich habe gehofft, dass du das vorschlagen würdest«, erwiderte sie und ihre Stimme klang ein wenig sicherer.

* * *

Sie saßen einander gegenüber im Schneidersitz, mit ihren Rücken an den Armlehnen des Sofas. Das einzige Licht kam vom

Mond, der hell durch das Wohnzimmerfenster schien. Anton saß dem Mond zugewandt und wurde frontal angeleuchtet, ihr schien das Licht in den Rücken, sodass ihre Gesichtszüge nicht zu erkennen waren. Irgendwie fühlte er sich um den Anblick betrogen, doch andererseits wäre es vielleicht unerträglich gewesen, sie so deutlich zu sehen, während ihre gemeinsame Zeit Minute um Minute ablief.

Sein rechter Arm lag entspannt auf seinem Bein, das Handgelenk offen sichtbar, was er normalerweise vermied. Doch jetzt, da er darüber redete, schien es irgendwie passend.

»Die meisten Leute verstehen es nicht«, sagte er. »Sie glauben, es geht um etwas ganz anderes. Immer wieder höre ich: ›Du kannst eine Prothese bekommen‹, oder: ›Du wirst schon lernen, Dinge zu greifen.‹ Aber das ist nicht das Problem. Das Problem ist dieser Moment, den es bei jeder Begegnung gibt, selbst wenn ich nur an einem Fremden auf der Straße vorbeilaufe. Ein kurzer Schock, wenn etwas nicht da ist, womit die Leute rechnen. Wäre meine Hand bis zur Unkenntlichkeit verstümmelt worden, aber trotzdem noch da … ich schwöre, damit könnten die Leute besser umgehen. Aber sie sehen es nicht gern, wenn Körperteile fehlen. Das ist vielleicht noch ein Überbleibsel des Steinzeitmenschen in uns. Ich weiß, dass es dir bei unserer ersten Begegnung auch ein bisschen so gegangen ist, und ich werfe dir das gar nicht vor. Das ist nichts Schlimmes. Ich sage nur, dass, solange ich lebe, es bei jeder Begegnung immer diesen ersten Moment geben wird. Es fühlt sich so an, als hätte ich noch einen wirklich langen Weg vor mir. Und manchmal schafft mich schon allein der Gedanke daran.«

Als er geendet hatte, schwieg sie nachdenklich.

Dann fragte sie: »Machst du dir Sorgen, es könnte dir dadurch schwerer fallen, ein Mädchen kennenzulernen?«

Darüber hatte er sich gar keine Gedanken gemacht. Zurzeit konnte er sich nicht vorstellen, jemals an jemand anderem als ihr interessiert zu sein.

»Unter anderem.«

»Die Sache hat auch eine gute Seite. Versteh mich nicht falsch. Ich verstehe, was du meinst, ich bin keine unverbesserliche Optimistin. Ich glaube dir, dass es schwer ist. Aber wenn uns im Leben etwas Schlechtes zustößt, kann es etwas Wertvolles mit sich bringen.«

»Genau das sagt meine Großmutter auch. Aber wo ist der Lichtblick bei dieser Sache?«

»Du wirst eine Freundin bekommen, die nicht oberflächlich ist. Es ist schwer, jemanden zu finden, der dich liebt, so wie du bist. Die meisten Leute haben dieses Bild einer Person, die sie lieben wollen, in ihrer Vorstellung, und sie lieben dich, weil du in dieses Bild passt. Was ziemlich gefährlich ist, denn damit versuchen sie, alle Aspekte auszublenden, die nicht in das Bild passen. In der Vorstellung der Frau, die du einmal heiraten wirst, war auch kein Ehemann mit einer Hand. Aber sie wird darüber hinwegsehen und erkennen, wer du wirklich bist. Und daran erkennst wiederum du, dass du eine gute Frau bekommen hast.«

Er glaubte trotzdem nicht, dass dies passieren würde.

»Wie spät ist es?«, fragte er, da sie von ihrem Platz aus die Küchenuhr sehen konnte.

»Kurz nach zwei.«

»Um wie viel Uhr geht dein Zug?«

»Um sechs. Aber ich wäre gern um einiges früher hier verschwunden.«

Sie schwiegen, während ihnen klar wurde, dass ihre gemeinsame Zeit fast vorbei war. Anton versuchte, nicht daran zu denken.

»Was trägst du eigentlich um deinen Hals?«, fragte sie ihn nach einer Weile. »Solange ich dich kenne, hast du noch nie eine Kette getragen.«

Er fasste an das Lederband um seinen Hals und zog es unter seinem T-Shirt hervor, bis der Ring, den sie ihm gegeben hatte, zum Vorschein kam.

»An diesem Lederband hing mal ein großer Jadeanhänger, den mir meine Eltern aus einem Urlaub in Neuseeland mitgebracht haben. Ich nehme es nun für deinen Ring, damit ich ihn nicht verliere.«

»*Dein* Ring«, korrigierte sie sanft.

»Ich habe immer noch ein schlechtes Gewissen, weil ich ihn angenommen habe.«

»Und ich habe ein schlechtes Gewissen, weil ich von dir Geld angenommen habe, aber wir sind Freunde, und wir nehmen unsere Geschenke an. Okay?«

»Ich kann mir immer noch nicht vorstellen, wie ich jemanden kennenlernen soll.«

»Ich weiß. Du musst mir einfach vertrauen. Das Leben hält alle möglichen Situationen bereit, mit denen du nie gerechnet hättest.«

»Wir haben eigentlich nicht viel über uns selbst geredet«, sagte er und war selbst von der Wende in ihrer Unterhaltung überrascht.

»Was meinst du? Worüber haben wir sonst geredet, wenn nicht über uns selbst?«

»Ich meine … ich weiß immer noch nicht viel über dein Leben, bevor wir uns kennengelernt haben.«

»Glaubst du nicht, dass das vielleicht Absicht ist? Wir halten hier die Zeit fest. Wir leben nur ein Stück Leben aus, das nichts mit dem zu tun hat, was davor war. Oder danach sein wird. Weil unsere gemeinsame Zeit fast vorbei ist. Was sonst müssen wir noch wissen?«

»Ich finde es schrecklich, dass unsere gemeinsame Zeit fast vorbei ist.«

»Ich auch. Ich wünschte, ich müsste nicht gehen.«

»Dann geh nicht.«

»Wie?«, fragte sie.

Ihre Stimme klang, als würde sie tatsächlich eine Antwort erwarten. Ihre Frage war nicht rhetorisch oder sarkastisch gemeint, soweit er es erkennen konnte. Nein, sie schien wirklich zu hoffen, dass er eine Antwort parat hatte. Er schwieg und stieß in Gedanken an eine Grenze nach der anderen.

»Oh«, sagte er schließlich. »Stimmt. Es gibt kein *wie*. Das hatte ich ganz vergessen.«

* * *

Anton wachte mit einem Ruck auf. Er saß immer noch im Schneidersitz auf dem Sofa, sein Rücken schmerzte und seine Beine waren eingeschlafen. Er wollte aufspringen, um nachzusehen, wie spät es war, doch seine Beine verweigerten ihren Dienst. Es tat einen dumpfen Schlag, als er hinfiel und sich die Rippen am Wohnzimmertisch prellte.

Das Geräusch weckte Edith auf.

»Was?«, fragte sie. »Was ist passiert?«

»Wir sind eingeschlafen. Wie spät ist es?«

Sie reckte den Hals und spähte Richtung Küche. »Oje. Schon nach vier.«

»Wird er noch schlafen, bis wir hier raus sind?«

Auch wenn Anton sich dafür schämte, insgeheim hoffte er, die Antwort wäre ein Nein.

»Gerade so«, antwortete sie. »Aber wir müssen uns beeilen.«

* * *

Sie schlichen durch die Hintertür des Mietshauses und traten auf die schmale Gasse. Dann bogen sie abrupt nach rechts ab. Ein Taxi konnten sie in jeder Seitenstraße heranwinken. Anton hatte unbewusst eine Richtung gewählt und sie folgte ihm, als könnte sie seine Gedanken lesen. Sie harmonierten miteinander wie Vögel, die im Sturzflug nach unten tauchen und in perfekter Symmetrie mit ihrem Schwarm wieder zum Himmel aufsteigen. Sie rannten los.

Edith trug den Wintermantel und den Schlapphut von seiner Mutter, dazu hatte sie sich zwei Wollschals bis über die Nase gewickelt. Bis auf den wehenden Mantel konnte man in der Dunkelheit so gut wie nichts von ihr erkennen. Genau, wie sie es geplant hatten.

Als sie auf die hellere Straße zuhasteten, hielt sie im Licht einer Straßenlaterne kurz inne. Sie streckte ihren rechten Arm aus und ergriff seine Hand. Dann eilten sie Hand in Hand weiter.

Seine Rippen schmerzten von dem Zusammenstoß mit dem Wohnzimmertisch, aber das war jetzt nicht wichtig. Sein Hut saß nicht so fest, wie er sollte, aber er musste sich darauf verlassen, dass er ihm schon nicht wegfliegen würde. Auf keinen Fall hätte er jetzt ihre Hand losgelassen.

Anton fragte sich, was der Grund für diese Intensität war. Waren sie begeistert, wieder im Freien zu sein und sich zu bewegen? Auf ihn traf das zumindest zu. Es erinnerte daran, wie er auf der Laufbahn gerannt war, damals, als alles noch normal gewesen war. Oder hatten sie eine panische Angst, ihr Mann könnte ihnen irgendwo um die Ecke auflauern, auch wenn dieser Gedanke überhaupt keinen Sinn ergab?

Vielleicht beides, dachte er.

Sie rannten auf die Straße, seine Hand noch immer in ihrer, und wären beinahe mit einem Taxi zusammengestoßen. Der Fahrer machte eine Vollbremsung und hupte laut.

Anton öffnete die Hintertür des Taxis und sie stiegen ein.

»Grand Central«, keuchte Edith. »So schnell, wie Sie können.«

Anton lehnte sich in den Sitz zurück und spürte, wie seine Euphorie abflaute. Ihre Hand war verschwunden. Aber wichtiger war: Sie hatten es geschafft, sicher zu entkommen. Wenn die Sonne in zwei Stunden aufging, würde es zu gefährlich sein, denselben Weg zurückzukehren – was bedeutete, dass er nicht länger hoffen konnte, dass etwas schiefging und sie bei ihm bleiben müsste. Jetzt gab es kein Zurück mehr. Ihre gemeinsame Zeit war so gut wie vorbei und er wusste es.

* * *

Mit schmerzenden Rippen saß Anton gebeugt auf einer Bank, den Kopf von seiner linken Hand und dem Handstumpf auf der rechten Seite abgestützt.

Edith hatte ihn gebeten, auf dem Bahnsteig zu warten. Sie hatte nicht ausdrücklich gesagt, dass sie allein gehen wollte, damit er ihr Ziel nicht mitbekam, wenn sie am Schalter die Fahrkarte kaufte, aber es war auch nicht nötig gewesen.

Ihr Zug stand bereits auf dem Gleis und Anton hielt den Blick auf den Boden gerichtet. Er wollte nicht hinsehen. Er konnte das kurze Zögern der Passagiere spüren, die an ihm vorbeieilten. Diese Pause, als sie ihn wahrnahmen – weil er seinen Handstumpf jetzt nicht versteckte. Zumindest sagte ihm das sein Gefühl. Und was sein Gefühl ihm sagte, entsprach der Realität der letzten etwa sieben Monate seines Lebens.

Als er aufblickte und einen Gepäckträger auf dem Bahnsteig sah, kam ihm eine Idee: Er könnte den Mann fragen, wohin der Zug fuhr.

Er sprang auf, doch dann erstarrte er. Das wäre genau das Gegenteil von dem, worum sie ihn gebeten hatte. Andererseits, falls er fragte, könnte er immer noch die Information ignorieren. Falls er nicht fragte, hätte er keinen zweiten Versuch. Er hätte die Gelegenheit für immer verpasst.

Er ging auf den kleinen, kräftigen Mann zu, der dabei war, in das Fach unterhalb des Zuges Koffer zu verstauen. Er wollte gerade den Mund öffnen, als etwas, das er dummerweise übersehen hatte, in seine Gedanken drang und seine Worte aufhielt. Der Zug fuhr nicht nur an *ein* Ziel, sondern würde an Dutzenden von Stationen halten. Und an vielen dieser Stationen gab es Umsteigemöglichkeiten, um mit anderen Zügen zu Dutzenden von weiteren Zielen zu fahren.

Er hatte diese Idee als seine letzte Chance aufgefasst. Aber jetzt, wo sie dahinschwand, spürte er die Leere, die in ihm zurückblieb.

»Ja, mein Junge?«

»Können Sie mir sagen, wann der Zug abfährt, Sir?«

Der Gepäckträger warf einen Blick auf seine Armbanduhr. »In vier Minuten.«

Anton trat einen Schritt zurück und wurde von einem schrecklichen Gedanken gepackt. Würde Edith überhaupt zurückkommen? Vielleicht hatte sie ihn absichtlich zum falschen Bahnsteig geschickt, damit er vor dem falschen Zug wartete, während sie ohne Abschied aus der Stadt verschwand. Vielleicht konnte sie es nicht ertragen, sich von ihm zu verabschieden. Vielleicht war alles seine Schuld. Lag es an dem Wutausbruch am Weihnachtsmorgen? Was, wenn sie daraufhin gedacht hatte, er könnte sich in der letzten Minute nicht wie ein Gentleman benehmen und sie gehen lassen?

Doch sie hatte versprochen, dass sie nie gehen würde, ohne sich zu verabschieden.

Vielleicht hatte sie sich einfach verspätet und würde ihren Zug verpassen. Eine Rückkehr nach Hause wäre nicht sicher, aber sie könnten sich ein Hotelzimmer nehmen. Er könnte zur

Bank gehen und mehr Geld abheben. Nein, es war ja Sonntag! Aber sie könnten einen Teil des Geldes verwenden, dass er ihr gegeben hatte, und am Morgen, wenn die Banken wieder geöffnet waren, könnte er es ihr zurückzahlen. Vielleicht hätten sie noch einen Tag mehr.

Oder vielleicht hatte er sie bereits zum letzten Mal gesehen und wusste es nur noch nicht, so erbärmlich das auch war.

In seinem Kopf kreisten die Gedanken wild durcheinander und schlingerten von einer scheinbaren Gewissheit zur nächsten. Er fuhr zusammen, als er plötzlich eine Hand an der Schulter spürte.

»Tut mir leid«, sagte Edith. »Ich wollte dich nicht erschrecken.« Sie hatte zwei Plunderstückchen dabei und bot ihm eines davon an, aber er winkte ab. »Heb es für später auf«, meinte sie.

Er schüttelte nur stumm den Kopf.

Sie setzten sich zusammen auf die Bank. Sie aß ihr Plunderstückchen und er schien vergessen zu haben, wie diese Sache mit dem Reden funktionierte.

»Du solltest nachher vielleicht deine Oma besuchen oder deinen Onkel. Es wäre sicher gut, wenn du Gesellschaft hättest, denkst du nicht?«

Er sagte nicht, was er dachte, denn er wusste nicht einmal selbst, was er dachte. Und er konnte nicht mehr reden.

Jemand rief »Alle einsteigen!« und sie sprangen gleichzeitig auf.

»Ich muss dir den Mantel und den Hut deiner Mutter zurückgeben. Und den Schal.«

»Nein, das kannst du nicht.« Mühsam brachte er die Worte hervor. Für sie. »Du wirst erfrieren.«

»Im Zug ist es warm.«

»Aber irgendwann musst du aussteigen.«

»Was willst du ihr sagen?«

»Ich weiß nicht. Die Wahrheit, nehme ich an. Ich kann ihr die Sachen ersetzen, wenn sie darauf besteht.«

Sie versuchte, einen Blickkontakt herzustellen, aber er sah nur nach unten auf den schmutzigen Bahnsteig. Während er noch den Blick abgewandt hielt, umarmte sie ihn plötzlich. Er spürte, wie er in ihren Armen dahinschmolz, und erwiderte die Umarmung. Er war zu überwältigt, um einen Gedanken fassen zu können.

»Ich werde dich nie vergessen«, sagte sie, ihre Lippen nahe an seinem Ohr. Er spürte ihren Atem, es kitzelte ein wenig. »Ich hoffe, das kann dir ein Trost sein. Auch wenn du nicht weißt, wo ich bin, ich werde dich nie vergessen, wo immer ich auch bin.«

Er zwang sich zu sprechen, weil er es musste. Es war zu wichtig und er hatte nicht viel Zeit. »Versprochen?« Seine Stimme klang so eingerostet, als sei dies das erste Wort, das er nach Jahrzehnten hervorgebracht hatte.

»Wie kannst du so was fragen, Anton? Wie könnte ich dich nur vergessen? Nach allem, was du für mich getan hast?«

Sie hörten wieder den Ruf »Alle einsteigen!«, aber hielten sich noch eine oder zwei Sekunden länger umarmt.

»Ich muss gehen«, sagte sie ihm ins Ohr.

»Ich liebe dich.«

Weil … nun, es gab allen Grund, es zu sagen, und keinen Grund, es nicht zu sagen. Seine beherzten Worte würden keine Konsequenzen nach sich ziehen, denn sie stand kurz davor, in einen Zug zu steigen. Und außerdem wusste sie es ohnehin bereits. Wie hätte er sie gehen lassen können, ohne es auszusprechen? Er hätte es für den Rest seines Lebens bereut, wenn er diese Gelegenheit verpasst hätte.

»Ich liebe dich auch«, sagte sie.

Es war so leise. Kaum ein Flüstern. So leise, dass er sich nicht sicher war, ob er es richtig gehört hatte.

»Wie, was?«, fragte er, ein wenig lauter.

Sie entzog sich seinen Armen und rannte zur Zugtür. Er lief ihr hinterher, aber sie war schon die Stufen hochgegangen und eingestiegen. Sie drehte sich um, hielt sich an der Haltestange fest und blickte zu ihm.

»Warte! Du liebst mich?«

Sie schenkte ihm ein trauriges Lächeln. Dann verschwand sie für einen Augenblick und erschien wieder hinter einem Abteilfenster, als sie einen Sitzplatz gefunden hatte.

»Du liebst mich?«, rief er so laut er konnte.

Der Zug hatte sich mittlerweile in Bewegung gesetzt. Er fuhr langsam aus dem Bahnhof und Anton bemerkte es kaum, dass er neben ihm herrannte. Als der Zug das Tempo beschleunigte, rannte er schneller.

»Hast du gesagt, dass du mich liebst?«

Weil sie ihn nicht hören konnte, versuchte er, die Worte deutlich mit dem Mund zu formen. Vielleicht konnte sie ihm die Worte ja von den Lippen ablesen. Sie hob zum Abschied eine Hand. Anton rannte weiter.

Kurz darauf sah er einen erschrockenen Ausdruck auf ihrem Gesicht. Sie gestikulierte wild, als wollte sie ihn vor etwas warnen. Er blickte in die Richtung, in die sie wies. Er lief direkt auf einen Pfosten zu.

Er versuchte, sich mit einem Sprung zur Seite zu retten, weil es zu spät war, dem Zusammenprall zu entgehen. Mit dem größten Teil seines Körpers wich er dem Pfosten aus, aber mit dem Unterschenkel stieß er dagegen und wurde zu Boden gerissen.

Als er stürzte, spürte er, wie ihm der Atem stockte. Seine geprellten Rippen wurden erschüttert.

Nach dem Aufprall blickte er auf. Sein Hut war ihm vom Kopf gefallen und rollte jetzt auf die Bahnsteigkante zu. Er streckte den Arm aus und konnte ihn gerade noch erwischen, bevor er auf das Gleis rollte und für immer verloren gewesen wäre. Er sah noch das Ende des sich entfernenden Zuges, aber nicht mehr Edith.

Er blieb still liegen und sagte sich, dass es Zeit zum Aufstehen sei. Das war der nächste logische Schritt. Früher oder später würde er aufstehen müssen.

Doch er blieb liegen.

Kapitel 11

Zusammenbruch

Durch ein trübes Meer stieg Antons Bewusstsein langsam an die Oberfläche. Es fühlte sich wie Schlaf an, aber das war es nicht. Vielleicht eine Mischung aus Schlaf und Bewusstlosigkeit.

Noch immer war er in der Seitenlage auf dem Boden des Bahnsteigs und mittlerweile hatte sich ein Polizist neben ihn gehockt. Ein großer Mann mit breiten Schultern und kräftigen Händen. Er beugte sich über Anton und zog mit einem Finger sein Augenlid hoch.

Anton fand das seltsam, weil er gerade selbst die Augen geöffnet hatte, aber er spürte dieses sonderbare Gefühl wie aus weiter Ferne. Es kam ihm so vor, als würde er einen Film über einen jungen Mann sehen, der auf einem Bahnsteig lag. Alle Einzelheiten waren da, aber sie fühlten sich nicht so wichtig an wie sonst, wenn ihm etwas zustieß.

Der Polizist zog Antons Lider weit nach oben und blickte ihm prüfend in die Augen, sein Gesicht beunruhigend nah. Oder zumindest wäre es beunruhigend gewesen, wenn es Anton zugestoßen wäre und nicht diesem x-beliebigen Jungen aus dem Film.

Anton fragte sich, was der Polizist glaubte, in seinen Augen zu entdecken. Hielt er ihn für eine Art Auto, bei dem man die Motorhaube öffnete und sich den Motor ansah, um zu verstehen, was nicht funktionierte? Oder waren hinter Antons Augenlidern irgendwo nützliche Informationen eingetragen – und falls ja, warum waren sie für ihn selbst nicht nützlich?

»Was ist hier passiert, mein Junge?«, fragte der Polizist. »Ich rede schon eine ganze Weile mit dir und bekomme keine Reaktion. Ich rieche keinen Alkohol. Deine Pupillen sind nicht erweitert. Ich muss entscheiden, ob ich dich festnehmen oder einen Krankenwagen rufen soll, und dabei könnte ich deine Hilfe gebrauchen. Ich will dir keinen Ärger machen, mein Junge. Ich will Hilfe besorgen, aber du machst es mir nicht leicht.«

Anton hatte leider auch keine hilfreichen Informationen für den Mann. Irgendjemand oder irgendetwas musste in ihn hineingegriffen und seine Worte geklaut haben. Wie oder warum verstand er nicht, er wusste nur, dass seine Worte weg waren. Er spürte den stillen, kühlen, leeren Raum, den sie zurückgelassen hatten.

Der Polizist seufzte und machte eine Meldung mit dem Walkie-Talkie, das er an seinem Gürtel trug. »Ja. Miller. Ich habe einen Jungen hier. Älterer Junge. Er liegt auf einem Bahnsteig im Grand Central. Zwei Zeugen haben gesagt, er sei gestürzt, aber das erklärt nicht alles. Ich bin mir nicht sicher, mit was wir es hier zu tun haben. Vielleicht eine Gehirnerschütterung, weil er nicht ganz bei sich ist. Ich glaube, wir brauchen einen Krankenwagen. Lass mich mal nachsehen, wo wir genau sind. Es könnte zu viel des Guten sein, aber es ist besser, auf Nummer sicher zu gehen.«

Anton war erleichtert, als der Polizist sich entfernte. Der Mann war weg und jemand anderes würde sich darum kümmern, was als Nächstes mit ihm geschehen sollte. Der Gedanke, den nächsten Schritt zu machen – selbst etwas so Einfaches wie aufzustehen und nach Hause zu gehen –, war so anstrengend, dass er ihn wieder zurück in dieses trübe Meer der Bewusstlosigkeit zu senden drohte. Er hielt seinen Hut fest umklammert in der Hoffnung, dass er ihn bei sich behalten durfte, wohin auch immer sie ihn brachten.

Er konnte sich nicht an viele Einzelheiten von diesem Morgen erinnern. Nur eine vage Wahrnehmung, dass er angehoben und auf eine harte Trage gehievt wurde. Ein einziger Gedanke ging ihm durch den Kopf: Er sollte dort auf dem Bahnsteig bleiben, für den Fall, dass sie zurückkam. Denn sie liebte ihn. Das hatte sie gesagt. Und vielleicht war es ihr gar nicht bewusst gewesen, bis sie es ausgesprochen hatte. Doch jetzt, wo sie es wusste, würde sie vielleicht irgendwo aus dem Zug steigen und zurückkommen.

Doch er war nicht in der Lage, dies auszusprechen, und hatte keine Kontrolle über die Situation, also musste er erleben, wie er trotz allem einfach auf der Trage weggetragen wurde.

* * *

Er öffnete die Augen. Zögernd, als könnte es sich als ein furchtbarer Fehler herausstellen. Er war in einem Krankenzimmer. Um ihn herum befanden sich noch weitere Betten, aber sie waren leer. Aus dem Augenwinkel konnte er eine Infusionslösung sehen, die in seinen Handrücken lief.

»Ah«, hörte er eine vertraute Stimme aus nächster Nähe. »Da bist du ja.«

Er wandte den Kopf und sah Onkel Gregor, der an seinem Bett saß. Es war anstrengend, den Kopf zu bewegen. Vielleicht waren seine Halsmuskeln verspannt, weil er sie lange nicht benutzt hatte.

Sein Großonkel hielt eine unangezündete Zigarre zwischen den Lippen und Anton fiel auf, dass er wohl nervös war, vielleicht sogar furchtvoll, und die Zigarre als eine Art Beruhigungsmittel verwendete. Auch wenn er die Zigarre in einem Krankenhaus sicher nicht anzünden durfte. Und er, Anton, war der Auslöser für diese Nervosität. Es war überraschend, aber gleichzeitig war das Gefühl nicht stark. Anton war einfach nicht in der Lage, viel zu empfinden. Alles fühlte sich gedämpft und weit entfernt an, als sei es mit einer dicken, schlammigen Schicht überzogen.

»Woher hast du gewusst, dass ich hier bin?«, fragte Anton.

Gregor nahm die Zigarre aus dem Mund und stieß einen Seufzer der Erleichterung aus. »Oh, Gott sei Dank!«, rief er. »Du sprichst. Mir wurde gesagt, du würdest nicht reden, was mich sehr schockiert hat. Sie haben mich sogar gefragt, ob du taubstumm seist. Das hat mir vielleicht einen Schrecken eingejagt! Sie haben mir berichtet, du seist wach und ansprechbar, aber du würdest nur ihre Lippen anstarren, wenn sie dich anreden, und selbst kein Wort sagen. Und dann hast du schließlich meine Telefonnummer aufgeschrieben, damit das Krankenhaus mich kontaktieren konnte. Du hast keine Verletzungen und keine Anzeichen einer Gehirnerschütterung. Also, was ist passiert, Anton? Kannst du mir das erzählen?«

Anton schwieg. Warum konnte er sich nicht mehr daran erinnern, wie die Leute mit ihm geredet hatten? Schließlich sagte er: »Ich glaube, ich bin zusammengebrochen.«

Sein Großonkel seufzte. »Das hatte ich mir schon gedacht. Ich hatte damit gerechnet, dass es etwas Emotionales sein könnte. Ängste. Ich habe sie gebeten, dir ein Beruhigungsmittel zu geben. Valium, glaube ich. Es könnte dir helfen.«

Anton blieb still liegen, während er noch versuchte, sich zu orientieren. Hatte ihm das Valium seine Stimme zurückgegeben? Es schien so zu sein.

Dann kam ihm ein Gedanke nach dem anderen. Sein erster Gedanke galt seltsamerweise dem Plunderstückchen, das Edith ihm gegeben hatte und das auf der Bank auf dem Bahnsteig lag. Und jetzt wollte er es zurückhaben. Denn es war von ihr. Und dann realisierte er, dass sie ihn nie hier im Krankenhaus finden würde, sollte sie zurückkommen.

Dann plötzlich ein dritter Gedanke: War sein Ring noch da? Vorsichtig, um nicht die Infusionsnadel zu bewegen, griff er sich an den Hals. Der Ring war noch da.

»Was hast du da um den Hals?«, fragte sein Großonkel. »Das habe ich noch nie an dir gesehen.«

»Ich muss nach Hause«, war alles, was Anton daraufhin sagte.

»Ich … bin mir nicht sicher, ob ich das hinbekomme. Du sollst für ein psychiatrisches Gutachten hierbleiben, das drei Tage dauert. Als Psychiater könnte ich vielleicht erreichen, dass du trotzdem entlassen werden kannst, wenn ich deine Betreuung übernehme. Aber ich weiß nicht, ob mir das gelingen wird.«

»Nein, ich muss *sofort* nach Hause.«

»Tut mir leid. Das ist wahrscheinlich nicht möglich.«

Gefühlte mehrere Minuten lang schwiegen sie. Anton nahm ein panisches Gefühl in sich wahr. Eine entfernte Panik, aber nichtsdestotrotz eine Panik. Er stand unter Valium, was das Gefühl unterdrückte, aber es war da. Und es versuchte, sich zu befreien und hervorzubrechen.

»Geht es um Edith?«, fragte Gregor. »Oder um Greg?«

Anton wollte antworten, doch zu seinem Erschrecken brach er in Tränen aus. Heftige Tränen, eine ganze Flut davon. Ein plötzlicher Zusammenbruch, von null auf hundert. Es ängstigte ihn, seine eigenen Geräusche zu hören. Er klang wie ein verwundetes Tier, das vor Schmerz aufheult.

»Ich wollte ihn retten«, schluchzte er, die Worte klangen fast unverständlich in seinen eigenen Ohren. »Ich habe es versucht, so viel verloren und konnte ihn doch nicht retten. Warum nicht? Warum musste ich meine Hand verlieren und konnte ihn trotzdem nicht retten? Warum musste es so ablaufen? Ich kann verstehen, *etwas* zu verlieren, aber warum musste es *alles* sein? Das ist nicht fair!«

Sein Großonkel zog den Stuhl näher heran und legte seine Hand auf Antons Arm.

»Nein«, sagte er mit tiefer, sanfter Stimme. »Nein, du hast recht. Das ist nicht fair.«

Eine Weile blieben sie so sitzen, bis Anton immer mehr schniefte. Gregor nahm ein Taschentuch aus dem Behälter neben dem Bett und hielt es Anton wie einem Kleinkind vor die Nase, damit er sich schnäuzen konnte. Er hatte wahrscheinlich nicht vor, ihn wie ein Kind zu behandeln, doch in Antons einziger Hand steckte eine Infusionsnadel.

»Kannst du ein paar Minuten allein bleiben?«, fragte Gregor nach einem Augenblick. »Ich werde mal sehen, ob sie dich vielleicht früher entlassen können.«

Anton nickte, denn er wollte allein sein. Er wollte, dass sein Onkel ging.

Sobald der ältere Mann das Zimmer verlassen hatte, zog Anton an dem Infusionsschlauch, bis sich das Klebeband ablöste und die Nadel aus seinem Handrücken sprang. Er schlüpfte aus dem Bett und drückte ein Taschentuch auf die blutende Stelle.

Seine Kleidungsstücke lagen ordentlich zusammengefaltet auf einem Stuhl in der Ecke, ganz oben auf dem Stapel sein Hut. Er nahm die Sachen und verschwand im Badezimmer, wo er sich so schnell anzog, wie es sein sedierter Zustand zuließ.

Dann eilte er unbemerkt aus dem Krankenhaus.

Als er auf der Suche nach einer U-Bahn-Station die Straße entlanglief, fragte er sich, ob er sie bereits verpasst hatte und es zu spät war. Oder, noch schlimmer, hatte es nichts zu verpassen gegeben? War es möglich, dass sie ihm ihre Liebe gestanden hatte und trotzdem nicht umgekehrt und zurückgekommen war? Es war nur schwer vorstellbar. Andererseits war sie in einen Zug gestiegen, gleich nachdem sie ihm ihre Liebe gestanden hatte. Aber unterwegs musste sie viel Zeit zum Nachdenken gehabt haben.

Er wusste nur, dass er da sein musste, wenn sie zurückkam.

Falls sie jemals kam.

* * *

Anton war im Wohnzimmer, als es an der Tür klopfte. Schon eine ganze Weile hatte er nach vorne gelehnt auf dem Rand des Sofas gesessen und zur Wohnungstür gestarrt. Als wartete er darauf, dass dort etwas passierte. Als es schließlich so weit war, schreckte er hoch und sprang auf.

Er rannte zur Tür.

Eine Stimme in ihm sagte, dass sie es vielleicht nicht war, doch er weigerte sich, ihr Aufmerksamkeit zu schenken.

Er wollte durch die Tür rufen, um zu fragen, ob sie es war, doch er konnte es nicht. Seine Fähigkeit zu sprechen war schon wieder verschwunden. Vielleicht hatte die Wirkung des Valiums nachgelassen. Als er den Mund öffnete, kam nur ein völlig stummer Luftstrom heraus.

Er hatte absichtlich alle Türschlösser ungesichert gelassen, um schneller zu sein.

Als er die Tür aufriss, stand er seinem Großonkel gegenüber.

Er wollte die Tür wieder zuschlagen, doch Gregor hinderte ihn daran. Er stützte sich mit beiden Händen gegen die Tür und schlüpfte durch den offenen Spalt hinein.

»O nein! Ich komme rein und damit hat sich's. Du kannst dieser Sache nicht aus dem Weg gehen, Anton, und du kannst nicht wegrennen. Du brauchst Hilfe. Warum bist du aus dem Krankenhaus abgehauen? Ich habe versucht zu erreichen, dass sie dich entlassen, aber jetzt hast du das ruiniert. Jetzt hast du deutlich gemacht, dass du dich selbst gefährdest und dich sogar gegen ärztlichen Rat wegschleichst. Jetzt bleibt uns keine andere Wahl, als dich für mindestens drei Tage unter Beobachtung zu halten. Ich weiß, dass du aufgebracht bist, und ich verstehe, dass du im Augenblick nicht klar denken kannst. Dafür habe ich Verständnis, wirklich. Aber du bist ein intelligenter, verantwortungsvoller junger Mann, und du musst dir hier selbst helfen, so gut es geht. Warum bist du weggerannt?«

Anton blieb erstarrt stehen, unfähig zu sprechen und damit auch unfähig zu erklären, warum er nicht sprechen konnte.

»Was hast du zu deiner Verteidigung vorzubringen?«

Anton öffnete den Mund und versuchte es wirklich. Er wollte sagen, dass er nicht riskieren konnte, Edith zu verpassen, falls sie zurückkam. Doch er brachte kein Wort heraus.

»Oh«, sagte Gregor. »Oje. Das ist es also, oder? Gut, wir holen dir Hilfe. Ich kenne eine gute Einrichtung. Sehr sauber und mit ausgezeichneten Mitarbeitern, dort bist du gut aufgehoben. Du brauchst dich nicht davor zu fürchten.«

Anton schüttelte den Kopf.

»Und du brauchst dich auch nicht zu schämen. Jeder an deiner Stelle hätte früher oder später einen Zusammenbruch. Das ist keine Schwäche. Du hast dich nur zu sehr darauf konzentriert, stark zu sein.«

Anton schüttelte wieder den Kopf.

Gregor seufzte. Er griff in die Brusttasche seiner Anzugjacke und zog ein dünnes Lederetui mit Karteikarten heraus. Anton erkannte das Etui, es war ein Geburtstagsgeschenk von Mina, und sein Onkel war ziemlich stolz darauf. An der Seite war ein kleiner, silberner Kugelschreiber, den Gregor abnahm und ihm zusammen mit einer Karteikarte überreichte.

Anton legte die Karteikarte auf den kleinen Tisch im Flur, hielt sie mit seinem rechten Handgelenk fest und schrieb: *Ich muss hier sein, falls Edith zurückkommt.*

Als Gregor die Karte las, runzelte er die Stirn.

»Warum glaubst du, dass sie zurückkommt? Ich dachte, sie wäre endgültig weg und könnte nicht zurück, weil es nicht sicher sei. Wie kommt es, dass du jetzt etwas anderes denkst?«

Anton zuckte nur mit den Schultern und hoffte, das würde ausreichen. Er fühlte sich so schwach, als hätte er eine schwere Grippe. Wieder spürte er Panik in sich aufsteigen. In eine *Einrichtung* zu gehen, klang nach einer Entlastung, denn sie würden sich dort um alles kümmern. Sie würden wissen, was zu tun war. Doch er konnte nicht einfach gehen.

Das Schulterzucken hatte nicht ausgereicht.

Gregor reichte ihm die Karteikarte zurück.

Anton seufzte und legte die Karte wieder auf den Tisch, wo er unterhalb seiner ersten Nachricht schrieb: *Das sage ich lieber nicht.*

Als sein Großonkel die Notiz las, legte sich seine Stirn in Falten, die nicht so aussahen, als ob sie sich je wieder glätten würden. Anton war ernstlich besorgt, Gregor könnte wegen ihm einen Zusammenbruch erleiden.

»Wir machen es so«, schlug Gregor vor. »Ich schreibe die Adresse der Einrichtung auf und lasse eine Notiz für sie an der Tür. Falls sie zurückkommt, wird sie wissen, wo du bist.«

Anton öffnete den Mund, um etwas einzuwenden – aus reiner Macht der Gewohnheit. Er hatte ganz vergessen, dass seine Stimme nicht funktionierte.

»Ich werde nicht erwähnen, dass es eine psychiatrische Einrichtung ist«, sagte Gregor. »Keine Sorge. Ich schreibe nur auf, wo du bist, und bitte sie, dorthin zu kommen, um dich zu sehen.« Er sah von der Karte auf und warf Anton einen Blick zu, der sich nur als *leicht misstrauisch* beschreiben ließ. Dann fügte er hinzu: »Falls sie wirklich zurückkommt.«

Gregor schien zu wissen, dass die Möglichkeit ihrer Rückkehr zweifelhaft war, und betrachtete Anton zurzeit als eine unzuverlässige Quelle, was seine Geschichte betraf. Jedenfalls hoffte Anton, dass er nur vorübergehend von seinem Onkel so eingeschätzt wurde. Die Entscheidung seines Onkels schmerzte, aber andererseits fühlte Anton sich erleichtert. Er konnte in diese Klinik gehen, wo sie wussten, wie er wieder in Ordnung gebracht werden konnte. Jetzt musste er sich nicht mehr zusammenreißen und konnte sich eingestehen, dass er wirklich diese Hilfe brauchte, um wieder eine gewisse Balance in sein Leben zu bringen.

Zunächst musste er es sich im Stillen eingestehen, da er seine Stimme immer noch nicht wiedergefunden hatte.

* * *

An seinem dritten Tag in der Einrichtung trat ein Therapeut ins Besprechungszimmer, den Anton noch nicht gesehen hatte. Der Mann war groß und dünn, mit Geheimratsecken und einem ernsthaften Gesichtsausdruck. Seine Haare wirkten so, als hätte er sie seit Tagen nicht gekämmt, was Anton bei einem so professionellen Mann seltsam vorkam.

Der Therapeut setzte sich Anton gegenüber und verschränkte die Beine. Er sah ihn mit einem intensiven Blick an und Anton starrte zurück.

»Mein Name ist Dr. Spiegel«, stellte er sich vor. »Dr. Avery hat mich gebeten, Sie kennenzulernen. Ich nehme an, Sie wissen, warum. Wissen Sie, warum, Anton?«

Anton starrte ihn weiter an und schwieg.

Er hätte sprechen können, wenn er gewollt hätte. In den letzten drei Tagen hatte er einen sehr potenten Cocktail aus

Beruhigungsmitteln erhalten, der es ihm ermöglichte, wieder einigermaßen normal zu funktionieren. Aber er hatte es bevorzugt, niemanden wissen zu lassen, dass er seine Worte wiedergefunden hatte. Es schien sicherer, nicht einfach zu folgen – sowohl den Worten als auch den Ärzten.

Der Therapeut redete wieder. »Er glaubt nicht, dass er mit Ihnen Fortschritte macht, und weiß nicht, wo Sie stehen. Die drei Tage sind fast vorbei, aber Dr. Avery hat nicht das Gefühl, dass wir Ihnen helfen konnten. Sie scheinen keine Gefahr für sich oder andere darzustellen, aber wir denken, dass Sie traumatisiert sind und Hilfe brauchen. Ihre Eltern könnten veranlassen, dass Sie länger hierbleiben, nur können wir sie leider zurzeit nicht erreichen. Oder Ihr Großonkel könnte das in Abwesenheit Ihrer Eltern tun, aber er möchte es nicht. Er möchte nichts gegen Ihren Willen unternehmen, sondern will, dass Sie aus eigenen Stücken die Hilfe annehmen. Wie wir alle. Aber wir haben bisher noch nicht gesehen, dass Sie aktiv die Hilfe annehmen.«

Er schwieg und ließ eine Pause entstehen. Anton füllte sie nicht.

»Also lassen Sie mich Ihnen eine Frage stellen, Anton. Ihr Großonkel hat uns erzählt, dass Sie bei Ihrer Ankunft hier, als noch niemand gewusst hat, was das Problem war, Valium bekommen haben. Daraufhin haben Sie mit ihm ganz normal gesprochen. Und nun geben wir Ihnen eine ziemlich gute Mischung aus Beruhigungsmitteln in der Hoffnung, dass Sie mit uns kommunizieren. Also möchte ich Sie fragen … können Sie wirklich nicht sprechen? Oder wollen Sie nur nicht sprechen?«

Er sah ihn wieder mit diesem intensiven Blick an. Anton starrte erneut zurück und sagte nichts.

»In Ordnung. Gut, damit hatte ich eigentlich schon gerechnet. Lassen Sie es mich anders versuchen. Liegt Ihnen vielleicht etwas auf dem Herzen, das Ihnen so wichtig ist, dass es Sie motiviert, es laut auszusprechen? Es muss nicht um Ihr Trauma oder um Ihre Gefühle gehen. Es könnte auch einfach eine Beschwerde über die Einrichtung sein oder etwas, das Sie benötigen, um sich hier wohlzufühlen. Irgendetwas, das Sie beschäftigt?«

Diese Frage sprach ein großes Bedürfnis von Anton an. Unmittelbar. Ohne lange zu überlegen, öffnete er den Mund und sprach: »Ich will meinen Ring wiederhaben.«

Dr. Spiegel schien überrascht. Er schwieg, die Hände um ein Knie gefaltet. Dann sagte er: »Ihr Eigentum wird Ihnen natürlich nach Ihrer Entlassung vollständig zurückgegeben.«

»Nein«, beharrte Anton. »Ich will meinen Ring *jetzt* wiederhaben.«

Anton hatte das Gefühl, fast sehen zu können, wie die Gedanken und potenziellen Entscheidungen im Kopf des Mannes umherkreisten.

»Lassen Sie mich sehen, was ich tun kann«, sagte der Therapeut schließlich.

Er stand auf und verließ das Zimmer.

Anton wartete. Nichts tun, nichts denken, nichts ansehen. Es war ein Luxus – den er vermissen würde, wenn er nicht mehr hier war. Die Medikamente ermöglichten ihm, in einem Stadium absoluten Stillstands zu verweilen. Ein völlig neues Gefühl. Es war eine dringend benötigte Auszeit von dem allgegenwärtigen Stress, der ihn sonst umgab.

Dr. Spiegel öffnete die Tür und streckte den Kopf ins Zimmer.

»Das Problem scheint das Lederband zu sein. Weil der Ring an einem Lederband hängt, kann er Ihnen nicht zurückgeben werden. Wir bringen Halsketten aller Art üblicherweise mit Selbstverletzung in Verbindung. Ich behaupte nicht, dass Sie dies vorhätten, aber wir haben unsere Vorschriften. Wir müssen an Ihre Sicherheit denken und nun ja … um ehrlich zu sein, auch an unsere Haftung. Deshalb können wir hier leider keine Ausnahme machen.«

»Gut«, sagte Anton und bemerkte, dass er zu viel blinzelte. »Nehmen Sie den Ring ab und behalten Sie das Lederband. Geben Sie mir nur den Ring zurück.«

Der Arzt blieb zunächst vollkommen still stehen, dann verschwand er wieder.

Nach ein paar Minuten kehrte er zurück und ließ den Ring in Antons ausgestreckte Hand fallen. Anton schloss die Hand zur Faust und spürte eine außerordentliche Erleichterung. Allein das Gefühl, den Ring in seiner Hand zu halten, änderte etwas in ihm. Etwas, das dringend hatte verändert werden müssen.

Dr. Spiegel setzte sich wieder ihm gegenüber hin und Anton verstand, dass er jetzt mit ihm reden musste. Sie hatten eine stillschweigende Übereinkunft getroffen. Für diesen Gefallen hatte er sein Schweigen verkauft. Und es war die Sache wert gewesen.

»Erzählen Sie mir von Ihrem Bruder«, forderte ihn der Therapeut auf.

»Aber Sie wissen doch schon alles von meinem Großonkel.«

»Ich möchte es lieber von Ihnen hören.«

»Ich weiß nicht, was Sie von mir hören wollen.«

»Haben Ihre Eltern Ihnen nach dem Ereignis Hilfe besorgt?«

»Aber das wissen Sie doch auch von meinem Großonkel. Mir war klar, dass Sie das fragen würden, weil das zur medizinischen Vorgeschichte gehört. Hätte ich schon eine Therapie gehabt, dann hätten Sie sich sofort mit dem Psychologen beraten wollen.«

Dr. Spiegel lehnte sich in seinem Stuhl zurück und seufzte. »Lassen Sie es mich anders formulieren. Waren Ihnen Ihre Eltern nach dem Tod Ihres Bruders eine Hilfe?«

Anton hörte sich selbst laut auflachen. Es klang in seinen Ohren fremd und weit weg.

»Ich werte das als ein Nein«, murmelte Dr. Spiegel und machte sich Notizen.

»Das werde ich immer gefragt«, sagte Anton. Seit er Edith verloren hatte, war es das erste Mal, dass er freiwillig und unaufgefordert sprach.

»Natürlich werden Sie das. Ihre Eltern sollten für Sie da sein. Es ist ihre Aufgabe, Ihnen Hilfe anzubieten, wenn Sie bestimmte Dinge noch nicht allein in den Griff bekommen.«

»Sehen Sie, das ist es, was ich nicht verstehe. Alle sagen immer: ›Deine Eltern sind gute Eltern, stimmt's? Sie sind genauso, wie sie sein sollten, nicht wahr?‹ Es gibt anscheinend eine bestimmte Vorstellung davon, wie Eltern sein sollten, und die Leute sind immer so geschockt, weil meine Eltern dieser Vorstellung nicht entsprechen. Wir wissen doch, dass es überall auf der Welt lausige Eltern gibt, warum dann diese Überraschung?«

Der Arzt machte sich weitere Notizen auf seinem Schreibblock.

»Haben Sie mit Ihren Eltern jemals über die Möglichkeit gesprochen, Hilfe von außen anzunehmen?«

»Nein. Warum sollte ich?«

»Vielleicht … weil Sie Hilfe gebraucht haben?«

»Ich glaube, das war mir selbst gar nicht bewusst. Ich meine … wäre ich ehrlich mit mir gewesen, dann ja. Vielleicht hätte ich das sehen können. Aber ich … ich habe gedacht, ich könnte mich … einfach davon fernhalten. Als könnte ich es da drüben abstellen und hier ungestört weiterleben. Und nach einiger Zeit würde es dann einfacher werden.«

»Okay. Ich verstehe. Ich glaube, das würden die meisten in Ihrem Alter tun, wenn sie keine besseren Möglichkeiten haben. Also wird niemand die Art kritisieren, wie Sie damit umgegangen sind. Aber jetzt frage ich mich … was hat sich geändert?«

Anton schwieg und war sich in der Stille seines Körpers seltsam bewusst.

»Es ist vielleicht eine schwierige Frage«, fuhr Dr. Spiegel fort. »Und es gibt vielleicht keine richtige Antwort. Vielleicht hat sich überhaupt nichts geändert und Sie haben es nur unterdrückt, bis Sie das nicht mehr konnten. Aber ich will nicht für Sie antworten. Ist diesem Zusammenbruch ein bestimmtes Ereignis vorausgegangen?«

Anton schloss die Faust um den Ring fester, bis er spürte, wie die Kanten des Diamanten in seine Haut drückten. Es tat ein bisschen weh, aber es fühlte sich paradoxerweise gleichzeitig gut an, diesen leichten Schmerz zu spüren. Überhaupt etwas zu spüren.

»Ich habe mich verliebt«, platzte Anton heraus.

Der Therapeut legte seinen Notizblock ab. »Oh. Ich verstehe.« Nach einer kurzen Stille fügte er hinzu: »Nun, dann werden wir noch einige Zeit mehr benötigen, was meinen Sie?«

* * *

Anton hatte sich gerade mit seinem Sandwich in die Cafeteria gesetzt, als sein Großonkel gegenüber von ihm Platz nahm. Es war noch früh und alle anderen Tische waren leer.

»Hey«, sagte Anton. Eine lockere, persönliche Begrüßung. Er wusste nicht, warum, doch er sah weg, als das Gesicht seines Großonkels sich beim Klang seiner Stimme freudig aufhellte.

»Du sprichst!«

»Ja.« Er wollte in sein Sandwich beißen, doch er zögerte, den Ring, den er noch immer umfasst hielt, aus der Hand zu legen.

»Ich habe Gutes über dein letztes Gespräch gehört. Nichts, was gegen die ärztliche Schweigepflicht verstößt, wohlgemerkt. Mir wurde nur gesagt, es sei produktiv gewesen und dass Dr. Spiegel zufrieden war.«

»Ist die Nachricht noch da?«, fragte Anton und ignorierte, was sein Großonkel gerade gesagt hatte.

Gregor hatte versprochen, jeden Tag nachzusehen, ob die Nachricht noch an Antons Wohnungstür hing, damit Anton es erfuhr, falls Edith zurückgekommen war.

»Bisher nicht angerührt, tut mir leid.«

Antons Blick fiel auf sein unangerührtes Sandwich. Ihm war plötzlich der Appetit vergangen.

Gregor hatte sich eine Suppe genommen, die er jetzt mit einer Art Teelöffel aß. Einen Augenblick lang sprach keiner von ihnen.

Schließlich sagte Anton: »Ich glaube, ich will länger hierbleiben.«

Gregor legte seinen Löffel hin. Er sah Anton an, der den Blickkontakt erneut vermied. »Es freut mich, das zu hören. Bist du bereit, darüber zu reden, was passiert ist?«

»Nein. Eigentlich nicht. Ich bin eigentlich noch gar nicht bereit. Aber es geht nicht weg, also … ist es wohl besser, trotzdem darüber zu reden. Bereit oder nicht, es ist einfach an der Zeit.« Er legte den Ring auf seinem Oberschenkel ab und biss in sein Sandwich. Es schmeckte nach nichts. »Kannst du die Nachricht bitte am Tag, bevor meine Eltern zurückkommen, abnehmen? Ich will nicht, dass sie von der Sache mit Edith erfahren. Und wenn sie bis dahin nicht zurück ist, kommt sie wahrscheinlich auch nicht mehr wieder.«

Kapitel 12

Der Sieg

Anton schlief gerade, als seine Mutter in das Klinikzimmer gestürzt kam. Sie musste mit vollem Körpereinsatz gegen die Tür gerammt sein, um sie gewaltsam aufzustoßen. Das war die einzige mögliche Erklärung, die Anton für all diesen Lärm hatte.

Zum Glück hatten sie ihn in ein Privatzimmer verlegt.

Es war noch keine sechs Uhr morgens.

Sie stampfte auf sein Bett zu und warf seine Kleidungsstücke nach ihm. Wortwörtlich. Er zog sich eine Boxershorts vom Kopf und wollte etwas sagen, doch da er noch im Halbschlaf war, kam sie ihm zuvor.

»Zieh dich an. Wir bringen dich nach Hause.«

Er blinzelte mehrmals. Sie hatte das Licht nicht angeschaltet, als sie hereingestürmt gekommen war. Es war noch vor Tagesanbruch, und im Halbdunkel erschien sie nicht ganz real. War sie vielleicht nur ein Traum?

»Du bist zurück«, stellte Anton fest.

»Nein, ich bin noch in Südamerika. Natürlich bin ich zurück! Du kannst mich sehen, also bin ich zurück. Jetzt zieh deine Sachen an, damit wir hier rauskönnen.«

Anton machte keine Anstalten, sich anzuziehen. Hinter ihr sah er seinen Vater, der noch im Türrahmen stand. Er zuckte mit den Schultern, eine Geste, die Anton vermittelte: *Was können wir tun? Deine Mutter hat gesprochen.*

Anton sah wieder zu seiner Mutter, deren Gesicht in der Dämmerung erbittert und grimmig erschien, doch er fühlte sich angenehm unbeteiligt. Er ließ sich nicht von ihrem Zorn regieren, weil er keine Verbindung zu ihm spürte.

»Ich bleibe noch ein bisschen länger«, sagte er.

Zu seiner Überraschung bekam sie keinen Wutausbruch, sondern ließ sich auf die Bettkante sinken. Dabei wirkte sie wie ein Reifen, aus dem die Luft entwich. »Was ist passiert, Anton?«

»Na ja. Greg hat sich erschossen. Und der Schuss hat meine rechte Hand zerfetzt und jetzt habe ich sie für immer verloren und trotz all dem habe ich ihn nicht retten können.«

»Aber das wissen wir doch. Natürlich. Aber was ist passiert, als wir weg waren?«

»Es hat mich eingeholt.«

»Aber dir ist es doch gut gegangen.«

»Mir ist es nicht gut gegangen.«

»Du hast gesagt, es würde dir gut gehen.«

»Ich habe gesagt, mit mir sei alles in Ordnung. Du hast mich gefragt, wie es mir geht, und ich habe geantwortet, mit mir sei alles in Ordnung. Unter den gegebenen Umständen. Ich habe gedacht, du würdest verstehen, was ich meine.«

»Wie soll ich das wissen, wenn du es mir nicht sagst?«

»Weil du weißt, was ich durchgemacht habe.«

»Wir hätten dich nicht allein lassen sollen«, sagte sie.

Fast wäre Anton ein sarkastisches »Ach was!« entschlüpft, doch er ließ es ungesagt. Sie hatte verstanden, dass sie einen Fehler gemacht hatte, und es sogar zugegeben. Für seine Mutter war das eine ganze Menge.

* * *

Sie frühstückten zusammen in der Cafeteria, als Antons Großonkel hereinkam, und aßen schweigend weiter, als Gregor sich zu ihnen setzte.

Anton stellte seinem Großonkel mit den Augen eine stumme Frage. Hatte er die Nachricht abgenommen? Wahrscheinlich ja, da seine Eltern ihn nicht darauf angesprochen und keine Erklärung verlangt hatten, wer diese Edith sei. Aber er wollte sich sicher sein.

Gregors Antwort war ein kaum merkliches Nicken.

»Warum ist es euch so wichtig, ihn hier rauszuholen?«, durchbrach Gregor plötzlich die Stille.

An den anderen Tischen saßen Patienten und auch ein paar Ärzte und Besucher, aber der allgemeine Geräuschpegel war sehr niedrig. Es wurde einfach nicht viel geredet.

»Es ist peinlich«, erwiderte Antons Mutter.

»In welcher Hinsicht?«, fragte Gregor. »Warum ist es peinlich?«

Einen Augenblick lang antwortete sie nicht. Sie starrte das Stück Schinken auf ihrer Gabel an, als sei es wichtig, sich ihr Frühstück genau zu betrachten.

Schließlich sagte sie: »Du weißt schon. Einen Sohn zu haben, der in einer Anstalt ist … das ist einfach peinlich.«

Anton spürte, dass er gleich explodieren würde. Er sprang auf. Seine Oberschenkel stießen dabei so fest gegen den Tisch, dass sich Kaffee und Orangensaft über die Tischplatte ergossen.

»Greg ist tot!«, brüllte er. Er brüllte. Es fühlte sich seltsam an. Er konnte sich nicht mehr daran erinnern, wann er zuletzt seiner Mutter gegenüber die Stimme erhoben hatte. »Tot! Er kommt nie wieder zurück. Und du hast es nicht sehen müssen, aber ich! Ich habe das Bild jetzt vor Augen, und für den Rest meines Lebens bin ich verkrüppelt, weil das passiert ist. Und dir ist es *peinlich*, dass es mir etwas ausmacht?«

Er schwieg, aber nicht, weil er fertig war. Er war verstummt, weil das Nächste, was er beinahe gesagt hätte, hinter einer Linie war, die er nicht übertreten wollte. Es wäre zu grausam gewesen, damit wäre er zu weit gegangen. Er hätte beinahe gesagt: ›Ist das der Grund dafür, dass ihr nie versucht habt, Hilfe für Greg zu bekommen? Weil es euch zu peinlich gewesen wäre? Ist er gestorben, um euch diese Peinlichkeit zu ersparen?‹

Er sagte nichts mehr.

Alle Augenpaare in der Cafeteria waren auf ihn gerichtet. Doch es war ihm nicht peinlich.

Seine Mutter stand auf und wischte sich mit einer Serviette den Mund ab. »Komm, Abel. Lass uns heimfahren und auspacken. Wir geben ihm Zeit, sich abzuregen, dann kommen wir heute Nachmittag zurück und holen ihn ab.«

»Ich gehe heute Nachmittag nicht nach Hause«, entgegnete Anton, jetzt ganz ruhig.

»Wir sind deine Eltern und du kommst mit uns nach Hause.«

»Er ist volljährig«, schaltete sich eine weitere Stimme ein. Anton wandte sich um und sah Dr. Spiegel, der hinter ihm stand. »Wenn er meint, dass er mehr Zeit braucht«, fuhr er fort, »dann ist das seine Entscheidung.«

»Aber wir müssen es zahlen!«, rief seine Mutter erbost.

»Seine Versicherung zahlt es«, erwiderte sein Großonkel, der sich sichtlich zusammennehmen musste, um nicht laut zu werden.

»Und wir zahlen für seine Versicherung!«

»Jedenfalls sind die Kosten im Moment gedeckt«, sagte Gregor. »Und sie werden auch weiterhin gedeckt sein, selbst wenn du ihn am Monatsende aus der Versicherung nimmst. Er braucht wahrscheinlich nur noch eine Woche oder zwei. Und falls du es irgendwie schaffen solltest, ihn schon vorher aus eurer Versicherung zu nehmen, dann komme ich eben für die Kosten auf.«

Einen Augenblick lang schwiegen alle, dann stürmte Antons Mutter aus der Cafeteria. Sein Vater warf Anton einen Blick zu, bedachte ihn mit seinem typischen Schulterzucken und folgte dann seiner Frau.

Anton ließ sich zurück auf seinen Stuhl sinken.

»War es sehr gemein, was ich zu ihr gesagt habe?« Er fragte seinen Großonkel und Dr. Spiegel, aber da er auf sein nicht angerührtes Frühstück starrte, war er sich nicht sicher, ob sie sich angesprochen fühlten.

»Ich fand es ausgezeichnet«, sagte sein Großonkel. »Ich bin stolz auf dich.«

»Es ist ein guter Fortschritt, das laut auszusprechen«, fügte Dr. Spiegel hinzu. »Und es war eine Wahrheit, die sie hören musste.«

* * *

Anton saß am Fenster und blickte unbewegt hinaus. Er saß mit weggedrehtem Gesicht, die Schulter Dr. Spiegel zugewandt, und hielt den Ring fest umschlossen in der Hand. Seine Körperhaltung war ganz und gar nicht abwehrend gemeint. Er hatte nur gemerkt, dass ihm das Reden leichter fiel, wenn sein Blick in eine andere Richtung wanderte und an etwas hängen blieb, das mit all dem nichts zu tun hatte. Auf diese Weise war es leichter, in sich hineinzuspüren. Und seinen Therapeuten schien es nicht zu stören.

Die Einrichtung lag ein gutes Stück von der Stadt entfernt und Antons Aussicht bestand aus sanften Hügeln und einem Ententeich. Zumindest hatte man ihm gesagt, es sei ein Ententeich. Jetzt war der Teich zugefroren, die Enten waren für den Winter gen Süden geflogen. Vor seinem inneren Auge stellte er sich vor, wie sie fraßen, mit den Flügeln schlugen, schnatterten, sich paarten. Alles, nur nicht, wie sie kämpften. Er wollte sich nie Kämpfe vorstellen.

Er schätzte, dass er seit etwa zehn Tagen dort war, oder vielleicht auch zwei Wochen. Er hatte nicht mitgezählt, und es war schwierig, die Tage auseinanderzuhalten. Kein Tag unterschied sich deutlich vom anderen.

»Wir haben in den letzten zwei Wochen viel über Ihre Eltern geredet«, sagte Dr. Spiegel. »Das soll nicht heißen, wir wären damit fertig, oder es gäbe nichts Wichtiges mehr zu besprechen, aber ich würde das Gespräch jetzt gern in eine andere Richtung lenken. Eine andere Art von Fragen stellen. Also, los geht's. Werden Sie jemals wütend auf Greg?«

»Wie kann ich auf Greg wütend sein?«

»Wie können Sie es nicht sein? Ihr Leben wäre jetzt völlig anders, wenn er das nicht getan hätte.«

»Aber er hat eine Geisteskrankheit gehabt. Er wollte das nicht, er hatte nicht darum gebeten. Aber in seinem Kopf war etwas, das er nicht unter Kontrolle bringen konnte.«

»Sie könnten auf die Geisteskrankheit wütend sein.«

»Ja. Das könnte ich wohl.«

Doch irgendwie konnte er in sich keine Wut finden, obwohl er ihr nachspürte.

Draußen vor dem Fenster hatte es zu schneien begonnen. Die Hügel und der Teich waren schon weiß gewesen, jetzt war die ganze Welt weiß. Selbst der Himmel. Der Winter kam ihm endlos vor, als sei sein Leben hier eingefroren. Er konnte sich kaum noch daran erinnern, wie es sich anfühlte, in der Sonne zu sitzen.

»Sie scheinen nicht wütend zu sein«, stellte der Arzt fest.

»Ich glaube, ich bin es leid, wütend zu sein. Jetzt kommt mir alles nur unglaublich traurig vor. Und das ist mir lieber.«

»Warum ist Traurigkeit besser?«

»Weil … man nichts daran ändern muss. Man kann einfach stillhalten, und es ist nicht so ermüdend. Nichts muss repariert werden. Es ist einfach, was es ist: traurig.«

Er schwieg. Draußen wirbelte der Schnee jetzt schneller durch die Luft.

»Spüren Sie jemals Furcht?«, fragte Dr. Spiegel.

»Andauernd.«

»Wovor fürchten Sie sich?«

»Nach Hause zu gehen. Ich glaube, im Moment will ich hierbleiben, weil ich mich davor fürchte, nach Hause zu gehen und zu meinem alten Leben zurückzukehren.«

»Nun, ich habe eine Neuigkeit für Sie, Anton, und halten Sie Ihren Hut fest …«

Es traf Anton wie ein Blitz, diesen Ausdruck wieder zu hören. Er vermisste Edith so sehr, dass es sich wie ein schmerzhafter Krampf in seinem Magen anfühlte. Dieser Ausdruck versetzte ihn in Gedanken in dieses kleine Café zurück, wo sie gemeinsam gegessen hatten. Der Geruch des Essens, das von der Küche aus zu ihnen geweht war. Wie sie ausgesehen hatte, ihm gegenüber am Tisch. Das Sonnenlicht, das durch das Fenster auf ihr Haar fiel. Der Glanz in ihren Augen, wenn sie ihn anblickte.

Unterdessen hatte Dr. Spiegel weitergeredet. Und Anton hatte kein Wort davon mitbekommen.

»Entschuldigung, was haben Sie nach dem ›Halten Sie Ihren Hut fest‹ gesagt?«

»Ich habe gesagt, dass Sie normal sind.«

»Wirklich?«

»Davon bin ich überzeugt, ja.«

»Warum fühle ich mich dann so? Und was mache ich dann hier?«

»Sie sind hier, weil normale Leute nach traumatischen Ereignissen traumatisiert sind. Und weil eine Einrichtung wie diese ein sicherer Hafen für Sie ist, wenn Sie traumatisiert sind und es sich beängstigend anfühlt, wieder allein zurechtkommen zu müssen. Das ist alles ganz normal, Anton. So oder so ähnlich würde es anderen Leuten auch unter diesen Umständen gehen. Es ist schwierig, eine Krücke abzulegen.«

»Indem ich hier bin, benutze ich also eine Krücke«, sagte Anton.

»Natürlich. Sie haben ein gebrochenes Bein, bildlich gesprochen. Es ist keine Schande, eine Krücke zu benutzen, wenn Sie ein Bein gebrochen haben. Dafür sind Krücken da. Sie müssen nur bereit sein, sie wieder abzulegen, wenn Sie geheilt sind. Was bei einer gebrochenen Psyche ein wenig komplizierter ist als bei einem gebrochenen Knochen. Aber mit der Zeit werden Sie lernen, auch ohne zu funktionieren.«

»Glauben Sie, ich bin so weit, wieder nach Hause zu gehen?«

»Sie sind so weit, wenn Sie es mir sagen.«

Anton sah weiterhin aus dem Fenster, dachte aber nicht darüber nach, ob er so weit war. In seinem Kopf waren keine Gedanken.

»Sie müssen keinen kalten Entzug machen«, bot der Arzt schließlich an. »Sie könnten als ambulanter Patient weiterhin hierherkommen.«

»Wie würde das funktionieren?«

»Sie würden zu Hause wohnen, aber trotzdem noch regelmäßig Therapiesitzungen haben.«

»Aber ich wäre immer noch bei meinen Eltern. Das klingt schwierig. Obwohl … ich habe mir überlegt, mehr oder weniger sofort mit dem Studium zu beginnen und das zweite Semester noch mitzunehmen. Wissen Sie, ob das 66er-Semester schon angefangen hat? Ich weiß gar nicht, welchen Tag wir heute haben.«

»Ich nehme an, das hängt von der Universität ab«, antwortete Dr. Spiegel. »Bei welcher wurden Sie angenommen?«

»Bei mehreren, mehr als zwei. Ich habe mehrere Optionen, alle in anderen Bundesstaaten. Ich habe das absichtlich so gemacht.«

»Die Universität wird sicher berücksichtigen, dass Sie ein Trauma wegen des Verlusts Ihres Bruders haben. Es kann sein, dass in Ihrem Fall ein späterer Antritt des Studiums akzeptiert wird.«

»Oder ich könnte mir nur als Gast ein paar Seminare anhören und mich dann auf das Semester im Herbst vorbereiten. Vorausgesetzt, meine Eltern sind bereit, dafür zu zahlen.«

»Sie haben sich darüber also schon Gedanken gemacht, das ist gut.«

»Ist es das?«

»Absolut! Sie haben sich Ihr Leben über den jetzigen Augenblick hinaus vorgestellt. Sie können woanders neu anfangen, Freunde gewinnen, vielleicht sogar hier und da ein Date haben.«

»Nein«, sagte Anton und drückte den Ring in seiner Hand fester. »Kein Date.«

»Nur ein Date, Anton. Nicht sich verlieben oder überhaupt ernsthaft mit jemandem ausgehen. Verabreden Sie sich auf einen Kaffee mit einer jungen Frau, oder gehen Sie mit ihr tanzen. Nur um zu sehen, wie es sich anfühlt, unter Leuten zu sein, wie es ein junger Mann in Ihrem Alter normalerweise tut. Ich fahre nur ungern schwere Geschütze auf …«

Anton wartete ab, aber die schweren Geschütze schienen nicht aufzutauchen.

»Ich gebe auf. Was sind die schweren Geschütze?«

»Sie wissen, dass es das ist, was Edith für Sie will.«

Anton seufzte und schloss die Augen. »Ja«, flüsterte er mit belegter Stimme. »Das sind allerdings schwere Geschütze.«

Das hatte man davon, wenn man jemandem etwas über sein Leben erzählte, realisierte Anton. Dieser Jemand weiß dann Bescheid. Er kennt einen. Trotzdem, in diesem Augenblick war es gar nicht so unangenehm, gekannt zu werden. Es fühlte sich ein wenig so an, wie gefunden zu werden, nachdem man viel zu lange verloren gewesen war.

Er öffnete die Augen und sah wieder zu dem fallenden Schnee hinaus. Es hatte sich ein richtiges Schneegestöber entwickelt. Nichts als Weiß. Ein einziges, wirbelndes Weiß.

Schließlich sagte er: »Ich würde so ziemlich alles für sie tun, aber ob ich *das* schaffe, weiß ich nicht.«

* * *

Sein Vater fuhr mit dem Auto über die kreisförmige Zufahrt zum Haupteingang der Klinik und Anton stieg ein. Es war sehr warm, da die Autoheizung voll aufgedreht war. Anton mühte sich aus seinem Mantel, als sie losfuhren.

»Weißt du, was ich gern machen würde, wenn ich zurück in der Stadt bin?«, fragte er.

»Keine Ahnung.«

»Einen Spaziergang.«

»Bei diesem Wetter?«

»Ich habe nur das Gefühl, dass ich zu lange drinnen eingesperrt war.«

»Wenn ich dir einen Rat geben darf, komm erst mal heim. Deine Mutter hat etwas geplant.«

»Was hat sie geplant?«

»Sag ihr nicht, dass du das von mir gehört hast – sie hat eine Willkommensparty organisiert. Klein, nur die engste Familie. Sie wollte deine Freunde einladen, aber die sind alle zurück an der Universität. Aber sie hat ein Spruchband aufgehängt, und sie hat deinen Lieblingskuchen gebacken, also komm erst mal mit in die Wohnung. Und du musst auf jeden Fall so tun, als seist du überrascht.«

»Aha«, murmelte Anton. Er beobachtete, wie die Zaunpfähle am Autofenster vorbeirasten, auf jedem ein kleiner Hügel aus frisch gefallenem Schnee.

»Was soll das heißen?«

»Ich dachte, Mom wäre immer noch sauer auf mich.«

»Deine Mutter ist mehr oder weniger ununterbrochen sauer auf etwas, daher würde ich es nicht persönlich nehmen.« Ein paar Sekunden lang tippten seine Finger nervös auf dem Lenkrad, dann fügte er hinzu: »So ist deine Mutter nun einmal. Leute sind so, wie sie sind.«

Anton antwortete mit einem leisen Schnauben.

»Zweifelst du daran, dass Leute so sind, wie sie sind?«

»Es klingt so, als würdest du sagen, dass sich niemand jemals ändert.«

»Ich *sage*, dass sich niemand jemals ändert. Genau das meine ich.«

»Ich habe mich aber geändert.«

»Dann bist du eine Ausnahme, mein Freund.«

Viele Kilometer lang verlief die Fahrt schweigend. Anton dachte an die Enten aus dem Teich, die er nie zu sehen bekommen würde. Dann kam ihm der Gedanke, wie traurig es war, dass sein Vater und er sich viele Wochen erst gar nicht gesehen hatten, dann kaum – und jetzt, wo sie sich sahen, war ihnen so rasch der Gesprächsstoff ausgegangen.

Als sie durch den Holland-Tunnel fuhren, sprach sein Vater wieder. Aus heiterem Himmel sagte er plötzlich: »Deine Mutter und ich haben auch damit zu kämpfen, was passiert ist. Das weißt du doch, oder?«

»Ja und nein«, erwiderte Anton.

»Was für eine Antwort ist das?«

»Eine ehrliche, denke ich mal. Das hatte ich schon angenommen. Er war schließlich euer Sohn. Aber wenn ich dich und Mom so sehe – dann ist das schwer einzuschätzen.«

»Wir alle machen solche Krisen auf unsere eigene Art durch. Deine Mutter und ich haben unsere eigene Art, mit Dingen klarzukommen. Du hältst deine Mutter vielleicht für gedankenlos und gefühllos, aber sie versucht nur, sich gegen das, was geschehen ist, abzuschotten. Sie versucht, irgendwie zurechtzukommen.«

»Das habe ich mir alles schon gedacht«, sagte Anton.

»Kannst du es zulassen, dass wir eine andere Art haben als du, mit Dingen umzugehen?«

»Mir bleibt wohl keine andere Wahl«, erwiderte Anton. »Da sich anscheinend niemand jemals ändert.« Dann, während die Lichter des Tunnels an ihm vorbeizogen und ihn durch die Scheibe anschienen, so hässlich im Vergleich zu verschneiten Zaunpfählen und gefrorenen Teichen, fügte er hinzu: »Außer mir.«

* * *

Als er ins Wohnzimmer trat, hatte er fast erwartet, dass alle plötzlich aus ihrem Versteck aufspringen und »Überraschung!« brüllen würden. Doch natürlich hatten sie sich nicht versteckt. Gregor und Mina saßen zusammen auf dem Sofa und unterhielten sich angeregt. Antons Großmutter Marion saß im Ohrensessel, offensichtlich in Gedanken versunken. Über ihren Köpfen hing ein bedrucktes Spruchband mit den Worten *Willkommen zu Hause!*. Irgendwie war es nett, doch Anton bemerkte, dass sie sich nicht die Mühe gemacht hatten, das Banner mit seinem Namen zu personalisieren. Wurde auf solchen Spruchbändern nicht normalerweise angegeben, wem das *Willkommen zu Hause!* galt?

Seine Mutter rannte auf ihn zu und zog ihn in eine stürmische Umarmung. Anton war überrascht. Er konnte sich nicht mehr erinnern, wann seine Eltern ihn das letzte Mal umarmt hatten.

»Es tut mir leid, wie ich mich in der Klinik benommen habe«, sprach sie direkt in sein Ohr. Doch da es kein Flüstern war, fühlte es sich an, als würden ihre Worte sich mit einem Messer den Weg zu seinem Trommelfell stechen. »Ich habe ein paar Dinge gesagt, auf die ich nicht stolz bin. Aber die Hauptsache ist, dass du wieder zu Hause bist und mit dir alles in Ordnung ist.« Sie löste sich von ihm und hielt ihn an den Schultern eine Armeslänge entfernt, als sei er ein Kleidungsstück, das sie vielleicht kaufen wollte. »Ich habe dir dein Lieblingsessen gekocht. Schmorbraten mit Kartoffelbrei. Und es gibt Schokoladenkuchen zum Nachtisch. Aber es dauert noch etwa eine Stunde.«

»Das klingt gut«, sagte er und zog seine Schultern nicht weg, auch wenn er es gern getan hätte. Wenn sie ausnahmsweise einmal herzlich war, wollte er sie nicht davon abhalten. »Vielleicht mache ich einen Spaziergang, während du das Essen vorbereitest. Mir ist wirklich die Decke auf den Kopf gefallen.«

»Unsinn! Du kannst doch jetzt nicht spazieren gehen. Alle sind hier, um dich zu sehen.«

Sie ließ seine Schultern los, griff seine Hand und zog ihn weiter ins Wohnzimmer hinein. Gregor erhob sich vom Sofa, um ihn zu begrüßen. Anton blickte seinen Großonkel an und noch bevor er den älteren Mann umarmte, spürte er Tränen in den Augen.

»Oh, was ist das?«, bellte Antons Mutter. »Du bist zu Hause. Dir geht es wieder gut. Wozu warst du denn die ganze Zeit in der Klinik, wenn du nicht wenigstens halbwegs in Ordnung bist, wenn du nach Hause kommst?«

Anton hatte keine Worte dafür, aber seine Tränen hatten damit nichts zu tun. Es waren Freudentränen, aus Dankbarkeit darüber, seinen Onkel und seine Großmutter in seinem Leben zu haben. Er hatte sie angeschaut und sofort ihre Unterstützung gespürt, was positive Gefühle in ihm geweckt hatte. Aber das ließ sich nicht leicht erklären, vor allem nicht seiner Mutter. Es ihr zu erklären, wäre ein Ding der Unmöglichkeit gewesen.

Gregor sagte alles, was gesagt werden musste. »Vera. Lass den Jungen in Ruhe!«

Anton atmete erleichtert auf und umarmte seinen Großonkel und seine Großmutter.

Gregor nahm ihn bei der Hand, zog ihn auf den Balkon und die Schiebetür hinter ihnen zu.

»Brauchst du denn nicht deinen Mantel?«, fragte Anton. Er selbst hatte noch keine Gelegenheit gehabt, seinen Mantel abzulegen.

»Ich gehe gleich rein und hole ihn. Aber ich muss dich erst was fragen. Hast du dir überlegt, bald zur Uni zu gehen? In diesem Semester und nicht erst im Herbst?«

»Das habe ich. Ich habe sogar erst vor zwei Tagen mit Dr. Spiegel darüber gesprochen.«

»Gut. Lauf, mein Junge. Lauf um dein Leben! Das hier ist kein guter Ort für dich. Du solltest nicht jeden Tag an Gregs Zimmer vorbeigehen müssen und diese Leute um dich haben, die alles abwehren, was du auf deinem Weg der Heilung spürst. Wohin willst du? Hast du dich schon für eine der Zulassungen entschieden?«

»Ich glaube Stanford. Aber … falls ich nach Kalifornien gehe, kannst du mir dann helfen, dort einen guten Therapeuten zu finden? Ich will nicht die Therapie plötzlich abbrechen. Ich will ganz gesund werden.«

An der Miene seines Großonkels erkannte Anton, dass er das Richtige gesagt hatte.

»Das mache ich, mein Junge. Es wird mir eine Ehre sein.«

»Jetzt gehe ich aber rein und hole deinen Mantel, bevor du hier noch einfrierst.«

Noch bevor er die Balkontür erreicht hatte, hatte seine Mutter sie geöffnet.

»Ich habe ein Rätsel für dich«, bellte sie. Sie schien einfach nicht zu wissen, welche Lautstärke angemessen war. »Hast du eine Ahnung, wohin mein guter Wintermantel und mein Schal verschwunden sind? Ich habe die Sachen an der Garderobe im Flur gelassen. Weißt du etwas darüber?«

»Ich …«, begann Anton. »Ja. Irgendwie habe ich sie … weggegeben.«

»Du hast meine Sachen weggegeben?«

»Ja. Es tut mir leid. Ich kaufe dir von meinem Taschengeld neue Sachen, wenn du willst. Es ist nur so, dass ich … eine Frau kennengelernt habe, die etwas Warmes zum Anziehen gebraucht hat.«

Er sah, wie sich ihre Stirn in Furchen legte, als sie versuchte zu entscheiden, ob sie wütend sein sollte oder nicht. »Du meinst eine obdachlose Person?«

»Ja. Sie hatte ihre Wohnung verloren und noch keine neue gefunden.«

Es herrschte absolute Stille, während sie darüber brütete. Als sie schließlich zum Sprechen ansetzte, erwartete Anton, dass sie ihm ihre Empörung entgegenschleudern würde, aber stattdessen sagte sie: »Na ja, das war eine sehr gute Tat von dir. Du bist ein guter Junge. Du musst die Sachen nicht ersetzen. Dein Vater verdient gut, die Firma floriert. Was glaubst du, warum ich ihn geheiratet habe? Und warum ich bei ihm bleibe?«

Dann drehte sie sich um und verschwand wieder in der Wohnung. Anton blickte über die Schulter zu seinem Großonkel, um eine zweite Meinung darüber zu bekommen, was er gerade gehört hatte.

Stumm formte Gregor mit den Lippen die Worte: »Lauf um dein Leben, mein Junge!«

* * *

»Ich bringe jetzt den Kuchen«, verkündete Antons Mutter.

»Tu das nicht!«, rief sein Vater. »Du hast uns schon überfüttert. Wir sind zu satt von dem Schmorbraten, um überhaupt an Kuchen zu denken.«

»Ich habe den Kuchen nicht vergeblich gebacken, Abel.«

»Ich sage nur, dass wir noch Zeit brauchen, Vera. Lass uns erst das Essen verdauen, okay?«

Gregor brachte sich plötzlich in den Dialog ein. »Warum habt ihr Anton eigentlich nicht gesagt, dass er Weihnachten mit uns verbringen soll?«

Das Gespräch war abrupt zu Ende. Antons Eltern starrten einander an.

»Abel hat es ihm gesagt. Oder nicht, Abel?«

»Du hast nicht gesagt, dass ich es ihm sagen soll! Du hast gesagt, *du* würdest es ihm sagen.«

»Das habe ich nicht. Ich habe alle Koffer gepackt. Das war das *Einzige*, was ich von dir verlangt habe. Alles andere hast du *mir* überlassen.«

Anton stand vom Tisch auf, obwohl er es gar nicht vorgehabt hatte. »Ich mache jetzt diesen Spaziergang«, erklärte er.

Doch sowohl Gregor als auch Marion hatten sich dem Streit jetzt angeschlossen und alle wurden laut, um einander zu übertönen und sich Gehör zu verschaffen. Anton wusste nicht, ob ihn überhaupt jemand gehört hatte. Er seufzte und ging in den Flur, wo er seinen Mantel von der Garderobe nahm.

»Wo gehst du hin, mein Liebling?«, vernahm er die Stimme seiner Mutter.

Als er sich umwandte, sah er, dass sie ihm an die Tür gefolgt war.

»Nur raus«, antwortete er. Doch sie sah so bestürzt aus, dass er schnell hinzufügte: »Ich will nur einen Spaziergang machen. Ich bin zum Nachtisch wieder zurück.«

* * *

Als er die Straße entlangging, atmete er tief die eiskalte Luft in seine Lungen ein. Er hatte keine Handschuhe dabei, also steckte er seine Hand und sein Handgelenk tief in die Taschen seines Mantels.

An der Straßenecke hielt er an und blickte zu dem Zeitungsstand und dem kleinen Café, in dem Edith und er sich besser kennengelernt hatten. Er hätte gern einen Blick hineingeworfen, war sich aber nicht sicher, ob er das verkraften konnte.

Dann beschloss er, sich an eine Lektion zu halten, die er in der Therapie gelernt hatte: Er konnte mehr verkraften, als er dachte. Und irgendwie war es besser, sich mit dem Schmerz zu konfrontieren. Es war ihm zunächst widersinnig vorgekommen, aber er hatte schließlich realisiert, dass es weniger verletzte, einer schmerzhaften Wahrheit direkt zu begegnen, als von ihr verfolgt zu werden. Zumindest auf längere Sicht.

Vielleicht würde er sogar in das Café hineingehen und etwas trinken.

Er machte sich auf den Weg, aber noch bevor er den Eingang des Cafés erreicht hatte, hörte Anton ein beunruhigendes Geräusch hinter sich. Feste, schnelle Schritte, die wie Donner klangen. Bevor er sich umdrehen konnte, wurde er an seinem Mantelkragen gepackt und grob gegen die Backsteinfassade des Gebäudes geschleudert. Er schlug mit dem Hinterkopf an die Gebäudewand und hatte das Gefühl, einen dünnen Blutfaden an seinem Kopf zu spüren. Aber ihm blieb keine Zeit, das zu untersuchen. Jemand hatte ihn am Hals gepackt.

Anton blickte Ediths Noch-Ehemann direkt in die Augen – diesem Mann, der so ein bedeutender Nebendarsteller in seiner Welt war, obwohl er nicht einmal seinen Namen kannte.

Die Stimme des Mannes war ein einziges, bedrohliches Zischen direkt vor Antons Gesicht, inklusive fliegender Speicheltropfen.

»Du hast zehn Sekunden, um mir zu sagen, wo sie ist.«

In diesem Moment wurde Anton von einer überraschenden Ruhe erfasst. Er horchte in sich hinein und rechnete damit, maßlose Wut zu verspüren. Aber in seinem Innern war nichts als Gelassenheit.

Er hatte gesiegt. Er hatte diesen Mann geschlagen, indem er Edith in Sicherheit gebracht hatte. Er würde gleich den Preis dafür zahlen, aber es war ihm egal. Er hatte die Frau, die er liebte, gerettet. Was könnte wichtiger sein als das? Welche Strafe, die dieser Mann austeilen würde, wäre zu hoch? Welche würde schwerer als sein Sieg wiegen?

»Dir geht die Zeit aus«, knurrte der Mann. Er schien zu spüren, dass Anton nicht eingeschüchtert war, und dachte deshalb offenbar, er müsse eine noch drohendere Haltung einnehmen.

»Ich weiß nicht, wo sie ist.«

»Lügner!«, bellte der Mann und drückte fester gegen Antons Hals. »Ich habe euch zusammen gesehen. Ich habe gesehen, wie du mit ihr geredet hast. Du hast ihr gesagt, sie soll mich verlassen, oder? Du hast deine Nase in Angelegenheiten gesteckt, die dich nichts angehen. Und jetzt wirst du mir erzählen, wo ich sie finden kann.«

Der Atem des Mannes quoll in Dampfwolken hervor, die um Antons Gesicht waberten. Auf die zusammenhanglose Art, in der man Dinge in Sekundenbruchteilen bemerkt, fiel Anton der Ansatz von Geheimratsecken auf der gerunzelten Stirn des Mannes auf.

»Ja, ich habe mit ihr geredet. Ja, ich habe ihr gesagt, dass sie dich verlassen soll. Ja, ich habe meine Nase in Angelegenheiten gesteckt, die mich angeblich nichts angehen. Und ich habe Edith sogar sicher aus der Stadt gebracht.« Hätte Anton Publikum gehabt, dann hätten die Zuschauer ihn für wahnsinnig gehalten, das war ihm klar. Diesem Typen solche Sachen zu sagen, war das Gleiche, wie einen wütenden Stier zu reizen. Doch Edith hatte sich mit Anton angefreundet und ihm vertraut. Und dieser abscheuliche Typ sollte das erfahren.

Egal, wie hoch der Preis war, er würde die Rechnung zahlen. Doch es musste gesagt werden, denn Ediths Ex sollte wissen, dass Anton ihn besiegt hatte. »Aber ich weiß nicht, wo sie ist. Sie hat es mir nicht gesagt, weil sie klug ist und dich gut genug kennt, um zu wissen, dass dieser Augenblick kommen würde. Sie wollte, dass ich dir ins Gesicht sehen und aufrichtig sagen kann, dass ich es nicht weiß. Und nun spielt es sich genauso ab, wie sie es erwartet hat.«

Einen Augenblick lang blieb der Mann stumm und tat überhaupt nichts, außer Antons Weg zu blockieren. Er schien den Willen zu verlieren, ihn zu bedrohen. Oder zumindest spürte Anton, wie dieser Wille ins Wanken geriet. Er spürte auch etwas, das Ediths Ex sicher vor ihm verbergen wollte: Falls Anton wirklich nicht die Information hatte, die er brauchte, war dieser Mann vollkommen verloren.

»Du weißt es wirklich nicht?«

»Nein.«

Nichts geschah. Der ganze Planet schien still in der Schwebe zu hängen, nichts bewegte sich im Universum.

Dann traf eine Faust auf den Knochen neben Antons linkem Auge. Fest. Er schwankte und sein Kopf schleuderte nach hinten. Er bemerkte, dass er auf seinen Knien landete.

»Es ging dich nichts an!«, brüllte der Mann von oben auf ihn herab. Und wieder schwang er die Faust und traf ihn mit derselben Härte an der gleichen Stelle. »Du hättest dich raushalten sollen!«

Ediths Ex hob wieder die Faust. Anton zuckte zusammen und machte sich auf den dritten Hieb gefasst, aber in diesem Augenblick schien sein Gegner plötzlich nach hinten wegzufliegen. So erschien es zumindest aus Antons Perspektive. Seine Welt füllte sich wieder mit Licht. Er nahm das Rauschen von Autoreifen wahr und das Quietschen von Bremsen.

Anton erblickte zwei Männer mittleren Alters und erkannte, dass sie zu seiner Rettung gekommen waren. Einer von ihnen hatte anscheinend Ediths Noch-Ehemann gepackt und weggeschleudert – auf die Straße, wo Antons Peiniger um ein Haar von einem Taxi angefahren worden wäre. Tatsächlich lag er mit ausgestrecktem Arm auf dem Asphalt, und für den Bruchteil einer Sekunde dachte Anton, das Taxi wäre ihm über den Arm gefahren.

Wäre das nicht eine seltsam ausgleichende Gerechtigkeit?, sinnierte eine Stimme in Antons Kopf. *Stell dir vor, er würde sich die Hand verletzen oder sie gar verlieren.*

Doch in diesem Augenblick setzte sich Ediths Ex auf, scheinbar unverletzt.

Anton dachte plötzlich, wie selten ein Unfall sein musste, der so schwerwiegend war, dass er mit dem Verlust einer Hand endete. Wieder einmal fragte er sich, warum ausgerechnet ihn dieses Schicksal wie ein Blitz getroffen hatte.

Unterdessen war einer seiner beiden Retter auf die Straße getreten und schrie jetzt Ediths Noch-Ehemann an. »Was soll das?«, bellte er ihn an. »Leg dich mit jemanden in deiner Größe an! Oder … du weißt, was ich meine. Such dir wenigstens einen fairen Kampf! Mit jemandem, der sich wehren kann! Wie soll sich dieser Junge mit einer Hand verteidigen?«

Anton spürte, wie jemand ihn am Ellenbogen fasste. Sein zweiter Retter stand neben ihm und half ihm auf die Beine.

»Komm«, sagte der Mann. »Hauen wir hier ab, während er noch am Boden ist.«

Sie rannten zusammen auf die Straßenecke zu.

»Dieser Typ soll nicht mitbekommen, wo ich wohne«, keuchte Anton.

»Das kann ich gut nachvollziehen. Keine Sorge, mein Freund hält ihn beschäftigt, während ich dich nach Hause bringe.«

* * *

Als Anton das Wohnzimmer betrat, wünschte er sich, im Flur würde ein Spiegel hängen, damit er feststellen könnte, wie schlimm er aussah.

Sein Auge tat weh. Und die Gegend um seine Schläfe herum. Ein akuter, pochender Schmerz. Überraschenderweise hatte es vorhin nicht wehgetan. Als die Faust ihn traf, hatte er keinen Schmerz gespürt. Beide Male. Es musste an dem Adrenalinschub gelegen haben. Und wahrscheinlich klang die Wirkung des Adrenalins nun gerade ab.

Seine Familie saß im Wohnzimmer bei Kaffee und Kuchen. Sie hatten das Dessert nun doch ohne ihn angefangen. Sein besonderes Dessert für seine besondere Willkommensparty, und seine Mutter hatte sich nichts dabei gedacht, es ohne ihn aufzutischen.

Das schien die Enttäuschungen in Antons Leben auf den Punkt zu bringen.

Als sie sein Gesicht sahen, spiegelte sich sein Anblick in ihren Augen wider. Er sah schlimm aus. Er hätte es wissen müssen. Sein linkes Auge schwoll in rasantem Tempo an. Es war schon fast ganz zugeschwollen.

»Mein Liebling!«, rief seine Mutter. Sie rannte zu ihm und fasste ihn am Kinn, um sein Gesicht zur Seite drehen zu können. »Was ist passiert? Bist du überfallen worden?«

»Ja«, antwortete Anton und fand, dass dies eigentlich der Wahrheit entsprach. »Ich bin überfallen worden.«

»Wir rufen die Polizei!«, sagte sie und eilte in Richtung Küche.

»Nein. Halt! Lass es! Was können die schon tun? Ich kann ihnen nicht mal eine Beschreibung geben.«

Überraschenderweise blieb sie stehen. »Man ruft die Polizei, wenn man überfallen wurde«, sagte sie schlicht.

»Ich kann ihnen aber nichts sagen. Wozu also der Aufwand?«

»Wie viel haben sie dir geklaut?«, fragte sein Vater.

Anton fand es seltsam, dass ihm gerade diese Einzelheit wichtig war.

»Ich habe nichts dabeigehabt«, antwortete er.

»Ich glaube trotzdem, dass ich die Polizei rufen sollte«, beharrte seine Mutter. »Bist du dir sicher, dass mit dir alles in Ordnung ist? Brauchst du vielleicht einen Arzt? Was können wir für dich tun, mein Liebling? Lass uns die Polizei rufen!«

»Oh, die Polizei macht gar nichts!«, brüllte sein Vater plötzlich. Anton bemerkte, dass seine Eltern sich schon wieder stritten, als wären er und seine Verletzungen völlig von der Bildfläche verschwunden. »Was machen die überhaupt jemals?«

Gregor kam aus der Küche, nahm Anton am Arm und führte ihn wieder auf den Balkon. Unwillkürlich bemerkte Anton, wie oft er hin und her gezogen und gestoßen wurde. In den letzten paar Stunden schien ihm irgendwie die Kontrolle über die Beherrschung seines eigenen Körpers abhandengekommen zu sein. Jeder schien andere Pläne damit zu haben.

Nachdem sein Onkel die Balkontür hinter ihnen geschlossen hatte, reichte er Anton ein Geschirrtuch, in das Eiswürfel gewickelt waren, dann setzte er sich und beschäftigte sich damit, eine Zigarre zu kürzen und anzuzünden. Wieder trug er keinen Mantel.

»Danke«, sagte Anton und setzte sich auf den Stuhl neben ihn.

»Bist du wirklich überfallen worden, Anton?«

»Ja«, antwortete er und drückte den Eisbeutel vorsichtig an sein Auge.

»Einfach so zufällig?«

»Na ja, nein. Es war Ediths Noch-Ehemann.«

»Ich verstehe«, sagte Gregor und blies eine Rauchwolke aus. »Ich habe schon vermutet, dass es so etwas sei, als du nicht die Polizei einschalten wolltest.«

Sie schwiegen einen Augenblick und Anton konnte die Stimmen seiner Eltern hören, jetzt durch die Balkontür und den Straßenlärm von unten gedämpft. Sie stritten sich immer noch, aber er konnte kein Wort verstehen. Es war wirklich eine Wohltat.

»Ich bin etwas beunruhigt«, meinte Gregor. »Denn du hast dich so gut gemacht. Und jetzt plötzlich dieser brutale Zwischenfall. Ich mache mir Sorgen, dass das ein Rückschlag für dich sein könnte.«

»Eigentlich ist es genau das Gegenteil«, erwiderte Anton.

»Das Gegenteil eines Rückschlags? Wie? Wie kann dich das voranbringen?«

»Weil ich gesiegt habe.«

Sein Großonkel, der diese Logik nicht verstehen konnte, schien auf Antons Erklärung zu warten.

»Ich habe gesiegt, weil ich das getan habe, was das Beste für *sie* war, obwohl es nicht das war, was ich wollte. Ich habe sie an die erste Stelle gesetzt und sie vor ihm in Sicherheit gebracht, auch wenn das bedeutet, sie nicht mehr in meiner Nähe zu haben. Das macht mich zu einer besseren Person als ihn, und das weiß er. Wir beide wissen das. Ich habe ihn besiegt. Und das habe ich ihm gesagt, obwohl mir klar war, dass er gewalttätig werden würde. Aber ich habe es trotzdem getan und bereue es nicht. Ich habe ihm gesagt, dass ich gesiegt habe, und das war es wert.«

»Du bist ein besserer Mensch als die meisten Leute, die ich kenne, Anton. Herzlichen Glückwunsch zu deinem Sieg! Obwohl das ziemlich schmerzhaft gewesen sein muss.«

Sie schwiegen kurz.

Dann fuhr Gregor fort: »Noch ein weiterer guter Grund, nach Kalifornien zu ziehen.«

»Ja, ich glaube, das werde ich ziemlich bald machen«, erwiderte Anton.

Winter 1980

Mein Name ist Anton

Kapitel 13

Kennen wir uns?

Anton stand mit nacktem Oberkörper vor dem Spiegel und rasierte sich. Wie jeden Morgen nach dem Aufstehen hatte er sich sein Lederband mit dem Ring um den Hals gehängt, aber das Anziehen des Hemdes fiel ihm leichter, nachdem er sich die Handprothese um den Ellenbogen geschnallt hatte. Amy war es lieber, wenn er den Ring nicht sichtbar im Haus mit sich herumtrug, doch sie war gerade in der Küche und hoffentlich zu weit entfernt, um es zu bemerken und gekränkt zu sein.

Er wusch sich das Gesicht, bevor er ins Schlafzimmer trat, wo drei Krawatten zur Auswahl für ihn bereitlagen. An einem eigens dafür vorgesehenen Ständer konnte er den Windsorknoten binden, bevor er sich die Krawatte anzog.

Als er einen Blick auf den Nachttisch warf, war die Handprothese nicht da. Auch in der obersten Schublade der Kommode konnte er sie nicht finden. Es gab nur eine begrenzte Anzahl von Plätzen, wo sie sein konnte. Die Handprothese war ein wichtiges Element seines Lebens, daher ließ er sie nicht einfach wahllos irgendwo herumliegen.

Er steckte den Kopf durch die geöffnete Schlafzimmertür und rief in Richtung Küche: »Liebling, hast du meine Hand irgendwo hingelegt?«

»Ich würde doch nie deine Hand anfassen!«, rief Amy zurück.

»Ich kann sie nicht finden. Und ohne Hand will ich nicht nach Washington fahren.«

»Hast du unter deinem Hund nachgesehen?«

Das hörte sich so seltsam an, dass er zunächst nicht reagierte. Wie konnte man so eine Frage beantworten? Sie kam an die Küchentür und runzelte die Stirn, als ihr Blick zu dem Lederband mit dem Ring um seinen Hals wanderte. Dann sah sie ihm wieder ins Gesicht.

»Du hast nicht gewusst, dass Hannah sich manchmal die Hand schnappt?«

»Nein. Wie kann das passiert sein, ohne dass ich es mitbekommen habe?«

»Ich habe sie nur einmal dabei erwischt und ihr die Hand abgenommen. Aber es war auch an einem Tag, an dem du verreist bist. Wenn du deinen Koffer offen lassen würdest bis kurz vor der Abreise, würde es vielleicht nicht passieren. Dann würde sie sich lieber mit ihrem Hinterteil mitten in den Koffer setzen. Aber sobald du ihn schließt, na ja … sie ist ein sehr emotionaler Hund, falls dir das noch nicht aufgefallen ist.«

»Sie kann nicht an der Prothese gekaut haben. Dann hätte ich doch ihre Gebissabdrücke gesehen.«

»Nein, das nicht. Sie hat sich nur auf sie gelegt und sich zusammengerollt. Man sollte meinen, das sei zu unbequem, aber was weiß ich schon? Ich bin ja schließlich kein Hund. Wahrscheinlich riecht die Hand nach dir. Entweder das oder sie ist so clever, dass sie sie versteckt, weil sie weiß, dass du ohne sie nicht nach Washington fahren willst.«

Anton war sich nicht sicher, ob sie es wirklich ernst meinte, forschte aber nicht weiter nach. Noch mit nacktem Oberkörper trat er ins Wohnzimmer, um nach seinem Collie zu suchen. Hannah lag zusammengerollt, aber wach auf dem Wohnzimmerteppich und sah mit einem auffällig schuldbewussten Blick zu ihm hoch.

»Hannah«, sagte er sanft. »Hast du meine Hand genommen?«

Beschämt ließ sie den Kopf hängen und starrte auf den Teppich. Anton ging zu ihr und setzte sich im Schneidersitz neben sie auf den Boden. Er streichelte ihre Ohren, bis sie sich entspannte, dann schob er eine Hand unter sie und tastete sich durch ihr langes Colliefell.

»Ich werd nicht mehr!«, rief er aus, als er mit den Fingerspitzen an die Prothese stieß.

Er zog sie hervor und hielt sie seiner Hündin vor die Augen. Hannah senkte betreten den Kopf. Mit der Spitze ihrer langen Schnauze berührte sie den Teppich und blickte ihn von der Seite mit ihren großen, braunen Augen traurig an.

»Ich bin in zwei Tagen zurück«, sagte er zu Hannah. »Amy wird sich um dich kümmern. Ich bleibe gar nicht lang weg.«

»Du weißt schon, dass es gleich sieben Uhr ist?«, sagte Amy, die hinter ihm stand. »Pass auf, dass du deinen Zug nicht verpasst.«

* * *

Anton fand einen Platz in der Business-Klasse des Zuges, die angenehm leer war. Er nahm den Fedorahut seines Großvaters ab und legte ihn zusammen mit der Aktentasche auf den Sitz gegenüber. Es gab genügend freie Plätze und es war nicht egoistisch zu erwarten, dass sich niemand auf den Platz gegenüber setzte.

Er ließ den Blick umherwandern, um zu prüfen, ob er unbesorgt den Hut und die Aktentasche dort liegen lassen könnte, während er sich einen Kaffee holen ging. Zufrieden darüber, dass niemand ihm oder seinen Sachen Beachtung schenkte, machte er sich auf den Weg zum vorderen Ende des Abteils. Er behielt seine Lederhandschuhe an, weil er sich ein wenig befangen fühlte, da seine Handprothese so künstlich aussah.

Mit einem schwarzen Kaffee in der Hand kehrte er an seinen Platz zurück, wo er plötzlich bemerkte, dass er vergessen hatte, sich eine Zeitung zu holen. Er stellte den Styroporbecher in dem Halter neben seinem Platz ab und ging wieder zum vorderen Ende des Abteils. Nach mehreren Schritten blieb er stehen, weil er seinen Hut nicht ein zweites Mal unbeaufsichtigt dort liegen lassen wollte. Seine Aktentasche zu verlieren, wäre noch irgendwie zu verschmerzen, aber der Hut war unersetzlich. Er ging zurück und setzte sich den Hut auf.

Die Zeitungen lagen auf einem ovalen Tisch im Zentrum des Cafeteria-Bereichs. Genau in dem Moment, als Anton mit der linken Hand nach der *New York Times* fasste, griff eine Frau auf der anderen Seite des Tisches nach derselben Zeitung.

Seine Hand stieß gegen ihre. Sofort zogen sie beide ihre Hände zurück, als hätten sie sich verbrannt.

»Verzeihung«, entschuldigte sich die Frau.

»Keineswegs. Es war mein …«

Doch er kam nicht mehr dazu, »Fehler« zu sagen. Diese Stimme! Er brauchte eine Sekunde, um sich sicher zu sein, denn er hatte die Frau noch nicht angesehen. Aber er hatte ihre Stimme gehört.

Er blickte auf und sah sie an. Hatte seine Wahrnehmung ihn wirklich nicht getäuscht?

Auf ihrem rotbraunen Haar saß schräg ein modischer Hut und sie trug eine Lesebrille auf ihrer langen, charakteristischen

Nase. Sie blickte ihn ebenfalls an, zeigte aber keine Reaktion. Zumindest keine, die er erkennen konnte.

Sein Körper wurde von Kopf bis Fuß mit einer Gänsehaut überzogen, es fühlte sich an wie tausende winzige Stromschläge. In seinem Kopf hämmerte es plötzlich und er spürte, wie ihn ein Schwindelgefühl ergriff. Die kleinen Härchen in seinem Nacken und an seinen Armen stellten sich auf.

»Edith?«, stieß er hervor.

Während er auf ihre Antwort wartete, schoss ihm durch den Kopf – in Blitzgeschwindigkeit, als würde sein Leben an ihm vorbeiziehen –, wie oft in den letzten fünfzehn Jahren er das Gefühl gehabt hatte, sie gesehen zu haben, selbst wenn es nur für den Bruchteil einer Sekunde war. Und jedes Mal war es am Ende nicht Edith gewesen. Die Illusion war sofort zerstört gewesen, wenn die Frau, die er für Edith gehalten hatte, den Kopf gedreht, gelächelt oder etwas gesagt hatte. Es dauerte nur eine oder zwei Sekunden, bis sie antwortete.

»Entschuldigung«, sagte sie, unverkennbar Edith. »Kennen wir uns?«

Anton sank der Mut. Und nicht nur der – alles. Sein Magen, sein Inneres, seine Hoffnung. Alles sank nach unten.

Er wandte den Blick ab und sah auf die Zeitungen, um seine Bestürzung zu verbergen.

Er wollte den Mund öffnen, um etwas zu sagen, empört zu protestieren. Zum Beispiel: »Wie hast du mich nur vergessen können? Du hast geschworen, mich nie zu vergessen. Das war die vorletzte Sache, die du zu mir gesagt hast, und ich erinnere mich daran Wort für Wort. Du hast gesagt: ›Ich werde dich nie vergessen. Auch wenn du nicht weißt, wo ich bin, ich werde dich nie vergessen, wo immer ich auch bin.‹ Und dann, als ich dich gebeten habe, es zu versprechen, hast du gesagt: ›Wie kannst du so was fragen, Anton? Wie könnte ich dich nur vergessen? Nach allem, was du für mich getan hast?‹ Also … wie hast du das nur vergessen können?«

Doch stattdessen blickte er sie einfach nur wieder an. Sie starrte so fasziniert auf seinen Hut, als stünde eine wichtige Nachricht auf der Krempe, die sie nun las. Ihre Lippen waren leicht geöffnet, als sei sie schockiert. Er hörte, wie sie tief Atem holte. Sie wandte den Blick nach unten. Ihre Augen begegneten sich, dann sah sie zu seiner rechten Hand. Seiner Handprothese. Enttäuschung zeichnete sich auf ihrem Gesicht ab.

Er streckte ihr seine rechte Hand entgegen und zog den Lederhandschuh ab, nur ein Stück – gerade so weit, dass sie das milchweiße Plastik an der Stelle sehen konnte, wo andere echte Haut hatten.

Seltsam lange starrten sie beide auf seine von Menschen gemachte Hand. Langsam berührte sie die feste Prothese, die unter ihren Fingerspitzen nicht nachgab. Sie fühlte sich kein bisschen wie eine echte Hand an.

Die Stimme zu einem andächtigen Flüstern gesenkt, sagte sie: »Du bist es. Du bist es wirklich.«

Sie sahen auf und einander in die Augen.

Dann sprang sie ihm in die Arme. Buchstäblich. Sie sprang hoch und ihre Füße hoben vom Boden ab, als sie ihre Arme um seine Schultern schlang – und ihn direkt auf den Mund küsste. Sein Hut fiel hinter ihm zu Boden und ihre Lesebrille landete irgendwo in der Nähe. Er hörte den leisen Aufprall, aber in diesem Moment scherte ihn das nicht im Geringsten.

Als sie wieder mit beiden Füßen auf dem Boden stand, suchte Anton nach einem festen Halt. Er hatte plötzlich so wacklige Knie und fühlte sich so benommen, als stünde er kurz vor einer Ohnmacht. Deshalb stützte er sich am Zeitungstisch ab, weil dieser sich in nächster Nähe befand.

Sie bückte sich und hob hinter ihm seinen Hut und ihre Brille auf. Sie setzte ihm wieder den Fedorahut auf den Kopf und berührte mit ihren weichen Fingerspitzen seine Lippen, als könnte sie den Kuss, den sie ihm gerade gegeben hatte, von seinem Mund wischen.

»Tut mir leid. Das hätte ich wohl nicht tun sollen, oder? Du bist mittlerweile bestimmt verheiratet. Ich bin zu weit gegangen. Kannst du mir verzeihen?«

Ihr Blick huschte zu seiner linken Hand. Er streifte den Handschuh ab, indem er die Hand unter den rechten Arm klemmte und zog, dann hielt er ihr seine linke Hand hin. Kein Ring.

Sie machte keinen Kommentar zu dem fehlenden Ring und sagte nur: »Ich kann gar nicht glauben, dass ich dich wiedergetroffen habe. Nach all diesen Jahren!«

Anton erwiderte nichts. Er war noch immer sprachlos.

* * *

»Ich habe dich zunächst gar nicht erkannt«, sagte sie. Die Worte purzelten nur so aus ihr heraus, schnell und durcheinander. »Als du mich mit meinem Namen angesprochen hast, habe ich im ersten Augenblick nicht begriffen, dass du es bist. Du hast dich so verändert. Als ich dich zuletzt sah, hast du noch wie ein Junge ausgesehen. Wie ein großer, ziemlich erwachsener Junge. Und jetzt bist du ... Ich war dreiunddreißig und jetzt bin ich achtundvierzig, also musst du ... Oh! Das ist verrückt! Du bist dreiunddreißig, oder? Genauso alt wie ich damals. Und es ist mir damals so alt vorgekommen, dreiunddreißig zu sein. Jetzt kommt es mir nicht mehr alt vor. Aber im ersten Augenblick ... du hast dich so sehr verändert.«

»Du hast dich überhaupt nicht verändert«, erwiderte er.

Sie hatte sich ein wenig verändert. *Überhaupt nicht* war eine leichte Übertreibung. An ihren Augen und um ihre Mundwinkel herum waren die Spuren kleiner Fältchen zu erkennen, doch es war nichts, das sie bedeutend veränderte. Daher fand er, dass seine Aussage zumindest im Kern der Wahrheit entsprach.

Er spürte noch immer ihren Kuss auf seinen Lippen. Als es passierte, war er zu überrascht gewesen, um die Sinneseindrücke zu verarbeiten, doch nun empfand er ein kribbelndes Phantomgefühl, vermischt mit einer seltsamen Wärme. Daher hatte er nicht viel geredet, seit sie einander gegenübersaßen. Er hatte ein paar Minuten gebraucht, um seine Worte wiederzufinden. Zum Glück hatte sie unterdessen mehr als genug Worte.

»Erstens«, sagte sie, »glaube ich dir das nicht. *Natürlich* habe ich mich verändert. Ich bin achtundvierzig, wie könnte ich mich nicht verändert haben? Aber ich meine, dass Leute sich im Alter zwischen achtzehn und dreiunddreißig mehr verändern als im Alter zwischen dreiunddreißig und achtundvierzig. Man entwickelt sich in dem Alter einfach mehr.«

»Du siehst wirklich nicht wie achtundvierzig aus«, erwiderte er und es entsprach vollkommen der Wahrheit. Wäre sie eine Fremde, hätte er ihr Alter auf vierzig geschätzt, oder womöglich noch ein oder zwei Jahre jünger.

»Du bist so süß«, seufzte sie. »*Das* hat sich kein bisschen verändert. Aber was ich sagen will, ist … Da war dieser schreckliche Ausdruck in deinen Augen, als ich dich gefragt habe, ob wir uns kennen, und das tut mir so leid. Natürlich habe ich dich nicht vergessen. Ich habe so oft an dich gedacht. Ich habe dich nur im ersten Augenblick nicht erkannt.«

Nun huschte sein Blick zu ihrer linken Hand, denn ihm war ein furchtbarer Gedanke gekommen. Doch sie trug keinen Ring.

»Nein«, sagte sie, als sie es bemerkte. »Ich bin nicht verheiratet. Es gibt in meinem Leben schon seit Langem keinen Mann mehr. Ich habe es zwar versucht. Etwa ein Jahr nach meiner Flucht wollte ich neu anfangen, aber dann sind mir an meinem Freund immer wieder diese Anzeichen von Wutanfällen aufgefallen. Und dann hatte ich das Gefühl, vielleicht in einem festgefahrenen Muster gefangen zu sein, und außerdem …«

Sie verstummte und wandte den Blick ab. Schweigend blickte sie aus dem Zugfenster. Anton sah aus dem Augenwinkel, wie die Strommasten draußen vorbeirasten.

»Ich sollte es wahrscheinlich nicht sagen.« Als sie endlich sprach, war ihre Stimme nicht viel lauter als ein Flüstern.

»Nein, sag es nur. Du solltest immer sagen können, was du denkst. Worum geht's?«

Doch während er auf ihre Antwort wartete, kam ihm der Gedanke, dass er diese vielleicht nicht mögen würde. Schließlich ging es bei dem Thema um andere Männer.

»Er war nicht *du*«, sagte sie, immer noch fast flüsternd. »Ich habe gedacht, ich könnte jemanden finden, der so gut und selbstlos ist, wie du es bist. Wie du deine eigenen Bedürfnisse für meine Sicherheit zurückgestellt hast. Ich dachte, ich könnte jemanden mit diesen Qualitäten finden, aber das ist nicht passiert. Kein einziges Mal in fünfzehn Jahren. Du hast damals gesagt, dass du das willst, was am besten für mich ist, selbst wenn es dich nicht einschließt. Die meisten Menschen sind nicht so, Anton. Ich glaube, du weißt gar nicht, wie besonders du bist.«

»Dazu muss ich übrigens ein Geständnis ablegen«, entgegnete er, denn er wollte diese vollkommen ehrliche Person sein, für die sie ihn hielt. »Das war nicht meine eigene Idee, sondern etwas, das meine Großmutter gesagt hat.«

Sie blickte auf und direkt in seine Augen. Er spürte wieder eine Gänsehaut, die feinen Härchen an seinem Arm stellten sich auf. »Das macht gar keinen Unterschied, Anton. Überhaupt nicht. Ich muss nicht denken, du hättest die Selbstlosigkeit erfunden. Aber du hast Selbstlosigkeit praktiziert. Das hast du getan. Und das ist mehr als genug.«

* * *

»Du musst mir alles erzählen«, verlangte sie.

Ein paar Minuten waren vergangen, nachdem in ihrer Unterhaltung eine Pause eingesetzt hatte. Doch keine unangenehme Pause, sie waren nicht ins Stocken geraten. Vielmehr hatten sie die einfache Gewissheit wiederentdeckt, dass sie gemeinsam schweigen und sich dabei wohlfühlen konnten. Zumindest fühlte es sich für Anton so an.

»Alles?«, fragte er und wandte den Blick vom Fenster ab, um ihr ins Gesicht zu sehen.

»Ja. Alles. Die ganzen fünfzehn Jahre. Und wir sollten nicht zu viel Zeit verschwenden, weil die Zugfahrt nicht so lange dauert.«

Anton sah wieder zum Fenster. Hatte er ein ungutes Gefühl? Falls es so war, war dieses Gefühl sehr weit entfernt und er ließ es nur zu gern dort in der Ferne.

Nach vielleicht einer Minute sprach sie wieder.

»Tut mir leid, habe ich etwas Falsches gesagt? Waren sie schlecht, diese fünfzehn Jahre, und du willst nicht darüber reden? Was ist gerade passiert?«

Er verlagerte unbehaglich sein Gewicht und fühlte sich zum ersten Mal seit ihrem Wiedersehen wirklich beklommen. »Mir hat nicht gefallen, was du gerade über die Zugfahrt gesagt hast.«

»Wie meinst du das?«

»Du hast gesagt, sie wäre kurz.«

»Na ja, ich bin nicht für die Geografie hier verantwortlich«, scherzte sie, um die angespannte Atmosphäre aufzulockern.

»Das klang nur so, als würde uns die Zeit davonlaufen. Was, wenn ich es nicht schaffe, dir alles zu erzählen, bevor wir Washington erreichen? Hast du vor, wieder aus meinem Leben zu verschwinden, sobald diese Zugfahrt vorüber ist?«

Sie legte sich erschrocken eine Hand vor den Mund.

»Oh, nein! Tut mir leid. So war das überhaupt nicht gemeint. Ich habe nur ... Ich wollte nur eine lockere Bemerkung machen, sonst nichts. Wie lange bist du in Washington? Wir können heute Abend essen gehen, falls du Zeit hast. Ich schreibe dir meine Adresse und Telefonnummer auf. Dieses Mal bleiben wir in Kontakt, versprochen.«

Er blickte aus dem Fenster und schwieg.

»Das hat wohl nicht geholfen«, stellte sie nach einer Weile fest.

Er konnte eine leichte Anspannung in ihrer Stimme hören. Es schien sie zu bedrücken, dass sie den Graben, den sie aufgerissen hatte, nicht überbrücken konnte.

»Es ist nur so ... falls es so einfach wäre, verstehst du?«

»Nein, ich verstehe es nicht, Anton. Ich kann dir wirklich nicht folgen.«

»Falls es so einfach wäre, in mein Leben zurückzukehren, warum hast du es nicht früher getan? Nach einiger Zeit, als du dir sicher sein konntest, dass dein Ex-Mann dich in Ruhe lassen würde. Du kanntest die Adresse von meinen Eltern, warum hast du nicht versucht, Kontakt aufzunehmen? Warum hast du mich nicht gesucht?«

Beim Sprechen hatte er aus dem Fenster gesehen. Der Bundesstaat Maryland war an ihnen vorbeigezogen und jetzt, da sie sich Baltimore näherten, wurde die Umgebung allmählich städtischer.

Er hörte sie seufzen.

»Aus zwei Gründen. Und sie scheinen sich zu widersprechen, aber ich schwöre, sie sind beide wahr. Ich war davon ausgegangen, dass du wahrscheinlich verheiratet sein würdest und Kinder hättest. Und hätte ich dann einfach vorbeikommen und alles über den Haufen werfen sollen? Ich dachte, dass ich dir bereits mehr als genug Herzschmerz verursacht hatte. Und ein anderer Teil von mir nahm an, dass ich dir vielleicht mittlerweile egal sei und es dir nicht viel bedeuten würde, mich zu sehen. Du warst erst achtzehn, Anton. Es war die erste Liebe. Eine Schwärmerei. Man kommt über so was hinweg und lässt es hinter sich, wenn man älter wird. Erst will man es nicht wahrhaben, aber dann geht das Leben schließlich doch weiter.«

Anton lockerte seine Krawatte und knöpfte den Kragen seines weißen Hemdes auf. Dann zog er das Lederband unter seinem Hemd hervor, bis der Ring zum Vorschein kam.

»Okay«, sagte sie, nachdem sie einen Moment lang auf den Ring gestarrt hatte. »Ich glaube, ich weiß bei Weitem nicht so viel, wie ich dachte. Ich habe mit meinen beiden Vermutungen wohl völlig danebengelegen. Aber ich schwöre, ich habe nur versucht, dir noch weiteren Kummer zu ersparen.«

* * *

»Also, was ich glaube …«, begann sie ein wenig zögernd, als der Zug von Baltimore abfuhr. »Ich weiß immer noch nicht, ob du mir wirklich nicht erzählen willst, was in den letzten fünfzehn Jahre passiert ist. Aber eine Sache kommt mir immer wieder in den Sinn. Als ich dich das letzte Mal sah, hast du auf dem Bahnsteig gelegen, nachdem du ziemlich böse hingestürzt bist.«

»Ja«, sagte Anton. »Ich bin kein Baryshnikov.«

»Oh, versuch jetzt nicht, witzig zu sein! Außerdem kann ich Ballett nicht ausstehen. Ich habe mir damals ernsthafte Sorgen gemacht, dass du verletzt sein könntest. Ich habe dich im Blick behalten, obwohl du in der Entfernung immer kleiner und kleiner geworden bist. Ich habe darauf gewartet, dass du aufstehen würdest. Damit ich sicher sein konnte, dass mit dir alles in Ordnung war. Bis heute weiß ich noch nicht, ob es eine dieser Situationen war, in der die Zeit einem einen Streich spielt, aber es erschien mir so, als wärst du länger auf dem Boden geblieben als … normal. Ich habe gedacht, du hättest dich vielleicht verletzt, und wäre fast aus dem Zug gestiegen, um nach dir zu sehen, oder … na ja. Es ist wohl korrekter zu sagen, dass ich diesen Drang hatte auszusteigen, aber was hätte ich tun können? Der Zug hatte sich bereits in Bewegung gesetzt. Und außerdem habe ich gehofft, dass du nach ein paar weiteren Sekunden vom Boden aufspringen würdest, vielleicht mit einem angestoßenen Knie oder zerschrammten Händen, aber im Grunde würde alles mit dir in Ordnung sein. Du warst schließlich ein junger, gesunder Kerl, daher habe ich gedacht, dass es nichts Schlimmes sein könnte.« Dann stellte sie schließlich die Frage, die bereits in ihrer Stimme angeklungen war. »Stimmt's?«

Anton räusperte sich. Ohne dass er es wollte, wanderte sein Blick von ihr weg und wieder zum Fenster hin. »Nachdem du weg warst, ist es mir ziemlich schlecht gegangen.«

Im Moment wollte er sich nicht mehr dazu äußern. Er wusste, dass seine Worte ihre Frage nicht beantworteten, das hatte er auch nicht beabsichtigt. Es war eine Frage, auf die es keine einfache Antwort gab.

»Es tut mir so leid.«

»Es war nicht deine Schuld.«

»Bist du dir sicher?«

»Es lag zum Teil daran, dass du weg warst, aber … Ich konnte es zu dem Zeitpunkt nicht richtig einordnen, aber ich glaube, dich auf diese Art zu verlieren, hat etwas in mir ausgelöst. Als wäre ich ein laufendes Pulverfass gewesen und du die Zündschnur.«

Eine Stille trat ein. Er sah sie von der Seite flüchtig an. Sie blickte nun ebenfalls aus dem Zugfenster.

»Dein Bruder«, sagte sie. »Und deine Hand. Du bist einfach zu gut damit umgegangen, das habe ich gemerkt.«

»Ich habe nicht gewusst, wie ich sonst damit hätte umgehen sollen.«

»Ich verstehe.«

»Ich war danach einige Zeit in einer Klinik.« Er wartete ab, doch sie erwiderte nichts. »Es war eine sehr seltsame Zeit. Eine sehr schwierige Zeit. Aber es war auch gut, denn dadurch war ich gezwungen, mir Hilfe zu suchen. Eine Weile lang war ich ein stationärer Patient und danach hatte ich weiterhin Therapie. Also jahrelang. Und ich weiß nicht, wo ich ohne die Therapie heute wäre.«

Sie schwiegen. Die Landschaft um sie herum wurde wieder ländlicher.

Scheinbar wie aus heiterem Himmel fragte sie: »Bist du meinem Ex-Mann mal über den Weg gelaufen?«

Anton war über den Themenwechsel erleichtert.

»Einmal«, antwortete er.

»Hat er dich verletzt?«

»Nur äußerlich. Und nicht annähernd so sehr, wie ich ihn innerlich verletzt habe.«

Nach einem Augenblick sagte sie: »Ich bin mir nicht hundertprozentig sicher, was das bedeutet, aber du wirst es mir sicher von selbst erzählen, wenn du so weit bist. Ich will meine Nase nicht in deine Angelegenheiten stecken.«

»Bist *du* ihm noch mal über den Weg gelaufen?«

»Ich habe ihm von einer Freundin aus die Scheidungsunterlagen zugeschickt. Sie sind von ihm unterschrieben zurückgekommen. Kein Streit, nur ein paar scharfe Worte. Ich glaube, das kann man wohl nicht als ›über den Weg laufen‹ bezeichnen.«

Kapitel 14

Ausweg

Mit einer stummen Frage hob Anton die Weinflasche. Sie nickte und er füllte ihr Glas auf, bis es zu zwei Dritteln voll war. Edith hatte ihre Gabel abgelegt und ließ die Hähnchenbrust nach Kiewer Art halb gegessen auf dem Teller. Das Restaurant war gerammelt voll und laut, und der stinkende Nebel aus dem Raucherbereich blieb nicht dort, wo er hingehörte. Anton versuchte, sich ganz auf sie zu konzentrieren, nur auf sie. Alles kam in Ordnung, wenn er seine Welt nur auf sie beschränken konnte. Er hielt den Blick auf ihre lange, gerade Nase gerichtet. Diese Nase machte ihm ständig bewusst, dass er wirklich Edith vor sich hatte. Und außerdem konnte er so knapp an ihren Augen vorbeisehen, deren Anblick unter diesen Umständen vielleicht zu intensiv für sein armes, wundes Herz gewesen wäre.

»Du hast mir gar nicht erzählt, was du beruflich machst«, begann sie die Unterhaltung und hob dabei die Stimme, um sich bei dem Lärm Gehör zu verschaffen.

»Ich bin Rechtsanwalt.«

»Na, so ein Zufall«, sagte sie.

»Bist du jetzt etwa Rechtsanwältin?«

»Ha! Nein. Schön wär's.«

»Warum ist es dann ein Zufall?«

Sie beantwortete seine Frage nicht. Ihre Gedanken schienen abgedriftet zu sein. »Das hätte ich nicht erwartet«, erwiderte sie mit lauter Stimme. »Hätte ich geraten, wäre ich nie darauf gekommen. Ich kenne viele Anwälte und du scheinst nicht wie sie zu sein. Worauf bist du spezialisiert?«

»Scheidungen.« Als sie nichts darauf sagte, fügte er hinzu: »Ich bin Scheidungsanwalt.«

»Damit hätte ich nicht gerechnet. Ich versuche, das mit meinem Bild von dir in Einklang zu bringen.«

Er hörte aus diesem zweiten Satz eine Menge heraus und verstand seine wahre Bedeutung. Sie wollte erkunden, ob er ihr nach wie vor vertraut war, ob sie ihn nach all diesen Jahren auch wirklich kannte. So jedenfalls interpretierte er ihre Worte.

»Warum sollte das nicht zu mir passen? Ich helfe Frauen. Manchmal auch Männern, aber überwiegend Frauen, die in ihren Ehen missbraucht worden sind. Ich helfe ihnen, ihrer Situation zu entkommen, und achte darauf, dass ihnen vor Gericht nicht das Gleiche passiert.«

»Ah. Ich verstehe. Du hast recht, das passt genau. Fast wie im Film.«

»Was meinst du damit?«

»Ich meine, dass es schon fast ein bisschen zu vorhersehbar und perfekt ist, um glaubwürdig zu erscheinen. Es wirkt erfunden, als hätte es sich ein Drehbuchautor ausgedacht, der eine gute Story schreiben will.«

»Oh«, murmelte er und wusste nicht, was er von dieser Einschätzung halten sollte. »Na ja, das ist nun mal mein Job.«

»Ich glaube dir.« Sie musste fast brüllen, damit er sie hören konnte.

»Und du?«, fragte er, ebenfalls mit erhobener Stimme.

»Was? Oh. Was *ich* mache. Also … als ich nach Tucson gekommen bin, habe ich zuerst in der Make-up-Abteilung eines Kaufhauses gearbeitet.«

»Ich wusste nicht, dass du in Tucson gewohnt hast«, sagte er laut.

»Oh. Stimmt. Das hatte ich noch nicht erwähnt. Ja, eine alte Studienfreundin wohnt in Tucson. Ich habe fast ein Jahr lang auf ihrer Couch geschlafen. Der Job war nicht gut bezahlt, also war es schwer, auf eigenen Beinen zu stehen und eine Wohnung zu bekommen. Es war ein furchtbarer Job, aber ich war dort sieben … nein, fast acht Jahre. Ich fand es schrecklich, so wenig zu verdienen, also habe ich Abendkurse besucht und konnte mich schließlich zur Rechtsanwaltsgehilfin hocharbeiten.«

»Wow, du hast dich richtig gut durchgeschlagen!«, sagte er und verstand jetzt, was sie mit *Zufall* gemeint hatte. »Und was führt dich nach Washington?«

»Ein Vorstellungsgespräch. Ich wollte in New York bleiben, aber es gibt zurzeit nicht viele Jobs. Dem Anwalt, für den ich in New York gearbeitet habe, wurde vor Kurzem die Lizenz entzogen.«

»Autsch! Weißt du, warum?«

»Er ist ein netter Kerl«, sagte sie. »Er meint es gut, aber er trinkt zu viel. So viel, dass er nicht aufhören kann. Irgendwann war selbst eine Gerichtsverhandlung kein Grund für ihn, seine Trinkerei einzuschränken.«

»Tut mir leid, dass du am Ende seine Probleme ausbaden musstest. Ich kann dich nicht gut verstehen – ich kann kaum mich selbst hören. Wollen wir woanders hingehen, wo wir reden können, ohne schreien zu müssen?«

»Das wäre sehr hilfreich.«

Er gab dem Kellner ein Zeichen, die Rechnung zu bringen.

* * *

Sie gingen im Dunkeln über eine Brücke, die über den Potomac River führte. Auch wenn sich ihre Schultern fast streiften, bewegten sie sich weder näher aneinander heran noch weiter voneinander weg. Sie kamen an zwei Paaren vorbei, die an das Geländer gelehnt auf den Fluss blickten. Antons Gedanken füllten sich plötzlich mit dem Bild von ihrer Flucht vor fünfzehn Jahren, als sie in aller Frühe aus der Hintertür seines Wohngebäudes gestürzt waren. Wie sie sich bei der Hand gehalten hatten, als sie zur Straße liefen und sich dort in ein Taxi flüchteten.

Er hätte jetzt gern wieder ihre Hand genommen, doch er konnte es nicht. Noch nicht.

»Wie ist dein Vorstellungsgespräch gelaufen?«, erkundigte er sich.

»Keine Ahnung. Die Frau, die mich interviewt hat, war völlig undurchschaubar. Sie schien mich zu mögen, aber ich kann wirklich nicht beurteilen, wie aufrichtig sie war. Sie meinte, sie würden sich telefonisch bei mir melden, aber das sagen sie immer, oder? Es könnte bedeuten, dass sie anrufen, aber es könnte auch bedeuten ›Schönen Tag noch, kein Interesse‹. Ich habe keine Ahnung, wie viele Leute sich auf diesen Job beworben haben. Ich weiß überhaupt nichts.«

Sie gingen mehrere Schritte schweigend weiter.

»Warum bist du hier in Washington?«, fragte sie dann.

Sie schlenderten in die Richtung seines Hotels, und es schien ihnen beiden bewusst zu sein. Anton kam es so vor, als würden sie umso langsamer gehen, je näher sie dem Hotel kamen.

»Morgen früh muss ich zu einer Anhörung und heute Nachmittag war eine eidesstattliche Aussage. Sie haben den Verhandlungsort verlegt. Wir haben gedacht, es würde in unserem Bereich stattfinden, aber der gegnerische Anwalt hat es ändern lassen.«

»Ich möchte mich bei dir entschuldigen«, sagte sie plötzlich und lenkte damit die Unterhaltung in eine völlig neue Richtung.

»Wofür?«

»Ich weiß nicht genau, aber es kommt mir so vor, als hätte ich einfach alles falsch gemacht. Wenn ich zurückdenke, kommt mir alles so diffus und verschwommen vor. Damals erschien es mir so, als würde mein Leben in Blitzgeschwindigkeit außer Kontrolle geraten. Ich weiß nur, dass ich dich verletzt habe, und das war das Allerletzte, was ich wollte. Ich habe wirklich kein Recht gehabt, überhaupt in deinem Leben zu sein. Du weißt schon – so wie die Dinge zu der Zeit standen.«

»Hast du jetzt das Recht, in meinem Leben zu sein?«

Sie schlenderten noch ein Stück weiter, bevor sie antwortete. Drei Jogger kamen an ihnen vorbei, doch Anton nahm sie nur schemenhaft wahr. Er konnte sich nur auf Ediths Antwort konzentrieren.

»Ich denke schon«, sagte sie. »Du bist jetzt ein erwachsener Mann. Du bist dreiunddreißig, und wenn du so verrückt bist, dich mit einer Frau einzulassen, die fünfzehn Jahre älter ist als du, dann wüsste ich nicht, wer etwas dagegen einwenden könnte.«

Dies hing bedeutungsschwer zwischen ihnen in der Luft, als sie weitergingen. Es war das erste Mal, dass einer von ihnen angedeutet hatte, dass die Möglichkeit einer romantischen Beziehung zwischen ihnen noch immer bestand. Anton nahm ihre Worte wie das Kribbeln von eiskalten, winzigen Nadeln in seinem Inneren wahr. Als er aufblickte, bemerkte er überrascht, dass sie nur noch zwei Häuser von seinem Hotel entfernt waren.

»Du hast heute deinen Hut nicht getragen«, stellte sie fest.

»Ich nehme ihn nicht gern mit in Restaurants, weil ich dann immer aufpassen muss, ihn nicht zu verlieren, und der Hut ist unersetzlich. Ich denke zwar nicht, dass er wertvoll genug ist, um gestohlen zu werden, aber falls ich ihn verliere oder … ich weiß nicht … jemand ihn aus Versehen mitnimmt … Oh, ich weiß, das ist hirnrissig. Es würde wahrscheinlich gar nicht passieren. Ich hänge nur so an dem Hut.«

»Das ist so typisch für dich«, sagte sie, »also kann ich es dir nicht verdenken.«

Er wusste nicht, ob sie sich auf den Hut bezog oder auf seine Neigung, sich auch über die kleinsten Probleme Gedanken zu machen, doch er fragte nicht nach. Sie blieben stehen, als sie vor seinem Hotel angekommen waren.

»Ich hätte dich fragen sollen, wo du übernachtest«, sagte er. »Warum hast du mich zu meinem Hotel begleitet? Ich hätte *dich* begleiten sollen.«

»Ich bleibe nicht über Nacht hier. Ich hatte die Wahl zwischen einer Nacht im Hotel oder einem Zugticket für die Business-Klasse. Ich habe wohl die richtige Entscheidung getroffen, was? Stell dir vor, wir wären zwar im selben Zug, aber in verschiedenen Abteilen gewesen. Was für eine verschwendete Gelegenheit. Aber jedenfalls muss ich heute Abend zurück.«

»Okay. Lass uns ein Taxi rufen und ich begleite dich zum Bahnhof.«

»Nein, lieber nicht. Zu viele unangenehme Erinnerungen. Ruf mir einfach ein Taxi, dann verabschieden wir uns hier. Und du kannst mich anrufen, wenn du wieder zurück in New York bist. Es sei denn …«

Anton hatte eine Vermutung, was das *es sei denn* zu bedeuten hatte, doch er war sich nicht ganz sicher. Er wollte es nicht darauf ankommen lassen, einfach zu raten und am Ende vielleicht vollkommen danebenzuliegen.

»Es sei denn, du willst, dass ich hierbleibe«, fügte sie hinzu, als er nichts sagte.

Anton spürte sofort die Hitze in seinem Gesicht. Mit dem Herzen und jeder Faser seines Körpers fühlte er sich zu ihr hingezogen. Er verabscheute zutiefst, was er ihr antworten musste. Er bekam ein klaustrophobisches Gefühl, als sei er in eine Zwangsjacke gesperrt. Fünfzehn Jahre lang hatte er auf diesen Augenblick gewartet, ohne auch nur ein einziges Mal wirklich zu glauben, dass er eintreten würde. Und nun war dieser Moment gekommen und er musste ablehnen. Es war unfassbar.

In Gedanken ging er ein Dutzend Möglichkeiten durch, das Nein zu umgehen. Doch es gab einfach keinen Ausweg.

In der Zwischenzeit hatte sein Schweigen ihr bereits seine Antwort vermittelt.

»Schon gut«, meinte sie. »Das hätte ich nicht sagen sollen. Tut mir leid. Ich vermassele solche Dinge wohl immer, was?«

»Nein, es liegt nicht an dir. *Mir* tut es leid. Es gibt da etwas, das ich dir hätte sagen sollen. Zumindest beim Essen oder schon vorher, im Zug.«

»Du bist in einer Beziehung.«

»Ja und nein.«

Der Hotelportier kam heraus und hielt ihnen die Tür auf. Anton schüttelte den Kopf und der uniformierte Mann zog sich wieder in das Gebäude zurück.

»Beides geht nicht.« Ihre Stimme klang jetzt leise und mühsam beherrscht.

»Heute bin ich noch in einer Beziehung, morgen nicht mehr. Heute kann ich dich noch nicht ins Hotel einladen. Sie weiß es noch nicht, also würde ich sie betrügen.«

Er hielt den Atem an und wartete auf ihre Antwort. Das Straßenlicht war zu trüb, um ihre Miene klar zu sehen, also versuchte er, ihre Energie zu spüren, doch er bekam kein eindeutiges Ergebnis.

»Du bist noch derselbe Anton wie früher«, stellte sie nach einer Weile fest. »Gut zu wissen.«

»Morgen Abend fahre ich nach Hause und dann werde ich mit ihr reden. Und am Tag danach können wir unser erstes Date haben. Wenn das für dich in Ordnung ist.«

»Bist du dir sicher, dass du mit ihr Schluss machen willst?«

»Ich war mir nie in meinem Leben über etwas sicherer.«

»Wenn du dir so sicher bist, warum bist du dann noch mit ihr zusammen? Warum hast du diese Beziehung nicht schon früher beendet?«

Er überlegte einen Augenblick, denn er nahm ihre Frage ernst. Er wollte ihr eine ehrliche, richtige Antwort geben. »Erinnerst du dich noch an den Film, den wir uns zusammen angesehen haben?«

»Das ist schon so lange her. Kannst du mir auf die Sprünge helfen?«

»Die Marx Brothers.«

»Oh! Natürlich.«

»Erinnerst du dich an die Szene, die ich so lustig fand? Wo Chico Klavier spielt? Und Groucho ihn fragt, wann das Stück endet, und er sagt, dass er dachte, es sei schon vorbei? Oder etwas in dieser Art.«

»Ich habe diesen Film nur etwa ein Dutzend Mal gesehen«, erwiderte sie, jetzt ein wenig entspannter. »Ich glaube, ich weiß, welche du meinst.«

»So ähnlich war diese Beziehung. Ich habe die Gelegenheit für das richtige Ende vorbeiziehen lassen und den Zeitpunkt, den Absprung zu schaffen, verpasst.«

»Was war das richtige Ende?«

»Sie hat darauf bestanden, mich Anthony zu nennen, weil sie den Namen Anton nicht mag. Sie findet, der Name würde sich zu Deutsch anhören und Deutsch sei eine schroffe Sprache, die nicht freundlich klingt. Ich habe den Fehler gemacht, ihr zu erzählen, dass ich mich früher Anthony genannt habe. Nie hätte ich gedacht, dass sie das als Einladung verstehen würde, sich einfach einen Namen auszuwählen. Es klingt nicht wie eine große Sache, aber …«

»Aber andere sollten dich beim Wort nehmen, wenn du ihnen deinen Namen sagst.«

»Ganz genau. Aber das war nicht alles. Sie hat mich nicht ins Bett gelassen, wenn ich das Lederband mit dem Ring getragen habe. Das wollte sie einfach nicht verstehen. Und sie hat selbstverständlich angenommen, dass ich ihr einen Heiratsantrag machen würde. Sie hat überall herumerzählt, wir seien verlobt, obwohl ich sie überhaupt nicht gefragt habe. Aber dann hat sie klargemacht, dass sie ihren eigenen Ring wollte. Das war das richtige Ende, aber ich habe es verpasst. Und dafür könnte ich mich jetzt noch ohrfeigen.«

»Wenn du ihr erzählt hast, woher du den Ring hast, dann hast du ihr zu viel erzählt«, sagte Edith.

»Ich bin einfach zu ehrlich«, entgegnete er.

»Kannst du es ihr denn völlig verdenken?«

»Nein, überhaupt nicht. Es war nur … es war wie eine Straßensperre, und ich wusste, dass wir nie um sie herumkommen. Und danach … wir hatten keine richtige Zukunft, aber die Tage sind vorbeigegangen und nie war es absolut notwendig, es auszusprechen. Also ist es einfach so weitergelaufen. Ich suche nicht nach einer Frau, die perfekt ist. Das ist es nicht. Sie muss keinen unmöglich hohen Maßstäben entsprechen. Ich habe nur gehofft, eine Frau zu finden, die mehr so ist wie …«

Doch dann wusste er nicht, wie er diesen Satz zu Ende bringen sollte.

»Du«, ergänzte sie.

»Darauf wollte ich eigentlich gar nicht hinaus, aber du hast recht«, sagte er mit einem Lächeln.

»Du bist ein selbstloser Mann.« Sie berührte mit ihrer winterkalten Hand seine Wange. »Du hast das Recht, für dich selbst Gutes zu wollen.« Sie wandte den Kopf und gab dem Pförtner ein Zeichen, der daraufhin die Tür öffnete. »Mein Freund ist ein Gast hier!«, rief sie ihm zu. »Aber ich muss zum Bahnhof. Könnten Sie mir bitte ein Taxi rufen?«

»Ja, Ma'am«, sagte er und verschwand wieder im Hotel.

»Was wäre gewesen, wenn du mich nicht wiedergesehen hättest?«, fragte sie Anton.

»Was meinst du?«

»Ich rede immer noch über deine Freundin. Würdest du mit ihr zusammenbleiben, wenn du mir nicht im Zug begegnet wärst?«

Eine in der Kälte deutlich sichtbare Atemwolke entwich Antons Mund und verriet seinen Seufzer. Edith nahm es wahr. Seine Verwirrung und seine Unfähigkeit, mit Leuten und Lebenssituationen angemessen umzugehen, schien in sichtbarer Form ans Licht getreten zu sein. Er fühlte sich unangenehm durchschaut.

»Heute ja, morgen wahrscheinlich. Danach vielleicht. Ich weiß es nicht. Irgendwie werde ich nie aus Beziehungen klug. Ich habe das Gefühl, sie funktionieren nicht, aber andererseits weiß ich nicht, wie viel ich von Beziehungen erwarten kann. Ich habe keine Ahnung, was das über mich aussagt oder zu was es mich macht.«

»Menschlich«, erwiderte sie. »Es macht dich menschlich. Und zu einem Erwachsenen. Gratuliere! Du hast gedacht, du würdest lernen, Beziehungen zu verstehen, wenn du älter wirst, oder? Ich glaube, das denken wir alle. Und dann ... Überraschung!«

Am Ende des Satzes wedelte sie mit den Händen, als sei sie auf einer Showbühne.

Ihr Humor und ihre theatralischen Gesten brachten ihn zum Lächeln, es fühlte sich gut an. Er bemerkte, wie lange er schon nicht mehr gelächelt hatte, zumindest nicht aufrichtig und spontan wie jetzt. Viel zu lange.

»Eines kann ich dir sagen«, fuhr er fort. »Vielleicht würde ich mit ihr nicht Schluss machen, wenn ich dich nicht wiedergesehen hätte. Aber das wäre nicht in Ordnung. Ich würde meine Entscheidung später immer wieder anzweifeln und die Beziehung infrage stellen. Ich hoffe, das ergibt Sinn.«

Er hielt inne, aber sie schien nichts hinzufügen zu wollen. »Ich wünschte, ich müsste heute Abend nicht Nein sagen«, redete er weiter. Er spürte eine innerliche Verzweiflung, so ähnlich wie während der ersten zehn Jahre seiner Therapie.

»Mach dir darüber keine Gedanken«, sagte sie und hielt einen Finger an seine Lippen. »Ich freue mich auf unser erstes offizielles Date. Übermorgen.«

Er nahm ihre Hand und hielt sie in seiner, auch wenn er es nicht hätte tun sollen.

»Du hast damals gesagt, dass du mich liebst. Aber mir war nie klar, wie du das gemeint hast.«

»Mir auch nicht«, erwiderte sie.

Direkt nach diesen Worten hielt ein Taxi neben ihnen an. Anton konnte kaum glauben, wie schnell es gekommen war, und innerlich fluchte er deswegen.

»Aber ich kann nicht erwarten, es herauszufinden«, sagte sie und entzog ihm sanft ihre Hand.

Sie stieg ins Taxi und winkte ihm zum Abschied durch die Scheibe wehmütig zu.

* * *

Anton verbrachte eine ausgiebig lange Zeit unter der Dusche. Absichtlich hatte er das Wasser fast schmerzhaft heiß gestellt, als wollte er alles wegbrennen, von dem er sich wünschte, dass es anders sei.

Er trocknete sich ab und ging ins Bett, doch er konnte nicht schlafen.

Mit der Hand hinter dem Kopf lag er die ganze Nacht wach und starrte an die Decke, ohne auch nur für eine Minute die Augen zu schließen.

Am nächsten Morgen fühlte sich sein Körper wie elektrisch aufgeladen an. In seinem Magen rumorte es viel zu sehr, um an Frühstück auch nur zu denken.

Doch morgen Abend würde er ein Date mit Edith haben und allein der Gedanke daran würde ihn durch den Tag bringen. So viel war gewiss.

Kapitel 15

Die Sache ist so

Amy blickte ihn an. Sie griff über den Restauranttisch hinweg nach seiner Hand, doch er zog sie zurück und versteckte sie in seinem Schoß. Er sah sie kurz an, dann wandte er den Blick ab.

Was er in ihren Augen lesen konnte, gab ihm zu verstehen, dass er einen schrecklichen Fehler begangen hatte. Sie schien sich falsche Hoffnungen zu machen, was seine Gründe für diesen Restaurantbesuch betraf. Offenbar rechnete sie mit einer wunderbaren Nachricht. Sie erwartete vermutlich einen Heiratsantrag.

»Über was wolltest du mit mir reden?«, fragte sie.

Er spürte, wie es ihm schwer ums Herz wurde. Er blickte ihr wieder ins Gesicht.

Sie ahnte immer noch nichts.

Das ist eins dieser Probleme mit Amy, dachte er, obwohl es ihm bis zu diesem Augenblick gar nicht bewusst gewesen war. Edith hätte gemerkt, dass etwas nicht stimmte, wenn er seine Hand zurückgezogen hätte. Sie hätte zum Beispiel gesagt: »Oje! Schlechte Nachrichten?« Doch Amy reagierte weniger hellhörig auf Hinweise von ihm. Sie schien seine Gesten einfach nicht deuten zu können. Nun, da er darüber nachdachte, merkte er, dass sie es nicht einmal versuchte.

Sofort meldete sich sein schlechtes Gewissen, weil er sie ausgerechnet in einem Moment wie diesem in Gedanken kritisierte.

Er senkte den Kopf und stützte seine Stirn mit der Hand ab, sodass seine Augen vor ihr verborgen waren. »Ich habe wirklich Mist gebaut. Ich habe noch nichts gesagt und schon alles vermasselt.«

Nahm sie vielleicht in diesem Augenblick die Atmosphäre wahr? Nein.

»Hast du etwas vergessen?«, fragte sie in einem lockeren, neckischen Ton.

Ein schweres, unbehagliches Gefühl breitete sich in ihm aus.

»Du denkst, ich hätte dich hierhergebracht, weil ich dir einen Antrag machen will.« Er hatte eigentlich nicht vorgehabt, es laut auszusprechen, aber nun war es heraus und hing wie eine dunkle Wolke über ihnen. Unmöglich, es wieder zurückzunehmen.

»Oh. Nun, es ist mir in den Sinn gekommen. Ja. Aber was wolltest du sagen?«

Zunächst antwortete er nicht. Er konnte es nicht. Ihm ging nur der Gedanke durch den Kopf, dass er bloß so lange mit ihr zusammengeblieben war, um nicht ihre Gefühle zu verletzen. Und jetzt verletzte er sie nur umso mehr. Während dieser bedrückenden Stille merkte sie endlich, dass etwas nicht stimmte.

»Die Sache ist so«, begann er. »Amy … die Sache ist so.«

Mit seinem immer noch auf den Tisch gesenkten Blick bemerkte er, dass sie ihre Gabel wie eine Waffe hielt, fest und mit den Zinken von ihr abgewandt. Sicher nicht so, wie man eine Gabel normalerweise zum Essen hielt.

Er öffnete den Mund, um etwas zu sagen, doch sie schnitt ihm das Wort ab.

»Wenn du auch nur noch einmal ›Die Sache ist so‹ sagst …«

Er schloss den Mund wieder. Genau das hatte er sagen wollen.

»Oh, komm schon, Anthony. So schlimm kann es schon nicht sein. Stimmt's? Was auch immer es ist, du kannst es mir sagen. Aber mach schnell, okay? Denn ich werde allmählich ein bisschen nervös. Ich meine, du hast mich ja wohl nicht hierhergebracht, um mit mir Schluss zu machen, oder?«

Anton hob den Kopf. Wieder öffnete er den Mund, aber seine Stimme versagte ihm ihren Dienst. Sie saßen beide nur stumm da.

Schließlich, als die Stille unerträglich wurde, wagte er einen Blick in ihr Gesicht.

»Hast du eine andere?«, fragte sie mit tonloser Stimme. Tonloser, als er je gehört hatte. Es war ziemlich beunruhigend.

Er beantwortete ihre Frage nicht, da es keine einfache Antwort gab.

»Oh mein Gott, du hast eine andere, oder nicht? Hast du mich betrogen?«

»Nein!«, rief er plötzlich so laut, dass die Paare an den Nebentischen sich beunruhigt umblickten. Anton senkte die Stimme wieder. »Natürlich nicht. Das würde ich nie tun.«

»Aber was ist es dann? Ich habe gedacht, mit uns würde alles gut laufen und wir würden heiraten. Oh mein Gott! Du hast mich hierhergebracht, um es mir in der Öffentlichkeit zu sagen, damit ich keine Szene mache.«

»Nein. Daran habe ich überhaupt nicht gedacht. Ich wollte nur … einen netten Abend.«

»Na, ist das nicht entzückend!«, gab sie sarkastisch zurück. Ihre Stimme klang hart. »Wie nett von dir. Der Abend, an dem du mit mir Schluss gemacht hast, wird mir bestimmt als ein schönes Ereignis in Erinnerung bleiben.«

Anton erwiderte nichts. Wie hätte er auf ihre Bemerkung auch reagieren sollen?

»Sag mir, warum«, forderte sie.

»Okay.«

Doch für einen schmerzhaft langen Moment kam kein Wort mehr aus seinem Mund.

»Ticktack, Anthony, die Zeit läuft.«

»Okay. Die Sache ist so. Ups, tut mir leid. Das hätte ich nicht sagen sollen. Gestern … im Zug … bin ich jemandem begegnet. Einer Frau, die ich schon sehr lange nicht mehr gesehen habe.«

Er hielt inne und wartete. Er wagte nicht, sie direkt anzusehen, aber schließlich warf er ihr doch einen flüchtigen Blick zu. Sie hatte den Kopf in die Hände gestützt – und verbarg ihre Augen, so wie er es manchmal tat.

»Falls es nicht Edith ist, sag es mir bitte. Denn ich habe gleich an Edith gedacht.«

Er sagte nicht, dass es jemand anderes sei. Das hätte er nicht tun können. Wieder wartete er. Vielleicht eine Minute oder zwei, doch es fühlte sich länger an. Schließlich ließ sie die Hände sinken.

»Wie viel Zeit habe ich, um meine Sachen aus der Wohnung zu schaffen?«, fragte sie.

Anton war – gelinde gesagt – überrascht.

»Ich weiß nicht. So viel Zeit, wie du brauchst, nehme ich an.«

Sie stocherten lange in ihrem Essen herum, ohne ein Wort zu reden.

* * *

»Ich hatte mit einem Streit gerechnet«, sagte er, als sie nach Hause gingen.

Das heißt, *gingen* war eigentlich nicht der richtige Begriff, denn Amy eilte voraus und versuchte, immer ein paar Schritte Vorsprung zu haben. Er trottete langsamer hinter ihr her, um sie nicht einzuholen. Denn sie wollte offenbar nicht neben ihm gehen. Und wahrscheinlich verdiente er es auch nicht.

Als sie nichts erwiderte, fügte er hinzu: »Du streitest dich gar nicht mit mir.«

Sie blieb so abrupt stehen, dass er beinahe in sie hineingelaufen wäre. »Ich komme gegen Edith nicht an.« Ihre Stimme klang … nun, er hatte keine Ahnung, wie er sie beschreiben konnte. Es war etwas, das er noch nie zuvor gehört hatte. »Wie kann ich gegen Edith ankommen? Sie ist ein Royal Flush. Und ich bin wie … ein Two Pair.«

Sie standen unter dem Straßenlicht und vermieden den Blickkontakt. Ihr Atem bildete kleine Dampfwolken.

»Es tut mir so leid«, sagte er. »Ich wollte dich nicht so behandeln.«

»Es geht nicht darum, wie du mich *behandelst*, Anthony. Wenn du eine Pokerhand hast, dann *behandelst* du sie nicht wie einen Royal Flush. Es ist einfach so oder nicht. Ich gehe jetzt nach Hause. Könntest du mir bitte nicht folgen? Schlaf im Büro oder sonst wo. Nur die eine Nacht. Bis morgen Abend habe ich meine Sachen ausgeräumt.«

»Was ist mit Hannah? Versprichst du mir, dass du nicht weggehst und sie die ganze Nacht allein lässt?«

»Nein, natürlich kann ich das nicht versprechen. Ich bin nicht mehr für deinen neurotischen Hund verantwortlich.«

»Dann gehe ich nach Hause und nehme sie mit. Und danach bist du uns los.«

»Wohin willst du mit ihr, Anthony? Hotels akzeptieren meist keine Hunde.«

»Dann werden wir wohl bei meinen Eltern übernachten müssen. Und mein Name ist übrigens Anton.« Beinahe hätte er hinzugefügt: »Bring zumindest so viel Respekt auf, um mich bei meinem richtigen Namen zu nennen.« Doch er hatte sie schon genug verletzt.

Ohne einen weiteren Kommentar ging sie.

Er sah ihr nach, während sie in der Entfernung immer kleiner wurde. Trotz all der Gewissensbisse fühlte es sich gut an, wieder Anton zu sein. In jeder Hinsicht.

* * *

Als seine Mutter die Wohnungstür öffnete, war es offensichtlich, dass Anton sie gerade aus dem Schlaf gerissen hatte. Ihre Haare waren in Lockenwickler gedreht und mit einem Tuch bedeckt. Über ihrem geblümten Nachthemd trug sie einen alten Frotteebademantel. Mit einer Hand hielt sie den Türgriff fest, mit der anderen kratzte sie sich den Rücken. Sie blickte ihn an, dann zu Hannah hinunter. Beinahe theatralisch gähnte sie mit weit aufgerissenem Mund.

»Wir haben bereits geschlafen!«, fauchte sie ihn an.

Anton warf einen Blick auf seine Armbanduhr. »Es ist 20:37 Uhr«, sagte er.

»Ja, und?«

»Egal. Tut mir leid, dass ich euch geweckt habe. Kann ich heute Nacht hier schlafen?«

Sie reckte den Hals, als rechnete sie damit, dass dort im Hausflur hinter ihm eine ganze Armee stand. »Ihr drei?«

»Nein. Nur ich und Hannah.«

»Wo ist Amy?«

»Unsere Beziehung ist vorbei.«

Sie öffnete den Mund, um diese Nachricht zu kommentieren, wahrscheinlich negativ. Doch bevor sie etwas sagen konnte, dröhnte die Stimme seines Vaters aus dem Schlafzimmer.

»Wer ist das, Vera?«

»Es ist Anton!«, rief sie zurück – so laut, dass Anton beinahe das Trommelfell geplatzt wäre. »Mit Hannah!«

»Was macht er hier um diese Uhrzeit?«

»Wenn du mal einen Moment die Klappe halten könntest, kann ich es herausfinden.«

Einen kurzen Augenblick herrschte eine wunderbare Stille. Sie wandte ihren missbilligenden Blick wieder zu Anton.

»Es ist *deine* Wohnung«, sagte sie.

»Ich weiß.«

»Anscheinend nicht. Du lässt dich von ihr herumschikanieren. Schon immer.«

»Sie wollte nur eine Nacht allein sein. Und morgen räumt sie ihre Sachen aus der Wohnung und ich kann zurück nach Hause gehen.«

Antons Mutter kniff die Augen zusammen, lehnte sich vor und musterte ihn so, als hätte sie Probleme mit ihrer Sehkraft. »Wer von euch hat die Beziehung beendet?«

»Ich habe mit ihr Schluss gemacht.«

»Dann kann sie das verlangen.«

Sie blieben einen Augenblick schweigend stehen. Seine Mutter gähnte wieder. Anton war sich plötzlich sehr bewusst, dass er und sein Hund immer noch im Hausflur standen. Es war merkwürdig, aber er wollte sie nicht drängen.

»Was ist mit dir bloß los?«, fragte seine Mutter ihn.

»Ich bin mir nicht sicher, wie ich das beantworten soll.«

»Ich dachte, du würdest sie heiraten.«

»Das habe ich nie behauptet. *Sie* hat immer gesagt, ich würde sie heiraten.«

»Ein nettes Mädchen war das. Was, wenn du niemand besseren findest?«

»Ich habe bereits jemand besseren gefunden.«

»Und seit wann kennst du dieses Mädchen?«

»Seit meinem achtzehnten Lebensjahr.«

Daraufhin folgte eine Stille, die sich seltsam lange hinzog.

Anton hatte seinen Eltern nie von Edith erzählt und seine anderen Verwandten hatte er gebeten, sie nicht zu erwähnen. Seine Mutter dachte vermutlich, dass er eine alte Freundin aus Stanford meinte, und er ließ sie gern in diesem Glauben. Außerdem wollte er ihre Annahme, seine neue Angebetete sei ein *Mädchen*, lieber nicht korrigieren.

Und immer noch stand er mit Hannah im Hausflur.

Er wollte sie bitten, hereinkommen zu dürfen, und sagen, dass sie am Morgen die Unterhaltung fortsetzen könnten, doch dazu kam er nicht.

»Na ja, ich hoffe, du weißt, was du tust«, brummte sie.

Sie drehte sich um, marschierte zurück ins Schlafzimmer und ließ Anton vor der geöffneten Tür stehen.

»Du hast Amy doch sowieso nie gemocht!«, rief er ihr hinterher.

»Aber vielleicht kann ich diese Neue noch weniger leiden.« Antons Mutter drehte sich nicht um, sondern warf ihm die Worte über die Schulter zu.

Anton sah zu Hannah hinunter, die seinen Blick erwiderte.

»Das ist sehr gut möglich«, sagte er, mehr in Hannahs Richtung als in die seiner Mutter.

Hannah wedelte ein wenig unsicher mit dem Schwanz, denn es brachte sie durcheinander, wenn er Worte zu ihr sagte, die sie nicht verstand.

Anton trat ein und schloss die Tür von innen ab. Er nahm Hannahs Leine ab, dann ging er durch den Flur auf sein Zimmer zu. Je näher er Gregs altem Zimmer kam, desto mehr spürte er, wie sich ein Knoten in seinem Magen bildete. Hannah lief so dicht neben ihm, dass sie sein Knie streifte. Bevor sie Gregs Zimmer erreicht hatten, blieb sie plötzlich stehen. Er blickte sie an und sie sah zu ihm hoch.

»Was ist?«, fragte er.

Doch sie senkte nur den Kopf.

»Ja, einverstanden. Lass uns erst in die Küche gehen.«

Hannah ließ sich mit einem tiefen Seufzer auf den Küchenboden sinken, während Anton die Tontöpfe auf der Küchentheke nach den Kamillenblüten von seiner Großmutter durchsuchte. Sie war noch am Leben, gerade fünfundachtzig Jahre alt geworden, und kam noch regelmäßig seine Eltern besuchen, um Tee zu machen und ein Schwätzchen zu halten.

Als er die Kamillenblüten gefunden hatte, füllte er den Kessel mit Wasser und stellte ihn auf den Herd.

Aus seiner Aktentasche zog er das Stück Papier, das Edith ihm im Zug gegeben hatte. Gut leserlich hatte sie ihm ihre Adresse und Telefonnummer aufgeschrieben.

Er nahm den Telefonhörer von der Gabel an der Küchenwand und rief sie an.

»Hallo?«, hörte er ihre Stimme am anderen Ende der Leitung und sofort löste sich der Knoten in seinem Magen, als sei er einfach in der Luft verpufft.

»Hey«, meldete er sich. »Ich bin's.«

»Hallo du«, sagte sie in einem Tonfall, der ihm die Hitze ins Gesicht steigen ließ.

Im ersten Moment war er fast zu überwältigt, um fortzufahren, doch er zwang sich, weiterzusprechen. »Ist es zu spät für einen Anruf?«

Sie lachte und dieser Klang zauberte ein unerwartetes Lächeln auf sein Gesicht.

»Es ist noch nicht mal neun Uhr.«

»Genau. Das habe ich meinen Eltern auch gesagt, aber es hat sie nicht interessiert.«

»Wie geht es dir? Ist alles … in Ordnung?«

»Ja. Alles okay. Ich bin noch ein bisschen aufgewühlt, aber sonst ist alles in Ordnung. Ich wollte nur unser Date morgen Abend bestätigen.«

»Wow!«, sagte sie nur.

»Warum ›wow‹?«

»Du hast es wirklich getan?«

»Natürlich. Hast du das nicht geglaubt?«

»Die meisten Leute wären nach Hause gegangen und hätten es nicht getan. Andererseits bist du nicht wie die meisten Leute, Anton. Das warst du noch nie.«

Er lehnte sich an die Fensterbank. Wohin würde ihr Gespräch führen? Doch eigentlich war es ihm egal, denn jede Richtung, die er mit Edith einschlug, war in Ordnung. Er blickte auf die Straße hinaus. Das Küchenfenster zeigte, genau wie Antons altes Schlafzimmer, auf die Straße hinaus. Genauer gesagt, man blickte von hier auf Ediths frühere Wohnung und auf das dritte Fenster von links, wo Anton sie zum ersten Mal gesehen hatte, als sie grob an den Haaren gepackt und nach hinten gezogen worden war. Als er sich daran erinnerte, spürte er die Emotionen physisch, wie ein durch Tausende von Nadelstichen verursachtes Kribbeln.

»Wie hat sie es aufgenommen?«, fragte Edith.

Ihre Stimme war … einfach alles. Ihre Stimme rettete ihn. Sie brachte ihn auf den Boden zurück. Er hätte dieser Stimme die ganze Nacht zuhören können.

»Nicht sehr gut. Aber … eigentlich besser, als ich dachte. Doch ich habe sie verletzt, und jetzt habe ich wirklich Schuldgefühle. Ich habe die Sache vollkommen vermasselt.«

»Bist du jetzt noch bei ihr? Ist es sehr unangenehm?«

»Nein. Ich bin zu meinen Eltern gegangen, mit meinem Hund. Ich bleibe heute Nacht hier. Sie will ihre Sachen morgen ausgeräumt haben, wenn ich von der Arbeit komme. Ich wäre ja in ein Hotel gegangen, aber das ist mit einem Hund schwierig. Ich besuche meine Eltern so selten wie möglich, aber ich wollte Hannah nicht in der Wohnung zurücklassen.«

»Ah, du hast einen Hund. Das ist schön. Ich hätte schon immer gern einen Hund gehabt, aber ich würde ihn nicht den ganzen Tag allein lassen wollen, während ich arbeite.«

In der folgenden Stille kam Anton in den Sinn, dass er jetzt in genau dieser Situation war: Er hatte einen Hund und einen Vollzeitjob, aber niemanden, der nach Hannah sehen konnte, wenn er nicht da war. Er verdrängte den Gedanken, denn er konnte in diesem Augenblick nicht an alles denken.

»Also, ich war gerade im Flur«, begann Anton, »hier in der Wohnung meiner Eltern. Und wie ich schon sagte … ich komme nicht sehr oft hierher, und wenn ich hier bin, vermeide ich es. Du weißt schon, an Gregs Zimmer vorbeizugehen, wo …« Er konnte den Satz nicht beenden. »Und Hannah, mein Hund … sie ist plötzlich an Gregs Tür stehen geblieben. Und wollte einfach nicht weitergehen. Ich frage mich, ob nach all dieser Zeit dort buchstäblich eine Art von schlechter Energie ist oder ob sie meine Gefühle gespürt hat. Aber jetzt, wo ich mich reden höre, weiß ich gar nicht, warum ich dir das alles erzähle.«

Auf der Straße unter ihm trat ein Mann aus Ediths altem Wohngebäude. Er schlug zum Schutz vor der Winterkälte seinen Kragen hoch. Aber natürlich war es nicht *er*. Es war niemand, den Anton kannte.

»Weil wir uns Dinge erzählen«, sagte Edith in sein Ohr. »Das haben wir immer getan.«

Er wollte etwas erwidern, aber seine Gefühle steckten ihm wie ein Kloß in der Kehle und seine Stimme versagte.

»Und wie geht es *dir* dabei, wenn du an Gregs altem Zimmer vorbeigehen musst?«

»Nicht gut«, krächzte er.

»Das war es wahrscheinlich. Hunde spüren sehr stark die Gefühle ihrer Besitzer.«

»Nach all diesen Jahren Therapie …«

»Nach all diesen Jahren Therapie ist es besser. Aber es wird nie perfekt sein. Es wird nie so sein, als wäre es nicht passiert.«

»Aber ich muss an dem Zimmer vorbeigehen. Ich kann schließlich nicht in der Küche schlafen. Na ja, das Sofa ginge vielleicht.«

»Gibt es ein Telefon in deinem alten Zimmer?«

»Als ich in der Klinik war, haben meine Eltern für mich einen Nebenanschluss legen lassen. Keine Ahnung, ob er noch da ist.«

»Leg den Hörer ab, aber häng nicht auf. Und geh in dein altes Zimmer. Und da nimmst du das Telefon, wenn es noch da ist. Ich bleibe in der Leitung und warte auf dich.«

»Okay«, sagte er. »Los geht's.«

Er legte das Telefon auf der Küchentheke ab und stellte den Herd aus. Dann ging er schnellen Schrittes los. Hannah sprang auf und trottete hinter ihm her.

Als er an Gregs Tür vorbeikam, schloss er kurz die Augen. Doch er zögerte nicht. Und auch Hannah zögerte nicht. Als er die Augen wieder aufmachte, war sie direkt an seiner Seite.

Er öffnete die Tür zu seinem alten Zimmer und wurde sofort von Erinnerungen übermannt. Obwohl er achtzehn Jahre lang in diesem Zimmer gewohnt hatte, erinnerte er sich hauptsächlich an die Tage, die Edith hier verbracht hatte.

Das Telefon war immer noch da. Schnell nahm er den Hörer ab.

»Geschafft!«, sagte er und setzte sich mit einem erleichterten Seufzer aufs Bett.

»Daran habe ich nie gezweifelt«, erwiderte Edith.

Eine lange Stille setzte ein. Er blickte durch das Fenster zu dem Gebäude gegenüber. Das Fenster, vor dem sein Teleskop gestanden hatte. Es war fast mehr Vergangenheit, als er ertragen konnte.

»Bist du dir sicher, dass du dich mit einem Mann einlassen willst, der so ein *emotionaler Psycho* ist?«, fragte er und wiederholte damit die Worte, die sie damals verwendet hatte.

»Du bist kein Psycho. Du bist einfach nur emotional. Und jemanden, der meint, das sei etwas Schlechtes, sollte man auf alle Fälle meiden.«

Sie sagte nicht ausdrücklich, dass sie sich mit ihm einlassen wollte, aber das war in Ordnung. Das hatte er nicht von ihr erwartet. Dafür war es noch zu früh.

»Er hat mir einen festen Faustschlag aufs Auge gegeben«, sagte Anton plötzlich. »Zweimal.«

»Von wem sprichst du?«

»Du hast gemeint, wenn ich so weit sei, würde ich dir von selbst mehr darüber erzählen. Du wolltest deine Nase nicht in meine Angelegenheiten stecken.«

»Oh. Das. Okay.«

»Zu dem Zeitpunkt hat es gar nicht mal wehgetan. Wahrscheinlich wegen dem Adrenalin. Aber er wollte wissen, wo du bist, und ich habe gesagt, dass ich es nicht weiß. Er hat mich geschlagen, weil es ihn gereizt hat, die Wahrheit zu hören – und ich habe gewusst, wie wütend es ihn machen würde, dass du mir vertraut hast und ich dir geholfen habe, ihm zu entkommen.«

»Deshalb hast du also gesagt, du hättest ihn mehr verletzt, als er dich verletzt hat.«

»Genau.«

»Es tut mir so leid.«

»Es braucht dir nicht leid zu tun. Das war mit Abstand das Beste, was mir je widerfahren ist. Äußerliche Verletzungen sind gar nichts. Die heilen. Das renkt sich alles wieder ganz von selbst ein. Vor den innerlichen Verletzungen muss man sich hüten.« Dann fügte er hinzu: »Und danke, dass du mir geholfen hast, durch diesen Flur zu kommen.«

»Bist du jetzt wirklich in deinem alten Zimmer?«

»Ja.«

»Es ist herrlich, dass ich meine Augen schließen und es mir genau vorstellen kann. Ich sehe deutlich vor mir, wo du bist. Ich habe immerhin mehrere Tage dort verbracht.«

Eine ganze Weile lang schwiegen sie beide.

»Wohin willst du morgen gehen?«, fragte er schließlich.

»Such du aus. Irgendwohin, wo wir reden können. Oder nur zusammen schweigen.«

Anton hielt den Hörer an seine Halsbeuge geklemmt und blickte auf das Stück Papier in seiner Hand. Er hatte kein Licht angemacht und die Schrift war unter der schwachen Beleuchtung von den Straßenlichtern und den Wohnungen gegenüber gerade so entzifferbar. Unbedacht hatte er den Zettel zerknittert, was er jetzt bereute. Es waren Ediths Adresse und Telefonnummer, in ihrer eigenen Handschrift. Er sollte dieses Stück Papier einrahmen oder in Bronze gießen lassen.

»Soll ich dich um acht abholen?«, fragte er. »Oder ist sieben besser?«

»Sieben ist auf jeden Fall besser, weil es früher als acht ist.«

»Am liebsten würde ich mich gar nicht von dir verabschieden müssen.«

»Mach es trotzdem«, erwiderte sie. »Und vertrau darauf, dass wir noch viele weitere Gelegenheiten haben werden, um miteinander zu reden.«

»Gute Nacht, Edith«, sagte er. Mit der Zuversicht und Leichtigkeit, die ihr letzter Satz in ihm ausgelöst hatte.

»Gute Nacht, Anton.«

Nachdem er aufgelegt hatte, blieb er lange unbeweglich auf der Bettkante sitzen. In seinem ganzen Körper pulsierte es. Und in seinem Kopf. Er dachte daran, aufzustehen und in der Küche den Telefonhörer aufzulegen. Er hätte es tun können. Er hätte jetzt einfach an Gregs Zimmer vorbeilaufen können, sogar zweimal – diesen Effekt hatte sein Gespräch mit ihr gehabt. Doch es war nicht so wichtig. Was machte es schon aus, ob der Hörer über Nacht auf der Gabel lag oder nicht?

Er zog sich bis auf die Unterwäsche aus und legte sich unter die Decke. Als Hannah zu ihm aufs Bett sprang, hob er die Decke an, damit sie mit ihm im Warmen liegen konnte. Amy hätte das nicht zugelassen. Doch Hannah schien zu wissen, dass Amy nicht hier war und sie weder kritisieren noch ihnen irgendwelche Regeln aufzwingen konnte.

Anton hatte das Gefühl, er würde nie einschlafen können. Doch schließlich glitt er irgendwann gegen drei Uhr morgens in den Schlaf und träumte von sich und Edith am Telefon. Sie schwiegen. Denn es war nicht nötig, etwas zu sagen.

Kapitel 16

Trotz der Angst

»Also …«, begann Anton. »Gibt es etwas, das du bereust?«

Edith lachte. Er war überrascht, wie bitter es klang.

Sie saßen in einem Restaurant, nicht weit entfernt von Antons Wohnung. Er hatte es ausgewählt, weil es ein ruhiges, kleines Lokal war, mit gehobener italienischer Küche, klassischen, weißen Leinentischdecken und Kerzen in silbernen Haltern. Auch wenn das Restaurant gut besucht war, machten die Gäste keinen Lärm, und dank der hervorragenden Raumakustik musste man die Unterhaltungen am Nebentisch nicht mithören.

»Soll das ein Witz sein?«, fragte Edith ihn.

Sie hatte sich für ihr erstes Date in Schale geschmissen. Sie trug ein eng anliegendes, rotes Kleid, hatte ihr Haar hochgesteckt und sich für ihn geschminkt. Anton bemerkte, dass er sie noch nie so zurechtgemacht gesehen hatte. Ihm war nur ihre natürliche Version vertraut, die schon spektakulär genug war. Wie sie erst aussehen würde, wenn sie sich Mühe gab – darauf war er nicht vorbereitet gewesen.

»Nein, überhaupt nicht. Warum sollte es ein Witz sein?«

»Weil ich einfach *alles* bereue, andauernd. Ich bestehe nur aus Reue. Ich dachte, ich hätte das deutlich gemacht.«

»Ich meine das nicht nur in Bezug auf unsere Situation.«

»Ich auch nicht. Ich bereue alles.«

»Es kann nicht alles sein.«

»Dann fast alles. Aber ich glaube, am meisten bereue ich, wie ich damals mit dir umgegangen bin.«

»Was würdest du anders machen, wenn du es könntest?«

»Das ist wirklich eine gute Frage.«

Während sie schwieg, schenkte er ihnen Wein nach.

»Wahrscheinlich nichts«, meinte sie schließlich. »All diese Jahre habe ich darüber nachgedacht, was ich getan hätte, wenn ich noch mal in der Situation gewesen wäre. Ich hätte irgendwie die Stadt verlassen, ohne dich da mit reinzuziehen. Ich weiß zwar nicht, wie, aber ich hätte eine Lösung finden sollen, denn ich habe dich verletzt. Aber wenn wir uns damals nicht kennengelernt hätten, nun … dann wären wir jetzt nicht hier. Also bin ich mir jetzt nicht mehr so sicher. Jetzt frage ich mich, ob es nicht so am besten war.«

»Was, wenn alles so am besten war?«, fragte Anton. »Wenn sich herausstellt, dass es immer so ist?«

Diese philosophische Frage hatte ihn in letzter Zeit viel beschäftigt.

Sie gab ihm keine Antwort. Die Frage schien sie unvorbereitet getroffen zu haben.

»Wenn alles richtig ist, weil es letzten Endes richtig wird«, fuhr Anton fort, »gibt es dann immer noch etwas, das du bereust?«

»Ich wollte Kinder«, antwortete sie prompt. »Zwei, genauer gesagt. Ein Junge und ein Mädchen. Ich weiß, das klingt abgedroschen.«

»Nun«, sagte er, »vielleicht könntest du noch welche bekommen?«

Errötend wandte sie ihr Gesicht ab. »Anton. Ich bin achtundvierzig.«

»Du könntest adoptieren.«

»Oh, nein, so einfach ist das nicht. Glaub mir, ich habe es versucht. Kinder werden normalerweise nicht an Alleinerziehende vermittelt. Gefragt sind nur nette, normale, verheiratete Paare in stabilen Beziehungen und mit gutem Einkommen.«

In diesem Moment traf ihr Essen ein – Anton hatte Spaghetti und Edith überbackene Aubergine. Während er aß, kam es Anton nicht so vor, als würde er überlegen, doch in ihm arbeitete es – allerdings nur in seinem Unterbewusstsein. Er legte plötzlich seine Gabel hin. So plötzlich, dass Edith überrascht aufblickte. Er lockerte seine Krawatte, knöpfte den Hemdkragen auf und nahm das Lederband ab. Der Ring baumelte einige Zentimeter über seinem Teller zwischen ihnen in der Luft. Als er aufstand und den Stuhl zurückschob, riss sie überrascht die Augen auf.

»Oh«, sagte sie. »Du wirst doch nicht etwa …«

Er ließ sich vor ihr auf ein Knie sinken.

Er hätte gern den Ring abgemacht, aber mit nur einer Hand wäre das umständlich gewesen. Er hätte seine Zähne zu Hilfe nehmen müssen – alles andere als elegant und romantisch –, also hielt er den Ring samt Lederband vor sie.

Sie hatte ihr Gesicht teils von ihm abgewandt, ihre Wangen leuchteten rot. Aus dem Augenwinkel bemerkte Anton, dass zwei Paare in der Nähe sie beifällig beobachteten.

»Du bist ja verrückt!«, entfuhr es ihr, ein wenig zu laut.

Doch in ihrer Stimme lag so viel Zuneigung und Freude, dass er ihren Ausruf als eine Bestätigung auffasste. Es schürte ein kleines, intensiv glühendes Feuer in seiner Brust, wie das eines alten Holzofens, der ein ganzes Haus wärmt.

»Wir kennen uns doch noch gar nicht so lange«, flüsterte sie.

»Das macht nichts. Dann heiratest du mich eben noch nicht heute. Und auch nicht morgen. Nimm einfach den Ring und sag, dass du mich irgendwann heiraten willst. Wir können ein Jahr lang verlobt sein. Oder drei Jahre oder fünf. Ganz, wie du willst. Wie lange auch immer es dauert, bis du denkst, wir würden uns gut genug kennen. Aber je früher wir ein Datum festlegen, desto schneller können wir die Kinder adoptieren, die du schon seit Langem haben willst.«

»Du willst keine eigenen Kinder haben?«

»Ich will Kinder mit dir haben. Und sie mit dir aufziehen. Es ist mir egal, wo sie herkommen.«

Sie beugte sich vor, um ihm näher zu sein, als wollte sie den nächsten Satz vor den Ohren an den Nachbartischen schützen. »Das ist verrückt. Dies ist unser *erstes* Date.«

»Das stimmt nicht ganz.«

Ihre Blicke trafen sich und es dauerte lang, bis sie die Augen abwandte. Sie schob seine Idee nicht mehr von sich. Er konnte sehen, dass sie es sich überlegte.

Er hielt ihr den Ring noch näher hin. »Nimm ihn einfach und sag Ja. Wir haben Zeit und können uns später um die Einzelheiten kümmern.«

Es fühlte sich wie mehrere Minuten an, während sie still und unbeweglich blieb. Sie schien so erstarrt zu sein wie eine prächtige Eisskulptur. Einmal schluckte sie, doch er war sich nicht sicher, ob er sie überhaupt blinzeln sah.

Dann legte sie ihre Finger um seine Hand mit dem Ring. »Du bist wahnsinnig. Aber ich wahrscheinlich auch, denn meine Antwort ist ja. Ja.«

Als er den Ring an ihren Finger steckte und das dünne Lederband von ihrer Hand baumelte, brachen die Gäste um sie herum in Applaus aus.

* * *

In der Dunkelheit liefen sie zusammen am East River entlang. Anton hatte einen Arm um Ediths Schulter gelegt, um sie vor der Kälte zu schützen.

»Sie haben uns applaudiert«, sagte sie.

»Das machen Leute immer, wenn sich ein Paar in der Öffentlichkeit verlobt.«

»Ich hätte aber nicht gedacht, dass sie uns applaudieren.«

»Warum sollten sie das nicht?«

»Du weißt schon warum.«

»Tue ich das?«

»Du kommst bestimmt darauf, wenn du einen Moment darüber nachdenkst.«

»Meinst du den Altersunterschied?«

»Natürlich. Was sonst? Ich hätte gedacht, sie würden uns sehen und denken: ›Igitt. Warum macht der seiner Mutter einen Heiratsantrag?‹«

»Nun hör aber auf! Du bist gar nicht alt genug, um meine Mutter sein zu können.«

»Aber fast.«

»Man sieht dir dein Alter jedenfalls nicht an. Du siehst aus, als wärst du gerade vierzig. Und ich sehe wahrscheinlich aus wie Mitte dreißig. Wir haben das Jahr 1980, Leute machen kein großes Tamtam um einen Altersunterschied.«

»Wahrscheinlich nicht.« Sie liefen schweigend weiter. Dann fügte sie hinzu: »Ich bin wirklich erleichtert.«

Er blieb stehen und wandte sich ihr zu. Sie blickte ihn erwartungsvoll an.

»Ich möchte dich etwas fragen«, sagte er. »Eine ehrliche Frage. So ehrlich, dass … du mich besser kennenlernen wirst, auch wenn ich dabei vielleicht nicht gut wegkomme.«

»Okay …«, erwiderte sie zögernd, als fürchtete sie sich davor, was er enthüllen könnte.

»Ich habe einen Hund.«

»Das hast du schon erzählt.«

»Oh, stimmt. Ja.«

»Und ich habe gesagt, dass ich Hunde liebe und selbst einen hätte, wenn ich nicht den ganzen Tag arbeiten müsste.«

»Genau. Da ist was dran. Darum geht es hier auch irgendwie. Hannah ist sehr anhänglich und auf mich fixiert und sehr ... emotional. Manche würden sie vielleicht neurotisch nennen, aber nicht ich. Die Person, die sich um Hannah gekümmert hat, wenn ich bei der Arbeit war, ist jetzt nicht mehr da ...«

»Oh, ich verstehe«, sagte Edith. Sie hatte gemerkt, worauf er hinauswollte. Die Anspannung war aus ihrer Stimme verschwunden. »Du hast ein schlechtes Gewissen, weil sie allein zu Hause ist. Willst du zu ihr? Wir können unseren Abend jetzt beenden, wenn es nötig ist.«

»Nein!«, widersprach er laut. »Nein, das habe ich ganz und gar nicht gemeint. Ich will unseren Abend jetzt nicht beenden. Ich wünschte, er würde nie enden.«

»Du willst den Abend in deiner Wohnung fortsetzen? Damit sie nicht so allein ist?«

»Genau. Ist das albern? Macht mich das vielleicht zu einem totalen Jammerlappen?«

»Ganz im Gegenteil. Es macht dich zu Anton.«

* * *

»Ich hoffe, du nimmst es nicht persönlich«, sagte er, während er die Wohnungstür aufschloss. »Sie liebt mich über alles, aber andere Leute nicht so sehr. Sie ist ein Hund, der nur auf eine Person fixiert ist. Mit meiner Ex-Freundin ist sie nie richtig warm geworden, obwohl wir zwei Jahre zusammengewohnt haben.«

Als Anton die Tür öffnete, kam Hannah schon angerannt, um ihn zu begrüßen. Sie wedelte so wild mit dem Schwanz, dass die ganze hintere Hundehälfte wackelte. Sie sprang an ihm hoch, obwohl er seinen guten Anzug trug. Sie verstand, dass sie das nicht tun durfte, aber schien ihre Erleichterung über seine Rückkehr kaum im Zaum halten zu können.

Er hielt ihre Vorderpfoten in der Hand und lehnte sich zu ihr hinunter, damit sie sein Gesicht ablecken konnte. Dann ließ Hannah von ihm ab und wandte ihre Aufmerksamkeit Edith zu. Edith kniete sich hin, um den Hund auf Augenhöhe zu begrüßen.

»Ah. Sie ist wunderschön. Sie sieht genauso aus wie Lassie.«

Hannah beschnupperte Ediths Gesicht so gewissenhaft, als würde sie Informationen sammeln, um zu einer Schlussfolgerung zu kommen. Zufrieden sprang sie hoch und legte ihre Pfoten auf Ediths Schultern. Sie gab ihr einen feuchten Hundekuss auf die Wange, dann verbarg sie ihren langen Kopf in Ediths Halsbeuge.

Edith blickte zu Anton auf. »Also was hast du gerade gesagt?«

»Ich fass es nicht!«

Plötzlich wurde ihm einiges klar: Die ganze Zeit über hatte er gedacht, sein Hund würde niemanden außer ihm mögen – und hatte dabei vielleicht nur die Tatsache übersehen, dass es Amy war, die Hannah nicht mochte.

Oder vielleicht hatte sein Hund auch nur gespürt, wie besonders Edith war.

* * *

»Ist es okay, wenn sie hier liegt?«, fragte Edith, ihre Lippen nah an seinem Ohr.

Sie saßen zusammen auf dem Sofa. Er mit dem Arm um sie, sie mit der Wange an seiner Schulter. Hannah lag neben Edith, den Kopf auf Ediths Oberschenkel. Sie hatten schon eine ganze Weile in dieser Haltung schweigend zusammengesessen.

»Amy hat etwas dagegen gehabt, wenn sie auf das Sofa ging, mich hat das nie gestört. Hannah hat anscheinend schon gemerkt, dass die Regeln sich geändert haben. Sie weiß, dass Amy weg ist.«

Anton fragte sich, ob er seine Ex-Freundin lieber nicht hätte erwähnen sollen.

»Man kann sehen, dass sie erst seit Kurzem weg ist«, stellte Edith nach einer Weile fest.

Anton folgte ihrem Blick durch das Zimmer. Aus den Regalen waren in unregelmäßigen Abständen Bücher herausgezogen worden. Amy hatte sich nicht die Mühe gemacht, die Buchstützen zu verschieben, also waren die übrig gebliebenen Bücher – Antons Bücher – umgefallen und lagen kreuz und quer durcheinander. Auf einem Tisch befand sich unerklärlicherweise ein einzelner Lampenschirm, die Lampe war entfernt worden.

»Ich habe Angst«, sagte Edith plötzlich.

»Vor was?«

»Vor heute Nacht«, antwortete sie. Ihre Stimme klang rau vor Stress.

»Nun, heute Nacht muss ja nichts passieren, was wir nicht wollen. Wir können reden. Wir können uns einen Film ansehen. Oder noch mal ausgehen. Was immer du willst.«

»Ich weiß es nicht. Ich weiß nicht, was ich will.«

Eine Weile lang sprachen sie nicht.

»Es kam mir gar nicht so vor …«, begann er, doch er brachte den Gedanken nicht zu Ende.

»Was? Was kam dir nicht wie vor?«

»Als wir in Washington waren … schien es gar nicht … du hast einfach den Vorschlag gemacht, über Nacht zu bleiben.«

»Ich weiß!«, sagte sie mit Verwunderung in der Stimme. »Wie habe ich das gemacht? Ich kann mich nicht mehr erinnern. Wahrscheinlich hatte ich einfach nicht viel Zeit, darüber nachzudenken. Und jetzt denke ich an gar nichts anderes mehr. Wie du fünfzehn Jahre lang gewartet hast und das diese ganze Zeit gewollt hast. Und wie du mit deiner Freundin Schluss gemacht hast, als sei das gar nichts. Für mich! Weißt du, wie Furcht einflößend das ist? Du hast es dir wahrscheinlich schon tausendmal vorgestellt. Was, wenn ich deine Erwartungen nicht erfüllen kann? Verstehst du, unter welch enormem Druck ich stehe?«

Er wartete ab, aber sie hatte nichts mehr hinzuzufügen.

»Eigentlich«, sagte er, »habe ich gar nicht diese Art von Fantasien.«

Sie hob den Kopf und sah ihn von der Seite an. Er schloss die Augen, damit sie nicht zu tief, nicht zu plötzlich in ihn hineinsehen konnte.

»Das ist nicht dein Ernst, Anton?«

»Doch. Ich sage ja nicht, dass meine Gedanken nie in diese Richtung wandern wollten, das schon. Aber ich habe sie unter Kontrolle gehalten. Ich habe solche Gedanken nicht zu Ende gedacht.«

»Wie kann das überhaupt funktionieren? Ich kann es mir nicht vorstellen.«

»Schwer zu sagen. Ich weiß nur, dass Dinge unter Kontrolle zu halten damals meine Spezialität war.«

»Aber warum? Jetzt sag nicht, du bist so ein Gentleman, dass du ohne meine Einwilligung nicht einmal etwas *denken* würdest?«

»Du machst vielleicht Spaß, aber das war auch ein Grund. Aber vor allem … ich glaube, es hätte zu sehr wehgetan. So sehr die Frau zu begehren, von der ich dachte, dass ich sie nie mehr wiedersehen würde. Nie haben könnte.«

Sie blieb still, dann legte sie wieder ihren Kopf an seine Schulter und kuschelte sich noch enger an seine Halsbeuge.

Nach einer Weile sagte sie: »Du weißt schon, dass mir das jetzt noch mehr Angst einjagt, oder?«

»Ja. Tut mir leid. Der Gedanke ist mir auch gerade gekommen.«

* * *

Anton wachte plötzlich aus einem Traum auf. Kein guter Traum. Amy war ihm durchs Wohnzimmer nachgelaufen und hatte wutentbrannt mit Büchern nach ihm geworfen.

Er öffnete die Augen.

Er lag auf dem Sofa, aber konnte sich nicht daran erinnern, dass er überhaupt eingeschlafen war. Es war dunkel, aber wann hatte er das Licht ausgeschaltet? Die einzige Beleuchtung kam von der Uhr am Küchenherd und dem weit entfernten Straßenlicht, das durchs Fenster drang. Edith hockte über ihm. Ihr Körper berührte ihn nicht, aber sie hatte sich leicht auf seinem Oberkörper abgestützt, eine Hand an jeder Seite seines Brustkorbs.

Er blickte zu ihr auf, doch es war zu dunkel. Seine Augen hatten sich noch nicht auf den Lichtmangel eingestellt, doch er musste sie nicht sehen, um zu wissen, dass etwas ungemein Edithartiges an ihr war. Sie strahlte ihr Edith-Sein geradezu aus.

Ein warmes, aufregendes Gefühl prickelte in seinem Magen.

»Bist du wach?«, flüsterte sie.

»Ja, jetzt.«

»Wir sind verlobt und wollen heiraten«, sagte sie leise und andächtig.

»So ist es«, flüsterte er zurück.

Sie beugte sich zu ihm hinunter und küsste ihn. Das Gewicht ihrer Hände auf seinem Brustkorb nahm zu, als sie sich vorbeugte, doch das Gefühl war nicht unangenehm. Ganz im Gegenteil, es war ihm sehr willkommen. Es fühlte sich an, als würde er wieder mit der Erde verankert, nachdem er sich zu viele Jahre lang hatte treiben lassen.

Es war ein langer, sanfter Kuss, viel intimer als jeder andere Kuss, den sie – oder jemand anderes – ihm zuvor gegeben hatte. Sie entzog sich ihm wieder und blickte ihn an, wobei ihre Haare nach vorn fielen und ihr Gesicht umrahmten. Seine Augen hatten sich allmählich an die Dunkelheit gewöhnt und er konnte sehen, dass sie lächelte.

»Hast du aufgehört, Angst zu haben?«, fragte er sie.

Sie schüttelte den Kopf. »Nein.«

»Aber beschlossen, dich trotzdem reinzustürzen?«

»Ja.«

Und danach waren keine Worte mehr nötig.

Kapitel 17

Im Himmel

Als Anton am Morgen aufwachte, lag Hannah mit ihm unter der Decke. Er konnte ihr weiches langes Colliefell an seinen nackten Beinen spüren. Er öffnete die Augen, aber außer ihnen war niemand sonst im Bett. Edith war nirgendwo zu sehen.

Es traf Anton wie ein Hieb mit einem Baseballschläger. Sie hatte sich heimlich, still und leise davongestohlen. War wieder aus seinem Leben verschwunden. Es war ihm so vertraut, sie zu verlieren, dass er sich fragte, warum er dies nicht hatte kommen sehen. Dann fiel ihm ein, dass er ihre Adresse und Telefonnummer besaß, also konnte er sie wiederfinden und überreden, zurückzukommen. Er musste es einfach.

Doch plötzlich nahm er Kaffeegeruch wahr. Dann hörte er aus der Küche Geräusche, als Teller und Gläser aus dem Schrank genommen wurden. Er atmete tief auf, dankbar, dass Edith bei ihm geblieben war. Und dann kam ihm der sarkastische Nebengedanke, dass er auch dankbar dafür sein sollte, überhaupt noch Teller und Gläser zu besitzen. Er hatte wirklich noch keine Vorstellung davon, was Amy alles mitgenommen hatte.

Er stand auf und schlüpfte in eine Jogginghose.

Nur mit dem Hemd bekleidet, das er am Abend zuvor bei ihrem Date getragen hatte, stand Edith in der Küche vor dem geöffneten Kühlschrank. Er legte von hinten seine Arme um sie, woraufhin sie sich an seinen Oberkörper zurücklehnte und seufzte.

»Du hast mir vielleicht einen Schrecken eingejagt«, sagte er. »Ich dachte schon, du wärst verschwunden.«

»Das war in der Vergangenheit.«

»Gut.«

Sie reichte ihm eine leere Tasse. »Es gibt Kaffee.«

»Das habe ich gerochen.« Er ließ sie los und goss sich einen Kaffee ein. »Entschuldige bitte, dass Hannah zu uns unter die Decke geschlüpft ist. Ich weiß, nicht jeder ist so wild darauf, mit einem Hund das Bett zu teilen.«

»Ich fand es süß.«

Allem Anschein nach war sie gerade dabei, eine Eierspeise zuzubereiten, Rührei oder Omelett. Sie hatte eine Glasschüssel und einen Schneebesen aus dem Schrank genommen und zählte ab, wie viele Eier sie brauchte.

»Hat es dir nichts ausgemacht?«

»Überhaupt nicht. Sie kuschelt halt gern. Wer könnte damit ein Problem haben?«

Anton entfuhr ein kurzes, bitteres Lachen.

»Oh. Sag nichts, lass mich raten. Deine Ex-Freundin wollte keinen Hund im Bett.«

»Noch nicht mal *auf* dem Bett.«

»Versteh mich nicht falsch … und vielleicht habe ich unrecht, weil ich nicht viel über sie weiß, aber … deine Ex klingt nicht wie ein netter Mensch.«

Anton seufzte. Er setzte sich an den Küchentisch und trank einen Schluck Kaffee. Er schmeckte himmlisch. Er konnte sich nicht mehr daran erinnern, wann er zum letzten Mal einen guten Kaffee getrunken hatte.

»Ich denke, Amy ist zwar kein völlig schrecklicher Mensch, aber auch nicht der netteste. Sie ist ziemlich anspruchsvoll und unflexibel. Sie hat eine Menge Regeln. Aber es gibt auch gute Dinge, die ich über sie sagen könnte.«

»Aber *du* bist der netteste Mensch«, entgegnete Edith. »Warum hast du also nicht mehr gewollt?«

Er blickte auf den Stumpf an seinem rechten Handgelenk. Er hatte sich noch nicht die Handprothese umgeschnallt. Die Amputationsnarbe war so gut verheilt, dass es so aussah, als wäre an dieser Stelle nie eine Hand gewesen, was Anton fast hätte glauben können. Er erinnerte sich an seine Hand, aber die Erinnerungen waren verschwommen und erschienen irgendwie irreal, als hätte er es nur geträumt.

»Das ist nicht so einfach, wie es klingt«, sagte er. Er beobachtete sie dabei, wie sie die Eier über der Schüssel aufschlug, dann fügte er hinzu: »Ich erinnere mich daran, wie du gesagt hast, dass ich hier und da oberflächliche Mädchen kennenlernen würde. Und diesen Mädchen würde die Sache mit der Hand etwas ausmachen. Und daran würde ich erkennen, wenn ich die Richtige gefunden habe, denn die Richtige wäre nicht oberflächlich. Aber … weißt du was? Es gibt noch viel mehr Oberflächlichkeit, als ich damals gedacht hätte. Es ist schwer. Damals, bei unserer Unterhaltung, hatte ich keine Vorstellung davon, wie schwer es sein würde. Bei der ersten Verabredung die Reaktion zu beobachten, wenn das Mädchen bemerkt, dass die rechte Hand unecht ist. Und dann zu warten und sich zu fragen, ob es jemals zu einem zweiten Date kommen wird. Diese fehlende Hand … sie bringt die Leute aus der Fassung. Das passiert nicht nur mit furchtbaren, oberflächlichen Leuten. Die meisten Menschen wissen einfach nicht, wie sie reagieren sollen. Sie wollen sich nicht zu sehr darauf konzentrieren, aber wissen auch nicht, wie sie sich *nicht* darauf konzentrieren können. Es wird unangenehm. Und bei einer ersten Verabredung, wenn man die andere Person eigentlich kaum kennt … wie viel Unbehaglichkeit ist für die meisten Leute da akzeptabel?«

Mit dem Schneebesen in der rechten Hand blickte sie ihn an. »Okay. Einen Extrapunkt für Amy dafür, dass sie nicht oberflächlich ist.«

»Ja. Aber andererseits … da war immer dieses nagende Gefühl, dass sie es hoch angerechnet haben wollte, dass sie darüber hinwegsah. Aber es macht mir ein schlechtes Gewissen, so über sie zu reden. Die ganze Sache mit Amy macht mir ein schlechtes Gewissen, vor allem, wie es geendet hat. Also halte ich jetzt besser den Mund.«

Edith runzelte die Stirn, schwieg aber.

Schwanzwedelnd kam Hannah in die Küche. Anton stand auf, um ihr Futter zu geben.

»Armes Mädchen«, sagte er zu seinem Hund. »Du tust mir leid. Du wirst heute den ganzen Tag allein sein müssen.«

»So macht man das aber nicht«, warf Edith ein.

»Was?«

»So beruhigst du einen Hund sicher nicht. Ein Hund denkt, dass etwas furchtbar ist, wenn *du* das denkst. Du vermittelst ihm dieses Gefühl. Wenn du also einen Hund allein lässt, darfst du nicht sagen: ›Oh, das wird ganz furchtbar!‹ Du musst so etwas sagen wie: ›Alles ist gut und ich bin ruck, zuck wieder zu Hause.‹«

»Aber sie wird trotzdem unglücklich sein, wenn ich weg bin. Weil ich weg bin.«

»Also solltest du es nicht noch schlimmer für sie machen.«

Schweigend öffnete er eine Dose Hundefutter und füllte sie in Hannahs Napf.

»Woher weißt du so viel über Hunde?«, fragte er Edith.

»Meine Eltern haben Irish Wolfhounds gezüchtet.«

Er setzte sich wieder an den Tisch. Mit seiner Tasse Kaffee in der Hand beobachtete er, wie Edith die verquirlten Eier in eine heiße Bratpfanne goss, während Hannah eifrig ihr Futter verschlang. Zum ersten Mal seit Langem fühlte er sich wirklich glücklich.

»Ich will dich nicht wieder verlieren«, entfuhr es ihm plötzlich.

Er hatte es nicht aussprechen wollen. Doch es war einfach zu wichtig, um es ungesagt für sich zu behalten.

»Ich gehe nirgendwohin«, erwiderte sie. »Wenn du willst, bleibe ich heute bei Hannah.«

»Hast du nichts vor?«

»Ich habe keinen Job mehr und im Moment stehen auch keine Bewerbungsgespräche an, leider. Warum also nicht einfach hierbleiben?«

»Das wäre … wunderbar.«

»Es würde mir wirklich Spaß machen. Ich kann auf dem Markt ein paar Lebensmittel kaufen. Und wenn du nach Hause kommst, habe ich schon gekocht und das Abendessen steht auf dem Tisch. Mit Kerzen. Alles sehr … häuslich. Wie klingt das?«

Er stand auf und nahm sie in die Arme. Sie erwiderte die Umarmung, immer noch mit dem Pfannenheber in der Hand.

»Als sei es ein Hinweis, dass ich wohl gestorben sein muss, ohne es zu wissen. Wie im Film. Ich wache auf und denke, es sei ein ganz normaler Tag, aber dann bekomme ich ein Zeichen, dass dies die andere Seite der Regenbogenbrücke ist und ich im Himmel bin.«

Sie lag still in seinen Armen und erwiderte darauf nichts.

»Die Eier brennen an«, sagte sie schließlich.

Und das war wahrscheinliche das Einzige, was ihn motivieren konnte, sie loszulassen.

* * *

»Was in aller Welt ist mit dir passiert?«, fragte Marlene, seine Sekretärin.

Es war ein wenig frech, selbst für ihre Verhältnisse. Marlene hatte eine Neigung, etwas vorlaut und sarkastisch zu sein, und Anton hatte bisher nie ein Problem damit gehabt. Doch aus irgendeinem Grund hatte sie ihre Rhetorik heute einen Gang höhergeschaltet.

»Ich habe keine Ahnung, wovon du sprichst.«

Er hängte seinen Hut an den Kleiderständer vor seiner Bürotür, während sie ihn mit hochgezogenen Augenbrauen beobachtete.

»Du bist high«, sagte sie.

»Natürlich nicht!«

»Was ist es dann?«

Er gab ihr keine Antwort. Er versuchte, schnell in sein Bürozimmer zu entkommen, doch sie hielt ihn auf.

»Moment!«

»Was ist, Marlene?«

»Komm mal her.«

Wider besseres Wissen trat er näher an ihren Schreibtisch heran.

Mit gerunzelter Stirn sah Marlene ihm prüfend ins Gesicht. »Etwas ist anders. Du wirkst so … selbstzufrieden.«

Anton seufzte, obwohl ihre Einschätzung ihm eigentlich gar nicht mal missfiel.

»Kann ein Mann nicht einfach mal glücklich sein?«

»Kann seine Sekretärin nicht einfach mal neugierig sein?«

»Auch gut. Ich bin dann mal in meinem Büro«, sagte er.

* * *

Um Punkt 09:30 Uhr betrat Anton das Sitzungszimmer, wo die regelmäßige Gesellschafterversammlung stattfand, und nahm seinen Platz an dem langen Tisch ein. Als er aufblickte, bemerkte er, dass ihn alle anstarrten.

»Was ist?«, fragte er.

Zunächst sprach niemand ein Wort.

Dann sagte John Edwards, einer der Seniorpartner: »Ich glaube, wir sind nur nicht daran gewöhnt, diesen Gesichtsausdruck an dir zu sehen.«

»Welchen Gesichtsausdruck?«

Einen Augenblick lang antwortete niemand.

»Hat Amy vielleicht eines dieser Frauenmagazine gekauft, in denen Tipps stehen, wie Frauen ihre Männer glücklich machen können?«, fragte Laura Tapper.

Peinlich berührt spürte Anton, wie er rot wurde. »Jetzt machst du mich aber verlegen.«

John war über Lauras Frage nicht gerade erfreut. Mit mürrischem Gesichtsausdruck sagte er: »Könnten wir bitte etwas mehr Etikette an den Tag legen?«

»Ich wollte nur an der frohen Neuigkeit teilhaben«, verteidigte sich Laura.

»Vielleicht haben Anton und Amy im Lotto gewonnen«, schlug Jack Watson vor.

»Ich habe nicht im Lotto gewonnen. Und meine Beziehung mit Amy ist beendet.«

Seltsam lange sprach niemand ein Wort. Anton bemerkte die winzigen Staubflocken, die in den Lichtstreifen der halb geschlossenen Jalousien tanzten. Er spürte, dass alle Augen auf ihn gerichtet waren.

»Nun, ich muss sagen, du scheinst es gut zu verkraften«, stellte John fest.

Wieder herrschte Stille.

»Okay«, durchbrach Laura plötzlich das allgemeine Schweigen. »Wenn er es will, wird er es uns sagen. Beginnen wir mit dem Meeting, damit wir heute noch fertig werden.«

* * *

Als er zu seinem Büro zurückkehrte, rief ihn seine Sekretärin wieder zu sich.

Er spürte, wie er sich innerlich sträubte. Er blieb stehen, aber trat nicht näher. Was immer es war, sie konnte es auch aus dieser Distanz sagen. Doch Marlene hatte andere Pläne und winkte ihn mit einem gekrümmten Finger näher heran. Anton seufzte. Er kam wohl am schnellsten aus dieser Situation heraus, wenn er einfach nachgab.

Er trat an ihren Schreibtisch und blickte ihr direkt ins Gesicht. »Was gibt's? Schieß los, dann haben wir es hinter uns.«

»Ich weiß, ich habe dich vorhin ein wenig gehänselt. Tut mir leid, ich konnte nicht anders. Aber es ist wirklich schön, dich glücklich zu sehen.« Sie sagte nicht wortwörtlich *ausnahmsweise mal glücklich,* aber das war auch nicht nötig. Sie wussten beide, wie ungewöhnlich es war. »Du bist ein netter Kerl und verdienst es, glücklich zu sein.«

Verblüfft blieb er stehen. Damit hatte er nun wirklich nicht gerechnet. In all den Jahren, die sie nun schon zusammenarbeiteten, hatte er diese einfühlsame Seite an ihr noch nie erlebt.

»Danke, Marlene.«

Sie nickte lächelnd.

Als er in sein Büro verschwand, rechnete er mit einer Erwiderung, die sie ihm zum Abschied hinterherschleudern würde, um das letzte Wort zu haben. Doch sie schwieg und ließ ihn gehen. Nur ihre netten Worte blieben von ihrem kurzen Austausch zurück.

* * *

Edith begrüßte ihn an der Tür, in einem anderen Kleid als am Abend zuvor. Sie hatte sich eine Schürze umgebunden und gab ihm einen kurzen Kuss auf den Mund.

Hannah kam schwanzwedelnd auf ihn zu, doch etwas war anders. Sie schien froh zu sein, ihn zu sehen, aber sie war nicht völlig aus dem Häuschen wie sonst. Diesmal lag in ihrer Freude keine Erleichterung, sie sprang auch nicht an ihm hoch.

»Ich war heute mit Hannah in meiner Wohnung, um ein paar Sachen zu holen. Ich hoffe, das ist in Ordnung.«

»Natürlich. Warum sollte ich damit ein Problem haben?«

Er tätschelte Hannahs Kopf und kraulte sie hinter den Ohren.

»Na ja, ich hatte dich nicht gefragt, ob ich sie an neue Orte bringen kann.«

»Das ist völlig in Ordnung.«

»Hast du Hunger? Du kannst dich gleich an den Tisch setzen, das Essen ist sofort fertig. Ich habe ungarisches Gulasch gekocht.«

»Ich habe großen Hunger«, sagte er und folgte ihr in die Küche.

Sie hatte den Tisch mit einer taubenblauen Tischdecke und seinem guten Porzellan und Silberbesteck gedeckt. Das Zentrum des Tisches war mit zwei Kerzen und einem kleinen Blumengesteck geschmückt, das sie unterwegs gekauft haben musste.

Sie zündete die Kerzen an und nahm ihre Schürze ab, bevor sie ihm das Essen servierte.

»Hast du eigentlich ungarische Wurzeln?«, fragte er. Es gab noch so vieles, was sie nicht übereinander wussten.

»Nein. Ich mag nur ungarisches Gulasch.«

Sie holte sich ihre eigene Portion und schaltete in der Küche das Licht aus, sodass sie im Kerzenschein saßen. Genau gleichzeitig legten sie ihre Servietten auf den Schoß.

Als sich ihre Blicke trafen und aneinander hängen blieben, lächelten sie sich auf eine besondere Art an, verletzlich und auch ein kleines bisschen albern.

»Wie war die Arbeit?«, fragte sie.

»Irgendwie seltsam.«

»In welcher Beziehung?«

»Ich muss wohl einen anderen Gesichtsausdruck als sonst gehabt haben, denn meine Kollegen haben mich immer wieder angestarrt und Kommentare dazu abgegeben.«

»Anders im Sinne von … glücklich?«

»Wahrscheinlich. Ich war ganz sicher glücklich. Ich *bin*. Ich *bin* glücklich. Ich habe die Vergangenheitsform nur benutzt, weil ich gerade über meinen Arbeitstag geredet habe.« Er aß von dem Gulasch. Es schmeckte überraschend gut. »Das ist köstlich.«

»Freut mich, dass du es magst. Sind deine Kollegen nicht daran gewöhnt, dich glücklich zu erleben?«

»Wohl eher nicht.«

»Warst du in all der Zeit, in der wir uns nicht gesehen haben, jemals glücklich?«

Noch kauend, dachte er nach, um ihr eine wohlüberlegte, ehrliche Antwort geben zu können. »Ich glaube nicht.«

»Wann warst du das letzte Mal glücklich? Ich meine, vor diesen letzten paar Tagen.«

»Als wir damals zusammen Weihnachten verbracht haben. Aber selbst da … es war mir immer bewusst, dass du weggehen würdest, also habe ich es nur in seltenen Momenten geschafft, nicht daran zu denken.«

Er nahm eine weitere Gabel Gulasch. Den ganzen Tag über war er zu aufgeregt gewesen, um essen zu können, und jetzt kam er dank der Mahlzeit wieder auf den Boden. Sein Hochgefühl hatte sich in eine gelassene Zufriedenheit umgewandelt, die er sehr begrüßte, genauso wie Hannahs verändertes Verhalten.

»Ich war heute auch glücklich«, sagte Edith. »Ich bin mit Hannah Gassi gegangen, habe Blumen und Lebensmittel gekauft, gekocht und auf dich gewartet. Wie ich schon sagte, alles sehr häuslich. Und ich habe nicht an meine Probleme gedacht, weder an meine Arbeitssituation noch an die Miete, die bald ansteht. Es war eine Auszeit von all diesen Sorgen, wie ein Urlaubstag. In deiner Wohnung musste ich mir über nichts Gedanken machen. Und jetzt graut es mir ein bisschen vor dem Ende dieses Urlaubs.«

Er wischte sich den Mund ab und legte die Serviette neben seinen Teller. »Dann geh nicht«, sagte er.

»Früher oder später muss ich einen Job finden.«

»Warum?«

»Um meine Miete zahlen zu können.«

»Warum?«

»Weil es Vermieter wirklich nicht mögen, wenn du deine Miete nicht zahlst.«

»Ich drücke mich nicht sehr gut aus. Ich meine, warum holst du nicht deine Sachen aus deiner Wohnung und bringst sie hierher? Ich habe hier genügend freien Platz, seit Amy fort ist. Und dann müsstest du keine Miete zahlen. Und dir keinen Job suchen, es sei denn, du willst es.«

Er starrte auf die Tischdecke, während er sprach, wagte jedoch einen schnellen Blick zu ihrem Gesicht. Sie hatte ebenfalls die Augen abgewandt.

»Du fragst mich, ob ich mit dir zusammenziehen will? Ab sofort?«

»Warum nicht?«

»Vielleicht, weil … wir vor erst drei Tagen noch gar nichts von all dem geahnt haben?«

»Dann kommt es eben überraschend. Und wenn schon. Was für eine fantastische Überraschung. Und es ist ja nicht so, als wäre mir vor drei Tagen noch nicht klar gewesen, dass ich mit dir zusammenleben wollte. Ich hatte nur nicht gewusst, dass ich die Chance dazu bekommen würde.«

Sie nahm wieder ihre Gabel und aß schweigend weiter, dann räusperte sie sich. »Es würde wirklich eine Menge Druck von mir nehmen. Es ist ziemlich verrückt, sich vorzustellen, dass ich jeden Tag … so glücklich sein könnte wie heute. Aber …«

»Kein ›Aber‹. Denk lieber nicht so, sonst suchst du nur in deinem Kopf nach Warnhinweisen. Verlass dich auf dein Bauchgefühl. Was sagt es dir? Wenn es Ja sagt, dann sag das auch zu mir.«

Eine kurze Stille.

»Ja«, sagte sie und schwieg. »Du bist verrückt«, fügte sie hinzu. »Aber ich bin so froh darüber, Anton. Das ist eine deiner besten Eigenschaften, und du hast so viele gute. Was soll's? Wie oft bietet sich schon so eine Gelegenheit im Leben? Lass uns unsere Chance nutzen.«

Kapitel 18

Vorstellung

Anton wurde von einem Klopfen an der Wohnungstür geweckt. Er öffnete die Augen und sah durch die offene Schlafzimmertür in den Flur. Doch natürlich nutzte das nichts – schließlich war seine Wohnungstür geschlossen und er konnte nicht sehen, wer vor der Tür stand. Dann bemerkte er, dass er über Ediths nackte Schulter blickte, und einen Moment lang war alles andere vergessen.

Es war noch ziemlich neu für ihn und er fragte sich, ob er sich vielleicht nie daran gewöhnen würde. Oder könnte. Er hoffte, er würde es nie als selbstverständlich voraussetzen. Nach jedem Aufwachen dachte er zunächst, er sei in seiner normalen, banalen Welt – und seine Wiedervereinigung mit Edith sei nur ein aufregender Traum gewesen. Und dann realisierte er, dass es wirklich passiert war. Und auch weiterhin passierte. Edith gehörte nun zu seinem Leben, und das war wunderbar.

Er hatte völlig vergessen, dass jemand an der Tür war, bis ihn ein zweites Klopfen aus seinem Hochgefühl riss.

Er seufzte. Vorsichtig, um sie nicht aufzuwecken, glitt er aus dem Bett und zog seine Jogginghose an. Er schloss leise die

Schlafzimmertür hinter sich und ging grummelnd und sich den Kopf kratzend mit nacktem Oberkörper durch den Flur.

»Wer ist da?«, rief er durch die Tür.

»Deine Mutter.«

Anton seufzte wieder und ließ sich mit der Stirn gegen die Tür sinken. Doch dann entriegelte er die Schlösser und öffnete die Tür. Seine Mutter sah überraschend ausgehfertig aus, wenn man bedachte, dass es erst … wie spät war es überhaupt? Er warf einen Seitenblick auf die Herduhr in der Küche. Erst sechs Uhr dreißig.

»Es ist halb sieben am Morgen«, sagte er.

»Na und?«

»Leute schlafen um diese Zeit.«

»Ich nicht.«

»Weil du schon abends um halb neun im Bett liegst.«

»Lässt du deine eigene Mutter nun hier draußen im Hausflur stehen, nur weil es früh ist? Wie wär's, wenn du mich hereinlässt und mir einen Kaffee anbietest?«

»Ich habe noch keinen gemacht. Wie soll das gehen, wenn ich noch geschlafen habe?«

»Dann kannst du jetzt einen machen, Einstein.«

Mit der Einstein-Bemerkung war sie zu weit gegangen. Er erhob die Stimme gegen sie. Es war eine Sache, ihn um diese Uhrzeit zu wecken, aber eine ganz andere, ihn zu beleidigen, weil er um diese Uhrzeit noch nicht ganz bei sich war.

»Ernsthaft, Mom, was machst du hier?«

»Du brauchst nicht gleich laut zu werden«, empörte sie sich und verlagerte ihr beachtliches Gewicht von einem Fuß auf den anderen. Im ersten Moment dachte Anton, sie wolle wieder gehen. Doch er merkte schnell, wie unwahrscheinlich es war, dass er so viel Glück haben würde. »Dir muss doch klar gewesen sein, dass ich früher oder später weitere Fragen haben würde. Du hast schon tagelang nicht mehr angerufen.«

»Ich rufe manchmal wochenlang nicht an.«

»Lass uns das noch mal durchgehen«, sagte sie. Sie stieß gegen ihn, als sie ihre Schulter einsetzte, um sich den Weg in die Wohnung zu bahnen. »Erst kommst du zu uns, weil du bei dir zu Hause nicht übernachten kannst. Dann erzählst du, dass du mit Amy Schluss gemacht hättest und es bereits eine Neue gäbe, aber du sagst nicht, wer das ist. Ich hatte erwartet, dass du mir mehr erzählst oder sie mir vorstellst oder so was. Irgendwas. Aber ich habe tagelang gewartet und nichts von dir gehört.«

Sie ging in die Küche und blickte sich in alle Richtungen um, als würde sie die Sauberkeit seiner Wohnung inspizieren, selbst die der Küchendecke. Mit einem Seufzen folgte Anton ihr. Er machte sich daran, Kaffee zu kochen.

Als er aufblickte, bemerkte er, wie seine Mutter auf seinen Brustkorb starrte.

»Augenblick«, sagte sie.

»Was?«

»Wo ist diese …?«

»Wo ist was?«, fragte er, obwohl er wusste, was sie meinte.

»Das hier«, sagte sie und deutete auf die Stelle unter seinem Hals, wo normalerweise sein Ring gehangen hatte.

»Du drückst dich nicht klar aus«, erwiderte er, während er den Kaffeefilter einsetzte.

»Dieser Ring. Dieser Ring, den du um deinen Hals getragen hast, seit du ein Teenager warst. Wegen dem ich dich bestimmt schon hundertmal gefragt habe, aber nie eine offene Antwort bekommen habe.«

»Ich würde meinen, du hättest mittlerweile den Hinweis verstanden.«

Am anderen Ende der Wohnung wurde eine Toilettenspülung betätigt.

Sie sahen beide in die Richtung, aus der das Geräusch gekommen war, dann blickten sie sich an.

»Ich verstehe«, schnaubte seine Mutter.

»Ich komme gleich wieder.«

Er stellte die Kaffeemaschine an, verließ die Küche und ging ins Schlafzimmer. Edith war gerade aus dem Badezimmer gekommen. Sie trug seinen blauen Frotteebademantel.

»Es tut mir so leid, Anton«, flüsterte sie. »Ich musste aufs Klo, aber wollte erst später spülen. Ich hatte vor, nur leise den Deckel zu schließen und ohne Spülen rauszugehen. Ich weiß nicht, wie das passiert ist. Wahrscheinlich die Macht der Gewohnheit.«

»Das mit dem Spülen ist eigentlich eine sehr begehrte Angewohnheit eines Partners.«

Er sah, wie sich ihre Miene entspannte. Die Edith, die er kannte, kehrte wieder zurück. »Oh, gut, du bist nicht wütend.«

»Natürlich bin ich nicht wütend. Du bist schließlich kein Geheimnis.«

»Aber da draußen ist deine Mutter, oder?«

»Leider ja.«

»Und du bist wahrscheinlich noch nicht dazu bereit, mich deiner Mutter vorzustellen.«

»Ich glaube, in unserer Situation kommt es nicht drauf an, ob ich dazu bereit bin oder nicht. Zieh dich einfach an und dann komm in die Küche und trinke einen Kaffee. Du wohnst hier. Du solltest dich nicht verstecken, als sei das irgendwie nicht in Ordnung.«

»Aber vielleicht wird sie mich nicht akzeptieren.«

»Ich kann dir das sogar garantieren. Sie ist nie mit etwas einverstanden, egal was es ist. Davon habe ich mich nie abhalten lassen. Und jetzt erst recht nicht.«

* * *

Langsamen Schrittes, als sei sie auf dem Weg zu ihrer Hinrichtung, trat Edith ein paar Minuten später in die Küche. Sie trug eine weiße Bluse und einen khakifarbenen Rock, ein viel eleganteres Outfit, als er es hier in der Wohnung erwartet hätte. Ihre Blicke trafen sich und Anton hoffte, dass sein Lächeln sie ermutigte. Sie lächelte ebenfalls, aber es wirkte angespannt und furchtsam. Im ersten Moment spürte er Gewissensbisse, weil er sie gebeten hatte, in die Küche zu kommen. Nur Sekunden später wurde dieses Gefühl durch ein Aufblitzen von Wut ersetzt, weil seine Mutter sie so früh in diese Situation gezwungen hatte.

In Bezug auf seine Mutter spürte Anton, wie etwas in ihm entgleiste. Er war dreiunddreißig Jahre alt und führte sein eigenes Leben. In der Vergangenheit hatte er sich einfach immer weiter von ihr entfernt, wenn sie versucht hatte, sich einzumischen. Doch jetzt war er bereit, sich ihr offen entgegenzustellen. Er würde sie sogar ganz aus seinem Leben weisen, wenn es notwendig sein sollte, um Edith zu schützen.

Er hätte alles getan, um Edith zu schützen.

Seine Mutter blickte auf und bemerkte Edith. Einen bizarren – und ausgesprochen unhöflichen – Augenblick lang starrte Antons Mutter Edith an, die sich unter diesem mikroskopischen Blick zunehmend unbehaglicher zu fühlen schien. »Nun, hallo«, sagte seine Mutter schließlich.

In ihrer Stimme lag ein Anflug von Hohn, fast Sarkasmus, den Anton nur zu gut kannte. Er konnte nur hoffen, dass Edith damit weniger vertraut war und den Ton nicht so leicht deuten konnte.

»Hallo«, erwiderte Edith leise.

»Mom, das ist Edith. Edith, meine Mutter. Vera.« Er wartete, aber niemand sprach ein Wort. »Der Kaffee ist fertig.«

Etwas musste den Blick seiner Mutter auf sich gezogen haben, denn ihre Augen wanderten von Ediths Gesicht nach unten. Anton brauchte einen Augenblick, bis er bemerkte, dass sie den Verlobungsring an Ediths linker Hand anstarrte. Sie blickte auf die Stelle unter seinem Hals, wo der Ring gewesen war, dann wieder zurück zu Ediths Hand.

Anton fragte sich, ob Edith es auch bemerkte. Sie hatte ihre Augen bewusst abgewandt.

Antons Mutter versuchte, seinen Blick auf sich zu ziehen, doch er ignorierte sie und sah stattdessen zu Edith, die sich eine Tasse Kaffee eingoss. Die Stille in der Küche fühlte sich absolut giftig an.

»So«, wandte Vera sich an Edith. »Wie haben Sie meinen Sohn vor all diesen Jahren kennengelernt?«

»Nein«, fuhr Anton dazwischen.

Er sprach es laut und bestimmt aus, mit tiefer Stimme, wie wenn man einem Hund oder Kind verständlich machen will, dass man es ernst meint.

Seine Mutter wandte sich um und starrte ihn an. »Wie bitte? Ich habe überhaupt nicht mit dir geredet, sondern mit deiner Freundin.«

»Und dazu sage ich Nein. Erstens ist sie nicht meine Freundin. Nun, natürlich ist sie das, aber in erster Linie ist sie meine Verlobte und die Liebe meines Lebens, und du wirst sie nicht ausfragen. Wenn du Fragen zu unserer Beziehung hast, wende dich an mich.«

Während er sprach, beobachtete er Ediths Reaktion. Er hatte befürchtet, dass diese Wendung sie erschrecken würde, aber ganz im Gegenteil – ihre Miene schien sich zu entspannen.

»Na dann!«, entgegnete seine Mutter, wie üblich beleidigt. »Ich merke schon, wenn ich nicht erwünscht bin.«

Sie ging Richtung Tür und ließ ihren halb getrunkenen Kaffee auf dem Tisch stehen, mit einem orangefarbenen Lippenstiftabdruck am Tassenrand. Anton folgte ihr in den Flur. An der Wohnungstür drehte sie sich um und lehnte sich zu ihm, als wollte sie ihm ein Geheimnis verraten.

»Wie alt ist diese Person?«, fragte sie mit einem rauen Flüstern.

Anton tat es ihr nach. »Sie ist genau das-geht-dich-nichts-an alt«, flüsterte er.

Er hatte nun seine letzten Hemmungen abgeworfen. Ohne irgendeine falsche Rücksichtnahme konnte er seiner Mutter frank und frei die Meinung sagen. Es fühlte sich wunderbar an. Befreiend. Warum hatte er das nicht schon vor Jahren gemacht?

»Ich verstehe«, erwiderte Vera, jetzt nicht mehr flüsternd. »Vor deiner Freundin … deiner Verlobten, sollte ich wohl sagen … erklärst du mir ziemlich unverschämt, ich solle *dich* fragen, wenn ich etwas wissen will. Aber jetzt tue ich das und du gibst mir keine Antwort.«

»Du willst wissen, wie wir uns kennengelernt haben?«, fragte Anton und genoss das köstliche Gefühl, sich nicht mehr darum zu scheren, was sie dachte. Es fühlte sich wie die gereinigte Luft nach einem Sturm an. »Gut. Ich werde es dir sagen. Als ich achtzehn war und Dad und du mich in den Weihnachtsferien allein gelassen habt, hat sie in unserer Nachbarschaft gewohnt. Sie kam gerade aus einer schlechten Ehe und wir haben uns angefreundet, als ich ihr geholfen habe. Zu der Zeit war zwischen uns nichts außer einer Freundschaft, aber ich war in sie verliebt. Schon immer, ich werde sie immer lieben und nichts wird dem im Weg stehen, und niemand wird schlecht darüber reden. Sollte jemand Probleme damit haben, dann ist für diese Person kein Platz mehr in meinem Leben. Nichts ist mir wichtiger als Edith und nichts war mir je wichtiger, seit dem Tag, an dem ich sie getroffen habe. Also wirst du dich entscheiden müssen, was dir wichtiger ist – der Kontakt mit deinem einzigen lebenden Sohn oder deine Missbilligung ausdrücken zu wollen.«

Er verstummte und beobachtete sie. Sie starrte auf den persischen Läufer auf dem Boden und gab ihre Reaktion nicht preis.

»Ich verstehe«, sagte sie schließlich. »Jetzt sind die Mauern wirklich gefallen. Du findest es plötzlich angebracht, alles auszusprechen, was du deiner Mutter je an den Kopf werfen wolltest. Sonst noch etwas, das du dir auf meine Kosten von der Seele reden möchtest?«

»Sie hat in unserer Wohnung übernachtet, während ihr in Südamerika wart.«

»Du erzählst mir jetzt besser nicht, dass sie im Bett von deinem Vater und mir geschlafen hat. Denn du weißt, dass dies eine Sache ist, bei der ich nicht mit mir spaßen lasse.«

Eine Sache?, dachte Anton. *Es gibt eine ganze Menge von Sachen, bei denen du nicht mit dir spaßen lässt.* Er behielt diesen Gedanken für sich. Er wollte ehrlich mit ihr sein, aber sie nicht sinnlos reizen oder beleidigen.

»Ich habe ihr mein Bett überlassen und auf dem Sofa geschlafen.«

»Okay. Verstanden. Noch etwas, das du mir unbedingt mitteilen willst? Komm schon, Anton. Rede dir alles von der Seele.«

»Da gibt es tatsächlich noch was«, sagte er und trat ein Stück näher zu ihr. »Warum hast du ihm keine Hilfe besorgt?«

»Wem? Wem habe ich keine Hilfe besorgt?«

»Eurem einzigen anderen Sohn. Warum hast du ihm nicht geholfen?«

Er versuchte, an ihrer Miene abzulesen, wie sie den Schlag einsteckte. Als sie antwortete, war ihre Stimme zu einem trockenen, toten Zischen geworden. »Er hat keine Hilfe gebraucht! Es ist ihm gut gegangen!«

»Wäre es ihm gut gegangen, dann wäre er immer noch hier.«

Eine Sekunde lang schien sie zu schwanken, dann sagte sie: »Fast hätte ich dir zum ersten Mal im Leben eine Ohrfeige verpasst. Aber das tue ich nicht. Ich gehe einfach. Gib Bescheid, wenn du dich entscheidest, wieder zu guten Umgangsformen zurückzukehren.«

Sie ging in den Hausflur hinaus und drückte auf den Aufzugsknopf.

Als Anton sich umdrehte, sah er Edith am anderen Ende des Wohnungsflurs stehen. Wie viel hatte sie mitbekommen? Der Gedanke erfüllte ihn mit Schrecken. Was, wenn er zu weit gegangen war? Wenn sie dachte, er hätte sich seiner Mutter gegenüber abscheulich verhalten? Hatte sie recht? Plötzlich hatte er die Perspektive verloren, weil er versuchte, die Situation mit Ediths Augen zu sehen.

Von dieser Befürchtung wie gelähmt, ging er auf sie zu. Er blieb vor ihr stehen.

Sie umarmte ihn.

»Wie fühlst du dich?«, fragte er, als er sie in den Armen hielt.

»Erleichtert. Ich wusste, dass deine Mutter schwierig sein würde. Die meisten Männer würden ihrer Mutter nicht die Stirn bieten. Eigentlich habe ich noch nie einen Mann getroffen, der vor seiner Mutter nicht butterweich wird. Aber nicht du! Ich habe nicht alles mitbekommen, aber du hast eingegriffen und mich vor ihr gerettet. Es war großartig!«

Er atmete tief aus. Lange blieben sie im Flur stehen und hielten einander in den Armen.

»Ich bin vielleicht etwas zu weit gegangen«, sagte er nach einer Weile in ihr Ohr.

»Das mit deinem Bruder?«

»Oh. Das hast du also gehört. Ja, ich glaube, das hat sie verletzt.«

»Wahrscheinlich. Ich bin mir sicher, dass sie immer noch diesen Schmerz mit sich trägt. Aber du auch. Es war eine berechtigte Frage, Anton. Ich glaube nur, dass du sie zu lange zurückgehalten hattest.«

* * *

Er war in seinem Büro, als ein Anruf von Marlene kam. Er hatte noch fünf bis zehn Minuten Zeit, bis er zu seinem nächsten Gerichtstermin aufbrechen musste, packte aber bereits seine Schreibmaterialien und notwendigen Unterlagen in die Aktentasche. Immer früh und extrem organisiert zu sein, war manchmal für Anton ein Fluch.

Er drückte den Knopf der Sprechanlage.

»Ja, Marlene?«

»Deine wunderbare Großmutter ist hier, um mit dir zu sprechen.«

»Oh«, murmelte er, ein wenig durcheinander. Es sah seiner Großmutter nicht ähnlich, ihn bei der Arbeit zu besuchen.

Er fand es immer seltsam, dass Marlene sie als seine *wunderbare Großmutter* bezeichnete, als hätte sie einen Vergleich mit seiner anderen Großmutter. Seine Großmutter mütterlicherseits war gestorben, als Anton elf gewesen war. Aber noch seltsamer war: Marlene hatte es richtig eingeschätzt, denn seine andere Großmutter war schrecklich gewesen.

»Lass sie herein.«

Gleich darauf trat Marion in sein Büro. Sie ging gebückter als noch vor ein paar Jahren, aber strahlte nach wie vor eine intensive Energie aus. Sie war immer noch eine Naturgewalt, mit der man rechnen musste – heute vielleicht mehr als früher.

»Bist du beschäftigt?«, fragte sie und stützte sich auf seinem Schreibtisch ab.

»Ich muss in etwa fünf Minuten zum Gericht.«

»Ich mach ganz schnell.«

Doch einen Augenblick lang sprach sie kein Wort. Was auch immer sie ihm hatte sagen wollen, sie rückte nicht sofort damit heraus. Oder vielleicht kam es Anton auch nur wie eine längere Pause vor, da ihr Besuch ihn nun beunruhigte.

»Deine Mutter macht sich Sorgen um dich«, begann sie schließlich.

Anton seufzte tief und schwieg.

»Und normalerweise würde ich mich nicht einmischen.« Sie knöpfte ihren Wintermantel auf, während sie weitersprach. »Aber sie hat ein paar Dinge gesagt, die mir ziemlich beunruhigend vorgekommen sind. Hast du wieder Schwierigkeiten, Anton?«

»Nein, ganz und gar nicht. Ich war nie glücklicher.«

Sie sah ihn eindringlich an, als wollte sie den Wahrheitsgehalt seiner Behauptung abschätzen. »Du siehst jedenfalls glücklich aus. Aber das alles ergibt irgendwie keinen Sinn. Sie sagt, du hättest vor vier Tagen mit Amy Schluss gemacht, und jetzt seist du bereits mit jemand anderem verlobt. Mit einer Frau, die sie für zu alt für dich hält, aber das ist allein deine Sache. Doch dieses Tempo … es sieht dir nicht ähnlich, Anton. Du springst doch sonst nicht so schnell in etwas hinein. Deshalb frage ich mich, ob sie sich nicht aus gutem Grund Sorgen macht.«

»Sie hat dir nicht erzählt, wer es ist?«

»Wer?«

»Sie hat dir nicht den Namen der Frau gesagt, oder woher ich sie kenne?«

»Nein. Warum? Wer ist es?«

»Oma … es ist *Edith*.«

»Edith …«, wiederholte sie nachdenklich. Sie schien sich nicht erinnern zu können.

»Edith. Du hast sie getroffen. An dem ersten Weihnachten nach Gregs Tod. Wir haben zusammen Weihnachten gefeiert, als meine Eltern in Südamerika waren.«

Er verstummte, doch sie erwiderte nichts. Sie stand nur still da, als müsste sie diese neue Information erst verarbeiten. Als es so weit war, konnte Anton es ihrem Gesicht ablesen. Ihr Blick flackerte auf wie eine Flamme im Wind.

»*Edith?*«, fragte sie staunend.

»Ja. Verstehst du jetzt, warum ich so glücklich bin?«

»Sie hat dich wiedergefunden?«

»Wir sind uns zufällig begegnet.«

Eine weitere Pause, während der keiner von ihnen sprach oder sich bewegte. Dann rannte sie mit flatterndem Mantel auf ihn zu und schlang ihre Arme um seine Taille. »Oh, Anton! Ich freue mich so für dich!«

»Wirklich?«

»Natürlich. Sie ist die Liebe deines Lebens. Denkst du, ich sei zu blind, um das zu sehen?«

»Ich dachte nur … ich meine, damals …«

»Damals warst du noch ein Junge. Aber jetzt bist du ein Mann, der seine eigenen Entscheidungen treffen kann.«

»Du hast kein Wort der Warnung für mich?«

Er war sich nicht sicher, ob er sich vor ihrer Antwort fürchtete. Aber ihr Gespräch hatte sich so sehr ins Positive gewendet, dass er sich eine kritische Äußerung nicht vorstellen konnte. Sie ließ ihn los und trat einen Schritt zurück.

»Nun, vielleicht eine Warnung. Du weißt ja, dass dein Opa Anton ein ganzes Stück älter war als ich. Immer wieder habe ich zu hören bekommen, dass ich noch eine ziemlich junge Frau sein würde, wenn ich ihn verliere, und dann würde ich im Alter allein sein. Ich wünschte, ich könnte sagen, dass diese Leute unrecht hatten, aber genau das ist schließlich eingetreten, mehr oder weniger. Aber um das Thema zu wechseln … ich habe einen Rat für dich, Anton: Wenn es so weit ist, dann heiratet heimlich. Mir reicht es völlig aus, wenn ich die Fotos sehen kann. Deine Eltern würden nur alles ruinieren und Gregor und Mina sind nicht mehr hier, um zur Hochzeit zu kommen. Nur für mich braucht ihr keine formelle Hochzeit abzuhalten. Macht deutlich, dass ihr freie Menschen seid, und heiratet so, wie ihr es wollt.«

»Noch eine Frage.« Anton warf einen Blick auf seine Armbanduhr, denn er musste das Gespräch schnell zu Ende bringen. »Was den Altersunterschied zwischen dir und Opa Anton angeht … bereust du es?«

»Deinen Großvater geheiratet zu haben?«

»Und im Alter allein zu sein.«

»Ich hätte meine Zeit mit Anton gegen nichts auf der Welt eingetauscht. Aus keinem Grund.«

»Dann ist das eigentlich keine richtige Warnung, oder?«

»Nein«, sagte sie und tätschelte seine Wange. »Ich glaube nicht.«

Frühling 1981

Herzensverbindung

Kapitel 19

Überstürzt

In Lower Manhattan stiegen sie aus einem Taxi. Wie meistens ging Edith an Antons linker Seite, damit sie seine Hand halten konnte.

Anton erkannte schnell das Gebäude, welches sie suchten, denn daneben befand sich ein kleiner, mit einem Maschendrahtzaun umgebener Spielplatz. Manche der Kinder tappten unsicher umher, andere balgten miteinander und manche hockten in der Ecke, als wären sie lieber woanders.

Er warf einen Blick zu Edith, die ebenfalls die Kinder beobachtet hatte.

Am Zugang des Gebäudes blieb sie so plötzlich stehen, dass Anton, der zu einem weiteren Schritt angesetzt hatte, ruckartig gestoppt wurde, da sie immer noch seine Hand hielt. Er sah Edith an. Warum war sie stehen geblieben? Schließlich war sie sicher genauso aufgeregt wie er vor diesem Termin. Sie starrte in die Richtung des Spielplatzes, obwohl sie von dort, wo sie standen, die Kinder nicht mehr sehen konnten.

»Willst du nicht reingehen?«, fragte er.

Als sie ihn ansah, bemerkte er eine Furcht in ihrem Blick, wie er sie noch nie gesehen hatte. Nein, das stimmte nicht. Er hatte diesen furchtsamen Ausdruck zuletzt vor vielen Jahren gesehen. An dem Tag, als ihr damaliger Ehemann vor dem Café aufgetaucht war und sie bei ihrem Treffen überrascht hatte.

Sie gab ihm keine Antwort.

»Wovor hast du Angst?«, erkundigte er sich sanft.

Sie schien ihm antworten zu wollen, aber stattdessen verstrichen mehrere Sekunden, in denen sie nichts sagte.

»Befürchtest du, dass sie uns kein Kind adoptieren lassen?«

Edith nickte. Sie sah aus, als würde sie gleich in Tränen ausbrechen.

»Nun, betrachte es mal so«, sagte er. »Ich weiß nicht, was passieren wird, wenn wir reingehen. Vielleicht lassen sie uns ein Kind adoptieren, vielleicht nicht. Aber wenn wir reingehen, haben wir wenigstens eine Chance. Wenn wir es erst gar nicht versuchen, bleibt uns nicht viel Hoffnung. Daher würde ich diesen Termin lieber wahrnehmen.«

Sie lächelte ihn an, doch es war ein trauriges Lächeln, das viel Anstrengung zu erfordern schien. Als das Lächeln wieder von ihr abfiel, sah sie erschöpft aus.

Er zog sie sanft an der Hand und sie folgte ihm in das Gebäude.

* * *

An die Gebäudemauer gelehnt, beobachtete Anton von einer Ecke des Spielplatzes aus Edith, als sie mit einem der Kinder sprach, einem Mädchen. Mrs Hazelton, die Sozialpädagogin, die mit ihnen gesprochen und sie herumgeführt hatte, stand bei ihm.

»Sie wird eine gute Mutter abgeben«, stellte sie mit einem Blick auf Edith fest.

Soweit Anton erkennen konnte, war es weder ein nichtssagendes Kompliment noch eine nur dahingeworfene Bemerkung. Es klang nach einer ehrlichen Beobachtung. Als hätte diese Frau etwas an Edith bemerkt, was sie so tief beeindruckt hatte, dass diese Worte einfach heraus ans Licht kommen mussten.

»Das wird sie«, bekräftigte Anton. »Da bin ich mir sicher. Aber ich kenne Edith natürlich. Es würde mich interessieren, wieso Sie zu dieser Einschätzung kommen.«

Schweigend beobachteten sie einen Augenblick länger die Szene auf dem Spielplatz.

Das Mädchen mochte um die fünf Jahre alt sein. Es hatte dunkles Haar und riesige, dunkle Augen. Sein Gesicht hatte einen gleichzeitig traurigen und intensiven Ausdruck. Edith hatte sich auf einer Bank an einem Picknicktisch niedergelassen, und das kleine Mädchen in dem gelben Kleid war neben sie geklettert und hatte sich im Schneidersitz dicht neben Edith gesetzt. Das Mädchen zupfte am Knie seiner roten Leggings herum, dann beugte es sich näher zu Edith, als wollte es mit ihr ein Geheimnis teilen. Edith wandte keinen Moment den Blick von dem Mädchen ab. Als sie mit dem Kind sprach, stand Anton jedoch zu weit entfernt, um hören zu können, was sie sagte.

»Ich sehe häufig, wie angehende Eltern Kinder kennenlernen«, erwiderte Mrs Hazelton. »Aber fast nie sieht es so aus.«

»Wie sieht es denn sonst aus?«

»Üblicherweise eher steif und formell. Die meisten Erwachsenen sind befangen, wenn sie zum ersten Mal mit einem fremden Kind reden. Aber Ihre Frau scheint schon jetzt eine richtige Herzensverbindung hergestellt zu haben.«

Beinahe hätte er sie berichtigt und ihr erklärt, dass Edith erst in der Zukunft seine Frau sein würde und zurzeit noch seine Verlobte war, doch dann ließ er es. Edith hatte bereits eine tiefe Verbindung zu einem Kind aufgebaut. Wie könnte er es sich jemals vergeben, wenn er nun etwas Falsches sagte?

»Ich sollte heute eigentlich ein erstes Gespräch mit Ihnen führen«, fuhr Mrs Hazelton fort, »aber ich würde das hier nur sehr ungern unterbrechen. Vielleicht könnte ich Ihnen einfach ein paar informelle Fragen stellen?«

»Okay.«

Eigentlich war es überhaupt nicht okay. Er befürchtete, einen Fehler zu machen und ihre Chance zu verderben. Doch nichts wäre schlimmer als eine Lüge, also musste er ihre Fragen ehrlich beantworten. Er vergrub seine Hand tief in der Hosentasche, damit sie nicht sah, wie er zitterte.

»Wie lange sind Sie schon verheiratet?«

Anton schloss die Augen. Dann öffnete er sie schnell wieder, damit sie nicht sein Zögern mitbekam. »Eigentlich sind wir verlobt.«

»Oh. Noch nicht verheiratet?«

»Nein, aber bald. So bald, dass wir eine Adoption schon in die Wege leiten wollten.«

Als er sah, wie sie sich auf ihrem Klemmbrett Notizen machte, nahm seine Furcht zu.

»Wann steht der große Tag an?«

»Es sind nur noch ein paar Tage.«

Er war einer Lüge sehr nahegekommen, aber er würde sie zur Wahrheit werden lassen. Für diese Wahrheit würde er ihr Leben umorganisieren, es war jetzt notwendig.

»Gut«, sagte sie und machte sich immer noch Notizen. »Denn das vergrößert definitiv Ihre Chancen. Wann haben Sie sich kennengelernt?«

Die Frage war für Anton ein Geschenk des Himmels. Er hatte damit gerechnet, dass sie ihn fragen würde, wie lange er und Edith sich schon kannten. Aber hätte er wirklich sagen können, dass sie sich schon fünfzehn Jahre lang kannten? Auf den allergrößten Teil dieser Zeit traf dies nicht zu. Aber stattdessen wollte sie wissen, wann sie sich kennengelernt hatten. Anton konnte sein Glück kaum fassen.

»Vor fünfzehn Jahren.«

»Gut. Das zeigt Stabilität. Es sei denn, die lange Verlobungsphase hatte einen bestimmten Grund?«

»Wir waren zunächst nur Freunde«, sagte er einfach.

»Ausgezeichnet. Das gefällt mir. Gibt es einen spezifischen Grund, weshalb Sie sich für eine Adoption entschieden haben und keine eigenen Kinder wollen?«

»Edith ist achtundvierzig.« Er beobachtete, wie sie sich das notierte. »Ist das ein Problem?«

»Kein großes Problem, nein. Manchmal spielt das Alter eine Rolle, wenn es Eltern in den nächsten achtzehn Jahren schwerfallen könnte, ein Kind großzuziehen. Aber wenn Sie bereit sind, ein Kind zu adoptieren, das schon vier oder fünf ist … dann ist ein Alter von achtundvierzig kein Hindernis.« Sie sah von ihren Notizen auf und bohrte ihren Blick in ihn hinein. »Und Sie? Sie scheinen jünger zu sein.«

»Ich bin dreiunddreißig«, sagte er und spürte, wie er rot wurde. »Ist *das* ein Problem?«

»Ganz im Gegenteil. Ein jüngerer Elternteil kann mögliche Bedenken zerstreuen, was die nötige Gesundheit und Energie, um ein Kind aufzuziehen, betrifft.«

»Ha«, sagte Anton. »Das hilft uns hier also tatsächlich. Überall sonst schadet es uns.«

Gleich darauf wünschte er sich, er hätte nicht so viel preisgegeben.

Mrs Hazelton lächelte, doch schien ihm nur mit halbem Ohr zuzuhören.

»Das Mädchen, mit dem sie redet, Jenny, kann zurzeit nur als Pflegekind aufgenommen werden. Ihre Mutter hat noch nicht auf das Sorgerecht verzichtet. Sie will schon seit einem

Jahr von ihrer Alkoholsucht loskommen, hat aber bisher noch keinen Erfolg gehabt. Sie beteuert, dass sie die Unterlagen unterschreiben will, wenn es dieses Mal nicht klappt. Mein Vorschlag wäre, dass Sie nach Ihrer Hochzeit wiederkommen. Füllen Sie jetzt noch keine Bewerbung aus. Wenn Sie verheiratet sind, steigert das Ihre Chance, akzeptiert zu werden. Es erwartet Sie eine ganze Reihe von Hürden, wie Hintergrundprüfungen und mehrere Hausbesuche. Wenn Sie sich beide sicher sind, dass Sie Jenny adoptieren möchten, wird sie hoffentlich bis dahin zur Adoption freigegeben sein.«

Anton blickte wieder zum Spielplatz. Jenny war auf Ediths Schoß geklettert, hatte sich mit der Wange an deren Schulter gelehnt und blickte zu ihr auf.

»Ich habe ein starkes Gefühl, dass Jenny das richtige Kind für uns ist.«

»Aber *Sie* haben doch noch kaum mit ihr gesprochen.«

»Ich unterstütze meine Frau bei jeder Entscheidung, die sie trifft«, erwiderte Anton.

* * *

Als sie wieder auf die Straße traten, spürte Anton eine pulsierende Energie, als Edith seine Hand nahm. Ihre Begeisterung schien sich sogar auf ihre Hand übertragen zu haben. Er trat von der Bordsteinkante, um ein Taxi heranzuwinken, doch sie zog ihn zurück.

»Lass uns die U-Bahn nehmen!« Sie klang angespannt, völlig anders als sonst. »Zu viel Verkehr. Ein Taxi würde ewig brauchen.«

Immer noch Hand in Hand machten sie sich auf den Weg zur U-Bahn-Station.

»Ich habe dir etwas mitzuteilen«, begann sie. »Normalerweise würde ich es für mich behalten, weil die meisten Leute sagen würden, dass ich vorausgreife oder es wirklich nicht wissen kann. Aber ich glaube, dir kann ich es erzählen.«

»Du kannst mir alles erzählen.«

»Dieses kleine Mädchen …«

»Jenny.«

»Ja. Jenny. Sie ist die Richtige. Das kann ich spüren. Sie war dazu bestimmt, meine Tochter zu sein.«

»Unsere Tochter«, korrigierte er sie.

»Ja. Natürlich. Ich habe nicht gemeint, dass wir nicht beide ihre Eltern sein würden. Ich will damit ausdrücken … ich habe kein Recht zu sagen, was in deinem Leben passieren soll. Ich kann nur für mich sprechen.«

Anton blieb stehen. Er zog leicht an ihrer Hand, damit sie stehen blieb und sich umdrehte.

»Was ist?«, fragte sie.

Sie blickte ihn völlig offen an. Sie vertraute ihm jetzt. Oder vielleicht hatte sie das schon immer. Jedenfalls machte es ihn ausgesprochen glücklich.

»Im Augenblick kann Jenny nur als Pflegekind aufgenommen werden. Ihre Mutter hat noch nicht auf das Sorgerecht verzichtet.« Er wartete ab, um zu sehen, wie sie die Nachricht aufnahm. Würde es ihrer Euphorie einen Dämpfer geben? Doch Anton entdeckte keine Stimmungsänderung an ihr. Schnell sprach er weiter. »Aber Mrs Hazelton denkt, es könnte schon bald so weit sein. Wir sollen eine Bewerbung ausfüllen, wenn wir wiederkommen, und dann den ganzen Prozess durchlaufen, Hausbesuche und so weiter … und dann könnte Jenny vielleicht zur Adoption freigegeben sein.«

»Das wird sie«, sagte Edith. In ihrer Stimme lag nicht der leiseste Anflug von Zweifel.

Sie wandte sich zum Weitergehen um, doch Anton zog sie noch einmal zurück.

»Lass uns heiraten!«

Sie blickte ihn mit einem schiefen Lächeln an, als hätte er einen Witz erzählt, der nicht sehr lustig war. »Déjà-vu«, sagte sie.

»Was meinst du damit?«

»Du weißt nicht, was Déjà-vu bedeutet?«

»Doch, das weiß ich. Nur ... warum ist das ein Déjà-vu-Erlebnis?«

»Weil du mich schon gefragt hast, ob ich dich heiraten will, und ich Ja gesagt habe.«

»Nein, ich meine ... ich habe dich gefragt, ob du mich irgendwann heiraten willst. Aber jetzt ...«

»Oh. Du meinst, dass wir *sofort* heiraten sollten.«

Völlig still standen sie sich inmitten des Verkehrslärms einer betriebsamen Straße von Manhattan gegenüber.

»Bist du dir noch nicht sicher?«, fragte er sie schließlich.

»Ich bin mir sicher.«

»Worauf warten wir dann?«

»Wenn ich ehrlich sein soll ... ich warte wahrscheinlich, damit niemand sagen kann, wir hätten überstürzt gehandelt.«

»Dann lass uns überstürzt handeln.«

»Weil wir als verheiratetes Paar bessere Aussichten haben, ein Kind zu adoptieren?«

»Ja und nein. Ich will dich heiraten, weil ich das schon wollte, seit ich dich kenne. Dich sofort heiraten will ich, damit wir eine bessere Chance haben, Jenny zu adoptieren.«

Sie legte ihre warme Hand an seine Wange. »Ich weiß nicht, was ich getan habe, um dich zu verdienen. Aber was immer es war, ich bin sehr froh darüber. Okay. Lass uns sofort heiraten. Aber müssen wir keine Pläne machen und deine Eltern einladen und so?«

»Nein! Wir laden auf keinen Fall meine Eltern ein. Sie würden alles ruinieren.«

»Und deine Großmutter?«

»Es war ihr Vorschlag, meine Eltern nicht einzuladen. Ich habe ihr versprochen, dass es eine heimliche Hochzeit wird.«

»Okay. Gut.« Er bemerkte, dass ihre Miene sich nun, dem Inhalt ihres Gesprächs entsprechend, aufgehellt hatte. Der leicht zweifelnde Ausdruck war verschwunden, ihr Gesicht leuchtete nun geradezu vor Freude. »Ich glaube zwar immer noch, dass du völlig verrückt bist, aber das liebe ich so an dir. Wir besorgen unsere Papiere und dann … her mit der Blitzhochzeit.«

* * *

Vier Tage später tauchten sie vor dem kleinen Reihenhaus von Antons Großmutter in Queens auf. Edith hatte eine Reisetasche dabei, mit ihrem Hochzeitskleid, das Anton noch nicht sehen sollte. Anton trug seinen besten grauen Anzug und hatte nur seine Kameratasche mitgenommen.

Als er die Hand hob, um an die Tür zu klopfen, fragte er sich kurz, ob der überraschende Besuch ein Fehler war. Was, wenn seine Großmutter im Nachthemd an die Tür kam, mit ungekämmten Haaren, oder sich vielleicht nicht gut fühlte?

Er atmete tief durch und klopfte trotzdem an, dann nahm er wieder Ediths Hand.

Als Marion die Tür öffnete und sie sah, strahlte sie erfreut übers ganze Gesicht. Antons Befürchtungen, sie zu einem ungünstigen Zeitpunkt zu erwischen, waren unnötig gewesen. Seine Großmutter war voll bekleidet, trug sogar Strumpfhose und Schuhe, und hatte sich die Haare gemacht.

»Na so was!«, rief sie. »Das ist ja eine Überraschung!«

»Ich hoffe, es ist okay«, sagte Anton und fühlte sich plötzlich wieder wie ein kleiner Junge.

»Na, ich denke schon. Was ist der Anlass für euren Besuch?« Während sie sprach, warf sie einen Blick auf Antons Fedorahut, den sie so gern an ihm sah.

»Edith und ich wollen heimlich heiraten, genau wie du vorgeschlagen hast. Aber wir können uns nicht vorstellen, ohne dich zu heiraten. Du bist wirklich die Einzige in meiner Familie, die mich unterstützt, jetzt, wo Onkel Gregor nicht mehr da ist. Also hätten wir dich gern als unsere Trauzeugin bei der Zeremonie im Rathaus. Und vielleicht könntest du sogar unser Hochzeitsfotografin sein. Was meinst du?«

»Wann und wo sind eure Flitterwochen?«

»Wir fliegen heute Nachmittag nach Hawaii«, antwortete er.

»Okay, gut«, sagte Marion. Ihre Augen funkelten vergnügt. »Es ist mir eine Ehre, an eurer Hochzeit teilzunehmen. Aber in die Flitterwochen müsst ihr ohne mich fahren. Und ich sollte auf keinem Foto zu sehen sein, denn deine Eltern würden mich einen Kopf kürzer machen, wenn sie auf diese Weise erfahren, dass ich bei der Hochzeit dabei war und sie nicht.«

»Dein Geheimnis ist bei uns sicher«, versprach Edith.

* * *

Antons Großmutter lugte ins Trauungszimmer, wo Anton wartete. »Bist du so weit?«

»Absolut.«

Als Edith eintrat, musste Anton buchstäblich nach Luft schnappen. Einen Moment lang hielt ihr Anblick fast seine natürlichen Überlebensprozesse an: das Atmen und den Herzschlag.

Sie trug ein sandfarbenes, schulterfreies Kleid, das sich an ihre Taille schmiegte. Auf ihrem hochgesteckten Haar saß ein schmaler Blütenkranz – wahrscheinlich Schleierkraut. Als sie ihn anlächelte, spürte er, wie seine Knie weich wurden.

Die Standesbeamtin schien etwas in Eile zu sein, doch Anton kümmerte es nicht und Edith schien es auch nichts auszumachen. Solange sie am Ende der Zeremonie verheiratet waren, machte er sich über das Prozedere keine größeren Gedanken.

»Nimmst du, Edith Renée Faber, diesen Mann, Anton Edward Addison-Rice, zu deinem angetrauten Ehemann, um ihn von diesem Tage an zu lieben und zu achten, in guten und in schlechten Zeiten, in Gesundheit und in Krankheit, bis dass der Tod euch scheidet?«

Edith blickte ihm direkt in die Augen und schenkte ihm wieder dieses Lächeln. Dieses Mal spürte er, wie er innerlich dahinschmolz.

»Ja.«

Die weiteren Geschehnisse nahm Anton kaum wahr, so sehr hatte er sich in ihren Augen verloren. Er spürte ihr Lächeln, gleichzeitig warm und heiß. Es beantwortete ihm eine Frage, die er sich nicht getraut hatte, ihr zu stellen. Ihr Lächeln bestätigte ihm, dass sie zweifellos das Gleiche fühlte. Oder zumindest fast das Gleiche. Fast das Gleiche war mehr als ausreichend, denn niemand liebte jemanden so sehr, wie er Edith liebte.

Als es still wurde, bemerkte Anton erschrocken, dass ihn jetzt nicht nur Edith ansah. Auch die Standesbeamtin und seine Großmutter blickten ihn erwartungsvoll an.

»Du solltest jetzt ›Ja‹ sagen«, flüsterte Edith.

»Oh. Tut mir leid. Ist es schon so weit? Du hast mich mit deiner Schönheit abgelenkt.« Er blickte zu der ungeduldigen Standesbeamtin. »Ja«, sagte Anton laut und bestimmt.

»Ich erkläre Sie hiermit zu Mann und Frau. Sie dürfen die Braut nun küssen.«

Anton beugte sich vor, um Edith zu küssen, und sie kam ihm entgegen. Es war nur ein kurzer, beinahe züchtiger Kuss, da sie sich beide bewusst waren, dass seine Großmutter sie beobachtete. Anton hörte ihren Applaus im Hintergrund. Er löste sich von Edith, nahm sie in die Arme und drückte seine Wange an ihre, obwohl die Standesbeamtin die Zeremonie schnell zu Ende bringen wollte.

»Ich liebe dich«, flüsterte er ihr ins Ohr.

»Ich liebe dich auch«, flüsterte sie zurück.

Es versetzte ihn plötzlich zu der Szene am Bahnhof vor fünfzehn Jahren zurück. Es war eine fast perfekte Wiederholung von diesem Moment. Mit dem Unterschied, dass sie dieses Mal in seinen Armen blieb.

* * *

In der Vorhalle nahm seine Großmutter mit seiner Kamera Bilder von ihnen auf.

»Rückt näher zusammen!«, rief sie. »Noch ein Kuss.«

Es machte Anton etwas verlegen, denn außer ihnen waren hier noch andere Leute. Viele Fremde. Doch trotzdem folgte er ihren Anweisungen.

»Und jetzt küsst euch so, als würdet ihr es diesmal auch so meinen!«, kommandierte sie.

Anton spürte, wie er rot wurde. Doch sie gaben sich alle Mühe, sich so zu küssen, als würde ihnen niemand zusehen.

»Okay, ich glaube, da sind ein paar gute Fotos dabei«, meinte Marion und gab Anton seine Kamera zurück.

»Vielen Dank«, sagte Anton.

»Es ist nur so schade«, entgegnete sie.

Anton war überrascht. Eigentlich hätte er am liebsten gar nicht erfahren, was sie damit sagen wollte, doch er musste nachhaken. »Was ist schade?«

»Oh, ich weiß nicht. Ich habe nur gerade … ich sollte es besser nicht sagen.«

»Ich glaube, jetzt bleibt dir nichts anderes übrig«, erwiderte er, seinen Arm um Ediths Schulter gelegt.

»Ich habe gerade an den Tag gedacht, als ich zum ersten Mal Edith getroffen habe. Du warst so verliebt und alle haben gesagt, es sei nur eine jugendliche Schwärmerei und sie müsste fortgehen, damit du sie vergessen könntest. Und jetzt frage ich mich, ob wir dir damals wirklich einen guten Rat gegeben haben. Na ja. Das ist wohl Schnee von gestern.«

»Wir können dich nach Hause fahren«, bot Anton an, um das Thema zu wechseln.

»Ich komme schon nach Hause. Bereitet euch nur auf eure Flitterwochen vor.«

»Dann bringen wir dich wenigstens zum Taxi.«

»Okay, gut. Meinetwegen, wenn ihr darauf besteht.«

Gemeinsam stiegen sie die große Treppe hinunter und traten auf die Straße.

Hin und wieder warf Anton einen Seitenblick auf Edith. Auch wenn er jetzt nicht direkt in ihre Augen sehen konnte, hatte er doch das Gefühl, dort eine gewisse Traurigkeit zu erkennen, die sich niederlassen und dort bleiben wollte. Er verstand selbst nicht, woher er das wusste, aber es sah nicht wie eine vorübergehende Sache aus.

* * *

In ihrer Flitterwochen-Suite angekommen, wurde Anton sich plötzlich unangenehm bewusst, dass dies ihre Hochzeitsnacht war. Es hätte egal sein sollen, da sie ohnehin schon seit ein paar Monaten zusammenwohnten, aber trotzdem.

Er konnte nicht erkennen, ob sie sich ähnlich fühlte.

Es fiel ihm generell schwer, ihre Stimmung einzuschätzen. Im Flugzeug und beim Abendessen hatte sie abwesend gewirkt, als sei sie mit ihren Gedanken ganz woanders. Er hatte gespürt, dass sie hin und wieder versucht hatte, ihre Konzentration auf den aktuellen Augenblick zu lenken, aber es war nie von langer Dauer.

Sie saßen am Fußende des Hotelbettes und er schlang seine Arme um sie.

»Ich glaube, wir sollten dich aus diesem Kleid schälen«, sagte er.

»Okay.« Ihr Gesicht war in seiner Halsbeuge vergraben.

Etwas stimmte nicht mit diesem Wort. Es klang ein wenig zittrig. Einen Moment lang hielt er sie nur schweigend in den Armen, um sich der Situation nicht stellen zu müssen.

»Weinst du?«, fragte er sie schließlich.

Sie seufzte tief und verbarg immer noch ihr Gesicht. »Tut mir leid. Es ist so dumm. In unseren Flitterwochen. Und jetzt fragst du dich wahrscheinlich, warum du so einen emotionalen Psycho geheiratet hast.«

»Nein.« In seiner Brust baute sich eine Spannung auf, an der es sich nicht einfach vorbeireden ließ. »Nein, das frage ich mich nicht. Aber … sag mir, wo das Problem liegt.«

Sie entzog sich ihm und ging an die Verandatür, zog den Vorhang zur Seite und blickte auf den Strand hinaus. Er trat hinter sie. Mit jeder verstreichenden Sekunde fühlte er sich mehr und mehr wie eine tickende Zeitbombe. Als würde er explodieren, wenn sie es ihm nicht endlich mitteilte. Ihr Gesicht spiegelte sich in der Glastür. Es war mit Tränen überzogen, die an ihrem Kinn hinunterliefen und auf ihr Kleid tropften.

»Hätte ich dich vielleicht mitnehmen sollen?«, fragte sie.

»Wann?«

»Du weißt schon, wann.«

»Du meinst damals?«

»Ja. Damals. Du wolltest mit mir kommen. Warum habe ich es nicht zugelassen? Selbst deine Großmutter ist sich nicht mehr sicher, ob es die richtige Entscheidung gewesen ist. Ich aber schon, irgendwie. Ich erinnere mich. Du warst erst achtzehn. Wir haben gedacht, deine Verliebtheit sei nur etwas, das bald vorübergehen würde. Aber wir hatten alle unrecht. Und wenn ich jetzt an meine Entscheidung denke, glaube ich, dass dadurch fünfzehn Jahre vergeudet worden sind, die wir gemeinsam hätten haben können.«

»Du hast getan, was du für richtig gehalten hast.«

Er schlang wieder seine Arme um sie und sie lehnte sich an seinen Brustkorb zurück.

»Ich habe es versucht. Aber ich hatte unrecht. Du warst kein Minderjähriger mehr, du warst erwachsen. All diese Jahre, in denen ich ungeduldige, reiche Frauen geschminkt habe, um Geld für meine Weiterbildung zu verdienen, und dachte, ich müsste allein sein! Dabei hatte ich bereits den wundervollsten, selbstlosesten Jungen auf der Welt kennengelernt, und er hat mich angebetet. Wir könnten jetzt unsere eigenen Kinder großziehen, Anton. Wir könnten Teenager haben. Wie kann man einen so riesigen Fehler ungeschehen machen?«

Anton blieb einen Moment stumm, während er nach den richtigen Worten suchte. »Aber wenn wir unsere eigenen Kinder hätten, dann hättest du nie Jenny kennengelernt. Und du hast gesagt, sie sei die Richtige, dazu bestimmt, deine Tochter zu sein.«

»Unsere Tochter«, korrigierte Edith ihn. Es schien ein gutes Zeichen zu sein, doch Anton war sich nicht sicher. »Vielleicht war es richtig so. Ich weiß nicht. Ich glaube, ich weiß überhaupt nichts mehr. Ach, wem mache ich etwas vor? Habe ich je etwas gewusst?«

»Ich weiß nur, dass wir eine Vergangenheit haben«, sagte er. »Und das Hier und Jetzt. Und das, was danach kommt. Und zwei dieser Dinge können wir tatsächlich beeinflussen.« Als er ihr Ausatmen spürte, bemerkte er erleichtert, dass er die richtigen Worte gefunden hatte. »Und noch eine Sache. Was habe ich getan, damit du dich in mich verliebt hast?«

»Mehreres.«

»Dann verrate mir das Wichtigste.«

Sie schien nicht lange überlegen zu müssen. »Du hast mich gehen lassen. Weil es sicherer für mich war. Das war das Selbstloseste, das jemals jemand für mich getan hat. Oh. Ich glaube, ich weiß, worauf du hinauswillst.«

Danach redeten sie nicht mehr über die Vergangenheit und ließen das Hier und Jetzt zu etwas Besserem werden. Es wurden ihre Flitterwochen im wahrsten Sinne des Wortes.

* * *

Es war nach drei Uhr, als sie sich auf die Seite rollte, gerade wach genug, um ihn anzusehen und zu bemerken, dass er nicht schlief. Er hatte die ganze Nacht wach gelegen, ihr beim Schlafen zugesehen und nachgedacht. Oder vielleicht hatte er auch nur seinen Gedanken und Gefühlen freien Lauf gelassen.

»Du schläfst ja gar nicht«, sagte sie.

»Nein.«

»Denkst du nach?«

»Ich glaube schon.«

»Woran denkst du?«

Er wollte sagen: »An so viele Dinge«, aber was aus seinem Mund kam, bezog sich nur auf eine Sache. »Ich frage mich, ob das bedeutet, dass du mich wirklich liebst.«

Ein paar Sekunden lang schienen diese Worte ziellos durch die Dunkelheit zu irren. Dann griff sie über ihn, um die Lampe anzuschalten, und blinzelte in das plötzliche Licht.

»Du hast nicht geglaubt, dass ich dich wirklich liebe?«

Anton seufzte und suchte einen Augenblick nach Worten. »Ich glaube, dass du mich mehr liebst als die meisten anderen Leute. Aber ich hatte nicht gewusst, dass du mich so sehr liebst, dass die Tatsache, dass wir all diese Jahre verloren haben, dich zum Weinen bringt.«

Einen Moment lang blinzelte sie stark, und als sie schließlich ihre Augen geöffnet hielt, lag ein trauriger Ausdruck in ihnen. »Dann muss ich dich wirklich enttäuscht haben und es tut mir leid. Von jetzt an werde ich besser darauf achten, dass du es wirklich weißt. Ich werde dir beweisen, dass ich dich liebe. Mit Worten und Taten, beides.«

»Es liegt wahrscheinlich vor allem an mir. Ich hatte nicht gedacht, dass du mich so lieben könntest, wie ich dich liebe, denn … wer tut das schon? Wer liebt schon jemanden so, wie ich dich liebe? Es wäre nicht fair, das von jemandem zu verlangen.«

Sie lächelte, aber das Lächeln wirkte immer noch traurig. »Nein. Es liegt an mir. Es ist meine Schuld. Es ist meine Aufgabe, dir zu zeigen, dass ich dich liebe, und da habe ich versagt. Ich verspreche dir, dass es nicht wieder vorkommt.«

Kapitel 20

Die letzte Verbündete

Nach nur drei Tagen kehrten sie wieder nach Hause zurück, da Anton so kurzfristig keinen längeren Urlaub hatte nehmen können. Auf dem Anrufbeantworter warteten sieben Nachrichten auf ihn.

Als er sie abspielte, hörte er, dass sie alle von seiner Mutter waren.

»Anton. Wo bist du? Ignorierst du mich? Oder bist du vielleicht weggefahren? Warum hast du mir das nicht gesagt? Ruf uns an. Sofort!«

Das war die dritte Nachricht, die darauffolgenden klangen immer verzweifelter.

Edith unterbrach das Kofferauspacken und steckte den Kopf zur Tür hinein.

»Warum ist sie so aufgebracht?«

»Keine Ahnung«, sagte Anton. »Bei ihr weiß man das nie. Ich rufe sie gleich an.«

Er nahm den Telefonhörer ab und drückte die Kurzwahltaste mit der Nummer zwei.

»Anton?«, bellte seine Mutter ins Telefon, anstatt sich mit »Hallo?« zu melden.

»Ja, ich bin's.«

Aus dem Augenwinkel sah er, dass Edith ihn beobachtete.

»Wo zum Teufel bist du gewesen, junger Mann?«

»Nur ein kurzer Urlaub. Kannst du mir bitte sagen, was los ist?«

»Oh, nichts Wichtiges«, antwortete sie und ihre Stimme strotzte vor Sarkasmus. »Es ist nur deine Großmutter gestorben und wir wollten mit der Planung der Beerdigung warten, bis wir von dir hören. Gar nichts Besonderes.«

Er ließ den Hörer sinken.

»Was?«, fragte Edith. »Was ist passiert?«

»Meine Oma.«

Ihre Miene wurde betrübt. Sie trat näher und legte ihre Arme um ihn. Er behielt den Telefonhörer in der linken Hand, während er Ediths Umarmung erwiderte. Er konnte das kratzende Geräusch der entfernten Stimme seiner Mutter hören, die ihn anbrüllte und versuchte, ihn wieder an die Leitung zu bekommen.

»Wenigstens konnte sie zu unserer Hochzeit kommen«, flüsterte Edith ihm ins Ohr. »Wenn du es dir nicht plötzlich in den Kopf gesetzt hättest, so schnell zu heiraten, dann hätte sie es vielleicht verpasst.«

»Es ist ein Jammer, dass sie auf keinem der Fotos zu sehen ist«, sagte Anton. »Denn jetzt können sie sowieso nichts mehr tun.«

»Anton!«, bellte seine Mutter wieder.

Er nahm den Hörer wieder ans Ohr. »Ich bin so schnell da, wie ich kann. In ein paar Minuten.« Dann legte er auf.

»Soll ich mitkommen?«, fragte Edith.

»Ich hätte dich liebend gern dort. Komm später nach, wenn du willst. Aber kannst du mir einen Gefallen tun und Hannah von der Hundepension abholen? Das wäre eine riesige Hilfe.«

* * *

Er saß schon fast eine Stunde lang im Wohnzimmer seiner Eltern, als seine Mutter seinen Ehering bemerkte. Sie hatten über die Arrangements für die Blumen und die Kirche geredet und wie vorherzusehen war, hatte es Streit über die kleinsten Details gegeben. Zunächst war er auf ihre Reaktion auf den Ring vorbereitet gewesen, doch während sich die Unterhaltung hinzog, wurde er unachtsam.

»Ihre Kirche ist in Astoria!«, brüllte seine Mutter. »Wer will für eine Beerdigung den ganzen Weg bis nach Astoria auf sich nehmen?«

Anton warf einen Blick zu seinem Vater, der ungewöhnlich still war und meist nur ins Leere starrte, als sei er geistig kaum anwesend. Aber schließlich war gerade vor Kurzem seine Mutter gestorben.

»Denk doch mal darüber nach, was du sagst«, ermahnte Anton seine Mutter.

»Was ich sage? Ich sage, wer will bis nach Queens fahren?«

»Und wer wird zu ihrer Beerdigung kommen?«

»Ihre Familie und Freunde.«

»Die einzige Familie, die sie noch hatte, sind wir drei. Und ihre Freunde wohnen in Queens.«

»Ich sag's ja nur. Sie ist ohnehin fast nie in die Kirche gegangen. Vielleicht muss es ja gar nicht kirchlich sein und kann in einem schönen Beerdigungsinstitut stattfinden.«

Anton ließ den Kopf in die Hände sinken. Auch mit einer Handprothese war dies möglich. Er hatte es schon so häufig getan, üblicherweise im Beisein seiner Eltern.

»Du machst das unnötig kompliziert«, entgegnete er.

Er hörte keine Antwort. Durch seine gespreizten Finger sah er, dass sie auf seinen Ring starrte. Einen Augenblick lang herrschte völlige Stille.

»Du hast geheiratet, Anton?«

»Ja. Ich habe geheiratet.«

»Ohne es uns zu sagen?«

»Ja.«

»Nach nur ein paar Monaten mit dieser Person? Abel, wach auf! Bist du in Trance, oder was? Hörst du, was er gesagt hat? Dein Sohn hat ohne unser Beisein geheiratet.«

Sein Vater gab nur ein Knurren von sich.

»Ich habe es dir doch damals in der Frühe erzählt«, erwiderte Anton. »Ich kenne sie schon, seit ich achtzehn war.«

»Ach was. Wie konntest du uns das antun? Uns zu vergessen. Wie konntest du das deiner Großmutter antun? Glaubst du nicht, sie hätte gern miterlebt, wie du heiratest?«

Anton atmete tief durch und ließ die Wahrheit heraus. »Sie war dabei.«

Lange Zeit sprach niemand. Dann wurde die Stille von einem Klopfen an der Wohnungstür unterbrochen.

»Ich gehe hin«, sagte Anton. »Es ist wahrscheinlich Edith.«

Jedenfalls hoffte er, dass es Edith war. Er brauchte ihre Unterstützung. Als er zur Tür ging, fand seine Mutter ihre Sprache wieder und rief ihm hinterher: »Ich glaube dir das nicht! Ich glaube nicht, dass sie uns das angetan hätte, denn sie hätte gewusst, wie uns das treffen würde. Du hast das nur erfunden, um uns zu verletzen.«

Anton entriegelte die Schlösser und öffnete die Tür. Es war Edith, mit Hannah an ihrer Seite. Als sie ihn anblickte, fühlte er sich mit einem Schlag in die Nacht zurückversetzt, in der sie zum ersten Mal an seine Tür geklopft hatte, nachdem sie ihren Mann verlassen hatte. In diesem Augenblick hatte sich sein ganzes Leben verändert. Er streichelte Hannah, die aufgeregt mit dem Schwanz wedelte, über den Kopf. Eine Stimme in seinem Inneren sagte ihm, dass es an der Zeit sei, wieder sein ganzes Leben zu verändern.

»Sie hätte dieser Ehe niemals zugestimmt!«, schrie seine Mutter, ihre Stimme klang nah.

Als Anton sich umdrehte, stand sie am Ende des Flurs. Er merkte, dass sie noch lange nicht fertig war.

»Weil diese Person zu alt für dich ist und jeder, der Augen im Kopf hat, das sehen kann!«, ergänzte sie.

Auch wenn es seltsam und irgendwie abwegig erschien, Anton war beinahe froh, dass sie es ausgesprochen hatte, denn es bestätigte, dass die Stimme in seinem Inneren recht hatte. In diesem Augenblick verstand er, was diese Stimme ihm mitteilte.

»Aber sie *hat* dieser Ehe zugestimmt«, widersprach er. »Sie hat Edith auch schon vor fünfzehn Jahren kennengelernt. Und sie hat unsere Beziehung akzeptiert. Sie war diejenige, der ich versprechen musste, dass wir heimlich heiraten und dich und Dad nicht einladen werden, weil ihr alles ruinieren würdet. Und sie lag damit völlig richtig. Sie wollte nur die Hochzeitsbilder sehen, aber wir haben sie abgeholt und mit zu unserer Hochzeit genommen, weil sie meine Großmutter war und mich immer unterstützt hat und ich mir nicht vorstellen konnte, ohne sie zu heiraten. Und jetzt bin ich froh, dass ich ihrem Rat gefolgt bin. Edith und ich werden eine Familie gründen und ein Kind adoptieren, und das werde ich mir von niemandem kaputtmachen lassen. Macht eure Planungen für die Beerdigung also allein, oder überlasst sie mir. Eure Entscheidung. Ich sehe euch bei der Beerdigung, aber danach nicht mehr. Danach ist die Sache beendet.«

Eine ganze Weile stand seine Mutter sprachlos mit geöffnetem Mund da. Schließlich nahm sie sich wieder zusammen und sprach: »Was meinst du mit *beendet*?«

»Ich glaube, du weißt ganz genau, was ich meine.«

»Glaubst du, dass du es einfach so beenden kannst, unser Sohn zu sein? Das geht nicht. Du wirst immer unser Sohn sein. Und wir werden deine Eltern sein.«

»Ihr werdet meine entfremdeten Eltern sein.«

Sie stand nur starr wie eine Statue da. Gefolgt von Hannah führte Anton Edith sanft am Ellenbogen hinaus und ließ die Wohnungstür hinter ihnen geöffnet. Mit einem Knopfdruck sprangen die Aufzugstüren sofort auf. Sie stiegen ein. Bevor sich die Türen hinter ihnen schlossen, sah er, dass die Wohnungstür seiner Eltern noch immer offen stand.

»Tut mir leid, dass du das miterleben musstest«, sagte er zu Edith, als sie nach unten fuhren.

»Das ist nicht deine Schuld.«

»Danke, dass du Hannah abgeholt hast. Kam sie dir sehr unglücklich vor?«

»Sie war jedenfalls furchtbar froh, mich zu sehen. Belassen wir es lieber dabei.«

»Gut, dass du sie mitgebracht hast. Sie hätte es gar nicht gemocht, gleich nach der Hundepension allein zu Hause gelassen zu werden. Aber wie bist du mit ihr hierhergekommen? Mit einem Taxi?«

»Wir sind gelaufen. Sie hat es wirklich gebraucht, es hat ihr gutgetan. Unterwegs ist sie ruhiger geworden.«

»Das sind doch zig Kilometer.«

»Ich weiß. Ich bin einfach losgelaufen.«

Als sie auf die Straße traten, war es windig und kühl. Es fühlte sich erfrischend an, wie ein Neuanfang. Genau das richtige Wetter, wenn man gerade sein Leben verändert hatte.

»Wollen wir versuchen, ein Taxi zu bekommen, das Hunde akzeptiert?«, fragte Anton.

»Nein, lass uns laufen. Etwas sagt mir, dass du es auch nötig hast. Vielleicht wirst du unterwegs auch ruhiger.«

Schweigend legten sie den ersten Teil des Weges zurück, Edith hielt seine linke Hand und die Hundeleine. Sie schien ihm bewusst seinen Freiraum zu geben, damit er die Ereignisse verarbeiten konnte. Sie überquerten Kreuzungen, wichen abbiegenden Taxis aus und reihten sich in den Fluss des Fußgängerverkehrs ein.

»Kann ich das wirklich tun?«, fragte er nach einer Weile.

»Ich glaube, du hast es gerade getan.«

»Aber ich will von dir hören, ob es in Ordnung ist.«

»Du brauchst nicht meine Erlaubnis.«

»Ich weiß. Das habe ich nicht gemeint. Ich drücke mich nicht sehr klar aus. Ich habe nur gerade gedacht … du hast deine Eltern verloren, als du jung warst. Du würdest wahrscheinlich alles geben, um sie wiederzusehen. Ist das, was ich getan habe, nicht wie ein Schlag ins Gesicht für jemanden wie dich?«

»Ich würde alles geben, um meine Eltern wiederzusehen, weil sie liebenswürdig und zuvorkommend waren.«

»Und meine Eltern sind weder das eine noch das andere«, schlussfolgerte Anton.

»Da würde ich dir zustimmen.«

»Meine Oma hatte recht. Sie ruinieren alles. Und ich kann nicht zulassen, dass sie auch uns ruinieren. Unsere Beziehung ist zu wichtig. Und die Kinder, die wir adoptieren. Warum sollte ich sie Leuten aussetzen, die weder liebenswürdig noch zuvorkommend sind?«

»Nach dem, was ich in Jennys Augen gesehen habe, würde ich sagen, dass sie bereits Erfahrungen mit solchen Leuten gemacht hat.«

»Warum sollte man sie dem dann wieder aussetzen?«

»*Mich* musst du sicher nicht überzeugen«, erwiderte Edith.

Schweigend liefen sie eine Straße weiter.

»Du glaubst also, dass ich es tun kann«, sagte er.

»Ich glaube, du hast es bereits getan«, wiederholte sie.

* * *

Die erste Person, die Anton sah, als er die Methodistenkirche betrat, war seine Mutter. Sie wandte sofort den Blick ab. Edith, die sich bei ihm untergehakt hatte, drückte seinen Arm ermutigend. In der Gangreihe vor ihnen setzte sich gerade eine ältere Frau, die ihm unbekannt erschien. Mit lauter Stimme sprach sie ihn an.

»Du musst Anton sein!«

»Das bin ich«, sagte er und wusste immer noch nicht, wer sie war. »Und das ist Edith, meine Frau.«

»Sehr erfreut, Edith«, brüllte die Frau beinahe. In der Kirche waren zwar einige Gäste, weshalb mehr Lautstärke als üblich notwendig war, aber dies schien selbst unter den gegebenen Umständen zu viel des Guten. »Ich bin so froh, dass Anton dir endlich einen Antrag gemacht hat. Wir haben schon gedacht, es würde nie mehr passieren.«

Anton zuckte innerlich zusammen. Er sah absichtlich nicht zu Edith. Wie würde sie darauf reagieren, mit seiner Ex-Freundin verwechselt zu werden? Er wollte die Frau gerade höflich korrigieren, aber sie ließ ihn nicht zu Wort kommen.

»Ich weiß, du erinnerst dich nicht mehr an mich. Das hatte ich auch gar nicht erwartet. Ich bin Esther, von Marions Bridge-Club. Du hast mich ein paarmal gesehen, aber da warst du noch sehr klein gewesen. Ich kenne dich so gut, weil deine Oma immer über dich geredet hat. Sie war so stolz auf dich. Sie hat dich einfach abgöttisch geliebt. Aber ich kann gar nicht glauben, wie groß und stattlich du geworden bist. Marion hat mir zwar immer wieder erzählt, wie erwachsen du geworden bist, aber ich war trotzdem nicht darauf vorbereitet. Ladys!«, rief sie und blickte sich um. »Seht mal, wer hier ist! Anton!«

Die anderen Frauen kamen auf sie zu.

»Wenn du mich zuletzt gesehen hast, als ich noch ein Junge war«, sagte Anton, »woher wusstest du dann, dass ich es bin?«

Ihr Blick huschte sofort zu seiner Handprothese.

»Oh. Egal, das war eine dumme Frage.«

»So eine Tragödie. Ich weiß nicht, wie deine Familie all diesen Schmerz überstanden hat. Besonders du, weil dein Verlust nicht nur emotional gewesen ist. Aber auch Marion hat furchtbar gelitten, weil sie deinen Bruder geliebt hat, und dich. Es war schrecklich für sie, dich leiden zu sehen. Sie hat immer das Gefühl gehabt, dass sie dir nicht genug helfen konnte.«

»Sie hat mir sehr geholfen«, sagte Anton.

Mittlerweile hatten sich vier weitere Frauen in der schmalen Gangreihe um ihn herum versammelt. Anton hatte das Gefühl, weinen zu müssen, doch er hielt die Tränen zurück. Er wollte nicht vor Leuten weinen, die er nicht kannte. Oder vor Leuten, die er kannte, oder vor Leuten allgemein. Selbst vor sich selbst wollte er nicht weinen.

»Sie hat dich so geliebt«, sagte eine der Frauen.

»Das Gefühl beruhte auf Gegenseitigkeit«, erwiderte er und schaffte es irgendwie weiterhin, die Tränen zurückzuhalten.

»Und sie hat uns immer wieder erzählt, wie sehr du mit diesem Hut deinem Großvater ähnelst«, sagte eine andere Frau und berührte die Hutkrempe. »Ich habe gedacht, sie würde übertreiben, aber nein, das war keine Übertreibung.«

Er spürte, wie jemand an seiner Anzugjacke zog. Als er sich umwandte, sah er seine Mutter, die ihn unsanft von den Freundinnen seiner Großmutter wegziehen wollte.

»Wir sitzen!«, zischelte sie ihm zu.

»Gut. Edith und ich setzen uns.«

»Nein. Edith setzt sich. Du gehst zum Altar und sprichst über deine Großmutter.«

Anton blieb der Mund offen stehen. Er warf Edith einen Blick zu und sie reagierte mit einem kaum wahrnehmbaren Achselzucken. »Jetzt?«

»Ja, jetzt. Es geht los.«

»Sagt denn nicht der Pfarrer zuerst was?«

»Es gibt keinen Pfarrer. Sie ist nie zur Kirche gegangen, also kennt der Pfarrer sie kaum. Wir haben nur Reden von Leuten, die sie gekannt haben. Und du fängst an.«

»Hättest du mir das nicht früher sagen können?«

Seine Mutter boxte ihn überraschend fest gegen die Schulter.

»Au!«, rief er.

»*Jemand* hat sehr deutlich gemacht, dass wir die Beerdigung ohne ihn planen sollen.«

»Oh«, murmelte Anton. »Okay.«

Er begleitete Edith zur vordersten Kirchenbank. Sie setzte sich hin und legte ihre Handtasche auf den Platz neben sich. Unterdessen klatschte seine Mutter laut in die Hände, um alle Anwesenden zum Sitzen aufzufordern.

In einem leicht schockierten Zustand betrat er den Altar. Er hatte keine Ahnung, was er über seine Großmutter sagen sollte. Er hatte nicht gedacht, dass er dazu aufgefordert werden würde, eine Rede zu halten, oder dass es ihm überhaupt erlaubt werden würde. Er atmete tief durch und bemerkte, dass er so viel Gutes über sie zu sagen hatte, dass es kein Problem sein würde. Es würde ihm nur schwerfallen, sich kurz zu fassen, damit die Gäste ihm nicht stundenlang zuhören mussten. Er trat hinter das Podium und schloss kurz die Augen. Er beschloss, nur Dinge zu sagen, die seiner Großmutter gefallen würden, wenn sie noch am Leben wäre. Mit anderen Worten: Er würde ehrlich sein.

Als er die Augen öffnete, sah er, dass alle Anwesenden ihre Blicke auf ihn gerichtet hatten. Sie warteten darauf, dass er begann. Seine Mutter gab ihm ein Handzeichen, seinen Hut abzunehmen. Er behielt ihn auf.

»Ich hatte nicht gewusst, dass man mich dazu auffordern würde, eine Rede zu halten.« Er machte eine Pause und lauschte der erwartungsvollen Stille. Jeder im Raum hing an seinen Lippen. Es war nervenaufreibend. »Aber das ist kein Problem, denn ich könnte stundenlang von den guten Erinnerungen an meine Großmutter erzählen.«

Er legte wieder eine Pause ein und versuchte, nicht zu seiner Mutter zu sehen. Sie gestikulierte immer noch wild, um ihn dazu zu bewegen, den Hut abzunehmen.

»Meine Mutter will, dass ich den Hut abnehme«, sprach er weiter, woraufhin sie die Hände in den Schoß sinken ließ. »Aber das werde ich nicht tun, auch wenn das während einer Trauerrede zum guten Ton gehört. Denn dies ist kein gewöhnlicher Hut. Dies ist der Hut meines Großvaters. Mit diesem Hut ähnele ich ihm so sehr, als er ein junger Mann war, dass es Leuten die Sprache verschlägt. Meine Großmutter hat mir diesen Hut gegeben und ich glaube, es wäre in ihrem Sinn gewesen, dass ich ihn aufbehalte.«

Er atmete tief durch. Er hatte nicht genug geatmet. Tapfer redete er weiter.

»Ich erinnere mich an den Tag, an dem sie mir den Hut gegeben hat. Sie hat gesagt, für jemand anderen hätte sie sich nicht von ihm getrennt. Aber ich würde mit dem Namen meines Großvaters aufwachsen und das würde mich zum rechtmäßigen Besitzer des Hutes machen. Sie hat nicht gesagt, dass er für mich ein Vorbild war, das war auch nicht nötig. Ich habe angestrebt, so zu werden wie mein Großvater, nicht weil man das von mir erwartet hätte, sondern weil es eine gute Sache war, *so wie Opa Anton* zu sein. Meine Großmutter war auch mein Vorbild. Sie hat mir beigebracht, immer ehrlich zu sein. Je älter sie wurde, desto ehrlicher wurde sie. Sie war immer liebenswürdig. Aber wenn sie die Wahl zwischen Liebenswürdigkeit und Ehrlichkeit hatte, war sie lieber ehrlich – und dabei so liebenswürdig, wie sie sein konnte. Sie hielt sich nicht zurück.«

Er atmete erneut tief durch und stützte sich auf dem Podium ab. Aus dem Augenwinkel nahm er seine Eltern wahr, aber er hütete sich vor einem direkten Blickkontakt. Sein Vater weinte. Er hatte seinen Vater noch nie weinen sehen. Seine Mutter hatte in Abwehrhaltung die Arme vor der Brust verschränkt.

»Sicher muss ich niemandem hier erzählen, wie schrecklich für mich das Jahr war, in dem mein Bruder gestorben ist und ich meine Hand verloren habe. Gerade vorhin hat mir jemand erzählt, wie furchtbar es auch für meine Großmutter gewesen war. Nun, natürlich war es das. Das versteht sich von selbst. Aber den Grund dafür hatte ich nicht gekannt. Sie hat gedacht, sie hätte mir nicht genug helfen können. Ich wünschte, sie wäre hier, damit ich ihr sagen könnte, wie sehr sie mir geholfen hat. Wahrscheinlich wollte sie mich vor dem Schmerz bewahren, aber natürlich war das nicht möglich. Niemand hätte das gekonnt. Doch sie war meine Verbündete. In Zeiten wie diesen sind manche Leute deine Verbündeten und andere nicht. Und es sind nicht immer diejenigen, von denen man es erwartet hätte.«

Er warf einen Seitenblick zu seiner Mutter, die wütend aussah. Er fuhr trotzdem fort.

»Mein Großvater war mein Verbündeter, doch als wir Greg verloren haben, war er schon nicht mehr hier. Aber ich hatte noch meine Großmutter und Onkel Gregor, die mir durch diese schwierige Zeit geholfen haben. Es war nicht leicht, denn niemand hätte es mir einfach machen können, aber ich hatte ihre Unterstützung. Mein Onkel ist vor sechs Jahren gestorben. Also kann man sagen, dass meine Großmutter meine letzte Verbündete war.«

Er verstummte und blickte auf, zu Edith in der vordersten Bank. Sie lächelte ihn an. Obwohl das, was er gerade gesagt hatte, nicht stimmte.

»Das ist aber nicht ganz richtig. Meine Großmutter war meine letzte Verbündete in meiner ursprünglichen Familie. Doch jetzt bin ich verheiratet und habe vor, eine eigene Familie zu gründen. Und ich kann mich glücklich schätzen, dass zumindest am Anfang dieser Verbindung meine Großmutter dabei war, um uns ihren Segen zu geben.«

Seine Mutter sprang von ihrem Platz auf und stolzierte aus der Kirche.

»Ich habe meine Mutter verärgert. Aber ich wollte völlig ehrlich sein, wie es meine Großmutter gewesen ist, und ich glaube, dass sie das gewollt hätte.« Er sah seiner Mutter hinterher, dann fuhr er fort: »Meine Kinder werden keine Verbündeten benötigen. Sie werden Leute um sich haben, die sie vollauf und von ganzem Herzen unterstützen. Ich werde zwar nicht die Welt für sie verändern können, aber ich werde den Mut aufbringen, sie so zu beschützen, wie ich mich selbst nicht beschützen konnte.«

Eine lange Stille trat ein. So lange, dass die Anwesenden begannen, unruhig auf ihren Plätzen herumzurutschen, weil sie nicht wussten, ob noch mehr kommen würde. Anton nahm den Hut ab und hielt ihn über sein Herz.

»Meine allerfrüheste Erinnerung an meine Großeltern ist, dass ich sie tanzen gesehen habe. Bei einer Veranstaltung im Freien, nachts, unter den Sternen. Ich war vielleicht vier oder fünf. Sie haben einen Walzer getanzt. Obwohl ich noch sehr klein war und nicht viel verstehen konnte, habe ich doch schon die Liebe verstehen können. Ich konnte sehen, wie sie keinen Funken Aufmerksamkeit für etwas anderes als einander hatten. Ich konnte ihre Hingabe spüren. Also möchte ich ihnen dafür danken, dass sie mir ein Vorbild in der Liebe waren, der wahren Liebe. Meine Großmutter hat mir beigebracht, dass selbstsüchtige Liebe gar keine Liebe ist. Sie hat gesagt – und das werde ich nie vergessen –, wenn ich in der Liebe selbstsüchtig sei, würde ich das fühlen, was neunundneunzig Prozent der Bevölkerung als Liebe bezeichnen. Aber ihr war das nicht gut genug. Und dafür möchte ich ihr danken, denn das ist die Art von Liebe, die ich in meinem Leben will. Und jetzt ist meine Chance gekommen. Sie hat mir erklärt, wie diese Liebe aussieht, und damit einem verwirrten Jungen wie mir einen großen Gefallen getan.«

Er hielt inne. Er blickte nach oben und richtete seine nächsten Äußerungen an die prunkvolle Kirchendecke.

»Es tut mir leid, dass deine Urenkel dich nicht mehr kennenlernen werden, Oma Marion, aber sie werden deine Version der Liebe erfahren. Ich bin froh, dass du nach all dieser Zeit jetzt wieder mit Opa tanzen kannst.«

Der letzte Satz brachte ihn zum Weinen und dieses Mal versuchte er nicht, es zu unterdrücken. Selbst wenn er es gewollt hätte, wäre es nicht möglich gewesen. Wie auch immer, es war in Ordnung.

Er öffnete den Mund, aber es kamen keine Worte mehr heraus. Nur noch mehr Tränen.

Er nahm seinen Platz neben Edith ein, die seine Hand fest umschloss.

»Ich werde deine Verbündete sein«, flüsterte sie ihm ins Ohr.

»Ich weiß«, flüsterte er zurück.

Sommer 1981

Warum ist das?

Kapitel 21

Warum ist das?

Als Anton das Wohnzimmer betrat, schob Edith gerade hektisch den Staubsauger hin und her. Er sah ihr zu und wagte nicht, etwas zu sagen.

»Was ist?«, fragte sie schließlich.

»Atmest du?«

Sie unterbrach ihre Bewegungen und er sah den Anflug eines Lächelns auf ihren Lippen. »Na ja, ich bin nicht tot, wenn du das meinst.«

»Nein, ich meine, atmest du *genug*?«

»Oh«, murmelte sie und stützte sich auf dem Griff des Staubsaugers ab. »Wahrscheinlich nicht, nein.«

»Kann ich dir irgendwie helfen, dich zu entspannen?«

»Hast du eine Vorspultaste für das Leben?«

»Leider nein.« Er trat zu ihr und nahm sie in die Arme. »Wie könnte jemand dies nicht für ein tolles Zuhause für ein Kind halten? Warum sollte jemand etwas anderes denken?«

Zunächst schien sie sich in seinen Armen zu entspannen, dann spürte er, wie sie sich wieder versteifte. »Ich mache mir Sorgen wegen Hannah«, sagte sie und entzog sich ihm.

»Was ist mit ihr? Man kann gleichzeitig Hunde und Kinder haben. Das kommt andauernd vor.«

»Was, wenn sie nach Jenny schnappt?«

»Warum sollte sie das tun?«

»Vielleicht aus Eifersucht.«

»Hannah hat noch nie in ihrem Leben nach jemandem geschnappt, kein einziges Mal. Und sie ist auf dich auch nicht eifersüchtig. Sie weiß, wie sehr ich dich liebe, aber sie sieht dich nicht als eine Bedrohung an. Du bist für sie nur eine weitere Person, die sie gern mag.«

»Ich mache mich verrückt wegen nichts, was?«

»Allerdings, ja. Nichts für ungut.«

»Es ist nur so schwer …«

Sie wurde von einem Klopfen an der Tür unterbrochen. *Dem* Klopfen.

Edith räumte eilig den Staubsauger weg. Hannah bellte laut.

»Ich muss mir noch die Haare machen«, sagte Edith. »Kannst du sie reinlassen?«

Anton fand, dass ihre Haare perfekt aussahen, aber er widersprach ihr nicht.

Vor der Tür stand Mrs Hazelton, die Hand zu einem zweiten Klopfen erhoben. Sie hatte Jenny bei sich. Auch wenn sie nicht versprochen hatte, Jenny bei ihrem ersten Hausbesuch mitzubringen, hatten Edith und Anton gehofft, das Mädchen zu sehen.

Als Hannah über den rutschigen Hartholzboden durch den Flur bellend auf sie zugeschlittert kam, klammerte Jenny sich ängstlich an Mrs Hazeltons Beine.

»Sie ist ein freundlicher Hund«, erklärte Anton. »Sie bellt nur zur Begrüßung und ist neugierig, wer gekommen ist.«

Er griff an Hannahs Halsband, aber der Collie war bereits stehen geblieben. Zaghaft wedelte Hannah mit dem Schwanz und schnüffelte in die Richtung des kleinen Mädchens.

»Versprochen?«, fragte Jenny.

»Versprochen.«

Jenny ließ Mrs Hazeltons Beine los und trat zögernd einen Schritt vor. Hannah tat es ihr nach und bewegte sich vorsichtig auf sie zu, dann schnüffelte sie mit ihrer langen Hundeschnauze an Jennys Hals und Bauch. Jenny kicherte, als Hannahs Atem ihre Locken aufwirbelte und der Hund an ihrer Wange schnüffelte. Schließlich beendete Hannah ihre Inspektion, indem sie dem Mädchen übers Ohr leckte.

Jenny strahlte. »Sie hat mich geküsst!«

»Das bedeutet, dass sie dich mag.«

»Ich weiß!«

* * *

Jenny saß auf der Couch zwischen Edith und Mrs Hazelton, näher an Edith, aber ihre Aufmerksamkeit schien ganz auf Anton gerichtet zu sein.

»Wir können vielleicht schon in fünf oder sechs Tagen die Pflegevereinbarung festlegen«, sagte Mrs Hazelton.

Anton sah seine Frau an und bemerkte den inneren Kampf, der sich in ihr abspielte. Sie wagte es nicht, ihrer Begeisterung freien Lauf zu lassen. Noch nicht. Es war zu wichtig. Beängstigend wichtig.

»Sind noch keine Papiere unterschrieben worden?«, fragte Edith. Sie verschlüsselte die Unterhaltung wegen Jennys Anwesenheit absichtlich.

»Noch nicht. Vielleicht Freitag, wurde uns gesagt, aber das haben wir schon einmal gehört. Jenny? Würdest du gern hier wohnen und diese zwei netten Leute als deine Pflegeeltern haben?«

»Jetzt?«, fragte Jenny hoffnungsvoll.

»Nein, nicht jetzt«, antwortete Mrs Hazelton. »Sie brauchen erst eine Genehmigung und die ist noch nicht da.«

»Was für eine Genehmigung?«, fragte Jenny und runzelte die Stirn.

»Das ist nur Papierkram. Wir müssen nur noch etwas Papierkram erledigen. Aber vielleicht schaffen wir es, dass du schon in weniger als einer Woche hier sein kannst.«

»Okay.«

Zu ihrer Überraschung glitt Jenny plötzlich vom Sofa. Sie tätschelte Hannah, die zufrieden winselte, den Kopf, dann ging sie auf Anton zu und deutete auf seine Handprothese. Da er im Haus keine Handschuhe trug, ließ es sich leicht erkennen, dass die Hand künstlich war.

»Warum ist das?«, fragte sie.

Die Frage war ungewöhnlich formuliert, aber das Mädchen war erst fünf Jahre alt. Und außerdem verstand Anton die Frage trotzdem.

»Jenny!«, mahnte Mrs Hazelton. »Das ist aber nicht höflich.«

»Nein, das ist schon in Ordnung«, beschwichtigte Anton. »Man kann es ihr nicht übel nehmen, dass sie es bemerkt. Erwachsene tun das auch, aber sie stellen keine Fragen. Und das ist meiner Ansicht nach nicht unbedingt besser. Kinder mögen Ehrlichkeit, oder?«

Anton zumindest hätte als Kind gern etwas mehr Ehrlichkeit erfahren. Edith nickte, während Mrs Hazelton nur mit den Schultern zuckte. Er wandte seine Aufmerksamkeit wieder Jenny zu.

»Diese Hand sieht anders aus, weil sie keine richtige Hand ist. Man nennt das eine Handprothese, was nur ein komplizierteres Wort für *künstliche Hand* ist.«

»Warum ist sie künstlich?«, wollte Jenny wissen und sah ihn aus ihren großen Augen mit offenem Blick an.

»Weil ich keine richtige Hand habe.«

Als sei es ein Spiel oder ein Test, deutete sie eifrig auf Antons linke Hand.

»Genau. Ja, links habe ich eine richtige Hand. Ich habe gemeint, dass ich keine richtige Hand auf dieser Seite habe.« Anton öffnete den Knopf an seiner rechten Manschette und rollte den Ärmel hoch, damit sie die Riemen sehen konnte. Sie streckte den Arm aus und berührte sie. »Würdest du erschrecken, wenn ich sie abmache und dir zeige, wie es ohne die Prothese aussieht? Ich trage sie nämlich nicht immer im Haus.«

»Ich weiß nicht. Was ist darunter?«

»Darunter ist genau gesagt gar nichts. Ohne die Prothese ist am Ende meines Handgelenks einfach nichts. Klingt das unheimlich?«

Mit immer noch großen Augen schüttelte Jenny den Kopf. Anton sah zu Edith und dann zu Mrs Hazelton. Da sie ihm keine warnenden Blicke zuwarfen, löste er die Riemen und stellte die Handprothese auf den Wohnzimmertisch. Jenny berührte sein Handgelenk.

»War es mal eine Hand?« Offenbar nicht ängstlich, schien sie eher fasziniert zu sein.

»Ja, vor mehreren Jahren hatte ich da mal eine Hand.«

»Wo ist sie hin?«

»Die Ärzte mussten sie mir abnehmen, weil sie so schwer verletzt war.«

»Du hast dich verletzt?«

»Ja. So schwer, dass die Hand nicht gerettet werden konnte.«

»Tut es weh?«

»Jetzt nicht mehr. Es ist alles verheilt.«

Jenny starrte einen Augenblick auf die leere Stelle, wo Antons Hand früher gewesen war. Dann sagte sie nur »Oh« und ging zurück zu ihrem Platz auf dem Sofa zwischen Edith und Mrs Hazelton.

Anton sah zuerst seine Frau an, dann die Sozialpädagogin. Der zufriedene Ausdruck auf ihren Gesichtern bestätigte ihm, dass er seine Sache gut gemacht hatte.

»Wir werden sehen, dass wir die Pflegeunterlagen so schnell wie möglich erledigen«, sagte Mrs Hazelton. »Ich glaube, Jenny wird hier sehr glücklich sein.«

* * *

Anton war wach, aber konnte an Ediths Atem erkennen, dass sie schlief. Dicht an seinen Rücken geschmiegt, lag sie hinter ihm, mit einem Arm über seiner Schulter.

Dann, ohne dass sich ihre Atemzüge änderten, streichelte sie plötzlich sein rechtes Handgelenk. Den Stumpf. Das war der präzise Begriff, aber gleichzeitig ein Wort, das er lieber vermied. Es klang irgendwie negativ und harsch. Meistens bezeichnete er diese Stelle einfach als Handgelenk, Edith auch. Sie hatte sein Handgelenk schon zuvor gestreichelt, immer im Schlaf oder Halbschlaf. Er hatte nie mit ihr darüber gesprochen.

Schließlich streckte sie sich und gähnte. Sie entfernte ihre Hand und kuschelte sich noch dichter an ihn. »Du schläfst ja gar nicht«, murmelte sie. Es klang nicht wie eine Frage.

»Nein.«

»Machst du dir Sorgen? Das solltest du nicht. Es ist fantastisch gelaufen.«

»Ich mache mir keine Sorgen. Ich habe nur nachgedacht.«

»Über was hast du nachgedacht?«

»Ich habe mich gefragt, warum du im Schlaf mein Handgelenk anfasst.«

»Mache ich das?«

»Ja.«

»Oft?«

»Nicht sehr oft. Es ist ein paarmal vorgekommen.« Sie reagierte nicht sofort, also fügte er hinzu: »Ich halte es nicht gerade für mein attraktivstes Körperteil, deshalb bin ich wohl neugierig.«

Eine Weile lagen sie schweigend zusammen im Dunkeln. Die Verkehrsgeräusche von zehn Stockwerken weiter unten drangen zu ihnen herauf, ebenso das Piepen des Müllwagens, das ihnen mitteilte, dass es früher Morgen war.

»Wenn ich das im Schlaf tue, lässt sich das schwer erklären«, erwiderte sie.

Er sagte nichts und ließ ihr Zeit für ihre Antwort.

»Aber wenn ich raten müsste ... dann mache ich das wahrscheinlich, weil ich daran erkenne, dass du es bist.«

»Oh«, sagte er. »Okay.«

»Macht es dir etwas aus?«

»Nicht mehr, seitdem du *das* gesagt hast.«

Sie schwiegen noch einen weiteren Augenblick lang.

Dann fuhr sie fort: »Wir bekommen wirklich unsere Tochter, oder?«

»Es sieht ganz danach aus.«

»Ich liebe dich so sehr, Anton. Das weißt du, oder? Wie viele Männer würden ihr Bedürfnis nach eigenen Kindern für mich zurückstellen? Aber ich meine das nicht so, wie es klingt.«

»Wie klingt es denn deiner Meinung nach?«

»Ich meine ... ich meine nicht, dass ich dich liebe, weil du tust, was ich will. Oder weil du mir hilfst. Ich liebe dich, weil du so bist. Ich liebe dich so sehr, dass es mir manchmal Angst einflößt. Ich denke daran, wie sehr ich dich liebe, und dann fällt mir einen Moment lang das Atmen schwer.«

Anton lächelte still vor sich hin, was sie nicht sehen konnte. Einen Augenblick lang war er einfach mit seinem Leben glücklich. Er spürte ein warmes, wohliges Gefühl in seiner Brust. Er hatte endlich den Ort erreicht, auf den er zugerannt war, solange er sich erinnern konnte.

»Willkommen in meiner Welt«, sagte er.

* * *

Fünf Tage später hatte Anton sich in seiner Mittagspause mit Edith und Jenny in einem Restaurant im Central Park East verabredet. Es war Jennys erster Tag mit ihnen, aber Anton hatte sich nicht freinehmen können.

Sie warteten vor dem italienischen Restaurant auf ihn und überrascht sah Anton, dass sie seinen Hund mitgebracht hatten. Edith strahlte, als würde sie von innen leuchten.

Als er Edith umarmte, hätte er beinahe auch Jenny umarmt, doch das wäre vielleicht zu viel und zu früh gewesen, und er wollte sie nicht abschrecken. Also reichte er ihr stattdessen seine linke Hand, die sie ebenfalls mit ihrer Linken schüttelte. Jenny schien keinen Augenblick zu zögern, um die Rechte-Hand-Gewohnheit zu unterbrechen, wie es die meisten Erwachsenen taten.

»Eine interessante Entscheidung, Hannah mitzubringen. Wir wollten doch in ein Restaurant«, sagte er.

»Jenny hat darauf bestanden. Ich habe eine Tischdecke und Besteck in der Tasche. Ich habe gedacht, wir könnten vielleicht etwas zum Mitnehmen bestellen und ein Picknick machen. Es war Jennys Einfall. Sie hat gesagt, ihr letztes Picknick sei schon so lange her – und im Park sind Hunde schließlich willkommen.«

»Ist das okay?«, fragte Jenny und blickte Anton aus großen Augen an.

»Das ist eine ausgezeichnete Idee«, antwortete er.

* * *

»Wir müssen einiges für sie kaufen«, sagte Edith.

Anton war ein wenig besorgt, dass seine gute Anzughose Grasflecken bekommen könnte. Er zog seine Jacke aus, legte sie mit der Innenseite auf den Boden und setzte sich darauf. Er ließ seinen Blick über den Teich schweifen.

»Nun, das ist kein Problem«, sagte er.

»Du hättest sehen sollen, was Mrs Hazelton mitgebracht hat. Es war …« Er dachte, es würde ein harsches Wort wie *lächerlich* oder *armselig* folgen, doch Edith warf einen Blick auf das Mädchen, das ihr offenbar zuhörte, und änderte ihren Ton. »… nicht ausreichend. Gerade genug Kleidung, um in zwei Einkaufstüten zu passen, inklusive eines Kamms und einer Zahnbürste. Einkaufstüten! Sie haben ihr nicht mal einen Koffer gegeben.«

»Wir können ihr einen Koffer besorgen«, schlug Anton vor und biss in sein Sandwich.

»Sie braucht jetzt keinen, denn sie wird nicht weggehen. Was das betrifft, habe ich eine gute Nachricht für dich.« Sie schien zu zögern, es vor dem Kind zu besprechen. »Die Papiere sind unterschrieben.«

»Du meinst …«

»Genau, was du denkst. Einer gewissen Partei wurden die Einzelheiten über eine Familie, die sie aufnehmen will, mitgeteilt. Und diese Partei hat richtig gehandelt. Also können wir mit dem Adoptionsprozess beginnen.«

»Das ist fantastisch!«

»Das ist es. Es ist wunderbar. Wir haben es mit Jenny besprochen und sie ist damit einverstanden, adoptiert zu werden.«

»Ich mag es dort nicht«, sagte Jenny.

»Dort, wo du warst? Mit Mrs Hazelton?«

»Ja«, antwortete Jenny. »Ich mag es dort nicht.«

»Mach dir keine Sorgen«, beruhigte sie Edith. »Du bist jetzt bei uns. Aber wir müssen mehr Kleidung für dich kaufen.«

»Du kannst die Kreditkarte nehmen«, sagte Anton. »Kauf, was du brauchst. Du wirst nur Hannah zu Hause lassen müssen.«

»Nein«, sagte Jenny. Sie klang ziemlich bestimmt. »Wir gehen einkaufen, wenn du wieder zu Hause bist. Hannah ist nicht gern allein. Das macht sie traurig.«

* * *

»Das musst du sehen«, sagte Edith.

»Okay.«

Anton stand vom Sofa auf und folgte ihr in den Flur, mit Hannah neben sich, deren Krallen auf dem Holzboden klackten. Sie traten in Jennys Zimmer. Bisher hatten sie noch nicht viel Zeit gehabt, aber Anton hatte am Wochenende das Zimmer neu tapeziert. Die Wände waren jetzt mit Bildern von Ballons in hellen Primärfarben bedeckt. Jenny schlief in ihrem neuen Kinderbett unter einer Decke, die mit herumtollenden Hundewelpen bedruckt war.

Edith nahm seine linke Hand und drückte sie leicht.

»Sieh dir dieses kleine Gesicht an«, sagte sie. »Hast du jemals in deinem Leben etwas Schöneres gesehen?«

»Ein schlafendes Kind ist wirklich etwas Besonderes, nicht wahr?«

Die Nachtlampe in der Ecke beleuchtete ihre winzige Stupsnase. Ein paar dünne Haarsträhnen, die ihr ins Gesicht hingen, hoben und senkten sich mit jedem Atemzug.

»Ich fühle mich so …« Doch dann brachte sie den Gedanken nicht zu Ende.

»Ich hoffe, du wolltest ›glücklich‹ sagen.«

»Ja. Glücklich. Natürlich. Aber auch ängstlich.«

»Warum ängstlich?«

»Wirst du nicht ängstlich, wenn du glücklich bist?«

»Ich glaube nicht. Warum sollte ich?«

»Weil … wenn alles so gut ist … wenn dir dein Leben vollkommen vorkommt und du alles hast, was du willst … hast du dann nicht manchmal das Gefühl, du würdest nur auf eine Hiobsbotschaft warten?«

Er dachte nach, doch dieses Gefühl war ihm nicht vertraut. »Ich glaube nicht. Ich glaube, ich bin nur glücklich.«

»Das überrascht mich. Weil du mit siebzehn etwas so Furchtbares erlebt hast. Ich habe gedacht, du würdest besser als irgendjemand sonst wissen, wie sich diese Furcht anfühlt, etwas zu verlieren, das einen so glücklich macht.«

»Oh, ich war eigentlich nie glücklich, auch schon vor Gregs Tod nicht.«

»Nie?«

»Ich glaube nicht.«

»Wann warst du dann glücklich?«

»Nachdem ich dich im Zug wiedergetroffen habe.«

»Das war doch erst vor ein paar Monaten.«

»Genau.«

Sie drückte wieder seine Hand. »Nun, ich werde nicht wieder weggehen.«

»Das habe ich auch nicht gedacht. Und auch nicht Jenny.«

»Du hast recht. Es ist albern, dass ich mir so viele Sorgen mache. Ich werde jetzt einfach nur glücklich sein.«

WINTER 1981

HIOBSBOTSCHAFT

Kapitel 22

Held

Anton wartete in seinem Büro auf eine Mandantin, als ein Anruf von seiner Sekretärin kam. Wahrscheinlich war seine Mandantin ein paar Minuten zu früh eingetroffen. Er drückte den Knopf der Sprechanlage.

»Ja, Marlene?«

»Drei bezaubernde Damen für dich.«

Bevor er sie fragen konnte, was sie meinte, hatte sie die Verbindung unterbrochen. Er warf einen Blick auf seine Armbanduhr, dann eilte er an die Tür. Im Vorzimmer warteten Edith und Jenny auf ihn, mit Hannah an der Leine. Anton begegnete dem Blick seiner Frau und wie immer, wenn sie ihn direkt ansah, spürte er dieses warme Knistern in sich.

»Tut mir leid«, sagte sie mit einer Kopfbewegung zu dem Hund hin.

Mehr brauchte sie nicht zu sagen. Sie wussten beide, wie entschieden Jenny dagegen war, Hannah – abgesehen von ganz kurzen Erledigungen – allein zu lassen.

Anton warf wieder einen Blick auf seine Armbanduhr. »Ich habe nur drei Minuten, es sei denn, meine Mandantin verspätet sich.«

»Wir machen es kurz«, versprach Edith.

Er ließ sie in sein Büro und schloss die Tür hinter ihnen.

»Was für eine nette Überraschung«, sagte er und gab Edith einen kurzen Kuss auf den Mund, dann beugte er sich hinunter und küsste Jenny auf den Kopf. Ihr Haar hatte den frischen Geruch von Kindershampoo. »Was für eine nette Überraschung ...«, wiederholte er und hielt inne, als könnte er sich ihren Namen nicht ins Gedächtnis zurückrufen. Es war ihr kleines Spiel. »Es ist Germy, stimmt's?«

Sie kicherte. »Neiiiin«, sagte sie gedehnt.

»Bist du dir da wirklich sicher?«

»Germy ist ein Name für einen *Jungen*.«

»Nein, nicht Jeremy ... es ist ...«

»Jenny!«, rief sie, gefolgt von einem quiekenden Lachen.

»Oh, stimmt, genau.« Dann blickte er zu Edith. »Es ist doch nichts passiert, oder?«

»Nein. Ich habe eine gute Nachricht. Eine sehr gute. Es ist ziemlich aufregend.«

Er warf wieder einen Blick auf seine Uhr.

»Ich gebe dir die Kurzversion«, erklärte sie. »Mehr später. Aber ich musste es dir sofort sagen, weil es so aufregend ist.«

»Das muss es sein, wenn ihr extra den ganzen Weg hierhergelaufen seid.«

»Du kennst doch Mrs Kressler aus unserem Haus?«

»Ja.«

»Und ihre Tochter Yvette?«

»Nicht so gut, aber ja.«

»Und du weißt, dass sie im achten Monat schwanger ist.«

»Ja, das lässt sich kaum übersehen.«

»Sie will das Baby nicht behalten.«

»Oh«, murmelte Anton. Plötzlich ging ihm auf, in welche Richtung das Gespräch führen würde.

»Sie ist erst siebzehn. Der Vater hat sich nach Kalifornien verzogen und will mit dem Kind nichts zu tun haben. Sie hat fürchterliche Angst. Sie will das Baby nicht einfach so zur Adoption freigeben, sondern versucht, selbst eine Familie zu finden. Sie will selbst auswählen, um sich sicher sein zu können, dass sie die richtige Familie für ihr Baby hat, damit sie nachts schlafen kann. Ich habe mich heute Morgen drei Stunden mit ihr unterhalten.«

»Wow!«, sagte Anton.

Sie ließen einen kurzen Stillstand des Gesprächs zu, obwohl Anton nicht viel Zeit hatte.

»Wir werden nicht wissen, ob es ein Junge oder ein Mädchen ist«, sagte er schließlich.

»Nein.«

»Macht es etwas aus? Du wolltest lieber einen Jungen.«

»Nein, das macht nichts. Man hat nur dieses Bild seiner idealen Familie vor sich.«

Dies erinnerte Anton an eines ihrer frühesten Gespräche. Damals hatte sie gesagt, dass oberflächliche Mädchen eine zu unflexible Vorstellung davon hätten, wie ihr zukünftiger Ehemann sein sollte.

»Wie einen Mann mit zwei Händen heiraten zu wollen, aber sich dann trotzdem mit den Gegebenheiten abzufinden?«

Er beobachtete, wie sie gedanklich den Zusammenhang herstellte. Ein wissendes Lächeln umspielte ihre Lippen.

Wieder kam ein Anruf von Marlene. Seine Mandantin war eingetroffen.

»Was ist also unser nächster Schritt?«, fragte er.

»Ich denke, wir nehmen uns einen Babysitter und laden sie zum Essen ein, damit wir uns mit ihr unterhalten können.«

»Sollte Jenny nicht auch dabei sein?«

»Ja, natürlich.«

»Oh. Du hast einen Babysitter für Hannah gemeint. Weil Jenny der Auffassung ist, dass sie alleine traurig ist.«

»Sie *ist* alleine traurig«, beharrte Jenny weinerlich.

»Okay, wir lassen dich mal hier weitermachen«, sagte Edith und gab ihm einen Kuss.

Er begleitete sie bis zur Bürotür. Seine Mandantin, eine Frau in ihren Fünfzigern, sah ihnen mit einem traurigen Lächeln nach, bevor sie Anton in sein Büro folgte.

Anton wusste, dass es eine Herausforderung sein würde, bei dieser Besprechung geistig voll dabei zu sein und nicht zu Ediths Neuigkeit abzuschweifen. Doch er würde sich einfach zusammenreißen müssen.

»Ihre Familie?«, fragte die Mandantin, nachdem sie vor seinem Schreibtisch Platz genommen hatte.

»Ja.«

»Sie haben eine entzückende Familie.«

»Vielen Dank.«

»Sie können sich sehr glücklich schätzen.«

»Das tue ich«, erwiderte Anton. »Es vergeht kein Tag, an dem ich mich nicht glücklich schätze.«

* * *

Yvette saß an der Bar, als sie ankamen. Sie weinte.

Ihr Kopf ruckte so plötzlich hoch, als hätten sie sie aufgeschreckt.

»Es ist nur eine Limo«, sagte sie mit einer Kopfbewegung zu ihrem Glas hin. Sie wischte sich über die Augen und schnüffelte. »Tut mir leid. Ich wünschte, Sie hätten mich nicht so gesehen. Sie müssen mich für einen emotionalen Psycho halten.«

Anton und Edith tauschten einen Blick aus und lächelten.

»Was ist?«, fragte Yvette, die offensichtlich ihre Reaktion genau beobachtet hatte.

»Es hat nichts mit dir zu tun«, erklärte Edith. »Ich sage das nur immer zu Anton.«

»Oh«, murmelte das Mädchen und schnüffelte wieder. »Dadurch fühle ich mich ein bisschen besser. Irgendwie … normaler.«

»Warum hast du geweint?«, fragte Jenny, die an Antons Hand hereingekommen war. Bis dahin hatte sie Yvette nur angestarrt.

Yvette gab ihr keine Antwort.

»Sie bekommt ein Baby«, erklärte Edith. »Und wenn eine Frau ein Baby bekommt, macht sie das emotional. Tut mir leid«, sagte sie an Yvette gewandt. »Ich hätte nicht einfach für dich antworten sollen.«

Sie schwiegen betreten, bis Yvette plötzlich offen in Tränen ausbrach.

»Ich dachte, er würde mich lieben«, schluchzte sie. »Ich bin so ein Vollidiot. Aber das wollen Sie sicher nicht hören. Nehmen wir uns einen Tisch und dann können wir über alles reden.«

* * *

»Jenny ist also Ihre Adoptivtochter?«, fragte Yvette.

Während sie ein Brötchen mit Butter bestrich, hielt sie den Kopf so weit nach unten gebeugt, dass ihr langes, glattes Haar über ihre Arme strich. Anton rechnete schon damit, dass ihre Haarspitzen in der Butter landen würden.

Edith reichte ihm den Korb mit den Brötchen, als sie antwortete. »Eigentlich sind wir nur ihre Pflegeeltern. Aber der Adoptionsprozess läuft.«

»Wie lange ist sie schon bei Ihnen?«

»Seit etwa sechs Monaten«, antwortete Edith und fügte hinzu: »Es ist ein langwieriger Prozess.«

»Ich weiß«, sagte Yvette. »Davon habe ich gehört. Deshalb will ich nicht, dass jemand das durchmachen muss. All dieser Behördenkram. Ich will eine Familie aussuchen und wenn das Baby geboren ist, will ich es nicht einmal sehen. Ich weiß nicht, ob es ein Junge oder ein Mädchen ist, und ich will es erst sehen, wenn es bereits zu einer neuen Familie gehört, weil es mir sonst das Herz brechen würde. Die Hebamme soll das Baby gleich von Anfang an der Familie in die Arme legen, die ich mir ausgesucht habe. So wird es viel einfacher sein.«

Anton schnitt ein Brötchen auf und bestrich es mit Butter. Er musste dazu das Brötchen mit seiner Handprothese abstützen, also zog dieser Vorgang eine gewisse Aufmerksamkeit auf sich. Offenbar fasziniert beobachtete Yvette ihn.

»Es ist nicht ganz so einfach«, erwiderte er. »Aber *einfacher* auf jeden Fall. Es sollte trotzdem noch ein Anwalt eingeschaltet werden.«

»Ich kann die Unterlagen vor der Geburt unterschreiben. Aber ich habe gedacht, Sie wären Anwalt.«

»Das bin ich auch, nur kenne ich mich mit Adoptionsrecht leider gar nicht aus. Aber das ist kein Problem, ich kann einen Anwalt, der sich auf diesem Gebiet auskennt, finden. Und wir werden alle Ausgaben übernehmen. Ich meine … wenn du dich für uns entscheidest, natürlich.«

Er biss in das Brötchen in seiner linken Hand und ließ seinen anderen Arm wieder in den Schoß sinken. Er fühlte sich erleichtert, weil sie seine künstliche Hand angestarrt hatte.

»Davon wusste ich gar nichts«, sagte sie und zeigte auf ihre eigene rechte Hand. »Sie müssen immer Handschuhe tragen, wenn ich Sie im Treppenhaus sehe. Oder haben Ihre Hände – oder Hand – in der Tasche. Sie wissen schon, was ich meine.

Ist es schwierig, im Alltag damit zurechtzukommen? Mit einem Baby werden Sie nämlich viel zu tun haben.«

Anton schluckte. Er bekam plötzlich das Gefühl, ihr Ziel würde ihnen entgleiten, und merkte, wie Edith sich neben ihm versteifte. Auch wenn sie ihn in diesem Moment überhaupt nicht berührte, kannte er sie doch gut genug, um zu spüren, wie ihr der Mut sank. Bevor er den Mund öffnete, um zu antworten, dachte er: *Wirklich? Wir verlieren das Baby wegen meiner Hand? Habe ich nicht schon genug damit durchgemacht, nur eine Hand zu haben?*

»Ganz und gar nicht«, erwiderte er. »Ich kann alles tun, was nötig ist. Ich war noch ziemlich jung, als ich meine Hand verloren habe, erst siebzehn. Also hatte ich viel Zeit, mich daran zu gewöhnen. Man lernt, damit zurechtzukommen.«

»Anton ist erst vierunddreißig«, sagte Edith schnell, mit einem Anflug von Verzweiflung in der Stimme. »Er ist sehr stark und hat eine Menge Energie. Wir beide. Wir sind beide dazu bereit und in der Lage, uns um ein Baby zu kümmern.«

Doch Yvette schenkte ihr keine Beachtung. »Wie haben Sie die Hand verloren?«

»Bei dem Versuch, meinem Bruder das Leben zu retten.«

Entsetzt schlug sich Yvette die Hand vor den weit geöffneten Mund. Dann ließ sie die Hand wieder sinken und fragte: »Aber Sie haben es nicht geschafft?«

»Ihn zu retten? Nein. Leider nicht.«

»Aber Sie haben bei dem Versuch Ihre Hand verloren?«

»Ja.«

Unerträglich lange sprach niemand. Anton beobachtete, wie Jenny Röhrchennudeln auf ihre Gabel spießte und mit halb offenem Mund kaute. Er versuchte zu erkennen, wie angespannt Edith war, ohne sie direkt anzublicken.

Schließlich – endlich – sprach Yvette. »Wenn es wahr ist, was Sie mir gerade erzählt haben, sind Sie ein Held.«

»Es ist wahr«, bestätigte Edith.

»Dann sind Sie ein Held. Das zu tun für jemanden, den man liebt? Das tut nur ein Held. Das hat es für mich entschieden. Ich möchte Ihnen mein Baby geben.«

* * *

Sie liefen im Dunkeln die Straße entlang, ungewöhnlich langsam und Hand in Hand. Anton trug Jenny auf den Schultern. Mit seinem rechten Arm hielt er ihre Beine an seinen Oberkörper gedrückt, damit sie nicht herunterfallen konnte. Jenny strich über seine Handprothese, als würde es sie beruhigen. Sie hatte das noch nie zuvor getan und Anton fragte sich, ob sie in Gedanken seine Handprothese mit Heldentum in Verbindung brachte.

»Ich würde ja zu gern wissen, was du gerade denkst«, unterbrach Edith die Stille.

»Ich habe nur darüber nachgedacht, warum meine Eltern mich nie wie einen Helden behandelt haben. Da war nur immer dieses vage Gefühl, für sie ein Teil von diesem Chaos und dieser Tragik zu sein.«

»Das tut mir leid. Du hast so ein Pech gehabt.« Nach einer Weile fügte sie hinzu: »Du solltest sie vielleicht früher oder später mal besuchen. Ich meine, es liegt ganz an dir. Aber dann hättest du die Gewissheit, dass du nichts unversucht gelassen hast.«

»Ich habe daran gedacht.«

»Du musst nicht die Kinder mitnehmen.«

»Das würde ich definitiv nicht. Also … du scheinst … glücklich zu sein, aber nicht wirklich überrascht. War das mit dem Baby noch so eine Sache, die vom Schicksal bestimmt war?«

»Mehr oder weniger«, sagte sie und drückte seine Hand.

»Wann hast du es gewusst?«

»Schon früh.«

»Als du zum ersten Mal mit ihr darüber geredet hast?«

»Als ihre Schwangerschaft sichtbar geworden ist.«

»Wie stellst du das an?«

»Keine Ahnung.«

Als sie ihr Wohnhaus erreicht hatten, bückte Anton sich, als er in den Aufzug stieg, damit Jenny sich nicht den Kopf stieß. »Wartest du auf die nächste Hiobsbotschaft?«

»Eigentlich nicht«, erwiderte Edith. »Ich bin einfach nur glücklich.«

* * *

Sie hatten sich eine Weile in der Küche unterhalten, als sie bemerkten, dass Jenny sich ungewöhnlich lange in ihrem Zimmer aufhielt.

»Ich schau mal nach ihr«, sagte Edith.

Sie ging zum Zimmer ihrer Tochter und blieb an der Tür stehen, als könnte sie nicht glauben, was sie sah. Anton eilte an ihre Seite und blickte ebenfalls in das Zimmer. Die Hände im Schoß gefaltet, saß Jenny auf der Bettkante und starrte auf den Boden. Rechts und links von ihr stand eine Papiertüte, gefüllt mit ihren Habseligkeiten. Das heißt, nur mit einem Teil davon, da ihre Sachen nicht mehr in zwei Tüten Platz fanden. Doch Anton erkannte das gelbe Kleid wieder, das sie bei ihrer Ankunft getragen hatte.

Anton fragte sich, warum sie es nicht bemerkt hatten, als Jenny in die Küche gekommen war, um die Tüten zu holen. Doch dann kam er zu dem Schluss, dass dies die Tüten sein mussten, die sie mitgebracht hatte. Irgendwie hatte sie die Einkaufstüten seit ihrer Ankunft in ihrem Zimmer aufbewahrt, ohne dass es jemand mitbekommen hatte.

»Schatz«, sagte Edith. »Was machst du da?«

»Ich gehe.« Sie hob nicht den Blick.

»Wohin willst du gehen?«

»Ich weiß nicht. Wahrscheinlich zurück.«

»Aber dir gefällt es dort doch nicht«, wandte Anton ein.

»Nein«, antwortete Jenny.

»Warum willst du also zurück?«

»Weil ihr jetzt dieses Baby adoptiert. Jeder will Babys. Ich weiß das. Leute wollen immer Babys.«

Edith ging zu ihr und setzte sich neben sie aufs Bett. »Mein Schatz, hast du etwa gedacht, wir würden ein Baby adoptieren, um dich zu ersetzen?«

Keine Antwort.

»Nein, mein Liebling, wir adoptieren ein Baby, damit es dein kleiner Bruder wird. Oder deine kleine Schwester. Nicht, um dich zu ersetzen – zusätzlich zu dir.« Verzweiflung lag in ihrem Blick, als sie Anton ansah. »Großer Gott!«, entfuhr es ihr. »Das haben wir vielleicht vermasselt, was?«

»Wir haben vergessen, es ihr zu erklären. Wir haben sie nicht einmal gefragt, wie es ihr mit dieser Entscheidung geht. Mein Schatz, Jenny. Ist es okay für dich, einen kleinen Bruder oder eine kleine Schwester zu bekommen?«

Jenny nickte beinahe unmerklich.

»Doch wir wollen nach wie vor dich!«, betonte Edith.

»Aber ihr habt mich noch nicht adoptiert.«

»Wir versuchen es! Wir tun, was wir können, um es schneller voranzubringen. Es dauert lange, ein Kind zu adoptieren. Da muss viel Papierkram erledigt werden, rechtliche Dinge. Ich habe gedacht, du hättest das gewusst.«

Stille.

Schließlich sagte Jenny: »Ich habe gedacht, ihr wärt euch nicht sicher.«

In diesem Moment verlor Edith die Fassung und begann zu weinen. Anton setzte sich zu ihnen aufs Bett, neben ihre Tochter. Sie würden reden und alles wieder in Ordnung bringen.

* * *

»Sie schläft«, seufzte Edith. Sie trat zu ihm in die Küche. »Endlich.« Sie griff nach dem Glas Wein, das er ihr eingeschenkt hatte. »Herzzerreißend. Absolut herzzerreißend. Wenn man denkt, es könnte nicht schlimmer kommen: Ich habe ihr beim Auspacken geholfen. Sie hat wirklich die Tüten aufgehoben, in denen ihre Habseligkeiten waren, als sie hierhergekommen ist. Als hätte sie damit gerechnet, dass sie sie vielleicht wieder brauchen würde. Und sie hat nur die Sachen eingepackt, die sie mitgebracht hatte. Nichts, was wir ihr gekauft haben. Als hätte sie gedacht, sie dürfte die neuen Sachen nicht behalten.«

»Das schmerzt«, meinte Anton und rieb eine Stelle oberhalb seines Herzens.

»Du sagst es. Mir ist richtig übel deswegen.«

»Denkst du, dass sie uns geglaubt hat? Und sich jetzt besser fühlt?«

»Ich glaube schon. Aber, wow! Das hat mich wirklich wachgerüttelt. Ich habe mir überlegt, dass es uns vielleicht überhaupt nicht erlaubt sein sollte, Kinder aufzuziehen. Wir haben einen so kolossalen Fehler gemacht. Ich habe sie völlig übergangen. Ich meine, wir haben sie zwar zu dem Gespräch mit Yvette mitgenommen, um die Angelegenheit mit dem Baby zu diskutieren. Ich habe mich aber nicht darum gekümmert, was sie mitbekommen hat. Ob sie es verstanden hat. Oder ob sie Hilfe gebraucht hätte, um es zu verstehen. Wer *tut* so was, Anton?«

Er stellte sein Weinglas ab und nahm sie in die Arme. Es dauerte einen Augenblick, bis sie sich entspannte und die Umarmung erwiderte.

»Wir sind Anfänger«, sagte er ihr ins Ohr. »Wir erziehen erst seit sechs Monaten ein Kind. Die meisten Leute mit fünfjährigen Kindern haben fünf Jahre Erfahrung.«

»Aber sie hat etwas Besseres verdient.«

»Dann lernen wir, es besser zu machen. Wir machen es bereits besser als ihre erste Mutter. Oder meine eigene Mutter.«

Schnaubend gab sie ein bitteres Lachen von sich, und er wusste, dass es in Ordnung kommen würde. Mit der Zeit. »Vielleicht bin ich zu streng mit mir«, sagte sie.

»Eltern machen Fehler. Wir brauchen nur viel mehr Erfahrung.«

Kapitel 23

Wenn es uns nicht einschliesst

Marlene riss die Tür zum Konferenzzimmer so abrupt auf, dass die Teilnehmer des Meetings erschrocken zusammenzuckten.

»Mr Addison-Rice«, bellte sie. »Alarmstufe Rot.«

Entschuldigend blickte Anton in die Gesichter um ihn herum.

Laura sprach als Erste. »Jetzt sitz nicht nur da und sieh uns an, Anton. Geh schon!«

Und Anton ging.

* * *

Mit wehender Jacke rannte Anton die Straße entlang, bis er Schmerzen in der Brust spürte, doch er blieb nicht stehen. Er behielt den Verkehr im Auge, für den Fall, dass sich ein Taxi als die bessere Wahl herausstellte – doch in diesem Moment steckten Autos und Taxis in einem dichten Stau fest, und die einzige Lösung war, zu rennen.

Als er schließlich am Ende der Straße Jennys Kindergarten sah, verspürte er den sehnlichen Wunsch, einfach stehen zu bleiben, sich auf den Knien abzustützen und nach Luft zu schnappen. Doch trotzdem rannte er weiter. Er würde Atem schöpfen können, wenn die Büroangestellten sie aus ihrer Kindergartengruppe holten, doch erst mal musste er weiter.

Glücklicherweise war das Büro im ersten Stock.

Als die Frau hinter dem Schreibtisch zu ihm aufblickte, schien sie erschrocken, als rechnete sie damit, für Anton sofort einen Notarzt rufen zu müssen.

»Anton Addison-Rice«, stieß er atemlos und undeutlich hervor.

»Wie bitte?«

Vor ihr auf dem Schreibtisch lag ein Notizblock. Er zog ihn zu sich heran und griff nach dem Stift in ihrer Hand, den sie ihm schnell reichte.

»Anton Addison-Rice«, schrieb er auf. »Bitte holen Sie Jenny aus dem Kindergarten.«

Er drehte den Notizblock um. Mit gerunzelter Stirn versuchte sie, seine kritzelige Handschrift zu entziffern, dann hellte sich ihre Miene auf. »Oh, das Baby kommt!«

Anton konnte nur nicken, doch er war froh, dass sie ihn endlich verstanden hatte. Und er spürte, wie sich auch sein Gesicht aufhellte.

Das Baby kam.

* * *

In der U-Bahn saß Jenny mustergültig leise an seiner rechten Seite. Anton hatte einen Arm um ihre Schulter gelegt, denn diese Welt erschien ihm unberechenbar und er wollte Jenny so gut er konnte davor schützen. Sie streichelte geistesabwesend seine Handprothese, wie sie es manchmal tat – als würde sie das beruhigen.

Mit einer Frage riss sie ihn aus seinen Gedanken. »Ist es ein Bruder oder eine Schwester?«

»Wir wissen es noch nicht.«

»Du hast gesagt, es sei hier.«

»Nein, ich habe gesagt, das Baby würde kommen.«

»Warum wissen wir nicht, ob es ein Junge oder ein Mädchen ist, wenn es kommt?«

»Weil wir es zuerst sehen müssen. Wenn ein Baby aus seiner Mami kommt, kannst du einfach nach unten gucken und es sehen – Junge oder Mädchen. Aber bis du das Baby gesehen hast, weißt du das nicht.«

»Oh.« Sie klang enttäuscht. Diese Geburtssache schien nicht ihre Erwartungen zu erfüllen.

Sie schwiegen. Das Ruckeln des U-Bahn-Wagens und das gleichmäßig klappernde Geräusch auf den Schienen machten Anton leicht schläfrig. Dann und wann gingen die Lichter im Abteil aus und sofort darauf wieder an. Jenny schien es beunruhigend zu finden.

»Warum hast du Angst?«, unterbrach sie schließlich die Stille.

Die Frage war überraschend. Jedenfalls, weil sie aus dem Mund einer Fünfjährigen kam. Er ließ sich die Frage durch den Kopf gehen und wog seine Gefühle ab. »Habe ich Angst?«, fragte er freimütig.

»Du scheinst Angst zu haben.«

»Na ja … ein Baby bedeutet eine Menge Verantwortung. Aber das ist vielleicht ein zu großes Wort.«

»Ich weiß, was Verantwortung ist.«

»Wirklich?«

»Ich glaube schon. Es bedeutet, was man machen soll, richtig zu machen. War *ich* viel Verantwortung? Habe *ich* Angst gemacht?«

»Ein bisschen, aber nicht so viel. Je jünger ein Kind ist, desto mehr muss man sich darum kümmern. Du hast schon gewusst, wie du deinen Kopf hochhältst. Und wie du läufst, ohne hinzufallen. Oder wie du trinkst, ohne dich zu verschlucken.«

»Das ist also gut an mir.«

»Sehr gut.«

Dies schien sie zufriedenzustellen und ihre Stimmung aufzuheitern.

»Oh«, sagte er plötzlich. »Hier ist unsere Haltestelle.«

* * *

Anton konnte nicht mehr rennen. Insbesondere nicht mit Jenny auf den Schultern, deren Hände auf seinen Schläfen lagen wie die Scheuklappen bei einem Kutschenpferd. Also legte er die Strecke bis zum Krankenhaus nur mit einem schnellen Schritt zurück.

Die Frau an der Rezeption begrüßte ihn mit einem Grunzen, ohne aufzuschauen.

»Yvette Kressler«, sagte er.

Sie blinzelte ein paarmal und wandte die Augen nicht von der Liste vor ihr auf dem Schreibtisch ab. Sie schien seine Worte nicht wahrgenommen zu haben.

»Entbindungsstation. Meine Frau ist gerade mit ihr dort. Wir müssen zu ihr.«

Die Rezeptionistin sah auf. Ihr Blick wanderte hoch zu Jenny, die immer noch auf seinen Schultern saß. Sie sah das kleine Mädchen mit einem Stirnrunzeln an. »Keine Kinder unter vierzehn oberhalb des ersten Stocks.«

Anton sah sie verdutzt an. »Warum nicht?«

»Sie übertragen Infektionskrankheiten.«

»Das machen auch Erwachsene.«

»Kinder übertragen *mehr* Infektionskrankheiten.«

»Aber …«

»Krankenhausrichtlinie.«

Anton seufzte. »Könnten Sie wenigstens meine Frau benachrichtigen, dass wir hier sind?«

»Ich darf nur Anrufe zu den Ärzten machen. Aber falls jemand auf dem Weg dorthin an der Rezeption vorbeikommt, kann ich die Nachricht weitergeben lassen.«

Anton seufzte wieder. Die Aufregung dieses Tages fiel schnell von ihm ab, er fühlte sich entmutigt und einfach nur traurig. Er hatte gedacht, sie könnten bei diesem besonderen Moment dabei sein, ein Teil davon sein. Dieser Moment würde sich nie wiederholen.

Er hob Jenny von seinen Schultern, nahm sie an der Hand und ging mit ihr zu einer Sitzecke mit Kunststoffsofas.

»Dann setzen wir uns besser erst mal hin«, sagte er.

Ihnen gegenüber saß eine Frau um die vierzig. Sie schenkte Anton ein mitleidiges Lächeln. »Ich habe das Gespräch mit angehört«, sagte sie. »Ich könnte auf Ihre Tochter aufpassen, während Sie hochgehen.«

Antons Gedanken überschlugen sich. Am liebsten hätte er sofort die Gelegenheit ergriffen, um mit Edith auf der Entbindungsstation sein zu können. Aber Jenny mit einer Fremden allein lassen? Was, wenn er zurückkam und sie nicht mehr da wären? Oder wenn Jenny völlig verängstigt wäre, weil er sie zurückgelassen hatte?

»Das ist ein sehr freundliches Angebot«, sagte er. »Aber noch mehr würde es uns helfen, wenn Sie zur Entbindungsstation gehen und meiner Frau ausrichten könnten, dass ich hier bin. Ihr Name ist Edith. Sie ist bei Yvette Kressler.«

»Das kann ich tun. Aber falls mein Mann kommt, um mich abzuholen, könnten Sie ihm sagen, wo ich bin, und ihn bitten, hier auf mich zu warten?«

»Natürlich, das mache ich. Vielen Dank.«

Er sah ihr nach, als sie zum Aufzug ging, dann blickte er zu Jenny. Sie erwiderte seinen Blick und lächelte, doch es war ein furchtsames, trauriges Lächeln. Als Anton zurücklächelte, sah es wahrscheinlich genauso aus.

Ein Kind bedeutete eine Menge Verantwortung. Selbst wenn das Kind bereits fünf war.

* * *

Als er aufblickte, stand Edith vor ihm. Er sprang auf. Auf ihrem Gesicht zeichnete sich ein intensives Gefühl ab, doch im ersten Augenblick konnte er nicht erkennen, ob es ein gutes oder schlechtes intensives Gefühl war.

Sie nahm sein Gesicht zwischen ihre Hände, die sich trocken und warm anfühlten. »Es ist ein Junge«, flüsterte sie ehrfürchtig.

»Gesund?«

»Absolut. Dreitausendsiebenhundert Gramm schwer und in jeder Hinsicht vollkommen.«

»Also haben wir einen Jungen und ein Mädchen. Genau, wie du es dir gewünscht hast.«

Sie nickte sprachlos.

»Und Yvette hat es sich nicht plötzlich anders überlegt?«

Edith schüttelte den Kopf. Sie war offensichtlich erschöpft und hielt die Tränen zurück.

»Die Hebamme hat ihn dir in die Arme gelegt und Yvette hat ihn nicht einmal angesehen, genau wie sie es gewollt hat?«

Den Tränen nah, nickte Edith wieder stumm.

»Wann können wir ihn mit nach Hause nehmen?«

Sie zuckte mit den Schultern.

»Okay«, sagte er. »Lass mich sehen, ob ich etwas rausfinden kann.«

Edith schien sich zusammenzureißen, bemühte sich, Worte zu finden. »Und lass mich sehen, ob ich ihn kurz hier runterbringen kann. Oder vielleicht kannst du ihn irgendwo durch eine Glasscheibe sehen. Oder … ich weiß nicht. Ich versuch's.«

»Jenny!«, sagte Anton plötzlich, als ihm seine Tochter wieder einfiel. »Du hast einen kleinen Bruder.«

»Oh«, murmelte Jenny, »okay.« Weder schien sie übermäßig begeistert zu sein noch schien es ihr etwas auszumachen.

* * *

Am nächsten Morgen brachten sie ihr Baby nach Hause, als Jenny im Kindergarten war. Fast übermäßig vorsichtig hielt Anton den kleinen Jungen im Arm. Er blickte ihm ins Gesicht. Seine Augen hatten sich noch nicht richtig geöffnet und wirkten wie zwei kleine Schlitze unter den schweren Lidern, deren Haut bläulich schimmerte. Zwischen den Augenbrauen und am Haaransatz wuchsen winzige, weiche Härchen und seine perfekt geformte Nase war an der Spitze gerundet. Dazu volle, runde Babywangen. Anton konnte gar nicht aufhören, ihn anzustarren.

Nahezu ehrfürchtig trug er ihr Baby in die Wohnung. Es erinnerte ihn – auch wenn er das mit Edith nicht getan hatte – an die Sitte, die Braut über die Türschwelle zu tragen. Es hatte eine besondere Bedeutung: Das Kind war zu Hause und gehörte zu ihnen.

Sie brachten ihr Baby ins Schlafzimmer, wo Anton es vorsichtig in die Wiege neben ihrem Bett legte. Eine Weile lang beobachteten sie, wie das Baby friedlich schlief, während Hannah an Antons Seite unaufhörlich mit dem Schwanz wedelte.

»Wir sollten uns ein Haus suchen und umziehen«, sagte er mit leiser Stimme.

»Drei Schlafzimmer wären schön«, flüsterte Edith. »Aber können wir uns das leisten?«

»Ich könnte ein paar zusätzliche Mandanten annehmen. Ich glaube, das würde funktionieren. Was hältst du davon, aus der Stadt rauszuziehen? Vielleicht nach New Jersey oder Connecticut? In ein Haus mit Garten für Hannah und die Kinder.«

»Dann müsstest du mit dem Zug zur Arbeit pendeln.«

»Das machen andere auch, ich würde das schon schaffen. Ich könnte wieder ein Teleskop haben, denn dort draußen ist der Himmel nachts noch dunkel.«

»Es wäre wirklich schön.«

»Welchen Namen wollen wir ihm geben? Darüber haben wir noch gar nicht geredet.«

»Stimmt«, sagte sie. »Ich wollte warten, bis ich mir sicher sein konnte, dass er wirklich da ist. Ich hätte einen Vorschlag, aber ich weiß nicht, ob dir der Name gefällt.«

»Wetten, dass er mir gefällt? Nur nicht Anton, das ist zu hart für ein Kind.«

»Ich habe an Leo gedacht, nach meinem Vater. Aber wenn du den Namen nicht magst …«

»Leo ist gut«, erwiderte Anton. »Ich mag den Namen. Er klingt stark, weil er *Löwe* bedeutet. Und der Löwe ist ein Sternbild. Wie könnte mir das nicht gefallen?«

* * *

Sie tranken gerade Kaffee in der Küche, als es an der Tür klopfte.

Sie blickten einander an und horchten, ob ihr Baby von dem Klopfen aufgewacht war, aber Leo gab kein Geräusch von sich.

»Ich gehe hin«, sagte Edith.

Wie in einem Traum versunken, folgte er ihr an die Tür, Hannah neben sich. Das Leben hatte eine traumähnliche Qualität angenommen, da er jetzt in einem Märchen lebte.

Vor ihrer Tür stand Mrs Hazelton. Anton nahm an, dass sie gekommen war, um ihnen mitzuteilen, dass Jennys Adoptionsprozess abgeschlossen sei, oder zumindest kurz davorstand, weshalb er noch tiefer in diese Märchenwelt sank. Doch später ging ihm auf, dass er den Ausdruck in ihren Augen ignoriert hatte.

»Darf ich hereinkommen?«

Sie führten Mrs Hazelton ins Wohnzimmer. Sie setzte sich auf das Sofa und hielt die Hände säuberlich im Schoß gefaltet. Anton hockte sich auf die Sessellehne und Edith blieb stehen. Allmählich dämmerte es ihm – und wahrscheinlich auch Edith –, dass der Anlass für diesen Besuch kein erfreulicher war.

»Ich wollte mit Ihnen persönlich sprechen«, begann sie. »Daher bin ich froh, dass ich Sie beide angetroffen habe.«

»Steht die Adoption kurz vor dem Abschluss?«, fragte Edith mit angespannter Stimme.

»Wir waren kurz davor, ja. Aber jetzt hat sich eine andere Entwicklung ergeben.«

Anton fühlte sich, als würde er kreiselnd nach unten sinken wie eine Feder, die in einen tiefen Schacht trudelt. Als Mrs Hazelton sprach, klang ihre Stimme weit entfernt.

»Jennys leibliche Mutter wusste, dass die Adoption fast abgeschlossen war, und hat uns angerufen. Sie ist seit zwei Monaten nüchtern und meint, dass sie ihre Probleme jetzt im Griff hat.«

»Sie will Jenny sehen?«, fragte Edith. Offensichtlich versuchte sie, den Ernst der Situation zu minimieren.

»Sie will Jenny zurückhaben.«

In der Stille, die auf diese vier schrecklichen Worte folgte, schlug Anton auf dem Boden des Schachts auf. Er fühlte sich nicht mehr wie eine Feder. Eine Feder wäre weich gelandet.

Bevor er nach ihrer Hand greifen konnte, war Edith schon davongeschossen und lief im Zimmer auf und ab.

»Nun, sie *kann* sie nicht zurückhaben«, bellte sie. »Sie hat ihre Rechte aufgegeben.«

»Ja, das hat sie«, bestätigte Mrs Hazelton.

»Das wäre damit also geklärt.«

»Ich wünschte, es wäre so einfach, aber sie will die Sache vor Gericht bringen. Sie hat nicht viel Geld, also werden Sie die Partei mit den besseren Anwälten sein.«

»Aber der Richter wird doch feststellen, dass sie das Sorgerecht abgegeben hat.«

»Aber sie wird sagen, dass sie das zugunsten ihres Kindes getan hat, da sie nicht für Jenny sorgen konnte. Und jetzt glaubt sie, dass sie dazu in der Lage ist.«

»Aber der Richter wird sehen, wie sehr wir sie lieben.«

»Ja. Aber auch, wie verzweifelt ihre leibliche Mutter Jenny zurückhaben will. Gerichte neigen dazu, Kinder bei ihren leiblichen Müttern lassen zu wollen. Das muss nicht unbedingt so sein, es ist nur eine Tendenz. Ich behaupte nicht, dass sie auf jeden Fall recht bekommen wird, aber ich muss Ihnen ehrlich sagen, dass Sie darauf vorbereitet sein müssen, dass es so kommen kann.«

Edith blieb stehen. Anton beobachtete sie hilflos. Wie das Wasser aus einer Badewanne, nachdem der Stöpsel gezogen wurde, erschien es so, als würde etwas von ihr abfließen. Vielleicht war es ihre Lebensenergie oder auch nur all ihre Hoffnung.

Sie ließ sich erschöpft in den Sessel fallen, auf dessen Lehne Anton saß. Er legte einen Arm um sie, doch sie schien es nicht zu bemerken.

»Aber … das ist nicht fair.« Ihre Stimme klang wie die einer Fünfjährigen. Als würde sie ihre geliebte Jenny verkörpern.

»Ich weiß, dass dies für Sie ein ziemlicher Schlag sein muss«, sagte Mrs Hazelton. »Es ist einfach furchtbar, wenn solche Dinge passieren, aber manchmal kommt das vor. Kinderschutz kann eine chaotische Angelegenheit sein. Sollten Sie beschließen, dass Sie vor Gericht ziehen wollen, dann unterstützen wir Sie, wo wir können. Aber es wird ein langwieriger, harter Prozess sein und dazu teuer. Und er wird allen Beteiligten viel abverlangen. Solche Verfahren sind meistens besonders schwer für die Kinder. Es ist fast so, als würden beide Seiten das Kind an je einer Hand halten und ziehen. Und letztendlich wird sich das Kind auseinandergerissen fühlen. Aber ich will Sie nicht beeinflussen, ich spreche nur aus meiner Erfahrung. Es tut mir wirklich leid, dass ich Ihnen eine so deprimierende Nachricht überbringen muss.« Sie stand auf und strich sich ihren Rock glatt. »Ich gebe Ihnen jetzt besser Zeit, damit Sie die Angelegenheit überdenken können.«

Anton brachte sie zur Tür.

»Danke, dass Sie persönlich vorbeigekommen sind«, sagte er. Seine Stimme klang in seinen eigenen Ohren ungewohnt, als sei er seit Mrs Hazeltons Besuch ein anderer geworden.

Sie senkte den Blick und runzelte die Stirn, dann ging sie.

Nachdem Anton die Tür geschlossen hatte, trat er wieder zu Edith ins Wohnzimmer. Sie saß immer noch im Sessel und starrte zum Fenster, dessen Vorhänge jedoch zugezogen waren. Ihr Gesichtsausdruck erschien Anton vollkommen leer.

»Wir ziehen vor Gericht«, entschied er.

Sie sah in seine Richtung, ohne ihn direkt anzublicken. Sie öffnete den Mund, doch anstatt etwas zu sagen, weinte sie plötzlich. »Das können wir nicht machen«, schluchzte sie.

»Natürlich können wir das. Warum nicht?«

»Weil wir das tun müssen, was am besten für sie ist. Selbst wenn es uns nicht einschließt.«

Anton stand wie betäubt da. Ihm war schwindlig. Er setzte sich wieder auf die Lehne des Sessels. »Nur, weil ich einmal so gehandelt habe, müssen wir das jetzt nicht wiederholen.«

»Du handelst immer so.«

»Wir müssen es aber nicht. Es ist schwer und du bist niemandem etwas schuldig.«

»Aber das *bin* ich«, widersprach sie. Durch das leise Schluchzen klangen ihre Worte undeutlich. »Genau das ist es. Ich *bin* etwas schuldig. Wenn das Schicksal es gut mit dir meint, musst du der Welt etwas Gutes zurückgeben. Ich kann nicht nur selbstlose Liebe annehmen und Dreck zurückgeben. Na ja, ich könnte es schon, aber was für ein Mensch wäre ich dann?«

»Vielleicht ist es für sie am besten, bei uns zu bleiben.«

»Vielleicht. Wir holen sie vom Kindergarten ab und dann reden wir mit ihr.«

Es war ein schrecklicher Gedanke. Sich vorzustellen, sie zu sehen, es ihr erzählen zu müssen. Und von ihr zu verlangen, eine Entscheidung zu treffen, die für alle Beteiligten so erschütternd war. Doch es ließ sich nicht vermeiden. Sie hatten diese Verantwortung übernommen und mussten jetzt alles Notwendige tun, um es zu Ende zu bringen.

Sie waren fast an der Tür, als Edith sagte: »Wir haben etwas vergessen.«

»Was?«, fragte er, doch es wurde ihm klar, noch bevor sie antworten konnte. »Oh. Stimmt. Willst du Jenny abholen? Oder lieber mit dem Baby hierbleiben?«

Beinahe hätte er *Leo* gesagt, doch er konnte sich in diesem Augenblick nicht dazu durchringen, das Kind, das im Zimmer nebenan schlief, ganz für sich zu beanspruchen. Vielleicht würde er später den Mut dazu finden, aber gerade eben fühlte es sich so an, als würde er einen weiteren Verlust heraufbeschwören, wenn er seinen Namen aussprach.

»Geh du bitte«, erwiderte Edith. »Ich bleibe hier bei Leo. Aber sag es ihr noch nicht. Bring sie nur nach Hause und dann können wir mit ihr reden.«

»Natürlich.«

Als er hinausging, bewunderte er Edith noch mehr als sonst. Sie hatte zu einem Zeitpunkt wie diesem den Mut aufgebracht, Leo ganz für sich zu beanspruchen.

Kapitel 24

Ganz schön schwer

Als Anton mit Jenny an der Hand die Straße entlanglief, störte ihn der Verkehrslärm mehr als sonst. Fiel es ihm jetzt schwerer, das Leben in der Stadt zu tolerieren, seit er einen Umzug aufs Land anvisiert hatte? Es kam ihm so vor, als würde er gedanklich schon in Connecticut wohnen und wäre an das Getöse nicht mehr gewöhnt.

Plötzlich fiel ihm ein, dass sie wahrscheinlich gar kein zusätzliches Zimmer mehr brauchen würden. Es fühlte sich wie ein Schlag in die Magengrube an.

»Warum sind wir traurig?«, fragte Jenny leise.

»Sind wir das?«

»Es sieht so aus.« Als er ihr nicht sofort antwortete, stellte sie die Frage anders. »Ist etwas Schlimmes passiert?«

Er hatte Edith versprochen, ohne sie nicht über das Thema zu sprechen, doch er wollte auch nicht lügen.

»Ich bin mir nicht sicher. Mir gehen gerade viele Dinge durch den Kopf. Wir können reden, wenn wir zu Hause sind.«

»Okay.«

Sie sagte nichts mehr und stellte auch keine weiteren Fragen. Anton nahm an, dass Kinder sich genauso ungern wie Erwachsene geduldeten, wenn sie wussten, dass es etwas zu besprechen gab.

Doch falls sie das Warten hasste, beschwerte sie sich jedenfalls nicht.

* * *

»Ich verstehe, wie schwer es für dich sein muss, das zu entscheiden«, sagte Edith.

Von ihrem Platz im Sessel aus starrte Jenny konzentriert auf den Teppichboden. Sie trug eine gemusterte, weiße Strumpfhose und hielt ihre Hände auf den Knien. Sie schien sich fest vorgenommen zu haben, ihren Blicken nicht zu begegnen.

»Und bei der Entscheidung geht es vielleicht nicht nur darum, was für dich am besten klingt«, fuhr Edith fort. »Wir müssen überlegen, wo du sicher aufgehoben und glücklich sein wirst. Aber wir wollen erst von dir wissen, was du gern möchtest.«

Jenny schien sich sehr bewusst zu sein, dass sie von zwei Augenpaaren beobachtet wurde. Hannah schlich sich zu ihr hin und legte ihr schmales Kinn im Schoß des Mädchens ab. Jenny beugte sich vor und küsste den Hund auf die Schnauze. Sie blickte Anton und Edith immer noch nicht an.

»Was möchtest du also?«, fragte Edith, als Jenny nichts sagte. In ihrer Stimme lag ein tiefer Schmerz.

Jenny zuckte nur mit den Schultern.

»Du kannst mit uns reden«, ergänzte Anton. »Und uns sagen, was du wirklich denkst.«

Jenny zuckte wieder mit den Schultern.

»Verstehst du die Frage?«, wollte Edith wissen.

Keine Reaktion. Sie warteten schweigend, bis sie hörten, dass das Baby im Zimmer nebenan unruhig wurde.

»Oh«, sagte Edith. »Ich sehe mal besser nach Leo. Es ist zu viel für eine Fünfjährige. Wir sollten das nicht von ihr verlangen, Anton, es ist zu schwer für sie. Ich weiß nicht, was wir machen sollen.«

»Sieh du nur nach Leo. Ich gehe mit Jenny ein Eis essen.«

Bei diesem Vorschlag blickte Jenny erwartungsvoll auf, doch ließ gleich darauf den Kopf sinken.

Edith blieb still stehen und sah Anton an, doch unterdessen entwickelte sich Leos Unruhe schnell zu einem lauten Weinen.

»Okay«, sagte sie. »Gut. Wenn du meinst, dass das hilft.«

* * *

Er beobachtete, wie Jennys Blick auf dem Erdbeereis haftete. Während sie den Becher vor sich auslöffelte, wandte sie kein einziges Mal ihre Augen von der schrumpfenden Eiskugel ab.

»Das Leben ist manchmal ganz schön schwer, was?«, begann Anton.

Jenny reagierte mit einem kaum merklichen Nicken.

»Du weißt doch, was du tun möchtest, oder?«

Ein weiteres schwaches Nicken.

»Warum hast du es nicht gesagt?«

Es überraschte Anton, als sie plötzlich sprach. »Sie will nicht, dass ich das sage.«

»Ich glaube, sie will nur, dass du sagst, was für dich richtig ist.«

»Nein.« Sie schüttelte den Kopf, nahm einen Löffel Eis und sprach mit vollem Mund. »Sie will, dass ich sage, ich will bei euch bleiben.«

»Aber du willst lieber bei deiner Mutter leben.«

Ein weiteres kaum merkliches Nicken.

Anton spürte plötzlich, wie das Eis in seinem Magen rumorte, als wollte es vielleicht nicht dortbleiben. Er würde nach Hause gehen und es Edith mitteilen müssen. Nie war es ihm so schwergefallen, ihr etwas zu sagen. Aber wer konnte es dem Kind verdenken? Ihre leibliche Mutter war die Frau, die ihren Körper mit Jenny geteilt hatte. Die Frau, die sie seit Jahren kannte, nicht erst seit Monaten. Selbstverständlich entschied sie sich für ihre Mutter. Doch wie konnte er es Edith beibringen, ohne dass es für sie wie ein Schlag ins Gesicht sein würde? Sie wusste, welche Vorteile leibliche Mütter hatten, und würde selbst nie eine sein. Und er wollte nicht grausam sein.

»Wenn du dein Eis aufgegessen hast, gehen wir nach Hause und reden mit ihr.«

»Sie will das doch nicht hören.«

»Dann sage ich es ihr.«

Dies schien Jenny aufzulockern und ihr die Befangenheit zu nehmen. Anton hatte das Gefühl, hören zu können, dass sie tiefer und entspannter als je zuvor atmete.

* * *

»Es geht nicht nur darum, was sie will«, sagte Edith. Ihre Stimme klang schon fast zu beherrscht, doch sie konnte die Tränen nicht zurückhalten. Vor dem Wohnzimmerfenster lief sie mit Leo im Arm auf und ab und wiegte ihn sanft, damit er ruhiger wurde. Ihre Tränen fielen auf die Decke, in die ihr Baby gewickelt war. »Kinder wollen manchmal Dinge, die nicht gut für sie sind. Wir müssen dafür sorgen, dass es ihr gut gehen wird.«

»Das ist selbstverständlich«, erwiderte Anton.

»Aber ich muss das sagen!«, fuhr sie ihn an.

Damit hatte das Hin- und Herlaufen ein Ende. Mit ihrem Baby im Arm stand sie am Fenster und weinte nun hemmungslos. Anton ging zu ihr und legte vorsichtig seine Arme um sie, um Leo nicht zu erdrücken, den diese Dunkelheit und körperliche Nähe jedoch beruhigen zu schien. Sein Weinen ging in Geräusche der Behaglichkeit über.

»Pst!«, flüsterte Anton in Ediths Ohr. »Bitte lass Jenny nicht unseren Streit hören.«

Er hatte Jenny mit ihrem Malbuch und ihren Buntstiften in ihrem Zimmer gelassen.

»Ich streite mich nicht mit *dir*«, sagte Edith schluchzend. »Das weißt du, oder? Ich hasse nur gerade die ganze Welt.«

Er erwiderte nichts und hielt die beiden in den Armen.

»Wie werden wir wissen, ob es ihr gut geht?«, flüsterte Edith in sein Ohr. »Was, wenn ihre Mutter in ihre alten Gewohnheiten zurückfällt?«

»Ich glaube nicht, dass sie einer Mutter ihr Kind zurückgeben und sich dann nicht mehr darum kümmern und einfach auf das Beste hoffen. Sie besuchen sie bestimmt weiterhin, um zu sehen, wie es läuft. Wenn sie Fehler macht und sich nicht genug um Jenny kümmert, können wir sie vielleicht zurückbekommen.«

»Kannst du das herausfinden?« Ihre Stimme klang so leise wie die eines Kindes.

»Natürlich.«

Schweren Herzens ließ er sie los. Er blickte nach unten und sah, dass Leo eingeschlafen war.

* * *

»Ich fürchte, ich habe Ihnen bei meinem Besuch nicht alles gesagt«, erklärte Mrs Hazelton am Telefon. »Ich habe gewusst, welche Auswirkung meine … Nachricht haben würde, und wollte Sie beide allein lassen, damit Sie es besprechen können. Offen gesagt hätte ich nicht gedacht, dass Sie sich dazu entscheiden würden, sie nach Hause gehen zu lassen. Deshalb habe ich Ihnen noch nichts über die andere große Entscheidung erzählt, die Sie treffen müssen. Selbst wenn es zu keinem Gerichtsverfahren kommt, können wir Jenny nicht sofort nach Hause zurückschicken. Eine Zeit lang muss die leibliche Mutter unter Beweis stellen, dass sie in der Lage ist, sich gut um ihr Kind zu kümmern.«

»Wie lange dauert das üblicherweise?«

Aus dem Augenwinkel konnte Anton sehen, dass Edith ihn beobachtete. Obwohl sie am Fenster stand und so tat, als würde sie auf die Straße blicken, schien sie ihm zuzuhören. Doch selbst eine Parade tanzender Elefanten würde jetzt sicher nicht ihre Aufmerksamkeit wecken können, dachte er.

»Mindestens ein Jahr.«

»Ein Jahr!«, wiederholte Anton. Es war einfach aus ihm herausgeplatzt, völlig unbeabsichtigt. Er wusste nicht, wie er diese Neuigkeit aufnehmen sollte. War er froh darüber oder nicht? Er war so durcheinander, dass es sich unmöglich sagen ließ.

Er sah, wie Edith sich zu ihm herumdrehte und ihn anblickte.

»Oder länger. Es hängt von vielen Faktoren ab. Wir bringen ein Kind nicht zu seinem Zuhause zurück, wenn wir uns nicht absolut sicher sind. Es könnte für Sie zu schmerzhaft sein, sie für ein weiteres Jahr zu behalten und sie dann abgeben zu müssen. Falls es Ihnen lieber ist, wenn wir sie in der Zwischenzeit bei einer anderen Pflegefamilie unterbringen, habe ich dafür volles Verständnis.«

»Könnten Sie bitte einen Moment dranbleiben?«, fragte Anton und hielt den Hörer zu. »Es könnte ein Jahr oder länger dauern, bis sie sich sicher sind, dass sie zu ihrer leiblichen Mutter zurückkehren kann. Und wir müssen entscheiden, ob wir sie so lange behalten und dann abgeben wollen, oder ob sie in der Zwischenzeit bei einer anderen Pflegefamilie untergebracht werden soll. Was soll ich ihr sagen?«

»Sag ihr, dass es für dieses kleine Mädchen keine andere Pflegefamilie geben wird. Sie bleibt hier bei uns.«

»Bist du dir sicher? Wird dir das nicht das Herz brechen?«

»Natürlich wird es das. Aber daran kann ich nichts ändern.«

»Willst du nicht noch etwas länger darüber nachdenken?«

»Da gibt es nichts nachzudenken. Wir kümmern uns um sie, solange wir können.«

Anton nahm seine Hand vom Hörer. »Sie bleibt bei uns.«

* * *

An diesem Abend gingen sie zu Bett, ohne noch einmal darüber geredet zu haben.

Während er wach lag, beobachtete Anton ihr Gesicht, das in das weiche Licht getaucht war, das durch das Schlafzimmerfenster hereindrang. Es war offensichtlich, dass sie beide nicht schliefen und wahrscheinlich auch nicht schlafen würden. Der Druck wurde zu viel für ihn und er konnte sich nicht länger zurückhalten.

»Weißt du«, begann er, »vielleicht bekommt ihre leibliche Mutter sie nach einem Jahr gar nicht zurück, wenn sie ihre Sache nicht gut genug gemacht hat.«

»Das habe ich auch gedacht.« Ihre Stimme klang ruhig, fast gefühllos, doch Anton wusste, dass Edith nicht ohne Gefühle war. Es war wahrscheinlicher, dass ihre Gefühle sie zermürbt hatten. »Aber ich kann es nicht über mich bringen, hier zu liegen und zu hoffen, dass jemand versagt.«

Anton lächelte still vor sich hin. Er war so froh, mit ihr verheiratet zu sein. Plötzlich kam eine Erinnerung zu ihm zurück. Kurz nachdem sie sich wiedergetroffen hatten, hatte sie zu ihm gesagt: *Du bist ein selbstloser Mann*, und seine Wange berührt. Er erinnerte sich so deutlich an diese Worte. Er hatte beinahe das Gefühl, die winterliche Kälte ihrer Hand zu spüren. *Du hast das Recht, für dich selbst Gutes zu wollen.*

»Es ist schwierig zu wissen, auf was man hoffen soll«, sagte er. »Das Leben ist manchmal einfach schwer.«

Sie erwiderte nichts.

»Falls wir sie am Ende zu ihrer Mutter nach Hause schicken müssen … würdest du ein anderes Mädchen adoptieren wollen?«

Angesichts ihrer Müdigkeit und Mutlosigkeit war es überraschend, wie heftig Edith den Kopf schüttelte. »Auf gar keinen Fall. Jenny ist unsere Tochter. Wo auch immer sie ist. Ob sie bei uns wohnt oder nicht, sie ist immer noch unsere Tochter. Sie kann unmöglich ersetzt werden.«

* * *

Anton ging mit Jenny an der Hand zum Kindergarten. Sie hatte die Angewohnheit, an seiner rechten Seite zu gehen, weil sie lieber seine Handprothese zu halten schien.

Die ersten paar Straßen lang sagten sie nichts.

Schließlich fragte Jenny: »Wann kann ich zu ihr gehen?«

»Zu deiner leiblichen Mutter?«

Sie nickte.

»Na ja, ich weiß nicht genau. Es könnte eine Weile dauern. Mrs Hazelton muss erst sicherstellen, dass es ihr auch wirklich besser geht, bevor du zurückkannst. Und dass es auch so bleibt. Das braucht viel Zeit.«

»Aber wann kann ich sie *treffen*?«, fragte Jenny mit weinerlicher Stimme.

»Oh. Du meinst für einen Besuch?«

»Genau.«

»Ich bin mir nicht sicher.«

»Kannst du fragen?«

Sie blieben an einer Straßenecke stehen und warteten an der roten Ampel, auch wenn keine Autos kamen.

»Ja. Ich könnte Mrs Hazelton fragen.«

»Du musst auch Ma fragen.«

Jenny hatte sich angewöhnt, Edith *Ma* zu nennen. Wahrscheinlich war es ein Mittel, um Edith in Gedanken und Worten von ihrer anderen Mutter zu unterscheiden.

»Das stimmt«, seufzte Anton.

Ihm graute davor, das Thema zur Sprache zu bringen. Doch es schien Jenny wichtig zu sein und es war keine unangemessene Bitte, also würde er Edith fragen.

»Sie will es vielleicht nicht«, sagte Jenny.

»Wir werden sehen.«

Die Ampel wurde grün und sie liefen los. Immer, wenn Anton über die Kanaldeckel lief, stieg ihm der Abwassergestank in die Nase. Der Umzug aufs Land erschien ihm wirklich immer verlockender.

»Du fragst sie also?«, hakte Jenny aufgeregt nach.

»Ja. Ich frage sie.«

»Gut. Du kannst das gut.«

* * *

Als sie an diesem Abend zu Bett gingen, hatte er das Thema angeschnitten, aber noch keine definitive Antwort von Edith erhalten. Sie würde ihm sicher die Antwort geben, wenn sie dazu bereit war.

Schweigend lagen sie nebeneinander, ohne zu schlafen oder sich zu berühren. Anton fiel auf, dass sie das in letzter Zeit häufig getan hatten – einfach nichts.

Plötzlich sagte Edith leise: »Was, wenn wir Jenny für einen Besuch zu ihr schicken und diese Frau sie nicht mehr zurückgibt?«

Er rutschte näher heran, legte einen Arm um sie und schmiegte sich an ihren Rücken.

»Ich glaube nicht, dass wir sie einfach dorthin schicken können. So stelle ich mir das nicht vor. Ich denke, es wird eher so sein, dass wir mit Mrs Hazelton eine Art von … überwachten Besuchen verabreden. Du weißt schon, ›*dort*‹, wie Jenny es nennt. Wir bringen sie dahin und ihre leibliche Mutter besucht sie, danach holen wir Jenny wieder ab.«

Er hätte gern gefragt: ›Wäre das in Ordnung?‹, oder etwas anderes, was sie beantworten musste. Doch er wollte sie nicht drängen, so gern er auch eine Antwort haben wollte. Ihr Gespräch versiegte wieder. Anton hatte fast das Gefühl, ihre Gedanken hören zu können.

»Unter einer Bedingung. Bist du damit einverstanden, sie dorthin zu bringen? Ich will diese Frau nicht treffen. Ich will sie nicht mal sehen. Niemals.«

»Ich bringe sie hin.«

Edith erwiderte nichts. Wieder lagen sie nur schweigend da und schliefen nicht, aber ihre Körper berührten sich, was immerhin eine Verbesserung war.

Nach ein paar Minuten brachte er den Mut auf, eine Frage zu stellen, die ihn bewegt hatte, seit die Adoption geplatzt war. »Werden wir damit klarkommen?«

Sie seufzte. »Oh, ich weiß nicht, Anton. Ich nehme es an. Es ist schwer für uns beide, aber andere stehen solche Sachen immer wieder durch. Welche Wahl bleibt ihnen auch?«

»Das habe ich nicht gemeint. Nicht, ob du klarkommen wirst und ob ich es werde. Aber werden *wir* damit klarkommen? Wir beide.«

Sie rollte sich herum, nahm ihn in die Arme und er erwiderte die Geste. Zu gerne hätte er in diesem Augenblick ihre Augen gesehen, ihr Gesicht, doch es war zu dunkel.

Sobald sie sich vom Fenster weggedreht hatte, entging ihm ihr Gesichtsausdruck.

Sie gab ihm einen weichen, schon fast fürsorglichen Kuss auf den Mund.

»Anton. Würde ich eine Liste machen und alle Dinge des Lebens in der Reihenfolge aufschreiben, in der ich sie aufgeben würde, dann würdest du an der letzten Stelle stehen. Direkt nach Sauerstoff.«

Er atmete aus und spürte, dass es ihm gar nicht bewusst gewesen war, dass er die Luft angehalten hatte. »Das freut mich zu hören.«

»Ich habe wieder versagt, denn ich hätte darauf achten sollen, dass du es weißt.«

»Mach dir darüber keine Gedanken. Das Wichtigste ist, dass du das nur irgendwie durchstehst.«

»Nein«, erwiderte sie. »Das ist nicht gut genug. Nur dank dir schaffe ich es, das durchzustehen. Ich muss dafür sorgen, dass du das weißt. Bis heute weiß ich nicht, wie ich dich verdient habe, Anton.«

Es machte ihn ein wenig verlegen, also lenkte er das Thema in eine andere Richtung. »Hat sich das als der schlechteste Zeitpunkt herausgestellt, ein Baby zu adoptieren?«

»Nein. Ganz im Gegenteil. Es ist der beste Zeitpunkt. Leo braucht meine ständige Aufmerksamkeit, ob ich mich danach fühle oder nicht. Für ihn muss ich mich zusammenreißen. Für ihn muss ich weitermachen. Und das ist gut so. Dank dir und ihm werde ich das irgendwie durchstehen.«

* * *

Anton brachte Jenny zu Fuß *dorthin*, weil er das Gefühl hatte, ein langer Spaziergang würde ihnen beiden guttun. Sie hielt sich mit beiden Händen an ihm fest.

»Du weißt, dass du heute nicht bei ihr bleibst?«, fragte er, als sie an der Ampel warteten.

»Ich bleibe eine Weile lang bei ihr.«

»Ja, eine Stunde oder vielleicht eineinhalb Stunden. Aber dann kommst du nach Hause, um noch ein bisschen länger bei mir und Ma zu wohnen.«

»Das weiß ich doch«, erwiderte Jenny ungeduldig.

»Ich will nur sicher sein, dass du das verstanden hast.«

»Du hast mir das schon hundertmal gesagt.«

Sie überquerten die Straße, gingen weiter und als sie um die Straßenecke bogen, sahen sie das vertraute Gebäude. Sein Anblick lag Anton schwer im Magen wie unverdautes Essen. Der Tag, an dem Edith und er zum ersten Mal hier gewesen waren, war so vielversprechend gewesen. *Aber nicht jedes Versprechen wird eingehalten*, dachte er.

Ihm kam der Gedanke, dass dies vielleicht ein Fehler war. Vielleicht hätte er dieser Sache nicht zustimmen und Jenny nicht hierherbringen sollen. Vielleicht hätten sie sie einfach bis zur letzten Minute bei sich behalten sollen, bis es nicht länger möglich war.

»Warum sind wir stehen geblieben?«, fragte Jenny und zog an seiner Handprothese.

»Oh«, murmelte Anton. »Tut mir leid. Das habe ich gar nicht bemerkt.«

* * *

»Ich lasse sie einfach hier bei Ihnen?«, fragte er Mrs Hazelton.

»Ja, ich habe ihre Mutter gebeten, etwas später zu kommen, weil ich gedacht habe, dass Sie vielleicht nicht gern mit ihr zusammentreffen wollen. Aber bitte sagen Sie es mir, falls ich falschliege und Sie sich gern mit ihr unterhalten möchten.«

»Nein«, erwiderte Anton. »Das ist schon in Ordnung so.«

»Sie können Jenny um zehn Uhr wieder abholen.«

Anton richtete seine Aufmerksamkeit auf Jenny, die voller Vorfreude, aber auch aufgeregt zu sein schien. »Kommst du hier ohne mich klar?«

Sie nickte.

»Okay. Dann gehe ich jetzt.«

Er wandte sich um und ging fort, ohne durch einen Blick zurück zu verraten, wie unbehaglich es ihm zumute war. Er ging die Treppe hinunter, dann durch die Haustür auf die Straße, wo er in die Sonne blinzelte. Er spürte, dass jemand seine Handprothese anfasste, als er dort ein ziehendes Gewicht fühlte. Als er sich umblickte, sah er eine kleine Frau. Jemand, der Geld will, war sein erster Gedanke. Bis sie sprach.

»Sie sind's, oder nicht?«

»Wer?«

»Der Ehemann. Von … Sie wissen schon. Dem Paar, das sich um Jenny kümmert.«

Nun betrachtete er sie mit einem anderen Blick. Sie entsprach ganz und gar nicht dem Bild, das er sich von ihr gemacht hatte. Sie war korrekt gekleidet, ihre Haare waren sorgfältig hochgesteckt. Sie erschien wie eine Frau, die ihr Leben im Griff hatte. Nicht wie jemand, der auf der Straße betteln würde. Und auch nicht wie eine Frau, der man ihr Kind abgenommen hatte. Beschämt musste Anton sich eingestehen, dass er eine falsche Vorstellung von ihr gehabt hatte. Die Frau erschien unscheinbar und schüchtern, wie jemand, der in jeder Hinsicht besonnen und umsichtig handelte. Wie eine Verkäuferin, die immer höflich war, wenig sagte und abends die Kassenabrechnung bis auf den letzten Cent genau durchführte. Oder wie eine Buchhalterin, die vielleicht ein wenig farblos war, aber ihren Job tadellos machte.

Während diese Gedanken durch seinen Kopf rasten, konnte er an ihrem Gesichtsausdruck erkennen, dass ihr gerade aufging, welche Art von Hand sie da hielt.

»Das ist keine richtige«, erklärte er.

Sie ließ die Prothese unvermittelt los. Ihm war es egal, ob sie ihn anfasste oder nicht, aber sie schien eine Art Begrüßungsgeste zu erwarten, also streckte er ihr seine linke Hand entgegen. Er gab ihr kurz die Hand, aber achtete darauf, sie schnell wieder zurückzuziehen.

»Ich weiß, dass ich Sie eigentlich nicht ansprechen sollte«, sagte sie. »Aber ich wollte mich nur bei Ihnen bedanken. Ich konnte es gar nicht glauben, als Mrs Hazelton mir erzählt hat, dass Sie nicht vor Gericht um Jenny kämpfen wollen. Ich musste einfach mit eigenen Augen sehen, welche Leute das sind, die so selbstlos sein können. Ich weiß nicht, warum Sie sich so entschieden haben, aber trotzdem vielen Dank.«

»Wir wollen nur das, was das Beste für Jenny ist.«

»Selbstlos, wie ich schon gesagt habe. Aber ich lasse Sie jetzt besser gehen, ich möchte Sie nicht belästigen, falls Sie nicht mit mir reden wollen. Ich wollte mich nur bei Ihnen bedanken und Ihnen sagen, dass ich Sie nicht enttäuschen werde. Und auch nicht Jenny. Nicht wieder, meine ich. Richten Sie bitte auch Ihrer Frau meinen Dank aus.«

Er hatte es nicht vorgehabt, aber bei ihrer Erwähnung von Edith musste seine Reaktion sichtbar gewesen sein.

»Es sei denn, sie will überhaupt nichts von mir hören«, fügte Jennys Mutter hinzu, den Blick auf den Boden gerichtet.

»Ich werde das spontan entscheiden müssen«, meinte Anton.

»Ich lasse Sie jetzt besser in Ruhe.«

Sie ging die Stufen hoch und verschwand in das Gebäude.

* * *

Er saß mit Edith bei Kaffee und Omelett am Frühstückstisch. Zunächst hatte Anton das Gefühl, dass sie nicht reden wollte, aber schließlich beschloss er, dass diese Sache zu wichtig war, um sie ungesagt zu lassen. Es kam nur selten vor, dass er entgegen ihren Wünschen handelte, aber in diesem Fall schien es berechtigt zu sein.

»Ich habe gerade gedacht … dass du sie vielleicht kennenlernen willst.«

Er bemerkte, wie sich die kleinen Muskeln um ihren Mund und ihre Augen anspannten.

»Warum sollte ich das wollen?«

»Sie ist nur … anders als du dir vorstellst.«

»Woher weißt du, was ich mir vorstelle?«

»Da hast du recht. Sie ist anders, als *ich* sie mir vorgestellt habe. Sie ist nur … sehr … real.«

»Ich habe mir schon gedacht, dass sie real ist«, erwiderte Edith, die seine Nachricht anscheinend mit einem Scherz überspielen wollte.

»Ich glaube, sie könnte vielleicht sogar noch realer sein, als du es dir vorstellst.«

Unangenehm lange aßen sie schweigend weiter.

Schließlich sagte Edith: »Okay, ich denke drüber nach.«

Als Leo im Schlafzimmer unruhig wurde und zu weinen anfing, stand sie auf und ließ ihr Essen kalt werden, um zu ihm zu gehen.

* * *

Über ein Jahr verging und falls sie in diesem Jahr je darüber nachdachte, teilte sie es Anton jedenfalls nicht mit.

Frühling 1983

Das Medaillon

Kapitel 25

Geheimnis

Eilig machten sie sich fertig. Anton raste in ihrem riesigen Landhaus von Zimmer zu Zimmer und die Treppen auf und ab, um die Kisten mit Jennys Besitztümern neben der massiven Eichentür aufzustapeln.

Nachdem sie eineinhalb Jahre bei ihnen gewohnt hatte, besaß Jenny viele Sachen. Sie hatten ihr so viel gekauft. Jetzt würde alles von Lieferanten abgeholt werden, damit Jenny es mitnehmen konnte. Und sie durften den Zug in die Stadt nicht verpassen.

Anton stellte die letzte Kiste neben der Eingangstür ab, stolperte beinahe über seinen Hund und machte sich auf die Suche nach Edith, die er schließlich in ihrer riesigen Küche entdeckte. Sie war dabei, Anweisungen für Leos Babysitter aufzuschreiben. Es war das erste Mal, dass sie ihn einer anderen Person anvertrauten, und Anton verstand, dass dies Edith noch zusätzlichen Stress verursachte.

Er klopfte an den Türrahmen, um sich anzukündigen. »Alles klar bei dir?«

»Unterbrich mich besser nicht, sonst denke ich darüber nach und finde am Ende noch heraus, dass ich damit nicht klarkomme.«

»Wenn wir den Zug erreichen wollen, müssen wir in spätestens zehn Minuten los.«

»Wenn wir uns verspäten, dann ist es halt so.«

»Wäre es nicht besser, es einfach hinter uns zu bringen?«

Sie seufzte und legte den Stift ab. »Wahrscheinlich schon. Wo ist Jenny?«

»Oben in ihrem Zimmer.«

»Aber es ist leer. Da oben ist doch gar nichts mehr.«

»Ich weiß. Aber sie wollte sich von ihrem Zimmer verabschieden.«

Das Klingeln des Telefons ließ sie beide aufschrecken.

»Ich gehe ran«, sagte Anton und nahm den Hörer.

»Anton«, meldete sich eine ruppig klingende männliche Stimme.

»Ja. Wer ist da?«

»Dein Vater.«

Anton formte mit den Lippen die Worte *Mein Vater* in Ediths Richtung. Sie beobachtete ihn mit einer erschrockenen Faszination, als würde sie schlechte Nachrichten erwarten. Auf ihrem Gesicht zeichnete sich ab, was er erst allmählich spürte: Es musste etwas Bedeutsames passiert sein, denn seine Eltern hatten ihn seit dem Zerwürfnis nicht mehr angerufen. Bis zu diesem Augenblick hatten sie seinen Wunsch respektiert und sich aus seinem Leben herausgehalten.

Unterdessen hielt ihm sein Vater am anderen Ende der Leitung eine Standpauke. »Du erkennst nicht mal deinen eigenen Vater, wenn er dich anruft? Wer erkennt die Stimme seines eigenen Vaters nicht?«

»Wir reden nicht viel miteinander«, entgegnete Anton nur.

»Und an wem liegt das?«

»Rufst du nur an, um mich zu kritisieren? Es ist kein guter Morgen hier. Wir haben viel um die Ohren und brauchen nicht noch zusätzliche Probleme, schönen Dank.«

»Deine Mutter liegt im Sterben.«

Anton musste diese Worte erst verarbeiten. Er wartete auf die Gefühle, die diese Leere um die Worte herum ausfüllen würden, doch er fühlte sich nur wie betäubt. »Woran ist sie erkrankt?«

»Ist das wirklich die wichtigste Frage? Sieh mal, Anton. Ich habe nur angerufen, weil ich gedacht habe, dass du sie vielleicht noch mal sehen willst. Wir hatten unsere Schwierigkeiten, aber vielleicht können wir das in dieser Situation hinter uns lassen. Aber wenn du sie sehen willst, komm bald.«

»Ist sie im Krankenhaus?«

»Nein. Sie ist zu Hause.«

»Warum ist sie nicht im Krankenhaus?«

»Im Krankenhaus können sie nichts für sie tun. Sie wollte lieber zu Hause sein.«

»Okay. Also, heute Vormittag geht es nicht. Wir haben zu viele wichtige Sachen zu erledigen.« Er warf Edith, die ihm offensichtlich zuhörte, einen Blick zu. Könnte er sie wirklich allein lassen? An dem Tag, an dem sie sich von Jenny trennen mussten? »Eigentlich geht es heute überhaupt nicht.«

»Dann siehst du sie vielleicht nicht mehr. Dein eigenes Risiko, mein Freund.«

»Warum hast du mir nicht früher Bescheid gegeben?«

»Weil ein gewisser Jemand wollte, dass wir uns aus seinem Leben raushalten und uns nicht bei ihm melden.«

»Aber …«, begann Anton. Er wollte sagen: »Aber du hast dich doch bei mir gemeldet. Du hast gewusst, dass du schließlich anrufen würdest, wenn es so weit ist. Warum also nicht früher?«, aber was hätte das genutzt? »Egal. Sag ihr bitte, dass ich komme. An einem anderen Tag wäre ich sofort gekommen. Aber ich komme, sobald ich kann.«

Sein Vater legte auf, ohne sich zu verabschieden. Anton ließ den Hörer sinken.

»Du solltest hinfahren, um sie zu sehen«, sagte Edith.

»Ich werde nicht unseren letzten Augenblick mit Jenny verpassen. Sie soll nicht denken, dass es für mich etwas Wichtigeres gibt, als mich von ihr zu verabschieden.«

»Du könntest die Gelegenheit verpassen, deine Mutter ein letztes Mal zu sehen. Was, wenn du das für den Rest deines Lebens bereust?«

»Meine Familie kommt an erster Stelle. Was auch immer passiert, ich werde damit leben können.«

* * *

Schließlich saßen sie im Zug. Sie sahen aus dem Fenster, bis der Zug unterirdisch fuhr und es nichts mehr zu sehen gab.

»Kommt ihr mich besuchen?«, fragte Jenny plötzlich.

Anton und Edith hatten diese Frage schon befürchtet. Um es Edith zu ersparen, antwortete er für sie beide: »Wir können es vielleicht nicht.«

»Warum nicht?«

»Es könnte gegen die Regeln verstoßen.«

»Welche Regeln?«

Edith schien aus ihrer Lethargie zu erwachen. »Es ist deiner Mutter überlassen. Wir können dich nur besuchen, wenn sie damit einverstanden ist.«

Anton suchte ihren Blick. Ihre Worte hatten die Grenze übertreten, auf die sie sich geeinigt hatten. Sie beantwortete seinen Blick, als hätte er etwas zu ihr gesagt.

»Na ja, das ist mir egal. Sie soll nicht denken, uns würde nichts daran liegen, sie zu sehen. Wenn wir sie nicht sehen dürfen, will ich wissen, was der Grund dafür ist.«

»Ich frage meine Mom«, sagte Jenny.

Stille trat ein.

Dann fügte Jenny hinzu: »Bitte seid nicht traurig.«

Genau diese Bemerkung brachte Anton so sehr aus der Fassung, dass er beinahe geweint hätte. Doch er hielt die Tränen zurück.

* * *

Als sie um die Straßenecke bogen, sahen sie es – das graubraune Gebäude mit dem Spielplatz voller verunsicherter Kinder. Anton musste sich zusammenreißen, um weitergehen zu können. Er hätte am liebsten alles angehalten. Einfach die Pausentaste drücken und die Erde würde sich nicht mehr drehen. Sie würden nicht hineingehen müssen und der nächste Abschnitt ihres Lebens würde einfach nicht passieren.

Er blickte zu Edith, doch konnte ihr nicht ansehen, was sie fühlte. Sie musste es tief in ihrem Inneren vergraben haben.

Sie blieb an der Tür stehen und ging in die Hocke, um mit Jenny auf Augenhöhe zu sein. »Ich gehe nicht mit rein«, erklärte sie. »Ich verabschiede mich hier von dir.«

»Warum?«, fragte Jenny, es klang ein wenig weinerlich.

»Es ist einfach besser so.« Anton verstand, dass Edith nicht auf Jennys leibliche Mutter treffen wollte, doch Jenny wahrscheinlich nicht. »Aber Daddy geht mit dir rein. Und wir können uns hier verabschieden. Ich habe auch ein Geschenk für dich.«

Edith nahm ein kleines Schmuckkästchen aus ihrer Handtasche. Anton hatte es noch nie gesehen und nichts davon gewusst. Das Geschenk war allein Ediths Idee. Sie öffnete das

Kästchen und zeigte Jenny ein goldenes Medaillon an einer Kette.

Jenny berührte es mit einem Finger, als sei es vielleicht nicht real.

»Es ist schön.«

»Es ist ein Medaillon. Weißt du, was ein Medaillon ist?«

Jenny schüttelte den Kopf.

»Das ist ein Behälter für Geheimnisse. Du kannst etwas hineinlegen, das Medaillon schließen und es um den Hals tragen, dann hast du das Geheimnis immer bei dir.«

»Ist da jetzt ein Geheimnis drin?«, fragte Jenny mit großen Augen.

»Ja.« Edith öffnete das Medaillon und enthüllte ein Foto ihrer kleinen Familie.

»Das sind ja wir«, sagte Jenny. »Und Leo.«

»So kannst du uns immer überall mit hinnehmen. Und wenn du uns sehen willst, sind wir ganz nah bei dir, direkt an deiner Kette. Aber es gibt noch ein Geheimnis. Sag es niemandem und sieh nicht nach, es sei denn, du musst. Nimm das Bild nicht heraus. Lass es da, wo es ist. Aber wenn du je ein Problem hast oder uns aus einem anderen Grund brauchst …« Anton hörte, wie ihre Stimme brüchig wurde, doch sie riss sich zusammen. Es gelang ihr unglaublich gut. »Ich habe unsere Adresse und Telefonnummer auf die Rückseite des Fotos geschrieben. Niemand außer dir sollte davon wissen. Nur für den Fall, dass du uns brauchst.«

»Ich sage es niemandem«, versprach Jenny.

»Du bist ein gutes Mädchen.« Edith gab ihr einen langen Kuss auf die Stirn, als wollte sie diesen Abschiedskuss niemals enden lassen, dann stand sie auf. Sie wandte ihr Gesicht ab, dennoch bemerkte Anton, dass sie weinte. »Ich warte hier«, sagte sie.

Anton atmete tief durch, dann ging er mit dem kleinen Mädchen – seiner Tochter – in das Gebäude. Nicht zum ersten Mal kam ihm der Gedanke, sie sei wirklich seine Tochter. Ganz und vollkommen. Ediths und seine Tochter. Sie waren eine Familie. Eine Familie, die sie sich selbst geschaffen hatten. Und Leute sollten ihre Töchter nicht zurückgeben müssen. So sollte die Welt nicht funktionieren.

Er musste etwas zu ihr sagen. Ein paar Worte des Abschieds, doch er wusste nicht, wie sie lauten sollten. Er hatte nichts vorbereitet.

Anton spürte das überwältigende Bedürfnis, ihr all das mitzugeben, was sie für ihre Teenagerjahre wissen musste. Wie sie die ersten Verabredungen meistern und in der Schule erfolgreich sein konnte. Wie das Leben seinen Sinn behielt, wenn es willkürlich und grausam erschien. Wie sie es schaffen konnte, gütig zu sein und emotional zu überleben, wenn andere scheiterten. Doch er hatte nicht genug Zeit.

Mrs Hazelton wartete an der Tür ihres Bürozimmers auf sie. »Wie geht es Ihnen und Ihrer Frau?«, fragte sie.

»Nicht gut.« Anton kniete sich hin, um mit seiner Tochter zu sprechen. »Ich will nur sagen …« Aber was wollte er sagen? »… sei geduldig mit deiner Mom.«

»Warum?«

»Weil sie versucht, etwas wirklich Schwieriges zu tun.«

»Was?«

»Sie versucht, ein für alle Mal mit dem Trinken aufzuhören, was schwer ist. Und sie will dich allein aufziehen. Und … nur … ein Leben haben.«

»Ist das schwer? Ein Leben zu haben?«

»Oh ja.«

»Ist es für dich schwer, ein Leben zu haben?«

»Sehr schwer.«

»Das tut mir leid«, sagte sie und umarmte ihn.

»Es braucht dir nicht leidzutun. Sei nur schön brav für deine Mom.«

»Das bin ich.«

»Mach's gut, kleine Jenny. Wir werden dich nie vergessen.«

Anton stand auf und ging davon. Es fiel ihm schwer, nicht zurückzublicken Aber irgendwie gelang es ihm trotzdem.

* * *

Er traf Edith draußen vor der Tür. Sie weinte nicht mehr. Ihr Gesicht ähnelte einer Maske, als seien alle Gefühle in ihr gestorben oder zumindest gefesselt, eingesperrt. Auch als er sie umarmte, erschienen in ihrer Panzerung keine Risse.

»Geh deine Mutter besuchen«, flüsterte sie ihm ins Ohr.

»Ich muss dich nach Hause bringen.«

»Ich kann den Zug auch alleine nehmen.«

»Brauchst du mich denn jetzt nicht?«

»Mittelfristig gesehen, ja. Aber ich will jetzt nur nach Hause und mich richtig ausweinen. Dann lege ich Leo für seinen Mittagsschlaf hin, trinke ein Glas oder mehrere Gläser Wein und weine noch ein paar Stunden. Das kann man ziemlich gut alleine machen. Du bist bereits hier in der Stadt, nur wenige Kilometer von ihrer Wohnung entfernt. Geh sie besuchen und wir sehen uns später daheim.«

»Wenn du dir sicher bist.«

Sie gab ihm einen festen Kuss auf den Mund und er hatte das Gefühl, durch diesen Kuss hindurch alles zu spüren – all den Kummer in ihrem Inneren. Doch als sie sich ihm wieder entzog, sah sie gefasst aus.

Als er ihr nachsah, schien ein bleiernes Gewicht tiefer und tiefer in seinen Magen zu sinken. Er winkte sich ein Taxi heran.

* * *

Seine Mutter lag im Schlafzimmer im Bett, doch ohne diese vertraute Umgebung hätte er sie vielleicht überhaupt nicht erkannt. Sie schien die Hälfte ihres Körpergewichts verloren zu haben. Ihr Haar wirkte trocken und strohig. Ihre Wangenknochen traten unter einer Haut hervor, die so dünn wie Papier erschien. Es war offensichtlich, dass sie schon seit einer ganzen Weile krank war.

»Setz dich, Anton«, sagte sie mit einem tiefen, vertrauten Krächzen in der Stimme.

Er zog einen Stuhl heran und einen Moment lang lehnten sie sich näher zueinander, ohne ein Wort zu sprechen. Zum zweiten Mal innerhalb weniger als einer Stunde musste Anton von einem wichtigen Menschen in seinem Leben Abschied nehmen, und wieder wusste er nicht, wie seine letzten Worte lauten sollten. Wieder war er nicht vorbereitet.

Dann, nach fast einer Minute, öffneten beide gleichzeitig den Mund.

»Was?«, fragte er.

»Nein, du zuerst.«

»Okay. Ich möchte mich für das, was ich zu dir gesagt habe, entschuldigen.«

»Was du wann gesagt hast?«

»Als du mir dafür fast eine Ohrfeige gegeben hättest.«

»Verstehe«, sagte sie. »Ich erinnere mich.«

Sie verfielen wieder in Schweigen. Anton hatte das Gefühl, erkennen zu können, dass sie sich in Gedanken etwas zurechtlegte, doch er hatte keine Ahnung, was es war oder wann es zum Vorschein kommen würde.

»Du wirst es vielleicht nicht glauben«, unterbrach sie die Stille, »aber ich habe deinen Bruder geliebt. Nicht mehr als dich, aber auch nicht weniger. Ich weiß, du denkst, ich hätte damals alles furchtbar vermasselt, und damit hast du vielleicht gar nicht mal unrecht. Aber ich habe nur das Beste getan, was mir zu dem Zeitpunkt möglich war. Ich hoffe, du kannst mir vergeben.«

Ein Schwindelgefühl überkam ihn und er musste kurz die Augen zusammenkneifen, damit das Zimmer nicht mehr schwankte. Leicht angewidert nahm er wahr, dass sie ihn vielleicht gar nicht hergebeten hatte, weil sie ihn liebte. Es ging ihr nicht darum, ihn noch einmal zu sehen. Sie wollte tatsächlich, dass er ihr die Absolution erteilte. Es war unangenehm, aber nicht überraschend. Es passte zu der Person, die sie ein ganzes Leben lang gewesen war.

»Okay«, erwiderte er, seine Augen noch geschlossen.

»Was meinst du?«

»Ich vergebe dir.«

»Wirklich?«

Anton hätte am liebsten gesagt: »Fordere dein Glück nicht heraus!«, aber er unterließ es. Stattdessen sagte er: »Ich glaube, du hast getan, was du konntest. Zu dem Zeitpunkt. Keiner von uns hat wirklich gewusst, wie wir ihm helfen konnten.« *Aber ich hätte ihm von Onkel Gregor professionelle Hilfe besorgen lassen*, fügte er in Gedanken hinzu. Er behielt es für sich, denn es war seine letzte Gelegenheit, mit ihr zu reden, und er wollte sie nicht verletzen. »Also vergebe ich dir.«

Doch ehrlich gesagt vergab er ihr nicht. Er war sich nicht sicher, ob ihm das jemals möglich sein würde. Doch sollte es ihm irgendwann möglich sein, wäre es schade gewesen, den Zeitpunkt verpasst zu haben, an dem er ihr das sagen konnte. Also bediente er sich schon jetzt eines Ereignisses in der Zukunft – ob es eintreten würde oder nicht – und gab ihr, was sie wollte. Es war weniger selbstsüchtig als das, was er in diesem Augenblick wirklich spürte. Es war eine Lüge, die dem großen Ganzen besser diente als die Wahrheit.

Er wollte noch länger mit ihr reden, doch als er aufblickte, war sie bereits weggedämmert.

* * *

Als er nach Hause kam, war Edith oben im Schlafzimmer. Sie saß in dem großen Sessel am Fenster, von wo aus sie den Balkon überblickte, wo sein Teleskop stand, und weiter unten den Stall. Sie weinte nicht mehr, aber ihrem Gesicht konnte er ablesen, dass sie eine Menge Tränen vergossen hatte, seit er sie zuletzt gesehen hatte.

»Hättest du gern etwas Gesellschaft?«

»Unter einer Bedingung: Du sagst mir nicht, dass ich darüber hinwegkommen werde.«

»Das habe ich nicht vorgehabt.«

Er ging zu ihr. Sie richtete sich auf, damit er sich hinter sie setzen konnte, dann lehnte sie sich an seinen Brustkorb und seufzte. Er legte seine Arme um sie. Zu seiner Überraschung löste sie die Riemen seiner Handprothese und nahm sie ab. Er fragte nicht nach, warum.

»Weil du nicht denkst, dass es so ist?«, fragte sie. »Oder weil du mir nicht etwas sagen willst, das ich nicht hören will?«

»Ich bin kein Fan von diesem Konzept. Darüber hinwegkommen. Das klingt so, als sei ein Verlust eine Art von Mauer, über die du kletterst und dann auf der anderen Seite einfach weiterläufst, als hättest du damit alles hinter dir gelassen. Für mich ist es nie so gewesen. Nimm nur Greg. Tagtäglich ist mein Bruder nach wie vor tot und meine Hand nach wie vor verloren. Wie kann man so etwas in der Vergangenheit lassen? Das ist keine Vergangenheit. Es ist meine tägliche Realität und sie endet nicht einfach.«

»Was sollen wir also tun, wenn wir nicht darüber hinwegkommen?«

»Wir müssen wohl irgendwie lernen, damit zu leben.«

Sie blickten beide aus dem Fenster. Ihnen bot sich ein Bild völliger Ruhe, die nur von einem leichten Wind in den Blättern der Bäume unterbrochen wurde, und von einem grauen Eichhörnchen, das von Ast zu Ast sprang.

»Wir haben einen Stall«, sagte sie. »Wir sollten ein Tier haben, das im Stall schläft.«

»Vielleicht können wir für Leo ein Pony anschaffen, wenn er dafür alt genug ist.«

»Glaubst du, wir werden sie jemals zurückbekommen?«

»Ich weiß nicht. Vielleicht.«

»Nach deiner selbstlosen Tat, mich gehen zu lassen, hast du mich zurückbekommen.«

»Aber erst nach fünfzehn langen Jahren.«

»Ich wünschte, du könntest mir versprechen, dass es passieren wird und wir uns nur in Geduld üben müssen. Aber ich weiß, dass du das nicht kannst.«

»Noch zwölf Jahre, dann ist sie erwachsen. Vielleicht können wir sie dann sehen.«

»Bis dahin hat sie uns vergessen«, sagte Edith und bei diesen Worten bebte erst ihre Stimme, dann zitterten ihre Schultern. Ein paar Sekunden später hatte sie sich wieder zusammengenommen.

»Es ist okay zu weinen«, flüsterte er.

»Ich bin aber so erschöpft von dem vielen Weinen. Wie war der Besuch bei deiner Mutter?«

»Seltsam. Sie wollte, dass ich ihr vergebe.«

»Für etwas Bestimmtes?«

»Ja. Die große Sache.«

»Hast du es getan?«

»Ich habe gesagt, ich würde ihr verzeihen.«

»Aber eigentlich tust du es nicht?«

»Nicht wirklich. Ich würde es gern, aber bin noch nicht ganz so weit. Aber ich glaube, dass ich vielleicht irgendwann so weit sein werde. Nur bleibt ihr nicht mehr so viel Zeit.«

»Du versetzt mich immer wieder ins Staunen«, stellte sie fest.

»Auf eine gute Art?«

»Natürlich. Ich weiß nicht, was ich ohne dich tun würde, Anton.«

Für den Bruchteil einer Sekunde war Anton glücklich. Denn das war etwas, das sie nicht herausfinden mussten. Sie hatten Verluste erlitten, aber in diesem Augenblick konnte er sich sehr dankbar für das fühlen, was nicht verloren war.

Später würde er den Verlust spüren und die Dankbarkeit würde für ihn unerreichbar bleiben. Doch in der Zwischenzeit gehörte ihm dieser Augenblick.

Sommer 1995

Wir sind älter geworden

Kapitel 26

Älter

Anton hatte gerade eine Besprechung mit einer Mandantin, als Marlene anrief. »Mr Grable ist am Apparat«, kündigte sie durch die Sprechanlage an.

Anton nahm den Hörer und wandte sich an die Frau, die vor seinem Schreibtisch saß. »Entschuldigen Sie bitte. Normalerweise würde ich jetzt kein Gespräch annehmen, aber dies ist dringend. Ich fasse mich kurz.« Dann sprach er in den Hörer: »Martin.« Sein Herz hämmerte.

»Ich glaube, ich habe etwas«, sagte Martin.

»Das hatte ich gehofft.« Er konnte kaum genug Atem holen, um zu reden.

»Haben Sie etwas zu schreiben?«

»Ja. Legen Sie los«, sagte er, während er noch nach einem Stift suchte. Er konnte es nicht mehr abwarten, die Neuigkeit zu hören.

»Sie geht in Maryland aufs College, in Towson. Sie wohnt auf dem Campus. Ich weiß nicht, was ihre Pläne für den Sommer sind. Das Semester ist übernächste Woche zu Ende, also würde ich an Ihrer Stelle keine Zeit verlieren.«

Anton schrieb sich die Adresse ihres Studentenwohnheims auf, die Martin ihm gab.

»Vielen Dank. Schicken Sie mir die Rechnung.«

»Erzählen Sie mir, wie es gelaufen ist. Damit ich weiß, ob ich weitere Nachforschungen anstellen soll.«

»Mach ich.«

Er legte auf und wandte sich an seine Mandantin. »Ich bitte nochmals um Entschuldigung. Bitte fahren Sie fort.«

Sie redete weiter, aber das Zuhören fiel Anton jetzt schwer.

* * *

Als Anton nach Hause kam, lag Leo auf dem Teppich im Wohnzimmer und aß Mikrowellen-Popcorn, während er vor dem Fernseher seine Hausaufgaben machte. Schallendes Gelächter aus der Lachkonserve drang in Antons Ohren. Seit Kurzem reichten Leos Haare ihm bis über die Augen – lange, dunkle Fransen, die das schwierige Stadium der Teenagerjahre signalisierten.

»Wo ist deine Mutter?«, fragte Anton, doch der Fernseher war zu laut, um sich Gehör zu verschaffen. Er schnappte sich die Fernbedienung und schaltete den Ton ab.

»Hey!«, rief Leo. »Ich will das sehen!«

»Und was hält deine Mutter vom Fernsehen, während du deine Hausaufgaben machst? Das sagt mir, dass sie nicht zu Hause sein kann.«

»Sie ist zum Einkaufen in die Stadt gefahren.«

»Kannst du ihr eine Nachricht von mir ausrichten?«

»Okay. Von mir aus.«

»Nein. Nicht *von mir aus*. Es ist wichtig. Ich muss nach Maryland fahren, beruflich. Wahrscheinlich komme ich erst morgen wieder zurück. Ich nehme das Auto.«

»Sie hat doch das Auto.«

»Nein, nicht *ihr* Auto. Ich nehme *mein* Auto.«

»Von mir aus.«

»Es ist wichtig, vergiss es nicht.«

»Ich vergesse es schon nicht. Kannst du jetzt den Ton wieder anstellen?«

Anton drückte auf die Fernbedienung. Er blickte zu seinem Sohn und wusste, dass die Chance, dass er es vergessen würde, fünfzig zu fünfzig stand.

Er hinterließ für Edith eine Nachricht auf dem Küchentisch.

* * *

Von dem I-95-Highway Richtung Süden durch Pennsylvania rief er sie mit seinem Autotelefon an. Nur um sicherzugehen, dass sie die Nachricht gesehen hatte.

»Hey«, meldete sie sich.

»Hey«, sagte er, vom Klang ihrer Stimme ganz überwältigt. Selbst nach so vielen gemeinsamen Jahren hatte er dieses Gefühl nicht verloren.

»An einem Freitagabend? Das ist aber nicht fair.«

»Ich muss nur etwas erledigen. Tut mir leid.«

»Kommst du heute Nacht noch zurück?«

»Das bezweifle ich. Für eine Strecke brauche ich vier Stunden. Aber ich komme morgen nach Hause.«

»Okay.« Es klang nicht so, als sei es okay. Sie wirkte eher angespannt.

Er hatte sie angelogen, auch wenn es nur eine Notlüge war, aus einem harmlosen Grund. Ob sie es gemerkt hatte? Er hatte sie noch nie angelogen und vielleicht konnte sie es ihm anhören.

»Tschüss«, verabschiedete sie sich.

»Ich liebe dich.«

Doch sie hatte bereits aufgelegt.

* * *

Mit hämmerndem Herzen klopfte Anton an die Tür des Zimmers im Studentenwohnheim. Ihm kam der Gedanke, dass die Wahrscheinlichkeit, sie anzutreffen, nur gering war. Vielleicht war sie ausgegangen. Sie konnte überall sein. Vielleicht war sie übers Wochenende weggefahren. Es war durchaus möglich, dass er völlig umsonst die ganze Strecke hierher zurückgelegt hatte.

Dann ging die Tür auf und sie stand vor ihm.

»Was gibt's?«, fragte sie.

Ihr Haar war lang und bedeckte einen Teil ihres Gesichts. Es war lockiger als früher. Vielleicht eine Dauerwelle, dachte Anton. Sie war schlank und nicht so groß, wie er es erwartet hatte, aber es gab keinen Zweifel daran, dass sie es war.

»Du bist Jenny.«

Ihre Augen verengten sich argwöhnisch. »Und wer sind Sie?«

»Ich war früher dein Pflegevater. Du hast eineinhalb Jahre bei mir und meiner Frau gelebt. Du warst damals erst fünf, sechs Jahre alt, also kannst du dich vielleicht nicht mehr daran erinnern.«

Sie führte ihre Hand an den Halsausschnitt ihres T-Shirts und zog an der goldenen Kette, die sie darunter trug. Das Medaillon, das Edith ihr gegeben hatte, kam zum Vorschein. Jenny öffnete es. Mit zusammengekniffenen Augen blickte sie auf das Foto, dann sah sie ihn an. Dann wieder das Foto, dann ihn.

»Du siehst anders aus«, stellte sie fest. »Du bist älter geworden.«

»Wir sind alle älter geworden.«

»Deine Haare sind ganz grau. Du hast dich wirklich verändert.«

»Es ist zwölf Jahre her.«

»Warum hast du so lange gewartet?«

»Wir haben gedacht, dass deine Mutter nicht wollte, dass wir uns sehen. Also habe ich gewartet, bis du erwachsen bist und es für dich selbst entscheiden kannst.«

»Ich bin immer noch nicht … wie kann ich mir sicher sein, dass du es bist?«

Ihr Blick fiel auf seine rechte Hand. Er trug keine Handschuhe und hatte eine neue, bessere Prothese. Warf man nur einen flüchtigen Blick darauf, fiel es wahrscheinlich nicht auf, doch bei genauerem Hinsehen erschien sie nicht wie eine echte Hand.

»Du bist es wirklich«, sagte sie. »Was kann ich … ich meine … warum bist du …?«

»Hast du schon zu Abend gegessen? Kann ich dich einladen? Dann können wir uns ein bisschen unterhalten.«

* * *

»Ich erinnere mich«, sagte sie und deutete auf ihre rechte Hand. Sie schenkte der Speisekarte keine Beachtung. »Vor allem daran.«

»Hat es dir Angst gemacht?«

»Nein. Ich habe das an dir gemocht. Daran habe ich zum ersten Mal gemerkt, dass ich dich mochte. Und … dir vertrauen konnte. Weil du nicht verärgert reagiert hast, als ich dich danach gefragt habe. Du hast mir die Hand gezeigt, mich Fragen stellen lassen und es mir erklärt. Die meisten Erwachsenen tun das nicht. Sie reagieren bei solchen Dingen richtig empfindlich und wollen, dass man so tut, als wäre es einem nicht aufgefallen. Aber du warst nicht so. Und ich erinnere mich an die schwangere Frau, die euch Leo gegeben hat. Sie hat gesagt, du seist ein Held, weil du die Hand verloren hast, als du deinen Bruder retten wolltest. Nachdem ich das gehört habe, warst du für mich auch ein Held. Was willst du von mir? Oh, tut mir leid. Das kam falsch rüber, so war das nicht gemeint. Ich meine nur … du bist die ganze Strecke von New York hierhergefahren, oder?«

»Mehr oder weniger. Wir wohnen jetzt auf dem Land, in Connecticut.«

»Du bist also stundenlang gefahren. Wegen … was?«

Anton seufzte. Während er noch nach Worten suchte, trat der Kellner zu ihnen.

»Ich habe so viel geredet, dass ich mir die Speisekarte noch gar nicht angesehen habe«, sagte Jenny. »Möchtest du Pizza? Ich habe Lust auf Pizza. Wir könnten uns eine teilen.«

»In Ordnung.«

»Eine große Peperonipizza«, entschied Jenny und reichte dem Kellner ihre Speisekarten.

Nachdem der Kellner sich entfernt hatte, blickte sie Anton erwartungsvoll an.

»Es war schwer für mich«, begann er. »Aber es war noch schwerer für meine Frau. Du hast sie Ma genannt. Eine Mutter zu sein, liegt in ihrer Natur. Sie hat nie aufgehört, sich Sorgen um dich zu machen. Ich meine, man macht zwar irgendwie weiter und lebt sein Leben, denn … welche andere Wahl hat man schon? Aber irgendwie hat sie es nie ganz losgelassen. Es hat ein Loch in ihr Leben gerissen. Zum einen bin ich natürlich hier, um dich wiederzusehen und zu hören, wie es dir geht. Aber ich glaube, was wir auch wissen wollen, ist … ob wir das Richtige getan haben.«

Jenny blinzelte. Sie schien nicht verstanden zu haben, was er meinte. »Mit was?«

»Dich zurückzugeben.«

»Aber ihr habt doch gar keine andere Wahl gehabt, oder?«

»Doch, schon. Deine Mutter hatte das Sorgerecht abgegeben und wir hätten vor Gericht ziehen können. Wir hatten vorgehabt, dich zu adoptieren. Uns hat so viel daran gelegen, dich bei uns zu behalten, aber wir haben gedacht, dass ein lang gezogener Rechtsstreit dich innerlich zerreißen würde. Und du hast gesagt, dass du zu ihr zurückgehen wolltest. Wir haben nur das gewollt, was das Beste für dich war.«

»Oh«, murmelte sie. Schockiert schlug sie ihre Hand vor den Mund. »Das alles habe ich gar nicht gewusst.«

»Du warst noch zu jung, um alle Zusammenhänge zu verstehen. Was meinst du?«

»Wozu?«

»Haben wir das Richtige getan?«

»Ja. Absolut. Es wäre schrecklich gewesen, meine Mom nie wiederzusehen. Vor allem, da sie nüchtern geworden ist. Ja. Ihr habt das Richtige getan.«

»War dein Leben mit ihr okay?«

»Es war in Ordnung. Es war einfach … normal. Also, ich glaube, es war normal. Ich habe sie zu einer Million AA-Treffen begleitet und hinten gesessen und meine Hausaufgaben gemacht oder gelesen oder was auch immer. Die Hälfte der Zeit hätte ich ihr den Hals umdrehen können, weil sie alles so kompliziert gemacht hat, aber …«

»Aber sie hat nicht wieder angefangen zu trinken?«

»Nein, sie ist seitdem nüchtern.«

»Das klingt für mich ziemlich normal.«

»Ich habe gedacht, meinen Freunden ginge es mit ihren Eltern genauso.«

»Wenn du bei uns geblieben wärst, hättest du sicher *uns* irgendwann den Hals umdrehen wollen. Leo will das jedenfalls. Er ist jetzt ein Teenager und ich kann es in seinen Augen sehen.«

»Das war gut von euch«, sagte sie.

»Dich zurückzugeben?«

»Ja. Die meisten Leute hätten das nicht getan, sondern in erster Linie nur an sich selbst gedacht. Und du hast gesagt, wie schwer es für dich gewesen ist. Und für sie.«

»Ich habe gehofft …«, begann er und konnte sich dann kaum dazu durchringen, die Frage zu stellen. Es hing so viel von ihrer Antwort ab. »Ich hätte gern, dass sie dich wiedersieht. Ich glaube, es würde die Welt für sie bedeuten, mit eigenen Augen zu sehen, dass es dir gut geht. Und zu hören, was du gerade zu mir gesagt hast. Könntest du dir dafür etwas Zeit nehmen?«

»Wann?«

»Ich weiß nicht. Es liegt ganz bei dir. Wann immer du magst.«

»Es ist Wochenende.«

»Ja«, erwiderte er und wagte es kaum zu hoffen.

»Wann fährst du zurück?«

»Vielleicht heute Nacht. Oder ich könnte mir hier irgendwo ein Zimmer nehmen und morgen früh zurückfahren.«

»Wenn ich mit dir fahre, könntest du dafür sorgen, dass ich am Montag für meine Seminare wieder zurück bin? Du musst mich nicht fahren, ich kann einen Zug nehmen.«

»Einverstanden. Alles, was du willst.«

»Okay. Lass uns gleich fahren. Also nicht sofort. Erst mal kommt die Pizza. Ich lasse sicher keine Peperonipizza stehen.«

* * *

»Was ist das?«, fragte sie und deutete auf den Drehknopf an seinem Lenkrad.

Sie waren in der Dunkelheit auf dem Highway in nördlicher Richtung unterwegs. Vor ihnen ein ganzer Fluss aus roten Rücklichtern, weiße Lichter an ihrer linken Seite auf der Gegenfahrbahn. Hin und wieder nippte Anton an seinem Becher Kaffee, den er an einer Tankstelle gekauft hatte, um sich wach zu halten, während er das Lenkrad mit seiner neuen, besseren Handprothese festhielt, mit der er auch greifen konnte.

»Es ist eine Hilfe zum Abbiegen. Damit kann ich mit nur einer Hand zwei volle Umdrehungen des Lenkrads machen.«

»Oh. Das ist wirklich praktisch.«

Als er ein paar Minuten später zur Seite sah, war sie eingeschlafen, den Kopf an die Scheibe gelehnt und den Mund geöffnet. Anton fühlte sich in die Zeit zurückversetzt, als sie ein kleines Mädchen gewesen war und Edith ihn in Jennys Zimmer gezogen hatte, um ihm zu zeigen, wie wunderschön sie war, wenn sie schlief, und er sehnte sich nach all diesen Nächten, die er verpasst hatte. Doch dann beschloss er, dass es falsch war, etwas zu vermissen, das er direkt vor seinen Augen hatte.

Aber seine Gedanken konnten seine Gefühle nicht ändern.

Nördlich von Philadelphia hörte er, dass sie sich bewegte. Er blickte zu ihr hinüber. Halb wach sah sie aus dem Fenster.

»Wie hast du mich eigentlich gefunden?«, fragte sie.

Er hatte gehofft, dass sie sich das nicht fragen würde.

»Ich habe einen Privatdetektiv angeheuert. Ich hoffe, das kommt dir nicht … wie ein Eingriff in deine Privatsphäre vor, denn das war ganz sicher nicht meine Absicht. Ich … ich liebe meine Frau. Mehr als alles andere. Ich wollte es für mich, ja. Natürlich wollte ich dich wiedersehen. Aber für sie … für sie würde ich alles tun.«

Er wartete ab und hoffte, dass sie ihm vergeben würde.

»Wenn es für Ma ist«, sagte sie, »dann ist es okay.«

Sie schafften es in dieser Nacht nicht mehr bis nach Hause. Jenny schlief wieder ein und auch nicht die größte Menge Kaffee konnte Anton das Gefühl geben, noch sicher fahren zu können. Er hielt an einem Motel an, wo er zwei Zimmer für eine Nacht buchte. Weil es schon spät war, rief er Edith nicht mehr an. So gern er ihre Stimme auch gehört hätte, er wollte sie nicht aufwecken.

* * *

Am nächsten Morgen kamen sie zu Hause an. Als Anton die Tür öffnete, kam Leo auf Socken zur Tür geschlittert, als hätte er ihn schon gehört.

Als er Jenny sah, hielt er abrupt inne. Er starrte sie an.

»Du musst Baby Leo sein«, sagte Jenny.

Leo senkte den Kopf, bis ihm die Haare ins Gesicht fielen. »Ich bin kein Baby«, gab er mürrisch zurück.

»Sie meint, dass sie dich gekannt hat, als du noch ein Baby gewesen bist«, erklärte Anton.

»Na ja, jetzt bin ich aber keins mehr.«

»Ach nee!«, warf Jenny ein. »Das sehe ich auch. Wo ist der Hund? Oh, schon gut. Das ist zu lange her, oder?«

Sie traten ins Haus. »Wo ist deine Mutter?«, fragte Anton seinen Sohn.

»Oben. Sie ist nicht gut drauf.«

»Warum?«

»Ich weiß nicht. Aber sie hat geweint.«

»Oh. Okay. Ich gehe hoch und hole sie.«

Doch als Anton aufblickte, stand sie bereits wie versteinert auf dem oberen Treppenabsatz und starrte sie an.

»Ma!«, rief Jenny.

In diesem Moment setzte Edith sich in Bewegung. Sie eilte die Treppe hinunter, nahm Jenny in die Arme und vergrub ihr Gesicht in ihrem Haar. Als sie den Kopf hob, sah Anton, dass sie weinte. Ohne Jenny loszulassen, berührte sie Antons Wange.

»*Dort* bist du also gewesen?«

»Ich wollte es dir nicht vorher sagen. Es hätte das falsche Mädchen sein können. Oder vielleicht wäre sie nicht mit hierhergekommen, oder … tut mir leid. Ich hatte Angst, du würdest dir falsche Hoffnungen machen.«

»Kommt in die Küche«, sagte Edith. »Ich mache uns Frühstück.«

* * *

Während sie aß, blickte Jenny durch das Fenster auf den Stall. »Habt ihr Pferde?«

»Nein«, antwortete Edith.

»Wenn ihr einen Stall habt, solltet ihr Pferde haben.«

»Wir hatten ein Pony für Leo.« Anton warf einen Blick zu seinem Sohn, der hinter seinen Haaren versteckt heimlich zu Jenny lugte. »Aber wie sich herausgestellt hat, war es … nicht seine Sache.«

»Und ich bin dreiundsechzig«, fügte Edith hinzu. »Vielleicht ein bisschen zu alt, um Reiten zu lernen.«

Kauend blickte Jenny aus dem Fenster. »Ihr könntet euch ein ruhiges Pferd anschaffen«, schlug sie vor. »Zum Beispiel eins, das schon etwas älter ist. Wenn das Semester rum ist, bin ich für die Sommerferien in New York bei meiner Mom. Vielleicht könnte ich auch euch dann wieder besuchen kommen.«

Anton fragte sich, ob Jenny darauf anspielte, dass sie ein Pferd wollte. Er hätte ihr auf der Stelle eins gekauft, wenn es bedeutete, dass sie dann zu Besuch kommen würde.

Bevor er etwas erwidern konnte, fuhr Jenny fort: »Es ist so. Irgendwie habe ich das Gefühl, euch nicht zu kennen. Ich meine, nicht so richtig. Teilweise habe ich das Gefühl, euch zu kennen, teilweise nicht. Klingt das irgendwie fies? Es ist nicht so gemeint.«

»Es klingt nicht fies«, erwiderte Edith. »Du bist nur ehrlich. Wir würden uns sehr freuen, wenn du uns besuchen kommen könntest, das wäre wundervoll. Wir verlangen von dir nicht, dich nach all diesen Jahren wie ein Familienmitglied zu fühlen.

Aber wenn du uns besuchen kommst, wirst du uns besser kennenlernen.«

Jenny kaute nachdenklich weiter. »Ich würde euch gern besser kennenlernen. Ich kenne nämlich nicht allzu viele Leute, die tun würden, was ihr getan habt.«

»Jenny hatte nicht gewusst, dass wir eine Wahl hatten«, erklärte Anton.

»Nein«, sagte Edith. »Natürlich hat sie das nicht gewusst. Das sollte sie auch nicht. Ich hätte das niemals einem Kind aufgebürdet. Sie sollte sich für das, was sie wollte, nicht schuldig fühlen müssen.«

»Seht ihr?«, entgegnete Jenny. »Das. Das meine ich. Die meisten Leute sind nicht so.«

»Hättest du denn gern ein Pferd?«, fragte Anton. »Wir würden eins anschaffen, falls du es reitest, wenn du zu Besuch bist.«

»Ja! Auf jeden Fall. Ich wäre ständig hier, wenn ich hier ein Pferd hätte. Aber das wäre ziemlich überstürzt, oder? Ich könnte euch erst mal wieder besuchen und dann sehen wir, wie es sich entwickelt.«

Anton – der normalerweise ebenso ungern etwas überstürzte – machte sich im Geiste eine Notiz, sich nach einem älteren Pferd umzuschauen. Für später. Vielleicht. Hoffentlich für später.

* * *

Von der Bettkante aus beobachtete er Edith, die sich vor dem großen Schrankspiegel umzog und in ihr Nachthemd schlüpfte.

»Warum hast du geweint?«, fragte er.

»Wie könnte ich nicht weinen, wenn ich sie nach all diesen Jahren wiedersehe?«

»Nein, davor. Bevor ich nach Hause gekommen bin. Leo hat gesagt, du hättest geweint.«

Sie wandte in ihrem Spiegelbild den Blick ab. »Das ist nicht wichtig.«

»Aber es macht mir Sorgen. Vor allem, wenn du nicht darüber reden willst.«

Edith seufzte und setzte sich neben ihn aufs Bett. »Es kommt mir jetzt so lächerlich vor.«

»Sag es mir trotzdem. Bitte.«

»Ich habe gedacht, du hättest eine Affäre.«

»*Was*?« Anton war von seiner eigenen Lautstärke überrascht. »Wie konntest du …«

»Aus heiterem Himmel erzählst du mir, du seist über Nacht nicht da, und ich kann an deinem Tonfall hören, dass deine Erklärung nicht wahr ist. Natürlich fühle ich mich jetzt albern. Du warst weg, um diese wundervolle Sache für mich zu tun. Für uns. Aber ich …«

»Wie konntest du nur denken, dass ich so was tun könnte? Oder überhaupt tun *wollte*?«

»Ich bin dreiundsechzig, Anton. Und du bist nicht mal fünfzig.«

»Oh. Du bist fünfzehn Jahre älter. So ein Schock aber auch.« Er legte einen Arm um ihre Schulter und zog sie an sich. »Sieh uns an«, sagte er und zeigte auf ihr gemeinsames Spiegelbild. »Sieht man nicht, dass wir zusammenpassen? Ich bin vollkommen grau. Du überhaupt nicht. Hast du je in deinem Leben eine besser aussehende dreiundsechzigjährige Frau gesehen? Leute nehmen unseren Altersunterschied heute gar nicht mehr wahr. Wir sind einfach ein ideales Paar.« Sie blickten eine Weile ihr Spiegelbild an. »Es verletzt mich wirklich, dass du das gedacht hast.«

»Tut mir leid, Anton. Meine Unsicherheit hat mich wohl kurzfristig überwältigt.«

»Versprich mir, dass du so einen Fehler nie mehr machst. Nie wieder.«

Sie lächelte ihn im Spiegel an. Ein wenig traurig, doch auch zuversichtlich. »Okay. Versprochen.«

* * *

Am Morgen zog Leo ihn zur Seite – ganz wortwörtlich am Ärmel –, bevor er zu Jenny und Edith in die Küche gehen konnte. »Ist sie meine Schwester?«

»So gut wie.«

»Muss das wirklich sein?«

»Ja. Da kommst du tatsächlich nicht drum herum. Kommst du damit klar?«

Leo seufzte so theatralisch, wie es nur ein Teenager schaffte. »Na ja … wenn es nur an den Wochenenden ist … dann schon.«

Winter 2020

Alles

Kapitel 27

Das ganze Universum

Anton stand über sein Teleskop gebeugt auf dem Balkon vor ihrem Schlafzimmer und überlegte, ob er noch weitere Bilder machen sollte. Er war müde und wollte nach Edith sehen, aber hätte auch gern ein Foto der Sombrerogalaxie aufgenommen. Aus Erfahrung wusste er aber, dass die Kamera oft gegen ein Stativbein stieß, wenn man diesen extremen Winkel erreichen wollte. Was bedeutete, dass er sein Gerät wieder neu ausrichten müsste.

Es kam ihm einfach zu mühsam vor.

Er lockerte die Schrauben, die den T-Ring-Adapter der Kamera fixierten, dann stellte er die Sucherhalterung zurück auf die Nullposition, aber ließ das Gerät eingeschaltet. Falls beim Hochladen der Bilder nichts herauskam, würde er es vielleicht noch einmal versuchen.

Er öffnete die gläserne Schiebetür und trat ins Schlafzimmer.

Edith lag im Bett. Sie hätte an keinem anderen Ort sein können.

»Warst du erfolgreich?«

»Das wird sich noch zeigen.« Er nahm sein Laptop von der Kommode. »Bevor ich mich zu dir setze, brauchst du etwas? Mehr Schmerzmittel?«

»Ich könnte wirklich welche gebrauchen, aber es ist noch furchtbar früh.«

»Welchen Unterschied macht es schon? Jetzt kommt es nur noch darauf an, dass du dich angenehm und schmerzfrei fühlst.«

»Du hast recht. Dann ja, Schmerzmittel.«

Auf ihrer Hüfte klebte ein Fentanyl-Pflaster und im Medizinschrank im Badezimmer waren Hydrocodon-Tabletten. Anton brachte ihr eine Tablette und ein Glas Wasser.

»Sei bitte ehrlich«, sagte er. »Ist es Zeit, die Kinder anzurufen? Und sie zu bitten, hierherzukommen?«

»Nein. Bald, aber nicht jetzt. Jetzt will ich erst das Universum sehen.«

Mit dem Laptop auf dem Schoß ließ er sich neben ihr auf dem Bett nieder. Er nahm die Speicherkarte aus der Kamera und führte sie in den Kartensteckplatz ein. Die RAW-Dateien wurden hochgeladen.

»Ich hoffe, dass der Sucher heute Nacht mal funktioniert. Es ist so frustrierend.«

»Aber du hast doch jetzt dieses Sucherfernrohr.«

»Aber ich warte immer noch auf die Sucherkamera. Ich habe sie nachbestellt. Das Sucherfernrohr muss mit der Halterung kommunizieren können.«

»Das ist zu kompliziert für mich«, sagte sie.

»In den meisten Nächten ist es das für mich auch.«

Er öffnete das erste Bild in der Foto-App. Edith lehnte sich vor.

»Oh, ich sehe was. Genau in der Mitte.«

»Das ist ein gutes Zeichen. Es war zumindest ausgerichtet.« Er spielte mit den Einstellungen für die Helligkeit und Gradationskurven. »Das ist tatsächlich gut.«

Sie schob ihren Arm unter seinen. »Es ist fantastisch. Sieh dir die Sterne an. Wie rund sie sind. Fast perfekt. Du hast auch die Bildschärfe genau getroffen. Ich mag diese Lichtpunkte rund um die Sterne. Was ist das auf dem Bild?«

»Das ist die M51. Die Whirlpool-Galaxie. Aber eigentlich besteht sie aus zwei Galaxien, die aufeinander einwirken.«

»Das kann ich sehen.«

Sie betrachteten gemeinsam die strudelförmige größere Galaxie mit dem hellen Zentrum, die Materie aus der kleineren Galaxie zu ziehen schien. Es war ein gutes Bild. Es war all die Mühe wert, die sich Anton gemacht hatte.

»Ich finde es wunderbar, dass du mir das Universum zeigst.« Sie sahen sich das Bild noch etwas länger an, dann fragte sie: »Erinnerst du dich noch, als wir an diesem ersten Abend in Washington essen gegangen sind? Nach unserem Wiedersehen im Zug. Du hast mich gefragt, ob es Dinge gibt, die ich bereue. Erinnerst du dich noch an meine Antwort?«

»Du hast gesagt, dass du alles bereust.«

»Frag mich noch mal.«

»Okay. Was bereust du jetzt?«

»Nichts. Keine einzige Sache.«

»Auch nicht, dass du diesen furchtbaren Mann geheiratet hast?«

»Ohne ihn hätte ich dich nicht getroffen.«

»Bereust du nicht mehr, dass wir Jenny zurückgegeben haben?«

»Sie vergöttert uns für unsere Entscheidung, also könnte ich das gar nicht bereuen. Und du? Jetzt, wo du bald … allein sein wirst … gibt es etwas, das du bereust?«

»Nichts, was die letzten vierzig Jahren mit dir betrifft. Wer könnte das bereuen?«

»Aber etwas anderes?«

Er antwortete nicht.

»Ich weiß. Du wünschst immer noch, dass du an dem Abend, als dein Bruder gestorben ist, eine Sekunde schneller gewesen wärst. Aber wenigstens ist später in deinem Leben keine weitere Sache dazugekommen, die du bereust. Wirst du klarkommen, Anton?«

Er seufzte und schloss das Laptop. »Ich werde … anders sein. Alles wird anders sein. Aber … ja. Ich werde klarkommen.«

»Du könntest noch mal heiraten.«

Anton lachte schnaubend, dann bemerkte er, dass sie keinen Witz gemacht hatte. »Oh, das war ernst gemeint? Im Alter von dreiundsiebzig?«

»Manche Leute heiraten noch mit dreiundsiebzig.«

»Aber nicht ich. Weißt du was? Die Tatsache, dass du überhaupt darüber redest, lässt mich denken, dass ich vielleicht doch besser die Kinder anrufe.«

»Noch nicht. Wir haben Zeit. Zeig mir noch eine Galaxie.«

»Ich habe hier einen Nebel, den ich dir zeigen kann.«

»Ich finde es wunderbar, dass du mir das Universum zeigst«, sagte sie wieder.

»Dann gehe ich raus und mache noch mehr Bilder.«

»Nein. Bleib hier. Zeig mir alles, was du aufgenommen hast.«

»Auch wenn du es schon gesehen hast?«

»Ja.«

Den größten Teil dieser Nacht saßen sie zusammen auf ihrer virtuellen Tour durch das Universum. Denn es blieb kaum noch Zeit. Nein, nicht ganz. In diesem Augenblick war sie noch bei ihm. Später, wenn auch seine Lebenszeit abgelaufen war, würden sie vielleicht wieder vereint sein. Auf die Zeit dazwischen konnte er sich nicht vorbereiten. Also verweilte er mit ihr in diesem Augenblick und sah sich mit ihr Himmelsobjekte an, die Millionen von Lichtjahren entfernt waren.

Er zeigte ihr das ganze Universum. Es war alles. Die ganze Schöpfung. Daher wusste er, dass es genug sein würde.

Printed in Poland
by Amazon Fulfillment
Poland Sp. z o.o., Wrocław

84150603R00247